Devlet Jeni Pervers
Hakkı Açıkalın

CİNİUS YAYINLARI
ANLATI

Babıali Caddesi, No. 14 Cağaloğlu - İstanbul
Tel: (212) 5283314 — (212) 5277982
http://www.ciniusyayinlari.com
iletisim@ciniusyayinlari.com

Hakkı Açıkalın
Devlet Jeni Pervers

BİRİNCİ BASKI: Temmuz, 2016

ISBN 978-605-323-662-7

Baskı ve cilt:
Cinius Sosyal Matbaası
Çatalçeşme Sokak No:1/1
Eminönü, İstanbul
Tel: (212) 528 33 14

Sertifika No: 12640

© HAKKI AÇIKALIN, 2016

© CİNİUS YAYINLARI, 2016

Tüm hakları saklıdır.
Bu yayının hiçbir bölümü yazarın yazılı ön izni olmaksızın,
herhangi bir şekilde yeniden üretilemez,
basılı ya da dijital yollarla çoğaltılamaz.
Kısa alıntılarda mutlaka kaynak belirtilmelidir.

Printed in Türkiye

Devlet Jeni Pervers

HAKKI AÇIKALIN

⊃ **Cinius Yayınları**

İÇİNDEKİLER

**KENDİNE SEVDALI SAPIKLIK DİYE BİR ŞEY
(ONUN DEVLET VE HALK FORMLARI)** 11
    Lupus Et Agnus 11
    İşim Devleti Anlatmak Değil 14
    Corpus Iuris Civilis Romani ya da Code Justinien 15
    Institutiones 15
    Digesta (Pandectae) 16
    Codex 16
    Novellae 17
    Le Droit de Culage 18

JENİSTHN ARXH 19
    Muvâzenesiz Sapık 22
    Jeni – Deuil Yani Matem 29
    Normal ve Patholojik Kişilik
    (sonu gelmeyen bir tartışmalar bataklığına katkı) 33
    Birincil Narsisizm - Le Narcissisme Primaire 36
    Jeni-Fenomen 43
    Errare Humanum Est: Hata İnsana Aittir;
    Erotizmden Totolojiye 44
    Devlet Pedofil ve / veya Pervers midir? 46
    Psihi – Psyche – Psykhe. 46
    Lesbos Çok Güzel, Cennetten Bir Gûşedir 48
    Dion i Zos ve Psihi 49
    Psyche - Ψυχη 52

PEKİ, DEVLET PERVERS MİDİR?
Kendine Sevdalı Sapık'ın (Pervers Narcissique) Profili 54
    Zekâ ve Kültür Seviyesi 54
    Ahlâki Değerlerin Bulunmaması Hâli 54
    Egoizm (Bencillik) Menfaatlerinin Agresif Savunması 57
    Egocentrisme (Benmerkezcilik) 58
    Kendine Sevdalı Sapığın Düşünce Moduna
    İlişkin Bazı Örnekler 58
    Empati Yokluğu 59

Sapık Merkeze Doğru Seyir Hâlindeyiz 60
Modern Adlı Toplumun Geldiği Yer 68
Henri III Paradigması 70
Matem'den Devam İle. 75
Etimoloji 78
Phallophany 79
Fallik Kudreti Sonsuz Biçimde Onurlandırmak
Arzunun Diktatörleri 84

TRANSVESTISME (TRAVESTİLİK),
TRANSSEKSÜALİZM, SİYASET, KÜRDİSTAN VS. 88
Tanımlar 89
Köçeklik – Drag Queen – Zenne 95
Hamlet'te Ne Var? 96
Hamlet'in Bir Anlamı Var mı? 97

BOGDANOV ALEXANDR MALİNOVİCH 105
DEVLET, VAMPİR, VAMPİRİZM 109
Sahi Vlad-Dracula Kimdir? 109
Peki Vlad İsmi? 110
Vampir – Requiem – Ölümcül Danslar 112
Hayvan Kimdir, Rolü Nedir? 114
Vampir, Doğmak veya Doğmamak? 116

SARA VE DEVLET ADAMI 122
EPİLEPSİ YANİ SARA 126
İdiopatik (Kendiliğinden Ortaya Çıkan) Epilepsi 127
Kişilik Bozuklukları 129

EPİLEPSİ VE PSİKOZLAR 130

KOPROLALIA 131
GREGORY BRIDGET EXIN SARALIDIR,
KOPROLALİKTİR, HANDİKAPE'DİR, PALİLALİKTİR. 132
Travmadan Ne Anlıyorum? 135

PEDOFİLİ DÜRTÜSÜ – ÇOCUK-ERİŞKİN CİNSİ
TEMASI ÜZERİNE BİR İKİ LAF 137

ORJİ LAFINI KULLANAN AMA KÖKENLERİNDEN
HİÇ HABERİ OLMAYANLARA KISA BİLGİLER 143

Siyaset ve Perversion ve Dahi Oğlancılık
Tarihî Olarak Bir Arada Gider 151
Hollandalı Pedofil Politisyen 151
İlişkiler Videoya Çekilmiş! 152
Erdoğan'a ABD'den Mektup 152
Küçük Perversion ile Büyük Perversion Kol Koladır,
Âmir-Memur veya Devlet-Birey 156
Deli Birader ve Kitabı 161
Incest – Αιμομιξία 163
Oedipus Mithosu ve Ensest Arketipi 164
Oedipus'un Akrabaları Tarafından Reddi 165
Baba Kompleksi 167
Sfenks 168
Eski Kral'ın Yenilenmesi 169
Büyük Ana (Gaia) ve Incest 171
Incest ve Şuur 173
Kanada Yasası – La Loi Canadienne 176
Fransız Yasası - La Loi Française 177
Kısa Tarihçe 178
Mukaddes Kitap'ta - Bible 180
Mithoslar ve Ensest 185
Tarihî Ensest Vak'âları 186
Don Juan'lı Laflar Ederek 188
Kör Şeytan 192
Modern Anlamı 196
Laisite ve Sekülarizasyon 199
Türk-İslâm Sentezler Serisi 201

ÜLKEDE MİMARLIK VAR MIDIR?
MİMARÎ MEKTEP VAR MIDIR?
ÜLKEDE MİMAR VAR MIDIR? 205

BÜTÜN JENİLER LÂNETLE ANILIRLAR VE
ONLARA NEVROTİK DE DENİR! 207

Mısır'da Jeni mi, Pervers mi, Jeni-Pervers mi? 211
Devlet ve İmago Garnitürü 211

En Çok Devrim Yapan Bir Devletin Egosu
Harf – Alfabe – Devrim… 217
Devrim Ne Ola?! 218
Bizim Ülke ve Devrim..221
İlk Reform Önerileri 225
Harf Devrimi Kanunu 226

DEVLET VS STRATEJİ.. 230
1. Keder!...230
2. Contraria Contrariis Curantur..231

SAVAŞIN TOHUMU SUYA DÜŞTÜ RUYÂSI 233
Perversion'a Geri Dönüş -
Bir Gelecek Varsa Orada Perversion Var...............................233
Tatminli Tatminsizim Psikanaliz Kenarında.........................237
Çocuk Cinselliği Bahsi..240
İnsan Kendini Nasıl Yeniden Gerçekleştirir?........................242
Güç Olarak Bilinç..246
Peygamberâne İdrak Boyutuna Erişmek...............................247
Açıklık (Vuzuh, Serahat, Bedahet,
Beyyanat, Sehl-Ul Fehm / Claireté) İlkesi 248
Matta İncili, 19. Bab, 12. Âyet 249
Nasıl Yaşamalı 250
Cennetin Kanunlarını Kavramak 250
Matta 18. Bab, 1-4. Âyetler..250
Luka İncili, 9.Bab, 59-62. Âyetler...251
Nasıl Yaşamalı 251
Evlat Sorumluluğu..251
Profesyonelleşmiş Vicdan'a Karşı 252
Güncel Ve Üst Düzey Liderlik...252
Tablonun İçindeki Ressam...253
Ütopyanın Yaşam Gücü 254
Fahişe(leştiril)miş 255
Mezopotamya'dan Çıkmak 255
Cabal 256
Yakın...256
Doğruların Diktatörlüğünü 257
Doğru Anlama...257
İnsanın Apologetique'i...258

Sol, Sağ, İslâm Désêtre..259
Sosyalizm – Devrim – Solculuk...259
Sol – Gauche Kavramının Siyasi Kökeni 259
Mistik Olarak 260

VİRAL...265

KENDİNE SEVDALI SAPIKLIK DİYE BİR ŞEY (ONUN DEVLET VE HALK FORMLARI)

Latince kurt kuzu hikâyesiyle başlıyorum;

Lupus Et Agnus

Agnus in agro vivit et saepe ad rivum venit.
Sed subito lupus e silva currit et agno dicit;

Meam aquam bibis.
Agnus timet et lupo respondet:
Tuam aquam non bibo, lupe,
Sed lupus agnum capit, eum trahit et vorat

Bir kuzu bir tarlada yaşar ve sıklıkla nehir kenarına gelir.
Fakat, ânîden, bir kurt ormandan çıkagelir ve kuzuya şöyle der:
Suyumu içiyorsun.
Kuzu korkar ve kurda cevap verir:

Senin suyunu içmiyorum, kurt.
Fakat kurt kuzuyu yakalar, alır götürür ve parçalar.

Unutulmasın ki, insanlar bir yere kadar *Tuam aquam non bibo, lupe* diyecekler, *senin suyundan içmiyorum kurt!* O kritik noktadan sonra olay farklı gelişir: *Agnus capit lupum, eum trahit et vorat* olur. Sonra kurdun midesini taşla doldururlar aynı *Hronos*'un ağzına taş doldurulduğu gibi. Hem de *Zeus*'un doğduğu gün, Girit'te kutlamaların gürültüleri ayyuka çıkarken.

Kurt demişken, *Le Petit Chaperon Rouge* diğer deyişle *Kırmızı Başlıklı Kız* masalına değinmeden geçemiyoruz – evvela ilginç bir not; bütün dillere kırmızı başlıklı kız olarak çevrilen bu meşhur masal Arabî'ye *Layla ve'l Dîab* yani *Leyla ve Kurt* biçiminde çevrilmiş durumda, nedendir, size sorup bırakıyorum. Bu masal, adı üzerinde bir masal olmasına rağmen hem çocukları ama belki daha fazla yetişkinleri ilgilendiriyor. Çocuk, kırmızı başlıklı kız, macera aramak için veya kimliğini ispat etmek için evinden uzaklaşıp karanlık ormana girer. *Grimm* kardeşler versiyonunda, anne kızına 'güvenmekte' ve onu elâlemle ilişkilenmeme konusunda uyarmamaktadır. Buna mukabil *Perrault* yazımında ikaz vardır. Bu nedenle kırmızı başlıklı kız kurt ile karşılaştığında şaşkınlık yaşamaz zira uyarılmıştır. Bunu bir imtihan olarak algılar. *Perrault* versiyonunda annesinin kızı için hazırladığı sepette galette (bir tür yuvarlak ve yassı pasta) ve bir çömlek tereyağı vardır. Bu pastayı krallar ve prensler çok severler yani asîl bir pastadır. *Grimm* kardeşlerin sepetinde tereyağın yerinde bir şişe şarap vardır; daha <u>adült</u> bir seviye hissi uyanıyor. *Perrault* hikâyesinde sihirli formül şudur: birinci defa yatağında bulunan 'iyi' büyükanne, kapı çalındığında onu kırmızı başlıklı kız zannederek: *mandalı çek, kapı kendiliğinden açılır* deyince kurt gereğini yapar ve büyükanneyi parçalayarak onun yerini alır ve kız kapıyı çalınca aynı cümleyi ona söyler ve kapı yeniden açılır.

Kurt yorganın altındadır ve kıza söylediği şu cümleyi metnin orijinalinden veriyorum:

Mets la galette et le petit pot de beurre sur la huche, et viens te coucher avec moi. Le Petit Chaperon rouge se déshabille, et va se mettre dans le lit, où elle fut bien étonnée de voir comment sa grand-mère était faite en son déshabillé. Elle lui dit : Ma grand-mère, que vous avez de grands bras? C'est pour mieux t'embrasser, ma fille…

Pastayı ve tereyağ çömleğini kenara koy ve benimle (benim yanıma) yatmaya gel. Küçük kız SOYUNUR ve yatağa girer. Yatağa girince, büyükannesinin çıplak! hâlini görür ve şaşırır. Ona: *Büyükanne ne kadar da büyük kollarınız varmış* (der)? O da, *seni daha iyi sarmak kucaklamak için kızım* diye cevap verir…

Nedense bu tip dünya masallarında küçük çocuklar husûsen de küçük kızlar seçilmektedir (Kırmızı şapkalı kız, Blondine, kibritçi kız, Alice harikalar diyarında, pamuk prenses ve yedi cüceler, Cindrella, Pollyanna vs). Bunlar güzel ve alımlıdırlar, nazik ve incedirler. Bu öyküde yazar kızı kurda yediriyor, toplumsal korkudan dolayı taciz veya tecavüze uğratmıyor. Aslında mesajı açıktır; kızı soyup yatağa gönderirken zaten devamında işin nereye varacağını anlatmış oluyor. Çıtı pıtı kız, gürültü çıkarmıyor, kimseyi yardıma çağırmıyor, kız dediğin böyle olur, başına gelenlere razıdır ve bundan kimselere söz etmez. O zaten önünde sonunda KIZ'dır yani erkeğin kölesi, elinin kiri, yatağının kaçınılmaz objesi, devam.

Grimm kardeşlerde kurt kendi kendine şöyle der: *un fameux régal, cette mignonne et tendre jeunesse!* Müthiş bir bayram, bu minyon ve hoş (tatlı) genç (kız)! *Grimm* kardeşler ise büyükanneye *kapının kolu üzerine bastır* dedirtirler. Kurt burada küçük kıza aynı cümleyi kurmaz ve kapıyı açık bırakır. Kızın kapıya vurmasına bile gerek kalmaz.

Kurt aslında büyük anneyi yani Ana Tanrıça'yı – *Gaia* – yutan figür değil bizzat Ana Tanrıça'dır. Yutulan kırmızı başlıklı kız ise sembolik olarak ölür ve aslında yeniden doğar, olgunlaşır, kişiliğini sağlamlaştırır, transformasyonunu tamamlar. Statü kazanır. Cesaretini toplar ve kurdun midesini taşlarla doldurur (*Le Petit Chaperon rouge se hâta de chercher de grosses pierres, qu'ils fourrèrent dans le ventre du loup*). Taşlar kısırlaştırmanın (*castration*) sembolüdür. Devlet *castrateur*'dür, fena kurt'tur, yutan'dır. <u>**Keşke öleydim** dememeniz için okumanızı tavsiye ederim.</u>

Dura Lex, Sed Lex: Kanun katıdır ancak kanundur diyorlar ya Latinler, *Cicero*'nun değerlendirmesini de ekleyelim: *Summun jus, summa injuria* yani <u>aşırı adalet adaletsizliktir</u>!

Öyle toplumlar vardır ki, bırakalım bir kenara *summun jus*'u, zerre-i miskal veya zerre-i miktar kadar adalete açtır onlar, *Perversion*'da sırlar var görene, *Perversion Romaine*'den köre ne!

İşim Devleti Anlatmak Değil

Yüz bin defa ve binlerce kişi devleti bütün cihetleriyle anlattı, yazdı, konuştu. Daha ne…

Fransız'ın **Etat** diye andığı şeyin en basitinden iki manası varmış: siyasî ve hukukî örgüt ve ikincisi; hükûmet etme veya egemenlik kurma. Onun için hükümran devlet (*Etat Souverain*) diyoruz ve bu hükümran devlet otoriteyi ve *pouvoir*'ı – kudret/iktidar, temsil ediyor. <u>Egemenliğin millete değil devlete ait olduğu</u>nu öğrenmiş oluyorsunuz. Halk ise, ben ona *populace* diyorum, bu egemen gücün kulu ve kölesidir.

Kelime Latince *Status*'ten geliyor ve o da *stare* fiilinden, *ayakta dur(abil)mak* anlamındadır; *standing* desek yeridir. *Konum* anlamı da var, *pozisyon* da diyebiliyoruz ve devlet pozisyon almazsa çürüyor; *pourri*! Avrupa terminolojisine 16. asırda girdiğini söyleyelim. İnsanın '*durum*'unu ve hâlini de anlatıyor → *state*.

Arendt Hannah ileri gitmiş ve; *status rei publicae* demiş; *kamusal eşyanın hâli* anlamındadır, anlaşılır bir ifadeyle; *hükümetin şekli*.

Fransa'da **Etat** kelimesini hakkını vererek kullanan büyük şahsiyet *Richelieu*: onun hukukî danışmanı *Cardin le Bret* ise **Etat**'nın eylem prensiplerini hususen de <u>hükümranlığını</u> kuramsallaştırıyor.

Benim için devlet işte bu kadardır, gerisini ulemaya sorun.

Corpus Iuris Civilis Romani ya da Code Justinien

Hayır, Roma Hukuku diskuru değil. Yukarıdaki cümle <u>Roma Devleti'nin hukuk sistemini</u> anlatıyor diğer bir deyişle <u>Roma Hukuku'nun Maddesi</u> diyebiliriz. Kamu hukuku ve Özel hukuk ayrımına dayanmaktadır. İsim babalığını imparator 1. *Justinianus*'un yaptığı kabul edilir.

Corpus Iuris Civilis kulliyatı 4 bölümden oluşmaktadır: Institutiones, Digesta, Codex ve Novellae.

Institutiones

Hukuk kuralları (kurumları da eklenebilir) anlamına gelir. Uygulanan hukukun ana hatlarını belli bir düzen içinde saptamak, bir başka deyişle, <u>uygulanan hukuk hakkında bilgi vermek</u> amacıyla hazırlanmıştır. Eser, 533 yılında yayınlanarak yürürlüğe konuldu. Hukuk öğrenimine başlangıç tarzında bir ders kitabına benzemekle beraber <u>imparatorun iradesi</u>ni yansıttığı için <u>kanun</u> gücündeydi.

İMPARATORUN İRADESİ KANUNDUR; HUKUK GÜÇTÜR, GÜÇ İKTİDARI GETİRİR; İKTİDARI OLMAYANIN HUKUKU OLMAZ! diyorum.

Digesta (Pandectae)

Πανδέκτης (Pandêktis) kelimesi Yunanca'da girdiği kelimeye, *hepsi, tümü, her* anlamları veren *pan* (veya πᾶς - *pâs*) önekiyle *almak, kabul etmek* anlamına gelen δέχομαι – *dêhome* fiilinin biraraya gelmesiyle oluşmuştur. *Evrensel Andlaşma* anlamına gelir.

Digesta veya *Pandectae*, düzenlenmiş tam bir derleme anlamı taşır. Klasik Dönem hukukçularının eserlerinden alınmış ve belli bir sistem içinde toplanmış parçaların özetlerinden (*fragmenta*) oluşmuştur. *Digesta, Corpus Iuris Civilis*'in hukuk bilimi ve hukuk tarihi açısından en önemli bölümüdür.

Digesta toplam 50 kitaba ayrılmıştır. Her kitap fasıllara, fasıllar parçalara, uzun parçalar ise paragraflara ayrılmıştır. *Digesta* da imparator iradesini yansıttığı için kanun gücündeydi.

Codex

Bu kelime Latince *gövde anlamına gelen caudex sözcüğünden gelir; aslında ağaç gövdesi manasına gelmektedir. Cudo fiili vurmak anlamında olup -ex sonekiyle beraber dövülmüş ağaç yani tecrübelerden geçerek oluşmuş hukuk kültürü manasına.*

İmparator emirnameleri anlamında kullanılan *Codex, Corpus Iuris Civilis*in üçüncü bölümüdür. İmparator *Hadrianus*'tan *Justinianos*'a kadar yaşamış olan tüm *imparator emirnameleri* bu kitapta toplanmıştır. *Codex*, on iki kitaptan oluşmaktadır. Kitaplar fasıllara ayrılmıştır. Her fasılda yer alan emirnameler ise, tarih sırasına göre eskiden yeniye doğru, o emirnameyi çıkaran imparatorun adı ve emirnamelerin yayınlandığı tarihle birlikte dizilmiştir.

Novellae

Bu bölüm *Justinianos*'un ölümünden çok sonra 16. yüzyılda *Corpus Iuris Civilis*'e eklenmiştir. *Novellae*'de yine *Justinianos Dönemi*'nde onun tarafından çıkarılan emirnameler bulunmaktadır. *Novellae leges* (*yeni kanunlar*) adı altında dördüncü bir bölüm olarak *Corpus Iuris Civilis*'e eklendi.

Kıta Avrupası'nda bulunan ülkelerin hukukları *Corpus Iuris Civilis* külliyatı temeline dayanmaktadır.

1500 yıldır neredeyse tamamen geçerliliğini koruyan ve dünyayı etkileyen bir hukuk nizamından söz ediyoruz, derler ya Avrupa'yı Avrupa yapan 3 varlık esastır; Roma Hukuku, Yunan Aklı (Felsefesi ve Siyaseti) ve Hristiyan Ahlâkı. Onlardan biri Roma Hukuku ve Türkiye Cumhuriyeti devletinin hukuku da onun dışında bir yerlerden gelmiyor, ona bağlıdır. Devletin hukuku, devletin adaleti, devletin kanunu. Amma velakin Türkiye'de hukukun kendisi değil de karagözlük ve hokkabazlık hukuku ağır bastığından siz gerçek hukuktan habersiz kalıyorsunuz, geçmiş olsun.

Biraz atasözü ve deyim, hep Latinî;

A bove ante, ab asino retro, a stulto undique caveto – Öküze karşı gardını önden al, eşeğe karşı arkadan ve dangalağa karşı her taraftan.

A Jove principium – *Jupiter*'den başlayalım (Roma Pagan besmelesi; meâlen: *Bütün onurlar efendimizedir* diğer bir deyişle devlet büyüktür ve her şeye kadirdir).

Audi, vide, tace, si tu vis vivere – Dinle, gözlemle ve eğer yaşamak istiyorsan sus!

Bene diagnoscitur, bene curatur – İyi teşhis etmek iyi tedavi etmektir.

Le Droit de Culage

Le droit de cuissage veya *le droit de jambage* diye de adlandırılan şey, bir *seigneur*'ün, bir *vassal*'ın veya bir *serf*'in karısıyla cinsî münasebetini meşrulaştıran ve dahi yasallaştıran kanundur (haktır). Cuissage / cuisson – *pişirme*, denmesinin sebebi sembolik olarak *seigneur*'ün, *serf*e, mealen, ekmek parası – *droit de cuisson du pain*, bahşetmesidir. Yıllardır kullandığımız *ekmek parası* deyiminin aslında neyin karşılığı olduğunu size öğretiyorum, şükranlarınızı duyuyorum, merci.

Jules Michelet, *La Sorcière* isimli eserinde şunları söyler:

Kilise seigneur'ü (*seigneur ecclésiastique*) aynı laik *seigneur* gibi bu iğrenç hakka sahiptir. Bourges civarında bir seigneur-papaz gelinin kendisiyle yatmasını açıkça talep etti. Eşinin bekâreti karşılığı kocasına para teklif etti. Kadersiz kocanın düştüğü hâle bakar mısınız?

Vekîl koca, karşılığı *ekmek parası*, yiyin efendiler yiyin, bu hân-ı iştiha sizindir...

Devlet tanrıdır-*seigneur*'dür, haberiniz olsun...

JENİ
STHN ARXH

Bu kitabın ismi sadece *Jeni* olsun isterdim ama *jeni*'den neredeyse hiç bahsetmedim. İnsan kitabında tasvir, tanzim ve tarif edilen *jeni*'nin üzerine *jeni* yazmak istemedim. Tekrar riskini göze almaya cesaret etmek cesaret sınıfından olmamak gerektir. *Jeni*'nin Türkçe karşılığını dahi bilmiyorum desem yeridir ancak sanki böyle bırakmak, salınıp gitsin işte ne var yani demek, hep flu, hep hülyâlı, hep bilinmez bir havuzun içinde tutmak hem de etrafına kemik rengi bir duvar örmek benim işim olsun dedim. Çok kuvvetle muhtemeldir ki – ve yine – bu eser de çelişkilerin, anlaşılmazlıkların, fikir sırasındaki çarpıklıkların, *coq-à-l'âne*'ların, *dissociation*'ların, ukalalıkların, yer yer de zırvaların kitabı olacak. Farkları hiç olmayacak demiyorum, mutlaka evet. Kapak resmi olarak ne koyacağımı bile neredeyse tamamen düşünmüş durumdayım. O kapak yarı çıplak yarı framboise écrasée renkli olacak ve bir de kuş resmi tasavvur edebiliyorum. Okuyan adamların üzerinden bir kahramana ulaşmaya çalışıyorum ve kahramanımın adını *Espriler ilâhı* koymak yerine **Jeni** diye çağırıyorum.

İnsanları ve tabiî ki kendimi hiç mi hiç bunaltamadığımı fark ettiğimden beri böyle bir eserin kendim için ihtiyaç diğerleri için ise azab olması düstûrundan hareketle nehir kenarlarında dolaşan *nymphalar*'la zina etme içgüdüsü içinde olanların hepsi dünya tarihinin en büyük ressamları oldular ve hepsi de sonunda zânî oldular; hepimizin zânîleri. *Jeni* biraz da, bu zinâların devamının önünü almak için eline mızrağını alıp babasına karşı savaşı yükselten annesiz *Rûh*'tur. Çok uzaklardan bir yerlerden o kuş, olup bitenleri izlerken ben malumatfuruşluktan istifa edip cehalet gemisine binmiş durumdayım ve güvertede bir ayı var. Bundan sonra saygısız olmayı da hürmetli olmayı da birlikte yürütüyorum. Bu eserde her türlü hezeyan, yalan ve FANTAZM var. Bu eserde bir *Jeni* var. Asla yok…

Teşekkür etmek ahlâktandır, gelenektendir, nezâkettendir ve zarâfettendir. Batılı – *entelektüel* - için ise muhtemelen '*bonheur*' – mutluluk – ile '*honneur*' – şeref, erdem, onur arasında bir yerlerdedir. Ben kime teşekkür edeyim? Herkese ve hiç kimseye.

Jeni hayatları süsleyen bir varlık daha doğrusu gizemli bir rûh'tur. Resim san'âtını ondan öğrendim. Hem psikolog hem de ressam olan *jeni* adayı *N. G* internette dolaşırken benim haberim yoktu başlangıçta, sonra *Michel* şu cümleyi kurdu: Gri, kahve, siyah ve beyaz, işte şikâyetsiz ve sakin *jeni*. Bu hanımefendinin tablolarına bakmak lâzım, bakıyorum. G'i burada kesiyorum ve hızla yol alıyorum *Kolonos* ormanlarında. G için '*Enigme de la Peinture*' diyebileceğim bir noktada olduğunu düşünmüyorum ve yürürken *Bilmeceler patikası*'nda ona henüz rastlamadım demek ki, henüz doğmadı bu kadın, benim dolaştığım çarşılarda. Benim değil onun ayıbıdır bu. Kimi resimlerin gizemlerinin hâlâ daha çözülemediğini biliyorum. Bulduğum ilk *jeni*'nin önce eteklerine sarılmayı sonra da gözlerini oymayı planlıyorum; önce orijinlerine iniyorum *psyché*'nin – ψυχη - sonra da ÂMÂ kılıyorum. Kılıyorum ki, Fransız üstünlerinin deyimiyle *Pouvoir Enigmatique* sahibi olsun. Bu eserde Fransız dilinin birçok ince kavramını, deyimini ve kalıbını kullanmak istiyorum ve başladım bile: *Je décalque l'Invisible*.

Oldum olası gezmeyi severim ve böylelikle bilinmez ufuklar keşfedebileceğimi düşünürüm ve tabiî ki, öngörülmemiş gelişmeleri de belki hayâl edebiliyorum; buna **Recoins Imprévus** – *beklenmedik gizli köşeler veya bilinmedik iç yüzler* – diyelim. Kuytu bir köşede sizi mutlaka bir kadın pardon kader bekliyordur. Ben kaderin *jeni*'si demeyi tercih ediyorum. *Ysaths* est équivalent!

Bazı insanlar – *onlar çok sayıda olabilirler* – yollarının gizli bir çayıra, bahçeye veya ormana düşmesini çok isterler. Fransa adamları buna *Pré Secret* veya *Jardin Secret* demeyi münasip görmüşlerdir. Sır değil; bu gizli bahçeden murad herkesin kendi sınırlı cennetidir ve herkesin cennetinin kendi bildiğince ve kendi hayâl âleminin sınırları kadar olduğunu söylemek de tekrara girmek anlamında.

Ancak, arada dikkate değer ve biraz da garip çayır örneklerine rastlamak mümkün olabilir. Aşağı bakın;

Çayır birden fazla vadinin aktığı bir meclis olsun. Çeşitli vadilerden akıp gelen yollar, irili ufaklı yollar değişken manzaraların oluşmasına yol açarlar; formlar ve amorflar.

Hepimiz çok iyi biliriz ki, çocukluk ne unutulur ne de ondan vazgeçilir. Çocuklukla ergenlik, erişkinlik ya da ihtiyarlık arasında değişen tek şey nesne(ler)dir. Zevk hep aynıdır, tatmin düzeyi de aşağı yukarı öyle. Yine bu nedenledir ki, toplum diye bir notion muhâldir, o da olsa olsa çocukluğunu, erişkinliğini ve ihtiyarlığını bir arada yaşayan ve çocukluğu hep ve her zaman merkezde bulunan bir varlıktır. Yine bu sebepledir ki, 'Çocukluk Hastalığı' değil 'Olgunluk dönemi hastalığı' denebilir. Devlet hep çocukluğunda kalır ama orta yaş hastalıklarını seçer, kimi zaman erken bunar; *Dementia Praecox*.

Bu kitaba *jeni* ismini vermek istememin sayısız sebeplerinden biri, bir şeylerin görünmez derinliklerine, kör yerlerine, âmâlarına gitmek ve onun *jeni*sini bulmaktır. *Inception*'dan ziyade *deception*'ı yakıştırıyorum zatınıza. Oraya giderken defalarca geri dönmekten hiç usanmadığımı açıkça belirtmeliyim. *Genesis*'imize, tekvin'imize, oluşumuza gitmek; çocukluğundan bile geriye gitmek ve yol üzerinde kanatlanmak. Şecere-t'ül Qewn denen şeyden bihaber olacağı âşikâr bir gürûha toplum demek de küfürlerin en sunturlusu oluyor. Korkak bir adamım ben; hem *jeni*lerden hem de **körlük**ten çok korkuyorum. Bu korkum yüzündendir ki, nice paradoksal uykulara sürüklendim. Dînlerden, mezheplerden, sektlerden sektim, karanlık iklimin kapısını çalıncaya kadar kaç anahtarı kaç hayatın gırtlağında boğduğum gizli bilgiler arasında yerini çoktan almıştır bile.

Şecereler ve zorlu derînler için. Ama onlar sebepten sayılmaz diyenler var, özellikle kimi psikanaliz adamları böyle bakıyorlar. Onlar benim uçuşuma – *hadi abcisse olayım* – abside de olur, neredeyse tamamen dik bir konumda dalışa geçenlerdir, *vertikal* tedavi uzmanlarıdır onlar. Uzayda çok nadiren de olsa karşılaşır ve konuşuruz. Onların tedavi ettiği bir adam benim çalışma masama 4 lisandan kelimelerin bulunduğu bir şiir bırakmıştı, aşağıya alıyorum;

Muvâzenesiz Sapık

They all suffered first of all
De leur caractıre
Terakkipervers
Leur style de conduite
Est toujours chaotique
Nafslarında mahpus
Âşıklar
On les dit porteurs
D'une constitution

Prédisposant leur vie aux pires exactions;
Yozlarda constitution perverse
Merkezin feyli bozuk
Asîr içgüdüler
Zeitgeist
Dünyayı
Babalarını maniklerin öldürdüğü
Yetîmler idare eder
Ve
Zerreyi ısırtırlar bizlere
Tesadüf, zâhiren, gizemin icraının sebebi oldu.

Dikey dalış yapanlara, 'gericiler' yani yatay hareket edenler, yani *abscisse'ler* - psiko-analistler diyorlar. Freud, Lacan, Racamier gibi adamlar onlar. İşte ben evvela bu adamların neyi, niçin, nasıl aradıklarına dair ve de 'çarpıtarak' bir uzun giriş yapıyorum. Buraya kadar yazdıklarım hem önsöz hem de sonsöz mahiyetinde olsun.

Köklere kim nasıl gider ve kim hangi *jeni*yi nerelerde bulur. Evet, psikanalizciler bilirler ve derler ki, kökenler sebepler değildir ve psikanaliz insanları bunları birbirlerine karıştırmazlar. Yine de kökenlere yolculuk yapmaktan çekinmezler. Bir psikanalist için köken denilen şey nedir? Düşüncelerin, rüyaların, fantazmaların yani hayallerin, tarihimizin ve nihayet hayatımızın kökeni. *Quête Interminable – Bitmez Tükenmez Araştırma.* Her zaman bir kökenlerin kökeni vardır. Psişik hayatın temel tescîli ve/veya kaydından daha az olarak köken arayışını benimserler aslında psikanalistler. Yani ve diğer bir deyişle hayatın nüfus kütüğü – *Registre de la vie*, onlar için *origine des origines* denen şeyden çok daha belirleyicidir amma ve lâkin yine de bu hayatın kaydı onlara kökeni ile eş anlamlı gelir veya görünür, yanılsama olduğunu ben not ediyorum. Psikanalizciler, ruhun derinliklerinde imâl edilmiş olan küçük müziği dinlediklerini söylerler ve bu müziği imâl eden *'hayatın kaydı düşüncesi'*dir. Burada *'Ruh'* dediğimiz şeyin *'Esprit'* değil *'Âme'* olduğunu belirtmemiz gerekiyor ve tabîi ki, *Âme*'ın aslı *anima* yani *can* ise burada tatlı sert bir *'animizm işareti'* görünür oluyor. Psikanalizci bilemeyeceği ruh'u *can* ile yürütür, bir not olarak düşüyorum. Acısının sebeplerinden birisi filozofi, edebiyyat, san'ât ve kültür eksikliğidir ve dahi ideoloji bilmezler; kendilerince bilirler. Ben demedim, **Lacan** diyor *'ben ideolojiden uzağım - je suis loin de l'idéologie'* diye. Belki de çok dürüst bir duruş sergiliyor, ideolojik eğitimim yoktur diye ve ben bas bas bağırıyorum; ideolojik eğitimi olmayan bir insan psikanalist olamaz ve teşebbüs etmemelidir, ediyorlar. Ettikleri vakit kökene inmek durumunda kalıyorum, kaldım. Diyorlar ya: bir daha hiç unutmamak için bir kere işitmek yeterlidir.

Karışmadan onlarla yürüyeyim; *Anti-Oedipus* kökensel alanları, **narsisik** baştan çıkarmanın kökensel alanları. Şizofrenler arasında idiler az önce, yıllarca ne kadar **narsisik** kişi ve **pervers** var ise onlara hep *'psikotik'* yaftası yapıştırıldı ve ilâçlarla tedavi edilmeye kalkışıldı, hiçbir etkisi olmayan ilâçlarla. İlâç endüstrisi ve *therapeute*'ler kolkola ve hepsi **pervers**. Ben biraz da bu nedenle psikanalize biraz arka çıktım, çıkarım. Ufukları dar olsa da... *Anti-Oedipus* basitçe *Oedipus*'un habercisi – *précurseur* - sayılamaz. Ancak onun gerekli bir tümleyicisidir.

Onlar asıl narsisizm'in – *narcissisme originaire* - karanlık hamurunu yoğurmak isterler. Bilinecek olduğu üzere *Narkissos – Narcisse* hem birden görünmez ve asla yalnız görünmez. Bu nedenle kökenlerine, zar zor formüle etmeye hazır kıldıkları hayallerini söyletmeyi denerler. *Anti-Oedipus* insanüstü bir doğuş'tur ki – *naissance surhumaine* – ölü bir hayattan çıkmış olma ihtimali ve dahi riski çok yüksektir.

L'Anti-Œdipe deyip duruyoruz ya;

Anti-Œdipus Fransız filozof *Gilles Deleuze* ve psikanalist *Félix Guattari*'nin 1972'de kaleme aldıkları kitabın ismidir. **Kapita-**

lizm ve Şizofreni'nin ilk cildidir. İkinci cild 1980'de yazılan *Bin Plato*'dur; *1000 Tiyatro Sahnesi veya Bin Yayla* deyin gitsin. Burada insan psikolojisinin, ekonominin, toplumun ve tarihin bir analizi yapılmaktadır. Bu yazarlara göre Bilinçdışı – *Inconscient* - bir theatro değil ve fakat bir fabrika, bir üretim makinasıdır. Peki; Yine, bilinçdışı ana-baba üzerine bir hezeyân üretmez ancak soylar, ırklar, kabileler, kıt'alar, coğrafya ve tarih ve her zaman sosyal alan üzerine hezeyân üretir; imkânsız değildir.

Her şey siyasîdir.

«Bize sadece sözüm ona ***arzu üretilmek*** ve ***yasa çıkartılmak*** suretiyle itiraz ve muhalefet edilmektedir. Bir tabi'ât hâlini, tabiî ve kendiliğinden bir hakikat olacak bir arzunun yardımını talep edemiyoruz [arzularımız bizim dışımızda bulunan iradeler tarafından belirleniyor ve hâliyle mahkûmuz]. Her şeyin tamamen zıddını söylüyoruz: Uydurulmuş (*agencé*) ve hileyle üretilmiş (*machiné*) arzudan gayrı bir şey yoktur. Daha önceden var olmayan fakat kendi kendine inşâ edilmek zorunda olan bir plan üzerinde tanımlanmış bir kurma – *agencement déterminé* - dışında bir arzuyu kavrayamazsınız ve tasavvur edemezsiniz. Grup olsun birey olsun herkes, hayatını ve teşebbüsünü sürdüreceği kendiliğinden var olma yani içkinlik planını inşâ eder ki, tek önemli iş budur. Bu şartların dışında, bir arzuyu mümkün kılan koşulları kesin bir biçimde ıskalarsınız».

—Gilles Deleuze ve Claire Parnet, *Dialogues*

Bu yapımcılık ideolojisi - *idéologie de constructionnisme* – tipik olarak ***schizo-analytique*** hareketi tanımlamaktadır. Otörler bunu psikoanalitik yani *oedipien* çizgiye karşı bir anlayış olarak teklif etmektedirler: *Schizoanalyste*, '***chaosmose***'u – *Khaos Geçişimi* - herhangi birisi tarafından erişilebilir herkesin kudretine saygı gösteren bir zevk tasarrufu havuzu gibi düşünmektedir. *Jean Oury* bunu kendi pratik psikiyatrisi çerçevesinde '***Eutopie***' – *Güzel yer, gerçek yer* diye çağırır; orası – *Eutopie* – huzurun (*bien-être;*

ευτοπια) norm olarak değil ve fakat herkesin araştırma alanı olarak üretildiği bir ülkedir.

Anti-Oedipe'in yazarının ızdırablı olduğu anlaşılıyor; Arzu'dan bahsetmekte ve bunun belli bir plan üzerinde tanımlanmış ve belirtilmiş yani aslında tayin edilmiş bir kurma – *agencement déterminé* – olduğunu ifade ediyor ve *bunun dışında bir arzuyu kavrayamazsınız ve tasavvur edemezsiniz* diyor. Yani arzuyu şartlara bağlıyor yoksa olmaz demeye getiriyor. Psikanalistlere dönük ve herhâlde ideolojik bir saldırı olarak okuyabiliriz.

"Ego – Nefs – Benlik/Ben" – ya da her ne ad veriliyorsa – denilen şey hakikatte '***Ben***'den anladığımız şey midir ve hâliyle o '***Ben***' denilen nesneden ne anlıyoruz, muamma burada. *Deleuze*'ün – psikanalistlere nazire olarak ifade etmeye çalıştığı – kendiliğinden var olma – *préexister de lui-même* – dediği şey '***Ex Nihilo***' – Yoktan varoluş – bir varoluşa karşı tavır gibi duruyor. Ama o toplum denen nesnenin de en son tahlilde bir tür Yoktan Varoluş havuzu olduğunu ıskalıyor. O gürûhun içinde de hâliyle siz kendiniz / *vous-même* olamazsınız. *Ben*'den gayrı bir adınız olabilir veya daha doğrusu '*anonim*' – adsız ve kimliksiz olursunuz.

O gürûh yani toplum sizi daima '*kendi*'inizden farklı kılar ve hayatınızı öylece sürdürürsünüz, sürdürtür size. Modernite buna 'toplumsallaş(tır)ma' – *socialisation* diyor ve dahi toplumculluk – *sociabilité* kelimesi de var. İşte bu '*Sociable* – toplumcul' insanlar gürûhunun içinde uydurulmuş (*agencé*) ve hileyle üretilmiş (*machiné*) arzudan gayrı bir şey yoktur ve yazar bu konuda haklıdır. Sorgulamadan ve büyük ölçüde 'arzumuz hilafına' toplumsallaşıyoruz ve bu bir zırvalama, bir hezeyan, bir psikoz olarak bile okunabilir ki, gürûhla beraber ve ondan hiç de ayrı olmayarak <u>topluca hastalanmış oluyoruz</u>; *Folie Partagée* demekte hiçbir sakınca yok; evet, paylaşılmış deliliktir. Bu nev'iden bir toplumsallaşma emperyalizmin bize dayattığı ve kapitalizmin yoğun destekleriyle perçinlediği bir mikroptur ve benim nezdimde örgütlenmenin zıddı ve düşmanı olmaktadır.

Toplum ferdi ehlileştirmek ve öğütmek üzere kurgulanmıştır ve ideolojik bir varlıktır. Erişkinlerin, olgunların, ihtiyarların ve daha bilmem nelerin toplumudur. Tâ yukarılarda bir yerlerde toplumun çocuk olduğunu ya da olması gerektiğini yazmıştım ve yineliyorum; <u>bize dayatılan şey o çocuğu boğmaktır</u> ki, o nedenle DEVLET denen zıkkım dünyanın her tarafında hem INFANTICIDE – *çocuk ve evlâd kâtili* – hem de PEDOFİL'dir – *Çocuk sevicisi.* Devlet adlı şiddet örgütünün ürettiği toplumun analarının her biri **Medea** olup çocuklarını doğar doğmaz katlederler, toplum denen gürûha kurban ederler. Toplum bedenlerimizin ve canlarımızın saplanıp kaldığı bir bataklık, ruhlarımızın ise sermaye yapıldığı bir *bordel*'dir.

Küçük etimolojik detay;

Pedofili: Παιδοφιλια (Pedofilia). *Παιδι* (Pedi): Çocuk - *Φιλια* (Filia): Sevgi, dostluk, arkadaşlık, yârenlik. Çocuk sevgisi anlamında. <u>Bir kişilik bozukluğu (isterseniz *paraphilia* diyelim) olarak, çocuklara karşı duyulan cinsî arzu ve cinsî tâciz / tecâvüz. Çocuklarla cinsî münâsebete girmeye kadar varır.</u> Bu eylemi gerçekleştirenin ismi ise *Pedofil.*

Pederast: Παιδεραστής (Pederastîs). Kulampara, çocuklarla / tercihan genç oğlanlarla cinsî münasebete giren kişi. *Augustus, Jules César, Horace, Virgilius, Antonius, Brutus, Cicero, Tiberius, Hadrianus, Sylla, Trajan, Pompeus, Catulleus, Tibulleus, Martialis, Properce, Apuleus, Agrippa, Meceneus, Galba, Seneca* gibi birçok ünlünün de **pederast** oldukları iddia edilir. *Efebofil;* - *Êfivos*, «Yunanca ergen, delikanlı" ve φιλία – *filîa* "Sevgi, dostluk, arkadaşlık, yârenlik". Ergen, 13-17 yaş arası kişilere aşırı ilgi duyma.

Pederasti: Παιδεραστία (Pederastîa). *Παιδι* (Pedi): Çocuk - *Έραστής* (Êrastîs): Âşık, seven; *Eros* isminden ve kelimesinden mülhem. Kulamparalık (Golampârelik), çocuklarla / genç oğlanlarla cinsî münasebete girme, oynaşma. Geç Latince'de *"pæderasta"* kelimesi Platon'un *Symposium* adlı eserinden 16. asırda alınmıştır. İngilizceye ise Rönesans devrinde *"pæderastie"* biçiminde ve erkekle genç erkek (genç oğlan) arasındaki cinsî münasebet anlamında girmiştir. Bu klasik manasının dışımda *anal ilişki* anlamında da kullanılmıştır.

Gilles Deleuze ve *Félix Guattari* iki cildlik **Kapitalizm ve Şizofreni**: *Anti-Oedipus* adlı kitaplarında Marx-Nietzsche-Freud üçgeni içerisinde değerlendirdikleri geç kapitalizmin kendine karşı olan güçleri *hem üretip hem de yok ettiğini* yazarlar. Onlara göre *şizofreni* de kapitalizm'in bir mahsûlüdür. *Deleuze* ve *Guattari* kapitalizmin istihsal ettiği anomalileri – *titanlar, devler, ucûbeler vs.* – bastırarak hayatta kalabildiğini ve radikal çarpıklaşmaya götüren bir üretim-tüketim ilişkileri kısırdöngüsüne dayandığını belirtmektedirler.

Racamier ise, *Antoedipe* için *Indispensable Complément de l'Oedipe* diyor yani *Oedipe'in kaçınılmaz (ve zorunlu) tamamlayıcısı*. *Racamier*'nin *Oedipe*'i ile **Deleuze**'ün *Antoedipe*'i birbirlerini tamamlıyorlar diyelim. Yoğurulan hamur bu iki öğenin birlikte bulunduğu bir çömleğin içinde bulunmaktadır.

Peki, *faille*'lar yani çatlaklar nerede duruyorlar?

En keskin usturaların sırtında...

Jeni Janus (soluklanmak için arada bir önsöz; ara söz)

Janus'un yüzeyel kaynakları yaratıcılığın derin kaynakları dedim ve uydurdum gitti işte;

Nefs üzerinden *ensest* keşfi mes'elesinin üzerinde bir bakış sergilemek belki mümkün olacaktır, ileride herhâlde. Fecî ve bir o kadar da korkutucu bir köşe başı. *Ensest*'in nereye varacağını veya bizim onu şuraya ya da buraya vardıracağımızı bilen çok sayıda *jeni-adam* var olmalı yeryüzünde.

Hayâletler, fetişler, objet ol(a)mamış nesneler ve inkârlar her taraftalar ve uçuşuyorlar, sapıklar-*pervers*'ler ve sahte melankolikler ortalıkta cirit atarlarken ben *Jeni*'ye analiz mahiyetinde önsözler arıyorum ve bu yamuk konseptler örüntüsünün içinde huzur arama merakımı câhilce sürdürmeye gayret ediyorum. Emeksiz ve yalan bir arayış.

Jeni'ye gelince; bana refakat eden ve ilhâm üfleyen ruh diye cümle kuruyorum. Arhi'den beri herkesin istikametine başkanlık eden, her ölümlü ile doğan her ölümsüz ile ebedîleşen, tabiatın farklı karakterlerini cemiyet hâlinde ferdîleştiren varlık; insanüstü ve istisnaî bir endüstri. Eski ve yeni dünya düzeni, ilâhların ölümlülere bakan yüzüdür.

Jeni – Deuil Yani Matem

Eğer çok sıradan bir değerlendirme yapılacak olursa **matem** için 'bir nesnenin veya – *husûsen dünyevî* – aşk ile bağlanılmış olunan bir varlığın kaybı karşısındaki tepki süreci' denebilir ki, bu durum bizim üzerinde olduğumuz matemi, kuşkusuzdur ki, karşılamaz.

Bir parantez olarak söylüyorum; *Freud* de *Fromm* da matem bilgilerini ve tezlerini hep Yahudîlik'teki temel anlayışlara nazâran tasarladılar; şiva ("yedi"), *şeloşim* ve *avelut yud bet hodeş* adlı matem şemalarını tatbik ettiler.

Ben daha ziyade uzun sayılabilecek bir süreçten bahsetme eğilimindeyim, *orijinal* ve *orijiner* bir süreç. Bu, hayatla/doğumla birlikte başlayan bir süreç olup büyür, gelişir, olgunlaşır ve ölümle birlikte bir sonraki nesle aktarılır.

Doğumsal olmakla **Psyché**'nin kurucu faziletlerinden biri sayılır. Yani temel elemandır. Bu nedenledir ki, ızdırabı, ödev ve görevi ve keşfi birlikte içinde barındırır.

Devasa bir keşifler madeni için üstlenilecek görevler ve çekilecek ızdırablar çerçevesinde **matem**'in kapısından içeri girdik. Bu doğumsal **matem**'den aşağı doğru sarkmaya cesaret etmek bile başlı başına bir marifet ve dahi maharet istiyor. Bu işe girişenler arasında '*Ratés du Deuil* – **Matem başarısızları** veya **matem nasibsizleri**' diye adlandırabileceğimiz bir topluluk da mevcuttur ki, bunlar **matem** madenine dalmak istedikleri hâlde gölgelerin içinde yollarını kaybetmiş, **matem**'in merkezini ararken çeşitli depresyonlara düşmüşlerdir ve bu depresyonlar dahi olgunlaşmamış olup *avortée*-düşük, *larvée*-kurtçuk hâlinde, *enkystée*-kistin içinde hapis ve *figée*-donup kalmış nâm alırlar. Bu depresyonlara koltuk değnekli matemler veya sınırdışı edilmiş matemler adı da verilebilir. Kamplar matem mültecîleri ile doludur.

Günümüzde bütün sahalarda olduğu gibi matem alanında da müthîş bir kapasitesizlik mevcuttur ve '*yok öyle değil*' diyenler için ise bir mülksüzleşme veya mülkün el değiştirmesi söz konusudur.

Kimi psiko-analiz insanları **Psyché**'yi iki eksen iğnesi hattında yürütürler.

- Αγκος (A-g-kos) yani Angoisse, Angst, Angwish, Angst veya Boğuntu, şiddetli daraltı, yürek darlığı; bunaltı.
- **Matem**

Bir cümle yazalım, öylesine;

Psyché içi bir perspektif – *une perspective intrapsychique*; burada objet-nesne edinilmiş bir fiil olarak ele alınır ve;

Psyché içgüdüsel – *instinctif* – türevlerin organize bir muhtevasıdır.

Matem ise öyle bir şeydir ki – diyelim – ona erişilir fakat çoğu zaman insanlar hızlarını alamayıp – *o'ndan veya oradan* – aşağı düşerler. Bu aşağı düşmeye veya yuvarlanmaya çoğu yüksek kişi depresyon – çöküş, çöküntü ya da güçten düşme adını münasip görürler.

Bu *depresyon* mevzuunun içine iyice eğilirsek orada öz-saygı – *Estime de soi* kaybolur gider. Belki de aşılıp geçilir. Nedir bu *öz-saygı* diyenlere cevaben;

Yine ulu kişilere nazaran;

4 bileşeni vardır: İtimad hissi – *le sentiment de confiance*, kendini tanıma – *connaissance de soi*, bir gruba aidiyet duygusu – *le sentiment d'appartenance à un groupe* ve yetenek, istidat hissi – *le sentiment de compétence.*

Orada – *depresyon* hâli denen hâlet-i ruhîye içinde - **psikoz**'a doğru bir kapı (mı) açılır. → **Psikoz** için de '***Perte de Moi***' derler ki, buna ister *Ben*'in *kaybı*, ister *Benlik'in kaybı*, ister *Nefs'in kaybı* isterseniz de *Ego'nun kaybı* ve belki de *mürşîdsiz Ben'den geçme ve/veya arayışı* ya da başka bir şey deyin. Bütün yüksek şahsiyetleri psikotik saymak zorunda kalacağız ki, sorumlusu ben değilim.

Bu ikinci cümle '*Ben'in Kaybı*' henüz tam olarak yerli yerine oturmuş bir ifade gibi görünmüyor. Sanki *dalga-parçacık* arası bir hâl. Bu ifadeye o kadar fazla değer atfeden var ki, bu konu adeta – *hiçbir şey onun fevkinde veya dışında ele alınamaz* – haddine dayanmış durumda. Sonra öcü geliyor – *Psikoz* – ve onun kuytularında yeni bir hayat başlıyor, **matem**'siz veya sadece pür **mâtem**'den ibâret. Buna mukabil **Nevroz** denen şey biraz daha derli toplu bir matahmış gibi anlatılır. *Nevrotikler* biraz daha perspektifli zâtlardır.

O hâlde – *haydi* – **matem** bir iştir, psişik bir çalışma, **matem,** üzerinde sıkça çalışılan bir iştir psikanalizde ve *Freud* de öyle istemişti zâten.

Bu **matem**'e kuytularda yoldaşlık eden ve Batı bilimi tarafından *Rûh*'un örsü sayılan **Angoisse** – boğuntu temel bir mevzudur.

Matem ile **Angoisse** arasında dağlar var (mı). O nedenle her biri bir eksen oluşturuyorlar. Paralel mi yürürler? Bilinmez.

Derler ki, ***angoisse*** '***Birleşik Ben***'in – *Moi Unifié*, bağrından çıkar. Ama yine de, ete kemiğe bürünmüş ve edinilmiş bir nesne karşısındaki *Birleşik Ben*'den söz ediyorum, yani bir nev'î pozisyon almış bir **Ben** ve aslında '***Örgütlü Ben***' deyimi daha doğru olur. O vakit psiko-analiz benim gibi (mi) düşünüyor: Ancak ve ancak Birleşik Cephe/örgütlü Ben boğuntu - *Angoisse* karşısında ayakta kalmayı başarabilir yoksa yıkılıp gider. Şimdi çoktan yıkılmış olmalı.

Peki burada ***arzu***'nun ve ***istek***'in – *désir* konumu ne, nerede duruyor?

Arzu uyarıcı ve uyandırıcı rolündedir. *Angoisse*'a karşı ***Ben***'i güçlendirir. Arzu organize müdâfaanın *mobilisatrice*'idir – harekete geçiricisi. O zaman *Angoisse* bir tür zevk mes'elesi olarak değerlendirilebilir mi? Evet. Hâl böyle olunca **matem** de mevcudiyet anlamını üstleniyor ve yine *angoisse* cinsiyetler arası farka işaret edere mâtem de varlıklar arasındaki farka bakıyor.

İnsanoğlu *angoisse*'ı aşsa, değersizleşmeye kadar sonuçları olan bir travma geçirir. Yağmursuz fırtına'ya yakalanmak diye söylerim. Fakat eğer *mâtem* aşılsa bu sefer de başa *depresyon* gelir(miş). Ben diyeyim çöl. Daha da kötüsü var: Her ikisi birden aşılırsa bu sefer *psikoz*'a akıyor insan. Kurtuluş yok: **Matem** veya *angoisse*, olmaz ise *psikoz*.

Ben bu ilmi tahsil ederken, hocam *Gaia* hâlindeydi. Beni, onun kızı *Romana Florenzia*'ya emanet etmişlerdi – ki, ben ona *princesse des Carpates (Muntii Carpati)* derken, herkes *princesse à quatre pattes* diyerek degrade ederlerdi; ***en son tahlilde ben nevrotik, sen ise psikotik bir kişilik yapısına sahipsin*** demişti ve dünya da geri kalan ne kadar insan varsa onların payına da sınırda kişiliği – *état limite* – düşürdük, olsun Borderline. *Hefaistos*'un *Athina*'nın eteklerine düşürdüğü – *kendini bir türlü alamadığı* – bir damla tohum gibi. *Jeni*'nin bir rakîbesi daha kirlenip gitmişti işte.

Ne yazarsam yazayım imâm bildiğini okuyacaksa *Jeni*'yi tâ baştan başlatmak var ve *Jeni*'nin başladığı yerde – *22 bâb* – ilk kapı *Virgini(a)* ki, bütün imâmlar kapının önündeler, açmak için kapıyı; sizi gidi *fallokrasi*'nin ayak takımı diye bağırıyor içeriden *V* ve imâm taslakları 'şeyh ile orospu' sloganı atıp uzaklaşıyorlar. İçeride kimler var tam olarak bilmiyoruz amma

ruyâya gelen ilk varlık *Şekinah*'tır ve *patriarach*'ın çöktüğüne işaret ediyor. *Patriarchia* önce enterne'dir ve sonra mateme bürünüp başlarını kazıtırlar. Arzusuz adamlık ne zordur, biliyorlar ve kalp para basanların asla hutbe okutamayacakları da çok aşikâr; hey sen, bak işte *les faux-monnayeurs*! Bir *Jeni* 1925'te *counterfeiters*'ı okurken ben *The Blue Lotus* hayranı bir kadındım, dahası *Nymphaea Caerulea*'nın tâ kendisi. Evet, *Nymphea* bendim ve içeride tek bir *pedofil*'in bile kalmadığından artık emîndim ve bildiğim bir ben, bir *Jeni*, bir *Virgini(a)* ve bir de benim aksim olan *Nymphaea Caerulea* vardı ve 18 daha. O vakte yaptığım tek şey durmak dinlenmek bilmeden *ego*'mla sevişmekti, hiç kimselerin kapılarını çalmadan bin yıllık bir cezayı aksimle terleyerek çekmek. Sevişmenin bin bir hâlinden *Itrî*'siz bir ruh durumu. *Emmare* yol üzre taraklanmış bir parankima sevdalısı bile biz ile oynaşamazdı derdik, akşam fahişe erkeklerin geçtiği yollarda *ragione* keserken; bir tek lavta çalanlara dokunmazdık. Annelerimizden biri onlar için ilk defa *Jeni* ifadesini kullandığında nispeten ürktük ve *Jeni*'yi nerede bulacağımızı bilemedik. Bir ana, başlayan için yol var *Hadis*'in yeraltına 4 zifir atlı şarların üstünde. Nereden geldiği belirsiz ama nereye gittiği belli bir seri *Yukarı Kuzey Bâkiresi* aklımızı almak için gözlerimizi oydu ve dediler ki, eğitmediğimiz tek eğitimli erkek *Jeni*'dir; *Nymphae*'nin hedefindeki *saklı ruh*.

Normal ve Patholojik Kişilik
(sonu gelmeyen bir tartışmalar bataklığına katkı)

'*normalité*' ya da '*norme*' (normallik) nosyonu ancak ve ancak, <u>sabit bir yapının</u> bağrında işlevlilik ve huzura işaret edebilir. Aynı yapısal hat dâhilinde, psikiyatri biliminde *nevrotik* ve *psikotik* kavramlarıyla anlatılan patholojilerin varlığında denge altüst olmaktadır.

Limite (sınırda) diye adlandırdığımız kişilik örgütlenmesi biçimine ilişkin olarak bitmez tükenmez bir kavga vardır ki, burada amaç boğucu diye ifade edebileceğimiz bir *anaklitizm* (başkalarına bağlılık) sürecini sabit tutmak ve daim kılmak suretiyle *kendine sevdalılık* hâlimizi güvence altına almak ve bunun için savaşmaktır. Bu *narcissique* (kendine sevdalı) hâl kalıcı depresyon – *çöküş de diyebilirsiniz* – riskini ortadan kaldırmasa da sürekli öteler ve bu nedenle hayatî sayılır. *Sınırdalık* durumunun daimîliği *narcissique* taleplere bağlıdır. Her şey iç içe geçmiş vaziyettedir; muhtelif karakterler, dînî baskılar, Ben'in ideali (yüksek ideali demekte bir sakınca görmüyorum), âyinî davranışlar – ritüelleşen hayat tarzları, libidoyu dengeleyen ve/veya bozan koşullar ve gerçeklik adı verilen bir kaynar yeryüzü çorbasının içinde khaostan khaosa sıçramalar. Bu khaosun içinde prototipik ideal şahsiyetler ortaya çıkarlar ve onlar selektif '*normallik*'in sembolleri olurlar. Toplum bu şahsiyetlere özenir ve öykünür, modern ilâhlar onlardır ve normalitenin ölçüleri bunlardır. <u>Bu sahte kurala uymayanlar delidir/hastadır.</u>

Paradokslarımız da bitmez ve tükenmezdir. Toplumsal, yasal ve örfî temeldeki baskılar altında ezilen insan '*normallik*' çerçevesi içinde kalabilmek için nevrotik yapıya kendini atmaya gayret etse dahi orası da onu kabul etmez, en azından bari *non décompensée* bir *psikoz*a da razı olur, tabiî ki, ciddî kayıplara uğrayarak. Böylece bedel olarak taleplerinin kalitesini ve hayallerinin gradosunu düşürür hatta tamamen vazgeçer, karmaşık süreçlerden kaçar ve ürker, '*normallik*'i büyük bir devlet sayar, yaşamak ile hayata tutunmayı bir ve aynı şey olarak görmeye başlar, yetinmecidir artık. Arada bir *narsisizm*ini kaba ve basit ve ağırlıklı olarak da cinsî fantezilerle doyurmaya çalışır. Bu küçük '*kaçamaklar*' Ben'ini normal insanlar katına taşır. Muhtelif psikopathik kurnazlıklar bahasına <u>stabilite</u>yi satın almaya gayret eder. Bu kaçamakların kendisini iyice yabancılaştıracağı gerçekliğine sağır kalmayı tercih eder. İşte bu, *non décompensé* psikotik hâl çok daha gerçekçidir. Böylelikle, kişi daha az yabancılaşmış hisseder ve daha sağlam ve daha orijinal bir kişilik yapısına sahip olduğu zehabına kapılır. *Decompensation denilen şey, narsisik bir sürecin tesis edilebilmesi muhtemel herhangi bir tasarımın orijinal dengesinin bozulmasıdır. Dengeye o kadar sevdalıdır ki modern toplum ve birey, kötü mü iyi mi, şart mı, değil mi gibi basit sualleri bile sormadan peşinen ona sarılır, ona tutulur, vurulur. İşte tam da bu nedenledir ki, nevrotik ya da psikotik nev'inden 'hastalıklı' terimler aslında toplum ve ferd açısından birer désadaptation'dur – uyum bozukluğu ya da uyumsuzluk (ανανπστοιχία - anantistihîa).* O uyum da aslında tahterevallinin üzerinde yaşamsal bir adaptasyon dansından gayrı bir şey değildir. Tam da sistemin istediği ve dayattığı bir hâl olarak fırsatın büyüğüdür bu, ve istifade etmeyen ya da edemeyen damgayı yiyecektir; hasta, bozuk, çürük vs zira dekompanse olmaksızın hasta bile olsak kabul görenler safında yerimizi alıp, başta düzen tesis edici olmak üzere herkesi memnun ederek onların onay ve desteklerine mazhar olmak günümüzün ulu idealidir. Kişiliğimiz artık stabl'dır – *istikrarlı, kararlı, düzgün, doğru*, ve savunma mekanizmalarımızın hepsi rahat rahat işlevlerini sürdürebilirler ve oturaklı şahsiyetimiz irreversibl – geri dönüşsüz olarak dimdik ayaktadır. Korkuya mahal yoktur, artık kendimize sevdalanmamızın önünde bir engel bulunmaz; *The American Talent* bizizdir, yürüyelim. Seçilmiş obje, libidinal şahlanma ve kudretli Ben üçlüsüyle uçar kişilik. Uçulmasına uçulsun da *psikoz*'un kısa tanımı nedir? Sıkıcı olan ve/veya görünen hakikatin inkârıdır eşdeyişle gerçeklik adı verilen sürecin dışına düşmektir. *Narsisik libido* birinci planda aradığını ve karşılığını bulamaz; bilahare nesneden yoksun kalınır. Bu durumda kim psikotik olmak ister? *Nevroz*: Ben ile dürtüler arasındaki çatışmanın sonucu olarak ortaya çıkar, dürtülerimizi baskılamak için yırtınırız, hakikat prensibine bağlanmak ve ona asılı kalabilmek için bütün enerjimizi tüketiriz, libidomuz çok kırılgandır; denge sevdaları.

Her şey tamam da çocukluğu ve ergenliği nereye tıkacağız, bunu bir türlü bilemeyiz. Ne var ise, hayra ve şerre yani gerçeğin kurcalanıp keşfedilmesine dair, işte hep o iklimde dolaşır. Ne kadar kristalleşmiş hâl mevcut ise, bu çocukluk o hâlleri tuz buz eder, derdest eyler. Ergenlik krizinin yerini artık *angoisse* – boğuntu alır. Kişilik dediğiniz şey var ya, söyleyeyim mi? *Angoisse*'ınızın örgütlü direnişi ve mücadele kabiliyetinden ibarettir. Henri Ey'e nazaran ise; *psişik kendine özgülüğün orijinal fizyonomisidir.*

Birincil Narsisizm - Le Narcissisme Primaire

Birincil narsisizm matem'in antitezidir ve yine matem faaliyetinin de zıddıdır. Burada **narsisizm** kudret-i mutlak - *toute puissance*, her yerde hazır ve nazırlık - *omnipotence*, nâmütenahîlik, sınırsızlık - *absence de limites* ve kendine yetme - *autarcie* makamlarına yerleşir ve bu karakter doğar doğmaz **Ben**'e kendini dayatır. Bu, **Ben** için, bir tam bağımlılık - *état de dépendance totale* hâline işaret etmektedir ki, insanoğlunda daha anasından doğar doğmaz bir en'aniyet duygusu en ileri düzeyde gelişmiş olup **BEN**'i teslim almıştır. Bu duruma realite'nin inkârı - *déni de la réalité* demek ne kadar yerindedir, tartışılır zira **BEN**'e bunu telkin eden merkezî varlık veya neden nedir? sualinin cevabı sahîh değildir. Çocuk yalnız başına mı doğar ve bütün bu verilerle donanmış mıdır yoksa içine doğduğu iklim onu bu biçimde mi koşullandırır? Ya da bambaşka saikler mi mevcuttur? Çocuk yalnız değildir, ikili bir yapının birimidir. Bu otarşik dolgunluk - *état de plénitude autarcique* ve kâdir-i mutlaklık - *toute puissance* hâli otomatik ve kendiliğinden bir hazza işaret eder ki, bu ihtiyaçların neticesi diye tanımlanır. Bu da annesinin çok özel bir yatırımıdır. Anneye göre çocuk, kendisinden ayrılmış olmasına rağmen, hâlâ onun bir parçasıdır. Simbiotik bir hayat sürdürürler, karşılıklı bir baştan çıkarma söz konusudur ve karşılıklı bir hayranlık ortalığı parlatmaktadır. Bu gizemden *Jeni* çıkmaz ve o nedenle bu kitap yazılıyor. Çıkmaz zira *reel* olan veya *reelmiş gibi görünen* bir hâl pekâlâ sağlıksız bir 'reel' olabilir. Bilinçli ve radikal bir ideal olması ihtimalini zayıf görüyoruz. Bir fantazm veya bir mithos olabilir. *Jeni*'nin marifeti bu fantazm'ın, bu mithos'un veya bu ruyâ'nın en üst düzeydeki '*vécu*'sünü bilmek ve oraya ulaşmış olmaktır. *Jeni* '*vécu*'yü bilen ve ondan yola çıkarak *Elest*'i bile tahlil edendir. Bu nedenle *Jeni* yok, *jeniler* var. *Jeniler*'in hissine okyanus hissi - *sentiment océanique*, *Jeni*'nin bilgisine *Umman Narsisizm*'i diyoruz. Burada bedenî narsisizm - *narcissisme corporel* ölmüştür. O nedenledir ki, halkın idealizasyonu *Jeni*'nin *dezidealizasyonu*'dur.

Çatışkılı, analitik girişimlere, itilmelere, geriye püskürtülmelere, sayısız vechelere, her şeyin birbirini doğurmasına, doğal! ve patolojik sapkınlığa, fetişizme, erkek eşcinselliğine, Nefs'in yarılmasına, önüme geleni topa tutmaya, ast'a, madun'a, birinin emrinde olana, arzuya, içgüdüye, kültüre, modus vivendi'ye, grup seks'e, *individu*'ye ve *dividu*'ye, normale, nevrotik olana, psikotik merete, kabullere, reddiyelere, barbarlık eylemine...

«Perversion?»

Sert bir giriş olarak cinsî olanını, zavallı derecede küçük bir bölüm olduğundan, atlayarak geçiyorum. Ortadan;

1. <u>Bireylerin tekil arzuları</u> - *les désirs singuliers des individus* <u>bir grup oluştururlar</u>, 2. Bu grubun <u>sosyo-kültürel vizyonları vardır</u> ve 3. <u>Tabiatın verilerini dikkate almadan olmaz</u>.

Demek oluyor ki, *perversion*'un maddesi, hattâ ve neredeyse evrensel maddesi ne yerel değerler, ne masallar ve hikâyeler ve ne de biyoloji falandır. *Perversion*'a dönük tanımsal yaklaşımlarımızın *aşkın olamamasından* dolayıdır ki, hiçbir objektif ve mutlak kriter belirleyememekteyiz. *Perversion* **ideolojik tercihimiz**dir ve onsuz bir hiç olduğumuz aşikârdır. *Perversion* mu? *Le Vide et Le Néant* hükmünde olup cümle âlem Boşluk ve Hiçlik'ten ibarettir; elbiselerinizi çıkartın altından *pervers bir boşluk* belirecektir.

Durum böyle olacaksa, şimdiye dek *perversion* tesmiye olunan kavramın yeniden gözden geçirilmesi, nevroz, psikoz, normalité veya başka kavramlar bağlamında yeniden düşünülmesi gerekecek herhâlde. Bu boşuna değil gibi duruyor zira her şeyi *psychiatriser* etme – psikiyatrileştirmek merak ve eğlencesine birileri de *Eee yeter be diye* başlarsa, her önüne gelen suç etrafında değil ve fakat çok ağır sadik eylemlerin - *des actes sadiques gravissimes*, üzerine enerjinizi yoğunlaştırın – iliklerinize kadar politize olun, gerekiyorsa *psychiatriser* fiilini gerçekleştirin diye devam ederse… hükmî şahsiyetiniz kalır mı?

Eğer her *perversion* patolojik olmamak gerek diyeceksek ve eğer biyolojik argümanı *perversion* ve normallik-*normalité/ norme* ayrımının bir kriteri olarak saymazsak, bu ayırımı yapmak için referansımız ne olacaktır? Aksi hâlde keyfî ve sezgisel olana düşme tehlikesi yok mudur? Veya *perversion* konseptinin bizatihî kendisi miadını mı doldurmuştur? Eğer durum bu ise, kimi '*perversion*'lar '*normalité*'lerin içinde kendilerine rahatlıkla yer bulabilecekler midir? Ve kimi başkaları da sıradan davranışlar sınıfına mı katılacaklardır? türünden sayısız naif soru soruyorlar ödlek Doğulu ve Batılılar, beraberce üstelik. Her şey dönüp dolaşıp *sezgiye düşmemeliyiz* esprisine dayanıp takılıyor. Kürt atasözünde belirtildiği üzere:

Ez dibéjim hırç vaye, tu dibéji réç vaye / Ben, işte ayı diyorum, sen, işte izi diyorsun.

Perversion'dan çıkılması mümkün değil bu devirde, bu günde, bu zamanda. *Jeni*'siz çıkış olmaz, olmaz ve olmaz. *Jeni* kim ise onun arkasında ve etrafında ve hattâ önünde durmak *perversion*'un önündeki tek engel, tek kurtuluş yolu, cinnetten tek sıyrılma tarzı. Şimdi hepimiz ölüyüz, ne ölüsü cürufuz, cılkız, kenefiz; *toilette parfumée*.

Hastanın temel problematiğinin ne olduğunu tam olarak anlamak mümkün görünmüyor o nedenle parçalı bir sunum tercih ediyorum. Hele bak şu cümleye; Bayan C. evli ve 3 çocuk sahibi ancak cinsî pratikleri - *pratiques sexuelles* olmadığını iddia ediyor. Analistin ilk bakışta aklından, acaba sapık bir yapıyla mı - «*structure perverse*» karşı karşıyayım, huylantısının geçmesi mümkün ve muhtemel. *Perversion* hem organizatör hem de psişik hakikatin organizasyonu olarak düşünüldüğünde sayısız kip ve okuma biçimine açıktır. Kendi kanununa da, hukuk kanunlarına da, sosyal kanunlara da hem referans olur hem de belâ.

Öyle görünüyor ki, *Freud* ve *Lacan* **perversion**'un özneye dayattığı *oedipien ilişki* bağlamındaki sorunlara bir cevap veya bir çözüm olduğunun doğrulanması konusunda aynı istikamete yönelmektedirler. Soru(n)u yapılandırırken, *pervers*'in fantazma'sı seviyesinde ayırıcı ve paradoksal hatların dişil kastrasyonun inkârı - *le déni de la castration féminine* olduğuna dönük bir formülasyona gitmektedirler. Bu *Freud*'ün tezidir. *Lacan* ise, anne'de eksik olan *fallos*'un - *phallus manquant de la mère* - yerini doldurma temelinde imtiyazlı obje arayışı ve konumlandırılması biçiminde bir gayretin dahası bir atılımın olduğundan söz etmektedir. Bu *perversion* anlayışı hep *fallos* her türlü arzunun nesnesidir şeklindeki postulat'lar üzerine oturmaktadır. Buna annenin çocuğu – *cinsiyeti ne olursa olsun* – üzerindeki seksüel arzusu da dâhildir. Bu aslında bir <u>fallik yüceltme</u>'den – *sublimation phallique* – gayrı bir şey değildir.

Şimdi şunu yapıyorum; aşk ile cinsellik arasında nasıl bir ilişki var klasiği. *Perversionlar*'ın kliniğine yaklaşırken neyin yerinde, neyin münasebetsiz bir kurgu olduğunu, bu '*ciddiyeti sorgulanır hâle gelmiş*' ilişki üzerine bina etmek hekîmleri kelimenin en hafîfiyle sıkar.

Freud aşk hayatına ilişkin olarak duysal ve hassas olmak üzere iki akımdan bahseder. *Freud* düşüncesinin *Lacan* nezdindeki değişik biçimi hassasiyet – *tendresse* mevzuuyla ilgilenmez. *Lacan, ince şiir* - la poésie courtoise'dan bahsederken kaba şehvetin her zaman rafine bir dilin içinde mevcut olduğunu söylemektedir. Acaba *Lacan* aşkı hassaslık olarak değersizleştiriyor ya da sislere mi boğuyordu yoksa demistifiye mi ediyordu?

Onun meşhur bir formülü vardır: «L'insu – *bilinmezlik* – aslında bir gaftır ya da bir düşüncesizlik» yani «Bilinçdışı'nın - Unbewußt, başarısızlığı aşktır», yine dedi ki: «*L'amour, c'est l'échec de l'Inconscient* – Aşk bilinçdışının başarısızlığıdır». Bilinçdışı -*l'Inconscient* çiftleşmek ister ama gayesini bir türlü gerçekleştiremez ve bu gerçekleştirememe yani başarısızlık durumundan aşk doğar. Demek ki, duysal yol kapalı olduğu için hassas aşk ortaya çıkar. Aşk, bir yıldırım çarpması nev'inden bir **vurulma** (*énamoration- le coup de foudre* / *Verliebtheit*) olarak, cinsî itkinin – *pulsion sexuelle* bir dışavurumudur. Bu aşkî bağımlılık - *dépendance amoureuse*, sürecinde nefret, tutkulu bağlılığa eşlik eder. Heyhât! *Bu aşk hemen her zaman tamama eremeden biter hattâ enstantane'dir yani ânlıktır*. Cinsî itki amacına / eylemine ulaşamayınca aşk anlamını yüklenerek akması gereken mecra yol bulur. Eğer aşk böyle bir pozisyon ifade ediyorsa bu bal gibi bir *perversion*'dur! Gerçekleşemeyen bir amacın yerine geçmek suretiyle kendi başına ölçü olur. Bu *perversion*'dur.

Peki, *anne aşkı*nda görünür olan hassas aşk nereye gitmiştir? Kesin olarak ve tamamen *yüceltilmiş şehvet*'e mi dönüşmüştür? Alın işte analiz edin. Nasıl olsa her skata'yı tahlil konusunda aceleci, koca olsun bu gece olsun'cu bir karakteri var ya insan ve oğlunun, o hâlde yapın. *Neyzen Tevfik* diyor ya: *Aşağıdan gelmesi gereken sıvının yukarıdan gelmesine aşk denir*. Neyzen acaba *Lacan*'ı okumuş muydu? Bir tül atıp gölgelendirmeye düşkünüzdür.

En *hassas aşk* (amour maternel, *agapi, caritas,* vs.) ile en kaba şehvetli aşk (philia de la pédophilie et des autres -philies, *éros* – l'érotisme, même hétérosexuel, relevant par définition de la perversion) arasındaki köprünün temelleri *Freud* ve *Lacan*'da sağlam gibi görünürken edep kavramı herkesin en çok ürktüğü ve de en hazzetmediği kelime hâline geliyor. *Özel veya başkasına haram olan bir ilişki biçimi varsa* diye başlayan bir cümle mahkûmdur. Bu mahkûmiyet urganının hızla geçtiği boyunların başında ideal gelebilir ve gelmelidir. İdealistler az sayıdadırlar ve aşağılanmaktadırlar. Cinsî ahlâk – *günümüzdeki modern ahlâk* – arzuyu medeniyet ile aynı anlamda ele alır. Arzuyu ve hâliyle medeniyeti arkasına alan aşk şehvete - *concupiscence* eşit olmak için anarşist, lakayt ve isyankâr olmalıdır, olur. Sadece kendi öz yasalarına itaat eder ve bir *modus vivendi* klasmanında yukarıda yerini alır. *Eros* / Ölüm dürtüsü ikilisi ise başka bir başlık. Aşkın içindeki her şey aşk değildir. Yalan gerilimler dangalak ferdi çok korkutuyorlar.

Dolambaç ve *kıvrıntılar*la dolu bir hikâye anlatıyorum size, haberiniz ola.

Perrier'nin *Le Mont St-Michel* isimli kitabında da var *perversion*. *Perrier*'nin *perversion*'un kökenine ilişkin bakışı kısaca şudur: *Pervers*lerin hemen hepsinde bir uyuşukluk - *stupeur*, bir sahipsizlik – *déréliction* durumuna rastlanır, gerçeksizleştirme – *déréalisation* özelliğini de buna ekleyebiliriz.

Ben nasıl bakarım? Kurcalanamaz bir ürküntü ve yeni yalnızlıklara sevk eden bir sezgi. *Pervers*'in sezgisi hep ürküye götüren bir sezgidir ve *pervers* bu nedenle fecî bir yalnızlık duygusuyla her zaman yüz yüzedir. Yalnızlığını korkuyla, korkusunu gerçeksizleştirme ile aşar. Kim ki kendisini en ağır ızdırap düzeyiyle boğulmuş bir gerçek(siz)liğin ağında bulur, biline ki o *pervers*'dir. Béance – *açıklık* – *pervers*'in önündeki en büyük tehdittir. Onun dengesi – *başkasının da dengesizliği olsun* - endişe verici yabancılık'tır. Buna *pervers çözüm* de diyebilirim. En tehlikelilerinin *épistémophilie* ile malûl olduğunu söyleme cür'etini gösteriyorum. Bu durum erotik deneyimin şiddetini arttırır. Toksik aşk dediğimin bir veçhesi budur. Âşıktır ve korkaktır, saldırgandır. *Psykhe* ve *Soma* dissosye'dir-depersonnalize'dir.

Pervers'in insana karşı hiçbir saygısı yoktur. Bu hürmetsizlik onların - *inkâr edilemez bir biçimde* - sayısız veçhelerinden biridir. Ancak bu durumu – *hürmetsizlik* – bir eziyet ve ızdırab süreci olarak okuyanlar da vardır ve onlara göre bu hürmetsizliğin sebebi evvel emirde *pervers*'in kendine karşı hürmetsiz olmasıdır. *Pervers* her şeyden önce kendisinin bir varlık olup olmadığı konusunda net bir pozisyon alamaz; hiçlik – *néant* - ile boşluk – *vide* – arasında bir yerlerde sallanır ve bu nedenle dışını örüp bezeyerek şeklen kandırma yoluna gider.

Perversion'un kapılarından biri de *sado-mazohizm*'e açılır. *Sadik* (sadique) teriminin kendisini açık bulmuyorum diyenlere kim ne cevap verecek? Haydi, sado-mazohistler **anti-sosyal**'dir deyiverelim, ağzımızdan kaçıralım mı ne? Ya da anti-sosyal eğilim; «*la tendance antisociale*». Tanımsız normlardan - *normes non définies*, ne anlarsanız bu yukarıda dediklerimden de onu anlayabilirsiniz. Aşkî hayatın cennetten kovuluşu bile dediler – *chasser la vie amoureuse du paradis.*

Cinsel Ahlâk - *la morale sexuelle* terimini kim beğenmesin? Bir de bunu *civilisée* sıfatıyla yani sivilleşmiş/medenîleşmiş olarak donatırsak bu bal gibi modern çağın '*sinir hastalığı*' olur. Eşcinsellik, *castration* – kısırlaştırma karşısında narsisik bir savunma mekanizması olabilir der kimi otörler. *Kudret-i Mutlak fantazması* ve anneye bağımlılığın inkârı bizi çocuksal cinsellik nosyonuna götürebilir. Çocuksal veya Çocuksu Cinsellik - *La sexualité infantile* kavramını duyduğumda aklıma – ne gariptir - *pervers-de-type-pathologique* deyimi gelir. *Pervers-de-type-pathologique* – patolojik tip pervers ifadesinin anlamı kısaca *pervers*'dir. Bütün *perversion*'lar için ortak olan cinselliğin temel amacının – *ki, bu doğurma'dır / procréation* - çarpık olarak algılanmasıdır. Onlarda haz ve zevk bağımsız bir amaçtır.

Tâ yukarılarda bir yerlerde değindiğim anneye mi takılıp kaldınız? O, *meurtre de soi, deuil perverti* hâlinin hem *persécuteur*'ü, hem *sauveur*'ü hem de *victime*'idir. Hem işkenceci ve zalim, hem kurtarıcı hem kurbandır, sapıklığa dönüşen patolojik matemin devamında kendisinin yani özünün katilidir; *puissance*'tan – kudret mahrum olduğu için zihnin giyotinine gitmiştir.

Jeni-Fenomen

Phénomıne perdu des langues. Böyle bir kavram öneriyorum. Bulamazsınız çünkü saklanıyor. Bu kavramın sırrını çözen, kâinât anlayışında bir devrim yapacaktır, bu kesin.

Theory of non-periodic tiling

Matematik biliminde **döşeme** (karolama, süsleme) kavramı, aralarında boşluk bırakmadan veya örtüşmeden bir düzlemi kaplayan düzlemsel şekiller kümesini anlatmaktadır. Bu kavram daha yüksek boyutlar için de genellenebilir, bu genişletilmiş anlamı için döşeme yerine **tesselation** terimi kullanılır. *Tesselasyon* uygulamasına san'ât tarihi boyunca, antik mimariden modern sanata kadar birçok yerde rastlanabilir.

Latince *tessella*, mozaik yapmakta kullanılan küp şekilli bir kil, taş veya cam parçasıdır. *Tessella* kelimesi (kare anlamına gelen *tessera*'dan gelir, onun kaynağı da "*dört*" anlamına gelen Yunanca τεσσερα – tesera sözcüğüdür) *küçük kare* anlamına gelir. Gündelik dilde parke, karo veya çini döşeme, bu malzemelerin *tesselation* şeklinde yere veya duvara döşenmesidir. *Döşeme* sözcüğü hem bu tür düzlem kaplayıcı cisim veya şekillere, hem de bu cisimlerle veya şekillerle kaplanmış yüzey için kullanılır.

Yukarıdaki kavram, büyük usta *Roger Penrose*'un, *periodik olmayan döşeme theorisi*'ne gönderme yapmaktadır. Bu konuya girecek değilim yalnız ehemmiyetine değinmiş oluyorum. *Science of consciousness* ile *scene of consciousness* ve oradan da *scene of consensus*. İmparatorun üçlemesi diyebilirim. *Knight* →*knecht* → hizmetkâr şövalye. *Service* →*servus*→ hizmet ve selâmlaşma.

M. Gardner, profesyonellerin, profesyonel olmayanların okumaları için kitap yazmaları çok zordur diyor. **Zoru beter eyliyorum. *L'Univers en dehors d'ici* veya *the universe 'out there'* dedikleri gibi işte.**

Errare Humanum Est: Hata İnsana Aittir; Erotizmden Totolojiye

Hep denir ya; sevgililerin tutkusu bedenî bütünleşmenin keyfini misline çıkarır. Bir türlü bitmezmiş bu ruhî birlikteliği takip eden fizikî fusion. Peki ya, ihtirasın, bedenin arzularından öte daha şiddet dolu bir anlamı olabilir mi? Tutku, zaten kavramsal varlığı itibariyle bir huzursuzluğu bünyesinde taşır. Mutlu (eden) ihtiras bile mutluluğun kendisine nazaran çok daha şedîd bir düzensizlik ifade eder, velev ki ondan haz alınsın. Burayı not et ey okur! Şiddet, düzensizlik, huzursuzluk ve haz! İşte bu tutkuyu ızdıraba mı, mutluluğa mı yakın konuşlandırmalı, bırakıp devam ediyorum.

Tutkunun, insanların ilişkileri bağlamında, temelinde <u>devamlılık</u> arzusu ve içgüdüsü var. Tersi durumda *angoisse* – boğuntu pusudadır. Tutku yoksa insanda iktidarsızlık ve titreme var. Burada, ölüm karşısında vebaya sarılma esprisi dâhilinde, tutku tercih nedeni olur. Tutkuyu bir kere kaybedince en azından gevşetici bir şeyler aramaya başlar, güvende hissetmek ister, bir SEVGİLİ iyi bir çözüm sayılabilir ve rahatlatıcıdır. Eskilerin istiğrak yenilerin dalınç dedikleri hâl insanın erişmek istedikleri hâllerdendir. Her sevgilide bulamaz; tutkuluysa yeni arayışlara girme cesaretini gösterebilir, yok eğer basit gevşemelerle idare edebiliyorsa yolu kapalıdır. Mahrem olan her şeyde ilâhî bir istiğrak arar; *büyük evliyanın cîması tevhiddir* nev'inden beklentilere girer. Amma *populace* korkaktır; fantaziden korkar ve evliya olmaktan da çekinir; yüksek sorumluluk tutku gerektiriyor.

Sevilen taraf (Sevgilinin fusion'a açık tarafı) çok ızdırab çekmez. Mülk ona geçmiştir. Diğer tarafı öldürmek dâhil bütün ihtimalleri elinde tutar; *possession*. Diğerine ne diyelim – seven, *possédé* mi, ecinni mi, deli mi, divane mi? Hepsi ve hiçbiri. O da öldürmeyi planlar zira öldürmek, kaybetmekten evladır. Hem suçun sabit, hem ızdırabın daim hem de hazzın en ileri noktadadır. İnsan boşuna öldürmez, tutkusunu başka şeylerle doyuramadığı ân ve yerde zevki ölümsüz kılmanın yegâne yolu öldürmektir. Öldürmek *angoisse*'ı büyük ölçüde bitirir. Öldüremiyorsa, tutkusu güçsüz ise, bu sefer kendini öldürmeyi dener; ölüm hep radikal ama demokratik bir çözüm olmuştur. Duysal (tactil / sensuel) ve ruhî (spirituel) birlik çok ileri gidebilme potansiyeli taşıyorsa tevhid (ilâhî) tutkusu kavurmaya başlar. Hem yasaklar kalkar, sonsuz hazza yolculuğun önü açılır hem meşruiyet tartışılmaz hâle gelir. *Confusion* (karmaşa) ortadan kalkar. Tutku, imkânsız olanla kol kola uçmaya başlar.

Heyhât, daim olan bir başka duygu ise yalnızlık ve tecrittir. Kalbi boğan bu yalnızlık için yalandan bir sevgiliyle avunmak illüzyona tekabül eder zira o, delice bir şiddete (tutkuya) güç getirmez. Egoizm güçlü ama örgütsüz bir silahtır. Her tehdide direnemez, şuurluluk seviyesi çok yüksek ise o başka. Ölümün şiddetiyle erotizmin şiddeti çok serttir. İnsanî sahada hayvanla hayvanın müthiş savaşıdır. Yaralanan taraf ölüm olursa ego kanatlanıp uçan bir kaplana dönüşür, eros ağır yara alırsa *Hades*'in zifirî arabası benliği ezer geçer, hayvandan çok daha aşağıdasın artık, cehennemin dibinde. Cinsel rapor, tenasül bölgesine en uzak neresi var ise orada cereyan eder. *Crise sexuelle* masaları uzaklarda, ihtiras tundralarında, mağaralarda ve jungle'da kurulur. Oralarda çıt çıkmaz. Gürültüyü çıkaran ***fallos*** ise tetikçidir. Victoria dönemi Britanya'sına bkz.

GÜZELLİK ne kadar tutkulu biçimde arzulanıyorsa, çirkeflik ve günah o kadar derindir!

Devlet Pedofil ve / veya Pervers midir?

Tehlikeli, netameli ve huzursuzluk oluşturan suallerle başlar araştırmalar ve oradan *immature idea* – olgunlaşmamış fikir ve nihayet *mature idea* – olgunlaşmış fikir evresine ulaşılır ki, orada ya uzun bir makale ya da bir kitap kaçınılmaz olur. Bu hâle tecrübe diyenler de vardır ancak deneyimin tek başına kitap yazmaya kâfî gelmeyeceğini hemen küçük bir not olarak düşüp geçelim.

Psihi – Psyche – Psykhe…

Ψυχή-*Psihi*: Nefs, Benlik, Ego
Ψυχολογία-*Psihologia*: Psikoloji; davranışbilim
Ψυχίατρος-*Psihiyatros*: Psikhe üzerinde çalışan hekim, *psikiyatr*
Ψυχιατρια-*Psihiyatria*: Psikiyatri
Ψυχολόγος-*Psihologos*: Davranışbilimci; psikolog
Ψυχολογικός-*Psihologikos*: Davranışbilimine dair, *psikolojik*
Ψυχο-ανάλυση-*Psiho-analisi*: Psikhe'nin tahlili, Benlik tahlili; *psikanaliz*
Ψυχαναλυτής-*Psihanalitîs*: Psikhe tahlilcisi, *Psikanalist*
Ψυχοπάθεια-*Psihopâthia*: Benlik hastalığı
Ψυχοπαθής-*Psihopathîs*: Benliği hasta olan
Ψυχοσύνθεση-*Psihosinthesi*: Hâlet-i ruhiye ahengi
Ψυχασθένεια-*Psihasthenia*: Psikhe'nin zafiyeti

İnsanlar *«psikopat»* kelimesini duyunca hemen irkilir, ürperir, hattâ altına kaçıranlar bile olur.

«Ψυχή-Psihi» Yunanca bir kelime olup Türkçeye kimi zaman *Ruh* diye çevriliyor. Bu tercüme büyük ölçüde bilgisizlikten kaynaklıdır.

«Ruh» kelimesini Yunancada karşılayan *«πνεύμα-pnevma»*dır. Aslında o da tek ilâhlı dînlerin anlattığı *"ruh"* değildir amma *"murad"* odur. O nedenle belki de *"can"* demek daha doğru olur, yani Latince ve Batı dillerinde *"anima"*ya karşılık gelen. Kervansaraylara *"anima"* mefhumu çoktan girmiş durumda *"animasyon"* olarak. Nedense kimse reklam verirken *"otelimizde canlandırma gösterileri de mevcut"* demiyor, herkes *"animasyon"* diyor. Daha mantıklı olarak, hastanelerimizde de *"Reanimasyon üniteleri"* vardır; *"canlandırma birimleri"* değil.

Tabiî linguistik hatalar serisi *ruh hastalığı*'na kadar varıyor. Neyin karşılığı olarak? *"Ψυχοπάθεια - Psihopathîa"* mefhumunun karşılığı olarak. Oysa *"Ruh"*un hastalığı olmaz, bilim dışıdır ve bilimin işi de bu değildir zira somut olmayan bir kavram üzerinden yürünmektedir. Peki, neyin hastalığı olur? Mesela *"sinir"*in hastalığı olabilir, mesela mantığın veya aklın hastalığı olabilir. O nedenle Batı (Anglo-Saxon mektep) *"Mental Disorders - Zihnî Bozukluklar"* kavramını kullanır. Mesela benlik hastalığı olabilir ki, *"Psikopathîa"* denen kavramın doğru karşılığı budur. *"Ruh'un ıztırabı"* olur, *"Ruh'un serzenişi"* olur, *"üşümesi"* bile olur ama *"hastalığı"* olmaz. İşte o nedenle *"psikopat"* kelimesi *"Ruh Hastası"* değil *Benlik Hastası* veya *Sinir Hastası* ya da *Akıl Hastası* anlamına gelir. Ve yine o nedenle günümüz toplumlarında *psikopat* nispeti %1-2 falan değil, epeycedir. Yani *hepimiz şu ya da bu seviyede psikopatız* desek yanlış söylemiş olmayız.

Daha ötesi, *"psiko-analizler"* yaparız. Yani hesapta *"ruh analizleri"*. Aylarca, yıllarca sürer. Birer *Freudian* âyin gibidir seanslar. Ruyâlar manalandırılmaya çalışılır ve *"libidinal"* yani "*penien-vajinal-anal-oral-fallik*" arkaplanlar kazılır. "*Ruh cevheri*" fallo-vaginal miyara vurulup kıratı / gradosu ölçülmeye çalışılır. *Freudian* psikanalize göre her adamın (hastanın-nevrotik'in) mâzisinde mutlaka cinsî bir problem olmalıdır.

Psikiyatri ve psikoloji uzmanları bu saptamalara dudak bükmekte olsalar da devlet ve onun **kişiliği** mevzuunu çalışanlar açısından – *ben* - bu, başarılı bir analiz metodu olarak kabul edilmelidir. Burada buna soyunuyorum. Safdillerin "*nadirat*"tan saydığı ne kadar hâlet varsa devlet iktidarı açısından hepsi "*âdet*"tendir. Yerle yeksân...

Lesbos Çok Güzel, Cennetten Bir Gûşedir

Kadınların eşcinselliğine "*Lezbiyenlik*" adı verilir ki, kelime, Ege'deki "*Lesvos*-Midilli" adasından mülhemdir; *lezbiyen* kelimesi, Yunanca *Λεσβος*'dan (Lesvos) geliyor. ***Lesvos*** bir Yunan adasının ismi. Aslında Anadolu'ya en yakın adalardan biri ve Türkçedeki karşılığı Midilli! Midilli ismi aslında adanın ismi değil, adanın merkez şehri olan *Mitilini*'nin Türkçedeki karşılığı. Ünlü lezbiyen şair *Sappho*'nun bu adadan (*Lesvos*) olması nedeniyle lezbiyenlik (kadın eşcinselliği) bu adayla neredeyse özdeşleşiyor. Dünyaca meşhur etimolog-dilbilimci *Nikolaos Eleftheriadis*'a göre ***Lesvos*** kelimesinin etimolojik evrimi şöyle; Kelimenin aslı Arabî; ***El-Eşba*** ve bu kelime, cennet gibi yemyeşil, çiçeklerle donanmış yer (ada) ve/veya, Mersin (Mirtos) ağaçlarıyla ve Güller'le bezenmiş ada manasına geliyor. *El- Eşba* kelimesi evvela ***Leşva***'ya oradan da ***Leşvua***'ya evriliyor. Adaya bu ismin verilmesinin sebebi deniz mavisiyle ada yeşilinin iç içe geçip müthiş bir manzara arz etmesi ve Mersin ağaçları ve gülleriyle meşhur olması. Yine, Portekiz'in payitahtı ***Lizbon*** (Lisboa) da aynı kökten mülhem. Araplar tarafından '*Güzel Lisabua*' diye de adlandırılmış.

Lesvos adasının ilk mitolojik kralı *Màkar*, Güneş'le Gül'ün oğlu. O da ilâh *Apollon*'un soyundan geliyor. Bu nedenle Eski Yunanlar adaya *Makaria* adı veriliyor. Bir başka ihtimal, Arapça '*Şabba*' kelimesinden mülhem olması. **Şabba** kelimesi Arabîde, '*Genç kadın, kız*' manasına geliyor. Yine Arabî, '**Şabba**' kelimesi, *gençleşme* veya *genç erkek/delikanlı olma, büyüme* manasına da geliyor. Arabî, '**Şabab**' kelimesi ise '*Yemyeşil*' manasına. Bu da evvela '**Esbia**'ya evriliyor ve '*güzel ve çekici kadın*' manasını yükleniyor. *Homeros*, **Iliada** adlı eserinde bunlardan (kadınlardan) '$Λεσβίδας$' (Lesvidas) diye bahsediyor. Bu kadınlar 'özel bir tür' gibi algılanageliyor. Yine, Arablar'ın **El-Essbu** adını verdikleri bir ada daha var: *Ious* adası. Ancak bu kelimenin Yunanca, '*Eos*' tan (Şafak) gelme ihtimali de var ve her ikisinin de '*Lesvos*'a adını vermesi ihtimali de. *Lesvos*'un etimolojik serüveni böyle…

Yine işin içinde, yeşillik, güller, çiçekler, masmavi deniz, yemyeşil ada, genç kadınlar, genç erkekler, çekicilik, rayiha vs var). *Perversion* bu işin neresinde?

Dion i Zos ve Psihi

Bazıları, o olmasaydı ne trajedi, ne komedi ne de lirizm olacaktı derler. Kim bu ilâh? Evet, **Dionysos**'tan söz ediyoruz. *Sophocleus*, *Pindares*, *Eschyle* gibi birçok edebiyatçı, şair-yazar şâheserlerini kaleme alamayacaktı. **Dionysos** da **Hermes** gibi, *Pantheon*'a (ilâhlar makamına) bir türlü oturamamış, *Olympos eliti*nin kurallarına uyamamış eşdeyişle aykırı bir konum işgal etmiştir. Thrakia veya Frigya kültüne ait olduğu düşünülüyor. Şarabın, esrimenin (*ekstazi*), umutların, hayâllerin ve halüsinasyonların ilhâmcısı ve en üst düzeydeki denetleyicisidir. İsmi Frigce kökenli olup, "**Zeus'un oğlu**" (Dion i Zos) anlamındadır. Annesi **Semele** de bir Frigyalıdır ve Frigler arasında toprak (yer) ilâhesidir. *Zeus*'la yasak aşk yaşar ve bu ilişkiden **Dionysos** meydana gelir. Frigya,

Thraklar tarafından işgal edildikten sonra **Dionysos**, bir Yunan ilâhı olarak kutsanmaya başlamıştır.

Titan *Thetis*, **Dionysos**'u bağrına basmış ve onu koruması altına almıştır. Eskortu zayıf olan bir ilâh olarak bilinir: *Satirler* onun en yakın çevresinde bulunurlar ve yanından hiç ayrılmazlar. *Aristofanes*, "**Kurbağalar**" (Vatrahi) adlı eserinin "*Dionysalexandros*" başlıklı bölümünde onu ilâhların en düşüğü olarak sunar. Ancak, halk nezdinde *Dionysos* çok daha prestijlidir. Kutsal umutların ve sanrıların ilâhı yeri geldiğinde bütün bir şehrin ahalisini, ardından dağlara sürükleyip orada onlara söylevler verebilmektedir. Halka genelde bir boğa formunda göründüğü söylenir.

Dionysos düzen karşıtı bir ilâhtır. Ölçüleri ve kuralları eleştirir, tanımaz. *Konformizm*i reddeder. Bu yönüyle ideal Yunan tanrılarına benzemez. Thebes (Teb) kralı *Pentheus*, **Dionysos**'la çatışır ve ona savaş ilân eder. **Dionysos** onu "halüsinasyon" silahıyla etkisiz hâle getirir. **Dionysos**, Thebes şehrinin bütün kadınlarını da kollektif bir çılgınlığa maruz bırakır. Bu kadınlar Nysa tepesinin perileri olan Mainades'e evrilirler ve hezeyan perileri olarak da tanınırlar; görevleri Dionysos'un talimatlarını yerine getirmektir. İnsanları esritmek suretiyle iradelerini elinden alırlar. Kadınların hepsi ormanlara kaçışırlar, kral *Pentheus* de onları izler. Esrimenin etkisiyle *Pentheus*'u bir arslan olarak algılarlar. Kadınların arasında bulunan *Penthe*'nin annesi **Agave** oğlunu öldürür, başını keser ve kellesini kraliyet sarayına getirip zafer çığlıkları atmaya başlar. Yunan Mitholojisi'nin en trajik ve aynı zamanda en incelikli tablolarından biridir bu. *Euripides* sahneyi şöyle tasvir eder: *her kadın, kanlara boyanmış bir vaziyette, Pentheos'un uzuvlarıyla aralarında top oynuyorlardı.*

Dionysos tarafından cezalandırılan ölümlülerden biri de *Likurgos*'tur. Argoslu asil *Proitos*'un ve Orhomeneli asil *Minas*'ın kızları **Dionysos**'u kutsamayı reddederler zira bu Yunan kökenli bir tanrı değildir. Bahane olarak da, kadınların görevinin evde oturmak, yün eğirmek, ev işleriyle uğraşmak olduğunu belirtirler. Başlarına gelen şey halüsinasyon görmek olur. Bu sanrı krizi sırasında <u>kendi çocuklarını</u> öldürürler. INFANTICIDE oluyorlar...

Zamanla, *Dionysos*'a adamalar ve kutsamalar artar ve bütün coğrafyayı sarar. Bu kutsamaları takip eden eğlenceler sırasında alkol ve muhtemelen keyif verici bitkilerin tüketimi yükselir. Belli bir süre sonra bu törenler tamamen bir ritüele (âyin) dönüşür ve bu âyinlerde maskeler kullanılmaya başlar. Bu artık ilâhî bir dans hâline gelmiştir. Bu nedenle *Dionysos*'a, "**Maskara tanrı**" (Maskelerin tanrısı) adı da verilmiştir. *Maskara* kelimesi Türkçeye geçtikten sonra anlam bozunmasına uğramış ve "**soytarı**" anlamına bürünmüştür. Bu âyinler ileriki süreçlerde trajedi ve komedi san'atlarının nüvesini teşkil etmişlerdir.

Dionysos'u, sadece eğlencenin ve esrimenin ilâhı olarak görmek yanlıştır. O aynı zamanda ve esas olarak "*tutkular*"ın ve "*duygular*"ın ilâhıdır. Acı çekmektedir ve bu acısını gidermenin yolu olarak da, hayalleri ve kutsal umutları gündemleştirir. *Dionysos*'un nezdinde gerçekleşen bu "*derin duygulanım*" (pathetizm) aslında kitlelerin, ezilenlerin, yoksulların, hastaların duygulanımı ve nihayet esrimesidir. Onun ızdırabı diğer *Olympos ilâhları*nın geçici ızdırablarına pek benzemez, kalıcı ve derindir. Bu yönüyle, onu "*Derin acıların ilâhı*" olarak nitelemek yanlış olmayacaktır. Bu nedenledir ki, realiteden kaçar ve sanrılara, hayallere, esrimelere sığınır ve o âlemde yaşar.

Dionysos'un pathetikliği, annesi *Semele*'den gelir. *Zeus*, bütün kadınları kandırdığı gibi onu da, ne isterse yapacağını söyleyerek kandırır ve birlikte olur. Olayı öğrenen *Hera*, yaşlı bir rahibe kılığında *Semele*'nin yanına gider ve şöyle der: "*Seni seven bu genç adam kesinlikle Zeus mudur? O senin duygularını istismâr ediyor olmasın? Bunu nereden bileceksin? Belki de o bir ölümlüdür. Ondan bunu kanıtlamasını talep et, bir kanıt iste. Ona, yatakta*

Hera'ya göründüğü kılıkta görünmesini iste. Böylece seni aldatıp aldatmadığını anlayabilirsin".

Oysa gerçek aşkın kanıta ihtiyacı yoktur; bütün görkemiyle sevgilide ânîden ortaya çıkar. Aşk, kendi başına en büyük kanıttır, kanıtların kanıtıdır. Aslında *Semele* de böyle düşünür ama kıskanç kızkardeşlerinin tavsiyesi üzerine **Psikhe**, *Semele*'ye şüpheyi aşılar. *Zeus*'tan, ona bir ilâh formunda görünmesini ister. *Zeus*, verdiği sözü yerine getirir ve *Semele*'ye ilâh formunda görünür. *Semele* buna dayanamaz ve tükenir, *Zeus*, *Semele*'nin taşıdığı bebeği kurtarır ve onu kendi kalçasında saklar. İşte o *Dionysos*'tur. Yıllar sonra, *Dionysos*, annesi *Semele*'nin cehennemde bulunduğunu öğrenir, cehenneme onu aramaya gider, bulur onunla birlikte *Olympos*'a geri döner.

Psyche - Ψυχη

Bu, *"cehenneme iniş"* geleneği, bazı esoterik (batınî) tarikatlara da geçmiştir. Bu geleneğin bir parçası olarak, *Aşk* (Erotas) ve *Ruh* veya *Nefs* (Psikhe, Psihi) sarkacı ortaya konmuştur. Aşk'ın, Ruh'a bir alternatif olup olmadığı, Ruh'un aşkı kıskanıp kıskanmadığı ve onu yok etmek için harekete geçip geçmediği tartışılagelmiştir. Ruh'un genelde Aşk'a izin vermemekten yana olduğuna inanılmıştır. Mitolojide ise, Ruh, Aşk tarafından sevilmiştir, <u>**Aşk**, sevgilisi olan **Ruh**'un yüzünü aramaz</u>, onu görmeyi talep etmez. Onun doğal hâlini merak etmez, o da (ruh), kendini şüpheye gark eden kıskanç kızkardeşlerinin kurbanı olmuştur. O da sevdiğini kaybetmiştir. Ancak bu noktadan itibaren, gelenekler değişiklikler arz etmeye başlar: *Dionysos*, bütün içtenliğiyle annesini kurtarmak ister, *Psikhe* bu anlamda, ebedî aşkına ulaşmak için bütün çetrefilleri aşacaktır. *Psikhe*'nin bizzat ismi, efsaneyi net hâle getirmektedir. Şüphelerin ve imân eksikliğinin kurbanı olan *"psikhe"*miz (ruhumuz veya nefsimiz), ilâhî olanla aramızda varolan irtibatı kaybeder.

Semele mithosu da başka bir anlam taşımamaktadır. O da kuşkularının kurbanı olmuş ve oğlu ***Dionysos*** tarafından cehennemden kurtarılmıştır. Burada ***Dionysos***'un yüklendiği rol, "*tutku*"dur. Bu tutku, hem bir aşkı hem de, annesinin şahsında kendi acılarının dinmesini ifade eder. Buna mukabil, **Orfizm**'e özgü ***Dionysos Zagreus*** mithosunda, ***Dionysos***'un eylemi, "*Ruh'un selâmı*" olarak algılanır. Bu mithosa göre, ***Dionysos***, *Zeus*'un ayrıcalıklı çocuğudur ve dünya imparatorluğunu ele geçirmesi istenmektedir ve onun annesi, *Semele* değil *Zeus*'un öz kızı *Persefon*'dur. *Persefon*'un annesi de bereket ilâhesi *Demeter*'dir (Dimitra). *Zeus*, öz kızına bir yılan formunda yaklaşır. *Persefon*, cehennemlerden sorumlu ilâh olan amcası *Hadis* (Hades) tarafından alıkonur ve onun eşi olur. *Hades* ona, yılda üç ay yeryüzüne çıkma izni verir. Bu dönem ilkbahardır ve onun yeryüzüne çıkışıyla annesi *Demeter* mutlu olur, tabiat yeşerir. *Zeus*'un öz kızına yaklaşma girişimi *Hera*'yı deliye döndürür ve Titanlar'a, ***Dionysos***'u teslim almalarını ve onu oyuncaklarla oyalamalarını söyler. Titanlar ise onu parçalarlar ve sadece kalbi, *Athina* (Athena) tarafından kurtarılır. *Zeus*, Titanları yıldırımlarla kül eder. O küllerden yeni bir insan nesli doğar ve bu soy ***Dionysos***'un yüreğini taşır. Bu bağlamda insan, içinde taşıdığı **"titanik"** lekeden kurtulmak ve **"dionisiak"** unsuru açığa çıkarmakla yükümlüdür.

PEKİ, DEVLET PERVERS MİDİR?
Kendine Sevdalı Sapık'ın (*Pervers Narcissique*) Profili

Zekâ ve Kültür Seviyesi

Kimi kendine sevdalı sapıkların çok yüksek bir zekâ ve kültür düzeyleri vardır. Genel manada ise ortalama ve/veya ortalamanın üzerinde bir zekâları vardır ve hasseten de iyi bir *'psikoloji bilgileri'* vardır; bu, onlarda çoğu zaman doğuştan bir yetenek olarak belirmektedir. Bu nedenle büyük sapıklar aynı zamanda büyük psikologlar veya büyük psikoloji bilgisine sahip kişilerdir.

Ahlâkî Değerlerin Bulunmaması Hâli

Hâlet-i ruhiyelerinin en sıkıntı verici tarafı kendilerinde duydukları eksiklik ve bunun asla giderilemeyeceğine olan saplantılı düşünceleridir. Bu kişilerde vicdan bulunmadığından onun azabını da çekmezler fakat böyle bir hissin (değerin) varlığından kuramsal olarak haberdar oldukları için nasıl bir şey olduğunu merak edip tatmak isterler lakin buna asla erişemezler. Bilinçleri

(*Nous* anlamında ve geniş düşünerek belirtiyorum) gelişkindir ancak vicdan ve – *her neye inanacaklarsa fark etmez* - imân eksiklikleri (yoksunlukları) olduğu için üst dil – üst mana seviyesine ulaşmaları mümkün olamaz, adeta bu ilim düzeyi onlara yasaklanmıştır ve o nedenledir ki muhtelif iblis formlarıyla aynı safa düşmüş olurlar.

Bilinç büyüklükleri yatay ve şişkinlik biçimindedir. Ölene kadar bu eksikliği (acıyı) hissederler ve bu eksikliklerini başkalarını (kitleleri) saptırmak suretiyle tedavi etmeye çalışırlar; mesela tanrıtanımaz ise ilâh olmayı seçer, ilâhlıysa da ilâhla cedel etme yolunu benimser. Nasibinde olmayanı aşırılıkta arayıp ruhunu değil nefsini doyurmaya yönelmek ister ve tabiî ki, tatminsizlikleri bitmez; *Frustration* seviyeleri çok yüksektir. Buna <u>tatminsizlik karşısında hoşgörüsüzlük</u> anlamına gelen *intolérance frustranionnelle* diyoruz. İhtirasları aşırıdır ki, bunu doyuramadıkları durumlarda vahşette sınır tanımazlar. Zekî ve kültürlü oldukları için kurbanları onların kişiliklerini anlayamaz, baştan söylense bile inanmazlar. Vicdan mahrumiyeti ve ona bağlı hiçbir değere inanmama veya bağlanmama durumları onları yoldan tamamen çıkarır. Sürekli tedirgindirler ve hakikat karşısında sağırdırlar.

Tamamen hor görme ve aşağılama üzerine kurulu bir hayatları vardır. Kanunlara uyar gibi görünüp dikkate almazlar, ya sahte ahlâkçıdırlar veya ahlâksızdırlar. Büründükleri moral kimlik en güçlünün, en egemenin, en kurnazın ya da en düzenbazın moral özelliklerini taşır. Çok sıklıkla, davranışlarında fenalığın / kötülüğün *banalizasyonu* görülür; hafife alırlar, abartıldığını iddia ederler. Ameli bir yıkıcılığa (*nihilizm*) ulaşabilmek için göreli bir moral çerçevenin içine girebilir hattâ çok militan bir *moralist çizgi* de izleyebilirler. Sadece kendisinden daha güçlü olduğuna inandığı ve mümkünse aynı anlayıştan kişilere içini doldurmaktan çok aciz olduğu bir saygı duyar, aslında bu, korkudan kaynaklı bir saygı olup içi boştur. Beşeriyet için, yüce değerler için, inançlar uğruna çalışmak ve mücadele vermek onun için bir saflık ve aşırı duygululuk formudur ve onun hayatında bunun yeri de karşılığı da yoktur. Sadece neticeler önemlidir ve son (sonuç), araçları doğrulayan bir gerçekliktir.

Kendine sevdalı sapık – *pervers narcissique*, için etrafındakilerin zerre kadar değerleri yoktur, onların saygıdeğer kişiler olmaları şöyle dursun sadece kullanılmak için vardırlar ve sapığa hizmetle mükelleftirler; altı üstü beş para etmez yığınlardır; *populace*. Onlar, sapığın iktidarına servis yapan ruhsuz ve değersiz objelerdir. Sözler verir ve asla tutmaz ve bilir ki, <u>vaadler ancak onlara inananlar için muteberdir</u>. Eşinin, kız arkadaşının, akrabalarının ve çevresindekilerin paralarını, mallarını, kıyafetlerini alıkoymaktan veya çalmaktan çekinmez ve utanmaz. Bunları inkâr etmeye hazırdır. Hiçbir sözü somut, açık, anlaşılır ve doğru değildir. Çoklu ifadelere başvurur ve kendisinin filanca cümleyi söylediği hatırlatıldığında '*ben öyle demedim, ben onu kast etmedim, sen yanlış anlamışsın*' biçiminde cevaplara sığınır. En çok korktuğu iki şey, DEŞİFRE OLMAK ve BU BÖYLE GİTMEZ cümlesinin muhatabı olmaktır. *Bu böyle gitmez* ifadesini kullandığınız zaman Haç'ı gördüğünde korkuya kapılan vampir misali hemen '*neden*'? veya '*bu ne demek?*' suallerini sorar. Sizin ona bir cevap vermenizi ister ve o cevap üzerinden esnemeye ve kandırmaya gayret eder. Yapılacak şey, cevap vermemek ve kurduğunuz cümleyle kararlılığınızı bildirmektedir. Paniğe kapılıp mekân değiştirmeye çalışacak veya bir süre gözden ırak duracaktır. Kalıcı bir müspet süreç olmaz, zaman kazanmak isteyecektir zira hayra yönelmesi mümkün değildir. Altından kalkamayacağını gördüğünde yeni bir çevre geliştirmek için arayışa girecektir. Maskesi düşmüştür.

Egoizm (Bencillik) Menfaatlerinin Agresif Savunması

Çok zora düştüğünde melek rolünü tercih edecektir; sadaka vermek, fukaraya yardımlarda bulunmak, insanlarla sahte ilişkiler kurmak, sapık çekirdeğin etrafında yeni bir şebeke oluşturma ihtiyacı. Sapık, şebekesiz (tek başına) yaşayamaz. Virüs gibi bir başkasının (başkalarının) varlığını sömürmesi gerekir. Yaptığı sözde iyilikleri abartarak ama kendisi değil de kurduğu şebekeden birilerinin ağzıyla anlatır / anlattırır. Kendi menfaatlerini vahşice ve mükemmel bir biçimde savunmayı bilir ve bu konuda çok ısrarlıdır. Yegâne hedefi kendi şahsı için büyük bir çıkar elde etmek ve bu başarısını kendisinin tanrısal gücüyle izah edip tatmin olmaktır. İnanmadığı yüce bir değeri kendi şahsında kristalize eder. O tanrıdır. Her ândan, her fırsattan, her durumdan, karşılaştığı her insandan – *sömürme anlamında* – maksimum yararlanır. Mümkün olduğunca bu insanları sistematik bir biçimde enstrümantalize eder (âletleştirir). Devşirdiği bütün avantajlar kurbanları üzerindendir. Felsefesi her zaman kullanımcılık ve çıkarcılıktır (*utilitarisme*). Evde, işte, sokakta, tatilde, pazarda, herhangi bir etkinlikte kısaca her yerde ihtiyacı olan şeyi elde etmeyi planlar. Aklı fikri insanları sömürmektir. Öte yandan, en asosyal bireyin bile şefkate, sevgiye, arkadaşlığa kısacası kendi varlığını bildirmeye ihtiyacı olduğunu bilmekle bütün bu kanalları birer zaaf noktası olarak ele alarak kullanır. Bu kanalları kullanırken olabildiğince kibar ve nazik davranır. İyi bir taktisyendir.

Ancak ve ancak kazanacağından emin olduğunu fark ettiğinde *'cesur'*dur ve bu 'cesaret' onun *narsisik imajı*nı okşayıp kuvvetlendirir. Bu nedenle, akıl almaz bir dikkat sergiler ve bu çok ince dikkatin altında müthiş bir korku yatmaktadır. Yapılan bir araştırmada, Titanik faciasında filikalara, kadınlardan ve çocuklardan önce atlayan kişilerin *kendine sevdalı sapıklar* ve *meşhur kumarbazlar* olduğu tespit edilmiştir. Bu karakterler için onur, haysiyet, şeref, namus, ahlâk gibi kavramlar kabul edilebilir değildir ve lüzumsuz teferruata dâhildir.

Egocentrisme (Benmerkezcilik)

Sapık, her şeyin ve herkesin kendisi için var olduğunu düşünür. Bu düşüncelerini sorgulayan hiçbir değerlendirmeyi ve yaklaşımı kabul etmez. Onların kanunu; arzuları, hazları, keyif ve zevkleri ve bütün bunların temerküz ettiği benlikleridir. Ne arzu ediyorlarsa bu ânında, hemen veya mümkün olduğunca kısa bir süre içinde yerine gelmelidir. Her şey ona sistematik bir biçimde boyun eğmelidir. Şımarık bir çocuktan daha beter bir biçimde ve terbiyesizce arzularının peşinden gider. En ufak bir rahatsızlığı abartırlar ve ölümcül bir hastalık olarak etraflarına lanse ederler.

Kendine Sevdalı Sapığın
Düşünce Moduna İlişkin Bazı Örnekler

«Çok zekîyim, kuvvetli ve kudretliyim, diğerlerinin üzerindeyim, sepetin en üst tarafında ben varım, başkaları beni sevmeme haddinde olamazlar, beni taparcasına sevmeleri gerekir, vazgeçilmezim, başkalarını sömürme hakkım vardır, onlar birer hizmetkârdır, kendimi öylesine örgütlerim ki, kurbanım kendisini suçlu hisseder ve bu temelde bana olan bağımlılığını terk edemez, neden bir bilinç sorunum olsun ki? Başkasının dangalak veya saf olması benim suçum değil, kurbanım kendisi için yaptıklarımdan dolayı bana müteşekkîr olmalıdır, yaptığım şey normal ve doğrudur, *ben*siz diğerleri birer hiçtir, sayemde varoluş onuruna eriyorlar, ortada bir problem varsa o benden kaynaklı değil diğerlerinden kaynaklı bir problemdir, ben ancak kendimi düşünür ve – *lüzumu hâlinde* - kendime acıyabilirim".

Empati Yokluğu

Kendine sevdalı sapığın başkalarını sevme istidadı yoktur! *Humanité* (ümanite) duyguları yoktur! Hiçbir insanî hisleri yoktur! Hiçbir duygulanımları (affect; affection), şefkatleri, ızdırabları, hâlet-i ruhiyeleri bile yoktur ve yok hükmündedir! Donukturlar, künttürler ve sadece hesap yaparlar, başkalarının acılarına karşı tamamen lakayttırlar. Bütün bu eksikliklerini sahte görüntülerle kapatmaya gayret ederler. Sapıklar bir başkası için tutku duyup bir fikir sahibi olabilirler fakat bunlar küçük kıvılcımlar hâlinde kalır ve büyük ateşlere yol açmazlar. Zihinleri ve ruhları sıklıkla karmaşık röfleli ama gerçekte bomboştur sadece âlî menfaatleri söz konusu olduğunda zihnî faaliyetleri ortaya çıkar. Gerçek duyguları bilmezler; özellikle de üzülme, matem, hüzün gibi duygulardan bihaberdirler.

Aldanmaların ve yanılgıların onlardaki karşılığı öfke ve rövanş arzusudur. Bu durum onlardaki tahripkâr azgınlığın işareti olmaktadır. *Kendine sevdalı sapık* bir yara aldığını fark ettiğinde (reddedilme, başarısızlık) sınırsız bir rövanş arzusu duyar ve bunu mutlaka kaydeder. Bu duygu, herhangi bir bireyin geçici öfkesi değil, esnekliği hiç olmayan bir hınç ve kin olup sapık bu noktada bütün kuvvet ve kapasitelerini harekete geçirir.

Sapığın baştan çıkarma özelliğinin içinde zerre kadar sevgi ve şefkat unsuru bulunmaz zira sapık işleyiş prensibi bütün duygulanımları reddetmektir. Sapıklar aynı paranoyaklarda olduğu gibi, tehlikeden kaçınma temelinde duygulanım anlamında ilişkilerine bir mesafe koyarlar. Birisine bağlanmak, sevmek, üzülmek onlar için kâbustur. Kurbanlar bunu hayal etmekten uzaktırlar.

Bu tür ilişkilerin neticesinde ortaya çıkması çok muhtemel olan cinsî düzensizlikler, bozukluklar ve saldırganlıklar sapıktaki duygu ve empati yoksunluğundan kaynaklanmaktadır. Sevgi ve şefkat duygularının eksikliği ahlâkî sınırlara hürmet edilmesinin önündeki en önemli engeldir. Bu noktada – *ahlâkın silindiği yer* – mubah olanla mekruh ve haram olan (toplumun kabullenemeyeceği de denebilir) arasındaki had ortadan kalkmakta ve sapığın objesi olarak gördüğü birey üzerindeki tahakkümü hiçbir sınır tanımamaktadır; öldürebilir, dövebilir, hakaret edebilir, zorlayabilir, kırıp incitebilir, yüzüstü bırakabilir, değersizleştirebilir, tehdit edebilir, ilişkiyi sonlandırabilir. Yapmayacağı tek şey karşısındakiyle empati kurmaktır. Bu durum, sapık için, hipotezden çok ileri bir şeydir.

Sapık Merkeze Doğru Seyir Hâlindeyiz

"Kılık değiştirmiş sırtlanları yakışıklı koçlar zannedip onlara karşı güzel hisler beslemek ne kadar da büyük bir hüsrandır"
La Rochefoucauld.

Stefan Zweig, Joseph Fouché için *psychologiquement pervers et intellectuellement passionné* tanımını yapıyor.

Zor ama hoş, tehlikeli ama kıymetli işlerdeyiz ve ayırd edemez isek hepimizi ayırd ederler; azıcık mithologya:

Üç kızkardeş; *Envy* ve iki kızkardeşi, *Spite* ve *Malice*. Yanlarına bir peri gelir ve sorar: Dileyin benden ne dilerseniz! *Envy* hiçbir şey istemez. Kız kardeşleri de her şey'i ister. Peri, *Envy*'ye, kız kardeşlerinin istediğinin iki mislini kendisine vermeyi önerir. *Envy* tersini ister: Bana vereceğinin iki mislini onlara verir misin? Peri kabul eder. *"O hâlde benim bir gözümü oy!".*

Haset! *Schadenfreude – La Joie Malsaine* de diyebiliyoruz.

Kıskanç, hasedin yanında zavallıdır. Ya rekabet etmeye çalışır ya da çeker gider. Haset sadece ve sadece 'tahrip eder'. Haset *perversion*'un bir şubesi olmaktadır.

Sapık merkezdeyiz (NOYAU PERVERS)...

Bir grubun, bir ailenin, bir toplumun, bir kurumun, bir örgütün, bir devletin bağrında sürekli bir biçimde organize olmuş ve fonksiyon kipi (kurumlaşma, yasalaşma / anayasalaşma, resmîleşme, yöntem bulma, etkileme) çürütücü, paslandırıcı, zehirleyici, parazitleştirici, sefilleştirici ve içini boşaltıp posalaştırıcı / yok edici nitelik taşıyan yapısal (ve dahi dış yapısal) dinamiğe **SAPIK ÇEKİRDEK** (NOYAU PERVERS) denir.

En az iki kişiden müteşekkîl bir muhitte ortaya çıkan veya koşulları oluşan, bir *'tahrip edilmezlik'* ve *'ihlâli mümkün olamazlık'* ortak *fantazması* temelinde hayata geçirilmesi hedeflenen ve elde edildiği takdirde başkalarının (diğer insanların) tüketilmesi (mallaştırılması, met'alaştırılması) prensibine dayanan süreçler, ucu *SAPIK MERKEZ*'e varacak olan narsisik (*narsist* – kendine sevdalı) vetirelerdir.

Sapık Merkez birilerini kendi etrafına toplarken bir kısım insanı da dışlamakla işe başlar. Sonra bu eğilimi koalisyona dönüştürür, çok gizli hareket eder; ortak kuralların ve *değer yargılarının* üzerinden, gres yağı ile örtülmüş 1 Temmuz kabotaj direği - *yağlı direk* - üzerinde yürür gibi sürekli kayarken Hakikat'e kıymaktan, onu darmadağın edip piçleştirmekten başka hiçbir gayesi yoktur. Hakikati parça parça edip iliklerine ve ilkelerine kadar tasfiye etme hedefi temeldir. *SAPIK MERKEZ* şekillendiği ortamdan beslenir, yorgunluk anlarını boş bulunmaları kollar. Paranoya öncesi (*Preparanoia*) bir mod üzerinden işlev geliştirir.

İster ailede olsun ister toplulukta, sapık çekirdek organize, aktif, süreli ve dinamik bir biçim ve biçem oluşturur. Sapık karakteri hem kendisini oluşturan kişilikler ve hem de bir işlev kipi tarafından tanımlanır. Gizlidir, yırtıcıdır ama asalaktır ve bu nedenle *altın yaldıza sarılı boşluk* olarak da ifade edilebilir. Mevcut yasalara, buyruklara, âdet ve geleneklere karşıymış gibi davranıp en büyük ikiyüzlülüğü hayata geçirir: tam bir *RİYÂKÂR*'dır. Bu yöntemle (yolla) HAKİKAT'in kıymetini düşürüp onu değersizleştirmeye çalışır.

Klinik manada '*çekirdek*' teriminin kullanılmasının sebebi bir sertliğe ama aynı zamanda bir dengesizliğe ve aşırı çeşitlilik gösterme eğilimine sahip olmasıdır. Böylelikle '*çekirdek*' sanki kişiliğin içine işlemiş ve ona ilişmiş bir yapı olarak kendisini – *bir taraftan sarsılmaz diğer taraftan patholojik* - kaya gibi takdim eder. Ancak ve buna mukabil, böyle bir yapı konseptiyle mesela '*gizli*'ninki veya 'GERÇEK KENDİLİK'inki arasında çok büyük mesafeler bulunmaktadır.

Parantez içine almadığımız bölüm '***Pervers***'(perver) kelimesinin Fransızcada anlamı *bozuk, çürümüş; ahlâk bozucu; ahlâksız, sapık*. Bilimde ise en son anlamıyla kullanılıyor: *Sapık*. Fakat bu '*sapık*' kavramı herkeslerin ağzına pelesenk olmuş, sokaklarımızda çok sıklıkla hakaret, aşağılama veya suçlama temelinde kullanılan - *banalize edilmiş* - sıfattan, muhtevası itibariyle olmasa da bilinmezleri açısından oldukça farklıdır. Parantez içine aldığımız -*ion* ekiyle birlikte ise bu sıfat isme – *perversion* - dönüşür ve bizim dilimizde **sapıklık** biçiminde söylenir. Yanındaki ***narcissique*** sıfatı ise meşhur Yunan mithologya kahramanlarından *Narkissos* ile ilgilidir; hani şu aksine âşık olan yakışıklı. *Nergis* ismi ***Narkissos***'un Türkçeye evrilmiş hâli ve manidar bir şekilde, çiçek ve bir bayan ismi. **Perversion Narcissique** kavramı ise en anlaşılabilir ve dahi kaba ifadeyle *kendine sevdalı sapıklık* biçiminde tercüme edilebilir, benim kulağıma hoş gelmese de... Bu ifade, bilimde bir seri semptomla (belirti, araz, illet) birlikte yürüyen bir kişilik sapması veya sapmalı kişilik diye tanımlanıyor. Ben, *kişiliğin sapması* da diyorum. İşte bu kişilik sapmasının direkt olarak narsisik (veya *narsisist*) bir sapıklık olarak göze göründüğü ve/veya tasarlandığından bahsedilmekte olup ilk defa terminolojiye 1986 yılında Fransız psikanalist *Paul-Claude Racamier* tarafından, *Entre agonie psychique, déni psychotique et perversion narcissique* (psişik can çekişme, psikotik kaçınım (*kaçınım* kelimesinin yerine *adaletsizlik* kelimesini koyarsanız ben itiraz etmem) ve kendine sevdalı sapıklık arasında) ve bilahare 1987 yılında *La Perversion Narcissique* (Kendine sevdalı sapıklık) isimli eserlerindeki kullanımlarla girmiştir.

Racamier'ye nazaran: Kendine sevdalı sapıklık süreli bir örgütlenme biçimi olup iç çatışmalardan ve husûsiyetle de üzüntü ve ızdırabtan korunup sakınmanın/sığınmanın zevk ve kapasitesiyle (erişmekle) karakterizedir. *Kendine sevdalı sapık*, kendini, bir âlet gibi manipüle edilmiş bir objenin değerinde ve kendi zararına olacak şekilde göstererek kendine (gözlerden kaçan) farklı bir değer biçer. Bu tanım, *kendine sevdalı sapık* diye tabir edilen ve nitelenenlerde ortaya çıkan mekanizmayı izâh etmektedir. Bununla beraber *Racamier*, ilk etapta bireyleri nitelemeyi değil ve fakat karşılıklı ilişkilerde bir işlev bozukluğunun kökenini tespit etmeye uğraşmaktadır. *Gérard Bayle*, kafasındaki *kendine sevdalı sapık* kavramının, ailelerdeki ve gruplardaki sapık süreçleri tanımlama ve yakından takip etme endişesine tekabül ettiğini açıklamaktadır. Bu sürecin *kendine sevdalı sapık* figüründe ete kemiğe bürünmesi 1990'lı yıllarda yeniden kullanılmaya ve popülerleşmeye başladı. Özellikle de *Marie-France Hirigoyen* ve *Alberto Eiguer* ile birlikte. Fransız psikiyatr Hirigoyen, *Le Harcèlement Morale* – Ahlâkî İstismar isimli eserinde insanların gündelik hayatta karşılaştıkları sapık şiddeti irdeler. Doğru bir insanı kelimelerle, bakışlarla, imâlarla tahrip edebilirsiniz: buna *sapık şiddet* veya *ahlâkî istismar* diyoruz. Bu durumun aksini söyleyecek olanlara karşı dikkatli olmak gerekir. Bu banalizasyon – banalleştirme girişimi aile içinde, karı-koca arasında, bir işletmede veya devletin tepesinde olabilir. Kurbanlar adanmaya devam eder. Bu bitmez tükenmez şiddetler, ellerini kirletmeden birilerinden kurtulmak iradesine dayanır. *Abartmayalır beyler* motto'su kutsal bir metin gibi sıklıkla başvurulan bir slogana dönüşür zira *pervers*'in husûsiyeti maskeyle dolaşmaktır. Bu telkin her geçen gün maskenin katmanlarını daha da kalınlaştırmakta olup, görünürlük ihtimalini gitgide ortadan kaldırmaktadır.

Devlet, siyasî mücadele içinde olan bütün insanları şu veya bu nedenle yıllarca zindanlarda yaşamaya mahkûm ediyor; *perversion hükmündedir*.

Racamier'nin eserinden kavram karşılayalım: *Déni Psychotique*: (Psikotik Adaletsizlik) *vs* Psikotik İnkâr → Bu iki ifade bir ve aynı olup devletin inkârcı kimliğinin onun adaletsizliğine tekabül ettiğini gösterir. Devletin verdiği 'bu sapık ideolojik ve hukuk dışı mahkûmiyet' kararının bilimdeki ve derin psikiyatrideki karşılığı '*Déni Psychotique*'tir. Fransızcada '*déni de justice*' deyimi ise bir hâkimin bir davaya bakmaktan kaçınması anlamındadır. Demek ki *perversion* bütün kurumları ve dahi toplumu kuşatmış oluyor. Eğer yerine getirilseydi ve eğer hâlâ bahsedebileceksek *adalet duygusu* tezahürü olarak devletin ve hâkimlerinin bir '*déni de justice*' eylemi gerçekleştirmesi gerekirdi. En azından hukuk davalarının mes'ûliyetini al(a)mamakla göreli bir ahlâkî duruş sergileyebilirdi. Yapamamaktadır ve yapamazdı. Direkt '*Déni Psychotique*' çözümüne başvurdu. Adaletsizdir fakat daha kötüsü – *keşke sadece adaletsiz olsaydı* - aynı zamanda Kronosvarî bir kısırlık ve yumurtasızlıkla malûldür.

Diğer kavramın üzerindeyim: *Perversion Narcissique* (Kendine sevdalı sapıklık). O hâkimin amiri - *isterseniz devlet veya egemen sapık ideolojik merkez/çekirdek de diyebilirsiniz* - hâkim daha mesleğe başlamadan evvel onu iğdiş etmiştir, bir anlamı ve bir veçhesiyle 'yumurtasızlaştırmıştır'. Yine, kendine sevdalı sapıklığın bir özelliği - sadece seksüel manada değil - fikrî olarak da üretken olamaması yani üreten varlık olmanın temel gereklerinden biri olan 'üretici çekirdek'ten yoksun olmasıdır. Yani, idrâki iğdiş edilmiştir. İdrâki iğdiş edilen, bilmeyerek veya istemeyerek *kendine sevdalı sapıklık* yolunun yolcusudur.

Üçüncü kavramdayım: *Agonie Psychique*. Psişik can çekişme. Hâlet-i Ruhiye'si altüst olmuş, boğulmakta olan karakterin durumu; can çekişme. *Pervers*'in bir özelliği de derinlerde bir yerlerde çok korkak olmasıdır ve en ufak bir teşhire maruz kalacağını hissettiğinde hemen uzlaşma yolunu arar. Tabiî evvela karşısındakini *'öldür(t)meye'* yani tasfiye edip ondan kurtulmaya çalışır. İşkencenin her türlüsü budur. ***Sapık*** (Pervers) kendisinin yapamadığını – *çünkü kısırdır; castré* – makine ve teknoloji eliyle yaptırır ve aynı zamanda *sadik* (sadist değil) olduğu için de karşısındakinin ızdırabıyla tatmin olmayı arzu eder. Karşısındaki direniyorsa bu, *pervers* için bir işkencedir. Peki, toplumun (Müslüman iddiasında olanlar; *Muslim-like* denenler dâhil ve belki de en başta) hayasız (yumurtasız, kısır; *castré*) olmakla 'hayâsız'laşmış olması resmî ve husûsen sapık beynelmilel ideolojinin en büyük ve aslında yegâne başarısıdır.

Castrer: Hadım etmek, iğdiş etmek, burmak, enemek, kısırlaştırmak. ***Infécondité***: Kısırlık, verimsizlik. ***Castration*** kelimesi İngilizceye 1420 senesinde Latince *castrationem* kelimesinden girmiştir; *castrare* enemek, burmak, hadım etmek, budamak, fazla kısımları atmak, kuru erikleri toplamak anlamlarındadır. *Freud*'ün ünlü *'castration complex*'i 1914'de su yüzüne çıkmaktadır.

Kastrasyon Komplexi'ne giriyoruz: 1. Tenasül uzuvlarını kaybetme veya onların işlevsizleşmesi korkusu. 2. Bir insanın vücûdunun genel imajına yönelik umumî bir iktidar kaybı tehdidinin hissine dayalı korku. Psikanalizde ***'castration'*** kelimesi bazı diğer tanımlayıcı kelimelerle bağlantılıdır. Bu kelimeler arasında *'Anxiété'* (Sıkıntı, korku, endişe, tasa, kaygı), tehdit, sembol(ik), korku, ürküntü, inkâr ve reddiye ve hâliyle kompleks. Bu korku erkek çocukluk döneminde başlar ve *'penisin kendisinden alınacağı'* korkusuyla yerini bulur. Bu korku destekleyici/tahrik edici faktörlerle gelişirse kompleks cinsîliği aşar, siyasallaşır. Zihnî hayatın değişmez bir parçası olarak kalmaya devam eder.

*Kastrasyon kompleksi*nin metapsikolojik pozisyonu *Freud*'ün geç çalışmalarında gözlenmektedir. *Kastrasyon* fantezileri, sembolik yönleri ve kastrasyonun mitholojik referansları 1900 yılında yayınlanan '*The Interpretation of Dreams*' (Ruyâların Yorumları) isimli eserde sıralanır. Özellikle, '*Metamorphoses of Puberty*' (Ergenlik Başkalaşımları) meselesi ve süreci ile *kastrasyon kompleksi* arasında sıkı bir bağ kurulmaktadır. Devlet bize (topluma, halka) *kastrasyon* teorilerini ve fantezilerini bütün boyutlarıyla çok erken yaşta, aileler eliyle ve bedava vermektedir. Devlet verdiği bu fantezi çözümlemeleri karşısında *zihinleri iğdiş edip* bırakır. Devlet *lupus*'tur.

Geçerken *Küçük Hans*'a - Der kleine Hans, uğrayayım dedim.

Freud'ün en küçük hastası olan *Herbert Graf*'ın kod adıdır. Bu ismi veren *Freud*'dür.

Viyanalı *Küçük Hans* sonraları müzik tahsili yaptı ve önemli bir opera idarecisi olur. *Hans*'ın at korkusu vardı zira çocuk bir arabayı çekmekte olan bir atın tökezleyerek düştüğünü ve aynı esnada arabacı tarafından kırbaçlandığını görür. Ve at çocuğun gözlerinin önünde ölür.

Freud'ün analizinde *Hans* babasıyla at arasında bir benzerlik kurar; her ikisinin de kocaman bir 'işeme organı' vardır. Babasını hem sever hem de ondan korkar zira kendisinin annesiyle birlikte uyumasını engelleyen kişi babasıdır. Buna bir tepki olarak *Hans*, beyaz bir at tarafından ısırılmak korkusuyla dışarı çıkmama temelinde bir *fobik nevroz* geliştirir.

Tedavi sırasında *Hans*, yavaş yavaş, ağızlarının etrafında siyah bir şey olan atlardan daha fazla korktuğunu ifade eder. *Freud*'e göre bu siyah şey babasının bıyıklarıdır.

Sonra, gözlerinin etrafında bir şeyler olan atlardan korktuğunu söyler. *Freud* bunu babasının gözlüklerine bağlar.

Freud'e göre bu semptomatoloji bir sonuçtur; babasına karşı beslediği saldırgan arzular ve kendisine (*Hans*) karşı beslediği yumuşaklık. Babası kendisine vurmaktadır ki, bu nedenle babasının düşüp ölmesini arzulamaktadır; burası agresif tarafı. Annesine karşı da bir bağlılık geliştirmiştir, bu da yumuşak taraf.

Çocuk cinselliğini yakalayan *Freud*, çocuk psikanalizinin de kapısını açmış olur. *Deleuze* ve *Guattari* bu *küçük Hans* ile, ikinci kitaplarında çok uğraşırlar ve *Freud*'a sıklıkla itiraz ederler; onlara göre *Freud*, *Hans*'ın psişik haritasını allak bullak etmiştir.

Halk '*Little Hans*' karakterine dönüşmüş olduğundan, sapığın dokunduğu domino taşını seyretmekten öte bir şey yapamamaktadır. İktidarsızlara sürekli iktidardan bahsederek onları baskı ve tehdit altında tutarken toplumun üzerinde en üst katta bir *Fallocratie Apocryphe* (Gizli Fallos egemenliği / imparatorluğu) tesis ederek güç gösterisinde bulunup kendi kültünü yaratıyor/yarattı. *Fallik* dönemlerin iktidarsızları deyimini vahşî egemenlerin iktidarsız köleleri biçiminde okumak da mümkündür. *Pervers* (sistem) bütün bunları örgütleyip seyreder ve hiçbir yaptırıma uğramaz. Uğramadığı gibi baş tacı da edilir. O nedenle ve geniş anlamda kitlelerde '*reel erkek tepki*' görülmez zira toplum '*zarurî erkeksizleşme*'ye (*obligatory emasculation*) uğramıştır. Üretimsizdir ve iğdiş edilmiştir, sanallaşmıştır. Belki de o nedenle, '*Kurt-Adam*' figürü '*kastre-adam*' (iğdiş edilmiş adam) olmaktadır.

<u>Üretimsizleşmiş birey ayakta kalmak ve '*ben varım*' durumunu etrafına gösterebilmek için en etkili yolun korkutmak ve şiddetle yönelmek olduğuna karar verir.</u> *Kurt-adam* aslında bedbahtın bedbahtı bir figürdür. Ülke irili ufaklı teratojenilerle (embriyolojik sürecin ucubeleşmesi) dolmuş, bunların yanına *kurt-adam*lar ve diğerleri de katılmıştır.

Ortalığın '*efféminé*' karakterlerden geçilmemesi prizmanın bir başka façetası oluyor. İktidarsızlar çetesinin karikatür tiplemelerinde her karaktere rastlıyoruz: *Anal Erotizm* sembolü, *oral erotizm* sembolü, *partuza*cılar (parti à douze, orji - grup ilişkisi), *pedofili, pederasti, eşcinsellik, zoofili* ve her türden sexo-fantastik organizasyon. İktidarsızların bir özelliği de ölüm içgüdülerinin güçlü olmasıdır. Hep ölmek isterler fakat intihar etmekte zorluk çekerler. İntihar etme cesaretini gösteremeyen iktidarsız şahıs yaşama işkencelerle ve efendilerinin talimatlarına sıkıca sarılarak devam eder. Ülke sahası bir eziyet ve ızdırab coğrafyasıdır ve her hâlde çok büyük bir günahın bedeli ödenmektedir. İnsanlar zihnî ve fikrî antagonizmalarından netice ve başarı devşirememektedir, '*kastre*' edildiklerini çıkarıyorum. *Populace* tepkili ve hattâ agresif oluyor, düşman duyguları var; iktidarsızdır, çoktan iğdiş edilmiştir artık üretimsizdir ve emeksizdir. *Pervers*'in '*çok pervasız*' olduğunu görüyoruz.

Modern Adlı Toplumun Geldiği Yer

Birileri '*matriarcat*'ya – anaerki, geçiyoruz ihtimalinden söz ediyorlar, inşallah! Emin olamıyorum, belki de doğal bir ihtiyaç ve sessiz bir geçiştir, etkisi henüz hissedilir değil. Buna mukabil ekonomik kriz dedikleri şeyin etkisi hissedilebilir. Bu geçiş dönemi diye adlandırabileceğimiz süreç hiç kuşku yok ki, çok khaotik olacaktır; bu sürecin belki de en önemli tarafı insan ilişkilerindeki *perversité* – sapıklık dozunun giderek artacağı yönündeki tahmindir. Diğer bir deyişle, tamamen kullanımcı yani menfaatperestlik temelinde düzenlenen ilişki biçimleri. Bu aslında eski-yeni bir patholojinin de işareti sayılmalıdır. *Pervers*'in kazancı hep büyük olmuştur fakat bu sefer daha da yükselmesi şaşırtıcı olmayacaktır.

Yeni pathoLoji nedir? Sosyal mutasyonlar diyelim ki, zihnî patholojiler anlamında kaydadeğer değişikliklere yol açarlar. Hani hep deriz ya, bu *histeri* nereye gitti, acaba *histeri* ortadan kalktı mı? Aslında *histeri* tamamen gelişti, değişip dönüştü ve güçlendi. Artık *obsesyonel nevroz*un veya *fobi*nin anlamı kalmadı, modern insan bunlara karşı farklı müdafa mekanizmaları geliştirerek *histeri*sini olabildiğince yüksek düzeyde besledi. Suç, saldırganlık, kişilik bozuklukları hep beraber devletin kadrolu memurları olup bir *gigantomahia*'ya doğru gallop ritmi içine girdiler.

İşte ve herhâlde bu khaotik felaket ve rezalet aralığı ataerki'nin yani erkek egemenliğinin – ***patriarcat***, çöküş dönemi diğer deyişle bir interregnum yani fetret devridir. Bu aralıkta *patriarch*'lar ellerinden geldiğince maksimum suç işleyecekler, en üst düzeyde *pervers* sahneler ortaya koyacaklardır. Dengenin anaerki lehine bozulacağı bir tünelli köprüden geçileceği anlaşılıyor ve çıkışta *patriarch* olmayacağı nettir. *Patriarch* devlet anlamında da kullanılabilir. Evet, demek ki, *patriarch* müthiş bir kastrasyon korkusu yaşıyor ve fonksiyonel olamama ihtimali çok güçlü olduğu için iktidarsızlık korkusunu somut gerçekliği dejenere edip, eğip bükerek bastırmaya çalışıyor; *refoulement* diyoruz. Yorgun *patriarch* için korkular *refoulé* edilirken, kadın imajı gitgide zarurî kabul makamına oturuyor. Çok zordur, ölümcül derecede ağırdır. Erkek hastadır ve çıkamayacağı görülüyor.

Matriarcat – anaerki yavaş yavaş bağımsızlaşma moduna girerken **baba** isimli varlık ki bu; Orthodoxi'de *Patrik* yani Hristiyan halkın *İyşâ* peygamber ve ilâh adına babası, koruyup kollayıcısı, Katholisizm'de Vatikan'da ikâmet eden ve kendine bağlı olan Hristiyanlar'ın babası konumundaki *Papa*, pope, peder, padre, father ve Protestan Hristiyanlar'ın çobanı *Pasteur*'dür, artık diskalifiye olma, niteliğini yitirme yolundadır. *Patrıarch*'ın yani erkeğin huzuru bozulma aşamasındadır. Uyuşturucudan tutun da alkolizme, sigaradan fuhuşa, irtikaptan hırsızlığa, işkenceden zulme, tiraniye kadar şu dünya üzerinde ne kadar fenalık ve fesad varsa hep kadının üzerine atarak insanlığı bugünkü fecî ve düşkün durumuna indiren *patriarcat* ve onun temsilcileri ve zihnen onun peşinden giden bütün cinsler için deniz bitmek üzeredir. İnsanın erkek iktidarından kurtulma zamanı gelmiştir.

Erkek egemen varlık kendisiyle diğerleri arasındaki sınırı bilmediği ve özellikle de tanımadığı için kenid ego'sunu sürekli uzatmak ve diğeri üzerinde tahakküm etme ihtiyacındadır. Bunun sebebi bir kimlik sağlamlaştırma - *renforcement d'identité* eylemidir ki, iş yine başkalarını kendisine bağımlı kılma gayesine varır. İşte bu tüketim ihtiyacı çerçevesinde *perversion* bizzat içine girer, postuna bürünür çünkü onun oluşmuş ve olgunlaşmış olarak kabul ettiği tek yapı *perversion*'un kendisidir. Yeri tanımlı - *défini* olduğu için diğerlerini sürekli havada asılı ve tanımsız – *indéfini* kılmaya mecburdur. Zihnî mekanizmaları itibarıyla vampirlerdir. Tüm bu cümlelerden yola çıkarak günümüz insanının hususen de erkeğin *pervers* olduğunu diğer bir deyişle merkez egemen ideoloji yani erkek egemen emperyalizm tarafından böyle kılındığını rahatlıkla söylememiz mümkündür. Yanlış inşa edilmiş veya yanlış şekillenmiş bir *Ben*'in sürekli onarımı ve biteviye güzelleştirilmesi hastalıklı stratejisi içinde insan sadece obje yani nesne olarak güdükleş(tiril)miş ve cenazeye dönüşmüştür. Sistem aynı bir vampir gibi kurbanlarının canını – hayatiyetini tüketirken onu aynı zamanda hasta kılar.

Henri III Paradigması

Kimi erkek doğanlar hayatlarının önemli bir bölümünü travesti – kadın kıyafetlerine bürünmüş bir vaziyette geçirirler – **travestis en femme**. *Abbé Choisy, Chevalier d'Eon* gibi. **Henri III** de kadın kılığına girmekten çok hoşlanıyordu. Fakat sürekli kitlelerin önünde olduğu için bunu gerçekleştiremiyor, erkek kıyafetine girmiş kadını içinde saklıyordu. Her ne kadar sürekli *travesti* – kadın kıyafetli olmasa da, her vakit *efféminé* – kadın davranışlı, kadın kılıklı idi. Hep bir kadına benzemek istiyor, bundan zevk alıyordu. Küpeleri, sorguçları, parfümleri, yelpazeleri modanın fevkinde net bir biçimde kadın zevklerini yansıtıyordu. Zenginliği, ihtişamı ve kaliteyi ekliyoruz; göstermek istiyordu.

Daha 18 yaşındayken kullandığı teçhizat çok ince; altından çarşaflar, yorganlar ve yastıklar, dokumalar, inciler, kıymetli taşlarla süslü miğferler. Aşırı makyaj buna dâhildir. *Marie de Clèves* ile yaptığı evlilikten hiç memnun olmadı, kaldı ki, bu evlilik hayatındaki ilk ve tek aşk ve mana evliliğiydi. Ona gizli eğilimlerini açma fırsatı buldu. Bir baloya dekolte bir vaziyette, göğüsleri açıkta, üç sıra inci gerdanlık taşıyarak ve yelpazesini sallayarak katıldı. Dekolte elbiselerini kendisi dizayn ediyordu.

1. *Henri III*, mükemmelliği, güçlülük, güzellik, incelik, entelektüel idealizm çerçevesinde çok üstün bir eşcinselliği kendisi ve bütün erkekler için arzu ediyor ve bu nedenle erkeklere öncülük etmeye çalışıyordu. Achilleus-Patrocles, Theseos-Pyrithos, Oreste-Pylade gibi çok üst düzey aşkları esas alıyordu. Bu durumu bir bilinç devrimi olarak algılıyordu.
2. Ona göre bu bir tümleyici eşcinsellikti – *homosexualité complémentaire*. Ortaçağ şövalyeliğinde bu yaygın bir kültürdü; şövalye eşcinselliği.
3. Ve nihayet bu bir itaat eşcinselliğiydi – *homosexualité de subordination*. *Henri III* anlayışının erkekliğe en net vurguyu yapan tarafı buydu, erkek egemen hiyerarşiye sadakat yani itaat.

Henri III, eşcinselliği devletin resmî cinsî tercihi, itaati de devletin resmî ideolojisi olarak il'el ebed sağlam kılmayı hedefliyordu. Lorraine kardinali ve çok dîndâr olan kendisini de sürekli eleştiren kardeşi *Louis*'yi öldürtmekten çekinmedi.

1 Ağustos 1589'da, *Jacques Clément* adlı fanatik bir Dominiken keşişince hançerle ağır bir biçimde yaralandı, ertesi sabah da öldü. *Mes Mignons* (tontonlarım) adını verdiği eşcinsel çevresi arkasından çok ağladılar; ***Henri III*'e** değil ve fakat ***itaat ettikleri***

***baba*larının** kaybına ağlıyorlardı, tez çökmüştü, devlet bir başka **Henri** ile (*de Navarre*) yoluna devam etti.

Le mouvement pervers – sapık hareket veya *sapıklık hareketi* biçiminde de söyleyebileceğimiz olay sapıklık ânından ya da perversif ândan *tam sapıklık* – perversion hâline doğru büyük bir yelpaze vardır. Burada *kendine sevdalı sapıklık* veya *perversion narcissique* dediğimiz durumun içinde belki de en önemli süreçlerden bir tanesi kendine sevdalı sapıklığı anime eden, canlandıran, harekete geçiren muharrik güçtür. Bu haraketin kendisi bizzat muhtelif arkaplanlar ve kaynaklar içerir. Her hâl-ü kârda, hayatın herhangi bir döneminde bu hareket, harekete geçirici güç veya âmiller birden psişik bir çatışma veya kriz hâlinde vücutta bulunabilirler; belki evvelden de vardılar ve ortaya çıkmıyorlardı ama ufak bir deklanşörle hemen ortaya çıkabilir ve kolay kolay da geri dönmez. Belki de *perversion* mevzuundan önce *perversif soulevement* diye anabileceğimiz saikliğe dair belirişler ve ortaya çıkışlardan yola çıkmak daha uygun olabilir ki, bu bahsi geçen sapıklık süreçlerini yönlendiren faktörler manzumesi nasıl oluşmaktadır, anlamaya çalışıyoruz. Bir *Ben*'in – *Ego, narcissique* ıztırabı, kendine olan onulmaz sevdası benzetmek mümkünse bir boksörün mücadele esnasında rakibinden aldığı sayısız küçük darbenin kafaiçi oluşumlarını kafa duvarlarına doğru itip kakması, sarsması nev'inden çarpmaları gibi olup bunlar mikrotravmalara eşdeyişle küçük kanamalara yol açarlar. Burada, kendine sevdalılık süreçlerinin hangi darbe sırasında ve/veya sonrasında *Ben*'i ciddî bir biçimde kuşattığını, onu çok şiddetli bir baskı altına aldığını görüyoruz, öyle ki, bu Ben, aldığı onca sert ve güçlü darbeden sonra muhtemelen ya çok zayıflayıp direnemez hâle geliyor ve kişilik şeması içinde ciddî bir pasifizasyona maruz kalıyor ya da bir tür *effacement du Moi* diyebileceğimiz *Ben*'in silinmesi sonucu ortaya çıkıyor. Bu bir kişilik kaybı olarak tecelli ediyor. Bazı otörler, bir bireyin derin mateminin neticesi libido kaybının belirginleşmesi sonucu Ben'in silindiğini düşünmektedirler.

Kendine sevdalı sapıklığı tamama erdirmek ya da içini doldurmak için hem derin bir gereklilik kendini gösterir hem de buna paralel olarak bir fırsatın ortaya çıkması lâzımdır. Yoksa *kendine sevdalı sapıklık* ortaya çıkmaz. Burada, unutmadan, *moment perversif* – sapıklığa dair ân deyimine kısaca değinebiliriz; bir tamamına erme kavramından bahsettik, bir *kendine sevdalı sapıklık*'ın tamama erebilmesi için iki tane faktör var; biri derin gereklilik diğeri ortam. İki koşulu ortaya koyduktan kelli üçüncü bir faktör olarak örgütlü bir *perversion*dan sözedebiliriz. Bu durum insanın doğuşundan beri gelen donanımlı ahlâkî değerlerinin ortadan kalkmasını beraberinde getirir. Somut olarak; moral harabiyetten yola çıkarak sapıklık mevzuunu iyice kurcalamak uygun olur. Tamama ermiş, güçlü kuvvetli *perversion*dan örgütlü bir sapıklığı anlıyoruz. Tamama ermiş her *perversion* karşısında kaç tane *potansiyel sapık* vardır? Bunun sosyolojik bir anlamı olabilir. Buna *geçici sapıklık* adı de verebiliriz, dönemsel olarak ortaya çıkar fakat Ben'in yeniden inşaıyla beraber bu *perversion* süreci ortadan kalkabilir. Fakat bugün itibarıyla bu sorunun cevabı yok. *Perversion narcissique* emarelerinin bir biçimde ortaya çıkmasının, toplum tarafından iyi gözlenmesi mümkün görünmüyor. Görünür hâle gelse dahi insanlar bundan rahatsız olacak mıdır? Zira *kendine sevdalı sapıklık* hadisesi onun sürecini bir biçimde göz önünde bulundurabilir miydi? Onu çok etkiler cevabını vermekte tereddüt ederiz.

Ortada *perversif baştan çıkarma* yani narsisik baştan çıkarıcı bir çizgi var ve insanlar bu varlığı nasıl karşılıyorlar? *İdeolojik-siyasî perversion* sürecidir, bu. Psikiyatriden çıkarmak lâzım, dalları çoktan dışarı sarkmış vaziyettedir. Öyle görünüyor ki, bu *pervers* kişiliğin baştan çıkarıcı özelliğini toplum(sal süreç) tam olarak algılamaktan uzak, hiç de farkında değil, umursadığı da söylenemez. İşte bu, politik süreçlerin kaderini belli ölçüde belirleyen önemli bir işarettiler. Sapık hareketin girişini takiben güç odaklarıyla, kanaat önderlik kurumları bu kervana dâhil olurlar. Eylem birliği ve ilişkilenme tespit edilebilir. Mesela, narsisik bir baştan çıkarma girişimi eğer tek başına olsaydı, işbirliği olmasaydı başarısızlığa uğrardı. Reaksiyona direnemezdi. Fakat bunun aksine aktif bir biçimde *perversion narcissique* eyleminin baştan çıkarma potansiyeli vardır buna karşı toplumsal defansın kuvveti yoktur. Defans örgütsüzdür; örgütlü sapıklığın gücü, karşısındaki savunma gücünün yetersizliğinden ve örgütsüzlüğünden dolayı kazanır.

Bu süreci kim durdurabilir veya durdurabilir mi? Ölçü nedir, örgütlü bir defans var mıdır, olmadığını görüyoruz. Eğer bir kendine sevdalının arzusu bir biçimde su yüzüne çıkmak kararı aldı, ısrarcı olduysa zayıf bile olsa, az örgütlü bile olsa o denli ciddî bir arzu dayatmasıyla ortaya çıkar ki, toplumun defansı buna kat'îyen karşılık veremez. Toplumsal bir kan davası ortaya çıkmaz ise, mücadeleye bağlılık temelinde, içtimaî kavram olarak toplum kendisini nasıl müdafaa edecektir ve husûsen de karşısında örgütlü ve arzulu bir sapıklık varken. Toplum ayakta duramamaktadır o nedenle *kendine sevdalı sapıklık* her yerde mevcut ve etkindir. Aşikâr bir biçimde müdafaa diyebileceğimiz süreç sakıttır, ölü doğum. Örgütsüzdür, bir sapığın süjesi '*daha yapacağı çok şey vardır*' mottosunu sever. Bir *kendine sevdalı sapık* için baştan çıkarıcılık ve onun hayata geçirilmesi neden önemlidir? Kendinin değerlen(diril)mesi çok önemlidir - *Survalorisation de Soi*, savunma gücünü bertaraf etmek için bir erotizasyon ihtiyacı içindedir. Toplumu erotize eder. Rakibin bütün haz yanlarını kaşıyıp gıdıklar ve böylece kendi varlığını güçlü ve üstün kılacaktır. Her şey iyi gitmese bile başka metodlarla toplumsal savunmayı diskalifiye edecektir. Bu sapıklık eylemini örgütleyen süreç tamamlanır ve olgunlaşır. *Ham sapıklık* kurumunu bertaraf etmek mümkün iken, tam örgütlü, siyasallaşmış sapıklık – *perversion acccomplie* artık rakip tanımaz. Devlet büyük ölçüde '*accompli*'dir.

Matem'den Devam İle...

Deuil originaire diyorlar ya, yani *aslî matem* veya *matemlerin anası*. Ben buna *Ezelî matem* dedim. Bu eser boyunca sık kullanılan kavramlar var; *bakır teller* diyelim. Böyle dememi tetikleyen şey onların adetâ iletken olmaları, akımı iletmede güçlü bir rol oynamaları.

Aklıma – *parantez içinde* – hemen *péché originel* geliyor. Bu terim *Saint-Augustin* tarafından ortaya konmuştur. Herhâlde 397 senesi olacak. Bu kavramdan muradı şuydu, değerli azîz'in: Bir günah hâli ki, bütün insanlar – *aslında erkekleri kastetmektedir* – günahkâr bir soy – *race pécheresse* – kökenleri yüzünden bu durumun içinde bulunurlar. Ve, günah insanoğlunun atası *Âdem Peygamber*'in işlediği günahtır. Yahudi felsefesiyle ve inancıyla başlayan Hristiyanlıkla devam eden bu doktrin sayısız spekülasyonu da beraberinde getirmiştir. Bu karmaşanın nedeni *kötülüğün kökeni*'ne dönük çok sayıda farklı yaklaşımdır. Kimi düşünce sistemlerinde *kötülük*'ün tarihi insanlıktan daha eskidir. Bunun da altında çok kısaca iyi ilâh – kötü ilâh esprisi yatar. Yine işin içine bir de insanoğluna medeniyet gölgesiyle sapık san'âtlar – *les arts pervers de la civilisation* – eğitimi veren '*günahkâr melekler*' - *anges pécheurs* – ve dahi ruhların düşüşü diğer bir deyişle *ahsen-i taqwîm*'den *esfele sâfilin* noktasına doğru hızlı bir düşüş - *la chute des âmes* – konusu girer ve biz matem'den sapabiliriz.

Yine de; "*Sadece ağlamak Ruh'uma refakat etti ve beni hayatta tuttu*» diyor **St. Augustin**. Bu kadar fazla günahtan çok ürktüğü besbellidir.

Aşil'i büyüten, yeğeni Patroklis'in ölümüdür derler ya, insanlığı büyüten de **Jeni**'dir. Döner mateme geliriz, yitip giden **Kelâm**'a ve onu sırtında taşımakta ısrar eden *Jeni*'ye. Sinir Sistemi ve gerekçe her ikisi birden *matem chiasma*'sından geçip *imago*'yu zihnimize yansıtır; zevken idrâk karargâhı orasıdır ve yazarın hastalığı bile bulunur → *personnalité émotionnellement labile, type Borderline*. Melekle arkadaşlık etmek ve eğer gerekirse onunla birlikte düşmek anlamında. Matemin bin yüzünden biri de bu.

Açıktır ki, ağlamak, kutlamak, itiraf etmek ve yazmak arasında bir bağ ve benzerlik vardır. Buradan okuyunca, matem; ağlamak, kutlamak, itiraf etmek ve yazmak oluyor. İnsan bu dört varlık atıyla dolaşır mısır tarlalarında ve her bir püskül labirenttir.

Augustinien yazıda matem 2 kere görünür. *Augustin* her şeyden önce geçmişte kaybettiği çok değerli bir dostunun ardından hissettiği umutsuzluğu zorlanarak da olsa itiraf eder.

Sonra kendisini iyice kucağına attığı ızdırab onu Allah'tan, gerçek manada ilâhî olandan iyice uzaklaştırmaya ve bu değerlerin yerine o dostunu yerleştirmeye başlar. O raddeye gelir ki, bu hayatta istediği tek şey arkadaşını yeniden görmektir. Bu egoist matem onu – *kendi ifadesiyle* - Hakikî dost olan Allah'a yakınlıktan koparıp dar ve kaba bir dîndâra dönüştürür; Allah'a yakınlıktan değil ve fakat telafi ihtiyacından ve suçluluk duygusundan kaynaklı bir yapay ibadetçiliğe sarılır. Bu çerçeveden bakıldığında matem bu dünyanın bir enstrümanı olup *yeryüzü yüceliği* cümlesindendir. Kimileri – *ve husûsen de psikiyatri ve psikanaliz bilimleri* – bunu iyice ileri götürüp onu adetâ bir mistik tapınma âletine dönüştürürler ki, ben buna '*objet pourri*' – çürümüş, kokuşmuş nesne adını çoktan vermiş bulunuyorum.

Aynı *Augustin* haklı olarak daha sonra şu cümleyi kuracaktır;
En Dieu, l'amitié ne manque pas, car Dieu ne manque de rien – *Allah'ta dostluk eksik değildir zira Allah'ta olmayan hiçbir şey yoktur.*

Museo dell'Opera Metropolitana del Duomo'da bulunan ünlü ressam *Duccio di Buoninsegna*'nın *La Maestà* isimli dînî eserinde

Hz. Iyşâ'nın arkasında fallik bir gölge olduğunu iddia eden psikanaliz insanları vardır.

Matemin büyüğünü arayan varsa muhtemelen onu – *veya onun kapısını* – insanın ta kendisinde bulacaktır. İnsanın çok yüksek olanına da *Jeni* demek âdettendir.

Modern zaman psiko-analistleri matemin hem yeni (ve/veya modern) hem de geleneksel (ve/veya kadîm) olduğuna inanırlar. Ben ezelî ve ebedî diyerek boşlukları kapatmak istiyorum.

Yeni diyorlar; ismine yüklenen manaları itibarıyla katılıyorum. Perspektifleri itibarıyla? Pek emîn değilim.

Açılımları bakımından? Zor...

Çok ızdırab çektiğinden neredeyse emîn olduğum bir kadın tımarhânede sükût-u hayâl tonuyla bana şöyle demişti:

*Je n'ai jamais prononcé le mot **merde**, même quand je nageais dedans.*

O gece *Jeni* ruyâsında **Voici l'agneau de Dieu qui ôte le péché du monde** – *İşte, dünyanın günahını ortadan kaldıran ALLAH Kuzusu* nidasını işitti.

Jeni'nin mateminin başladığı gün o oldu.

Ruhullah ismi verilen *Hz. İyşâ* Allah'a dostluk mevzuunda en önde gidenlerden biri olmakla bu ismin içindedir. Allah'ın imtiyazlı dostlarından olmakla ona ithâfen **Ruhlar'ın dostluk birliği** - *l'union d'amitié des esprits*, kavramını yüksek insanlara teklif ettim, kabul gördü.

Asıl mesele bu birliğe halel geldiğinde başlar ki, yeryüzünün en kudretli *yeşil anasonlu absinthe*'iyle ölünse bile bu matem devam eder.

Euphémisme→

Etimoloji

Euphemism kelimesi Yunanca *evfemo* kelimesinden gelir ve manası *"hayırlı/iyi/uğurlu konuşma /sevimli konuşma; özden, hakikatten konuşma"*dır. Yunanî kök kelime *ev* (ευ): "iyi, güzel, hoş ; öz ; hakikî" + *fimi* (φήμη): "konuşma/konuşmak" kelimelerinin birleşmesinden müteşekkîldir. *Eupheme* dînî bir kavramın veya cümlenin yerine kullanılan bir terimdir ve normalde yüksek sesle söylenmez. Etimolojik olarak *euphème* kelimesi *blasphème*'in – *Allah'a karşı küfürlü söz söyleme; şeytanın dili, küfrün dili* - zıddıdır. Eski Yunan'da ilâhların lehine söylenen daha doğrusu fısıldanan iyi sözler *eupheme*, fena sözler ise *blaspheme* adını alırdı. Bu açıdan bakıldığında '*mukaddes sükûneti korumak*' anlamındadır.

Anlam genişlemesiyle - Örtmece, edebî kelâm; söylenmesi kaba, çirkin veya sakıncalı görülen nesnelerin, kavramların, başka kelimelerle daha uygun ve edepli bir biçimde anlatılması. *Hüsn-i talil* (güzel adlandırma) san'âtı. Üstü kapalı söz.

Cacophemism→ Kaba saba, âmiyâne, inceliksiz konuşma biçimi; kötü veya çirkin konuşma; kem söz söyleme.

Dysphemism→ *Euphemism*'in tersi. Ağzı bozuk bir uslûb kullanarak konuşma.

Orthophemism→ Olduğu gibi, eğip bükmeden, inceliklere, metaforlara, imâlara başvurmadan konuşma. Direkt konuşma.

Kelimeler ve onların deformasyonları gibidir *jeni* ile *jeni olmayan*'ın farkı; Slavik lisanlarda *ayı* anlamına gelen '*medued*' kökü '*Bal yiyen*'dir. Yani Ruslar, Bulgarlar, Sırplar *ayı*'ya '*Bal yiyen*' derler.

Tabu – *Taboo* kavramının birçok Pasifik lisanında <u>ölmüş kabile şefine isim</u> olarak verildiğini biliyoruz. Kimi uyuşturucu âlemlerinde *eroin*'e *taboo* denmektedir. İspanyolcada *cannabis* (esrar; kenevir) yerine *mota* kelimesi kullanılır ki, (kara pazar'da) *dolaşan şey* anlamındadır. Bir türlü *esrar* demiyoruz, hep böyle;

ot diyoruz, *mota, herbe, cano, joint* vs diyoruz ve yine **Marihuana** kelimesinin *María Juana* olduğunu bilelim.

Sofoklis okumadan, hattâ *Oedipus* ismini telaffuzdan âciz 'bilim adamları' tanıdım. Yapılması gereken öncelikli şey ne siyaset, ne ideoloji, ne de felasife. *Incest*'e ve hâliyle *Oedipus*'a giriyorum. Denizler ülkesinin tek hakikî *Jeni*'si ruyâ gördüğünde insanın aşamadığını devletin en sert şiddet aracına dönüştürdüğünü gördü. Her şeyi söküyorum – *j'arrache*!

Phallophany

Genital (tenasül) uzuv kutsal bir azîzdir veya kutsal azîz bir genital uzuv değerindedir. Böyle midir değil midir ayrı bahis. Fakat neden böyle olması gerektiği üzerine tez yazan ve yoğunlaşanlar en büyük ve en kıymetli ihtiyacın her türden '**arzu** – *désir*' ve '**hazz** – *hedon / idonas*' olduğu iddiasındalar. *Bu ihtiyaç doyurulmazsa bütün diğer kutsallar yıkılır* fikri çok güçlü bir pratiğe dönüşmüş durumda ve dünyanın vardığı *Occident* burası. En büyük düşmanları ise, bütün kollardan yok etmek istedikleri, yok edemedikleri vakit de san'ât ve felsefe yoluyla oynamaya, mıncıklamaya çalıştıkları Hz. *İyşâ* (Mesîh). Hristiyan resminde bin bir türlü *İyşâ* aşkı adı altında ince-kalın, açık-örtülü 'PERVERSION'lar (en kısa ifadesiyle SAPIKLIK'lar) diz boyudur. Hz. *İyşâ*'nın '*cinsiyeti ve cinsîliği*' bahsi en olmadık yer ve zamanlarda, en dîndâr ve mü'min iddialı muhîtlerde, en fecî sapıklıkların mevzuu olmuştur. Burada san'ât ve özellikle de Hristiyan san'âtının detayına girmiyorum zira sadece Padualı ünlü ressam *Andrea Mantegna*'nın '*La Lamentation sur Le Christ Mort*' (Ölmüş Mesîhe ağıt) isimli tablosu ile ilgili 'psikanalitik' değerlendirme üzerine yazsak bir kitap olacak. Şu kadarını söyleyelim: işin özünde cinsî organ (*phallus*) var. Efendim, kefenin kıvrımları arasına bir *fallos* saklamış ressam. Öyle mi? Bilinmez, belki de öyledir. Mesaj: Hristiyan san'âtı aslında dînî değil payendir (*polytheist* ve *eretik*) ve bu nedenle de iki yüzlüdür (*hipokrit*). Oradan da yola çıkarak, Hristiyan san'âtını icra edenler aslında büyük PERVERS'ler ve onların ustaları da NOYAU PERVERS'lerdir (Sapık Çekirdek, Merkezî sapık).

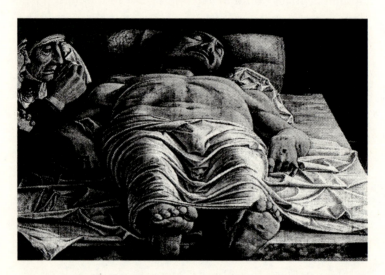

Daha ileri gitmiyorum dedim ancak gitmek zorundayım ve örneklerle gideceğiz.

Evet, tartışma sadece san'âtta değil, edebiyatta, felsefede ve bilimde de yürüyor ve çerçeveler aşağı yukarı aynı. Batı ve onun medeniyeti aslında bir NOYAU PERVERS (*Sapık Çekirdek*) üzerinden mi büyüyüp gelişti yoksa bu çok fazla abartılı bir yaklaşım mı? Bu konuyu böyle tartışamayız amma merak sahipleri Batı'daki parafili istatistikleriyle ilgili bazı somut parametrelere bakabilirler. *American Human Sources* isimli kuruluşun verilerine sağlamdır. *Baba-kız* ensest ilişki oranı, Baba-oğul ensest oranı, *Ana-oğul* ensest oranı, *Ana-kız* ensest oranı, Vampirler, Pedofiller/Pederastlar ve daha farklı eğilimlere dair istatistiklerin hepsine erişmek mümkün. Teşhircileri saymadım. Teşhirci veya gizli, ortalık PERVERS kaynıyor. Somuttur ve Batı'nın san'âtını *hipokrit* (ikiyüzlü) yani sahtekâr ve daha mühîmi PERVERS (*Sapık*) bulanlar haklıdır ve bunlar psikanalistlerdir ve sürekli derinleştiriyorlar. *Lacanien* psikanalizin önemli ismi *Alexander Leupin*, **'*Phallophanies, La Chair et le Sacré*'** (Fallofaniler/cinsî organ göstermeler, Et ve Kutsal) isimli eserinde sürekli bu konuları gıdıklıyor. Hep, Hristiyan-Batı san'âtını yerden yere vurarak bu adamların aslında *Mesîh* sever ya da Allahçı olmadıklarını bilakis çok münafık olduklarını, açıktan yapamayacakları şeyleri bin bir örtüyle insanlığın bilinçaltına soktuklarını savunuyor. Aslında payen olduklarını ve bir *PERVERSION NARCISSIQUE*'le malûl olduklarını belirtiyor.

Bu bağlamda net olarak söyleyebiliyoruz ki, Occident, *Mesîhçi* değil *Mesîh düşmanı*dır, Doğu (Türkiye) *İslâmcı* değil anti-İslâm'dır ve payendir. Topyekûn Batı ve Batı'nın hâkim olduğu coğrafi doğu İslâm ve Nasranî elbiseliler *Mesîh düşmanı*dır. Neden bu kadar düşmanlar? PERVERS MERKEZ'in tıyneti ve hususiyeti budur. O nedenle kitap bile var ve ismi: *C'est Pour Ton Bien!* (Bu senin iyiliğin için). *Sapık Merkez*'in en sık başvurduğu 'cümle' budur: *Sizin iyiliğiniz için.*

PERVERS, şeytaniyet anlamında gizlide açığı, açıkta gizliyi yaşayan ve her ikisini de bireylere ya da büyük kitlelere telkin yoluyla dayatabilen ancak böylece tatmin olabilen varlıktır ve bu cümleden olarak PERVERS'i bulup tespit etmek çok zordur, kriminalitede (hukukta) ve bilimde (psikanaliz) karşılığı yoktur ve ötesi, toplumda saygın! bir kişilikleri, güçlü! bir yerleri vardır. Ufak tefek vak'âlar dışında (mesela sıradan tecavüzcüler, küçük teşhirciler vs) bir SAPIK'ın veya ÇEKİRDEK'in yakalandığı görülmemiştir. Bilakis onlar sistemin sahipleri ve efendileri olarak ifsad eylemlerine devam etmektedirler. Onlar hep '*bizim iyiliğimiz için çalışmaktadırlar*'.

PERVERS kendisiyle değil dışarıdakilerle ve sürekli sorun

yaşar ve bunu göstermez/göstermemeye gayret eder. Hiçbir ahlâkî ve moral değeri yoktur ve oportünisttir, megalomandır. İçi boştur. Kıymeti kendinden menkul bir büyüklük hezeyanı vardır. Kendine dair hiçbir şeyden şüphe duymaz, kendince tutarlıdır ve başkalarının doğruluğuna şüpheyle bakar. Önüne koyduğu hedefte ısrarlı ve dirençlidir, taktik değiştirir. *Amalgamcı*dır (dolgu materyallerini, birbirine karıştırmayı sever, farklılıklara hiçbir saygısı yoktur), ATA-SOY inancı yoktur, kendi kendisinin atası olma iddiasında olup fir'avna özenir, kimseye minneti yoktur, vefasızdır. Kendisinin tanrı olduğunu ve kendi kendini yarattığını düşünür. Cinselliği çok çarpıktır ve cins ayırdı ve cins şuuru neredeyse yoktur, sınır tanımama eğilimindedir, sadisttir ve bazen mazoşizmi de benimseyebilir, suçluluk duygusu, iç muhasebe, vicdan nâkıstır. Özeleştiri hiç görülmez. Yıkıcıdır ve bundan tatmin olur. Geliştirici düşünce değil *'stratejik düşünce'* hâkimdir. Hiçbir *'arkadaşlığı'* dürüstlük ve içtenlik temelinde değildir; hep onları kullanma ve içlerini hemen boşaltma temelindedir. Bu anlamıyla *dost-arkadaş* katilidir. Evlenebilir fakat eşine karşı hiçbir duygu taşımaz, araç olarak görür. AZGINLIK VE ŞİDDETLİ KORKU DIŞINDA hiçbir duyguyu bilmez. İlişkileri fizikîdir. Güven duygusu yoktur, kendinden başka kimseye güvenmemektedir.

İdeoloji onun için çok tehlikelidir, böyle algılar. Bunun temel sebebi PERVERS için ideolojiler beraberlerinde bir *'polarite'*yi (kutuplaşma) getireceklerdir. O, bu çatışmaya güç getirecek cesaret ve inanca sahip olmadığı için bu çatışmalı iklimden uzak dururken kendisini başlı başına bir odak (FOCUS PERVERS) ve ayrı bir ideolojik merkez gibi düşünür ancak *'demokratik'* bir imajı tercih eder; o, her fikre eşit mesafede durmaktadır!

Dahası, ideolojiler PERVERS için karşılıklılık ilkesine uygun bir destek seviyesine işaret etmektedir ki, o, *'destek'* lafından sadece herkesin kendisine vermesi gerektiğine inandığı şeyi anlar.

İdeolojilerin ruhunda ve genelde 'kahramanlara / kahramanlıklara' yer vardır ve ideolojiler örgütlü güçlerle yaşarlar. Topluluk Hakikati meselesi. PERVERS'in tiksindiği kavramlardan biri *'topluluk'* ve *'kollektif olma'*dır. Örgütlü hayata düşmandır, topluluğa düşmandır. Moral değerleri olmadığı için örgütlülüğe gelmez, veba görmüş gibi kaçar. 'MOI IDEAL'in (*İdeal Ben*) etrafında bir hastalıklı örgü içindedir. Prensipsizdir. Prensipsizlik prensibine inanır. Yani bir anlamda dînî ya da lâ-dînî manada mezhepsizdir.

Toplumsal bir köleleşme yarattılar ve bu toplumda PERVERSION vak'â-i âdîyye hâline getirildi. İnsanlara *'sen boksun'* diyorlar ve o insanlar gülerek ve mutlulukla - birkaç kuruş için - *evet haklısınız ben bir bokum*! cevabını veriyorlar. Hâ, demek ki, Batı'ya falan uzanmaya hiç gerek yok, *Occident*'ın âlâsı ve katmerlisi, en sefil ve sefîh hâliyle buradadır. Şimdi, PERVERS'i yukarıda en özet biçimde tarif ettik ve başlığımıza geliyoruz.

Niçin *'Fallofani'* dedik? 'Uzuv Gösterimi, Uzuv teşhiri veya Uzuv göstererek kendinden geçmek, esrimek' biçiminde manalandırıp, 'deriyi kaldırıp kası/eti görmek' ve bu 'etin aslında kutsal' olduğunu *Hz. İyşâ*'nın vücûduyla özdeşleştirmek. Batı'nın yarattığı san'ât *İyşâ Mesîh*'i resmederken ardında büyük bir fesad estetiği kurgulamaktır. Onu *Fallofanik* bir pozisyonda göstermek suretiyle hem 'san'ât' icra ediyorlar amma daha çok 'esriyorlar, tatmin oluyorlar, bitmez tükenmez früstrasyonlarını gidermeye çalışıyorlar'. PERVERS merkez de bunu görmekle tatmîn olmakta ve esrimektedir. Tepeden tırnağa bir orgazmlar topluluğu inşa ettiler; *Resmî Orji* ismini yakıştırıyorum. PERVERS bunu istiyor. PERVERSION BİR FALLOFANİK ESRİME HÂLİNİN ADIDIR.

La croix de Saint Damien - Oklahoma

Fallik Kudreti Sonsuz Biçimde Onurlandırmak

Arzunun Diktatörleri

Fallik Kudret – *Pouvoir Phallique* nasıl hayata geçer ki? *Eril kimlik* – identité masculine demek yeterli olmayacaktır. Kolaycı bir anlayışla, tabiat rolleri böylece dağıtmış, erkeği güçlü kılmış, kadını da zayıf, dendiğinde devamında hayatta kalmak istiyorsan kaslarını gösterip onları kullanmalısın cümlesini kurabiliriz. Kırsal alanda yaşayan bir insan için hayat bundan ibarettir. *Homme de Torrent* – Fırtına, sel, bora adamı, Hoyrat Adam, Kaba Köylü için bu anlamda sorun yoktur. Peki, *Homme de Torrent*'dan, *Homme de l'Esprit*'ye – İnce fikir adamı, rafine adam, entelektüel adam - geçişte hoyrat 'kaslar' yeterli olur mu? Hani nerededir o *identité masculine*, global jungle'a giriş yaptığında? Bürokrasinin içine daldığında nasıl nefes alırsın? O meşhur *Fallik Kudret*'ini – pouvoir phallique, nasıl icra edersin? Toplumun %90'ından fazlası Fallik Kudret'ten maçoluğu anlar – *machiste* olmayı yani. *Macho* kelimesinin İspanyolca *erkek, eril* anlamına geldiğini belirtelim. Pejoratif manada; *erilliğini, erkekliğini öne çıkaran, fallokrat* veya *mizojin* (mysogine; kadından huylanan, nefret eden) kişi.

Oysa hiç alâkası yoktur. Hattâ keşke öyle ve o kadar olsa. *Pouvoir phallique* en basitçe hayat iktidarı veya kısaca <u>iktidar</u> anlamına gelir. Ancak bu, mesela bir müdürün bir memur üzerindeki sıradan ve niteliksiz iktidarı değil ve fakat iktidarın azamî istismarı - *l'abus maximum de pouvoir* olarak ortaya çıkar. *Ataerkil* veya *erkek-egemen* iktidarın üst düzey belirişi olarak da adlandırılabilir. Daha net bir biçimde **arzu**nun derhâl ve en güçlü bir biçimde tatmin edilmesi anlamındadır. Yanısıra, *pouvoir géniteur* yani hayat verici, oluşturucu kudret ve *pouvoir créateur* yani yaratıcı kudret, hayat tohumlarını eken kudret ki, hayatı hem üreten hem de parçalayan kudret odur.

Neden böyle? Çünkü düşünsel, ideolojik-siyasî ve inançsal anlamıyla erkek veya eril varlık tabiatın ve insanın dikilmiş – *erigé* (erection) hâli olup dikey ve dinamik bir ekseni temsil eder. Aslında, ona bu rolü tarih ve zaman içinde altın tabakta sunan 'erkekleşmiş ve/veya erkeğin erektil ve penien kudretini kutsamış olan' kadındır. Bu kadın, *anaerkil* yani *kadın-egemen* ideolojisini yitirdiği günden beri erkek ideolojisinin karşısında köleliği kabul etmiş ve önüne hedef olarak erkek gibi dikilebilmeyi koyarak trajikomik kaderini kendi elleriyle örmüştür. Dış görünüş özellikleri dikkate alınmaksızın, erkek ve kadın, eril ve dişil varlıklar bugün ve hepsine yakını *phallolatria* – <u>fallus'a tapma dîni</u>nin ve inancının mensupları olup Phallus Temple'a – Fallus Tapınağı'na bağlıdırlar. Sembolik olarak da, kadın, dişil(l)ik ise toprakla ve yataylıkla anlatılır. Totemler, dikilitaşlar, zigguratlar, kuleler ise toprağa saplanarak dikilen fallus olarak bilinçaltında yerlerini bulurlar.

'Günümüz medeniyeti'nde bu totemler, bu yapılar ve eserler pek görülmüyorlar, nereye gittiler, konsept mi değişti? Fallus nerelerde temsil ediliyor, onu nerelerde arayacağız? Birisi bu soruya pornografi cevabını verdiğinde acı bir biçimde gülündüğünü biliyorum. Pornografi bir fantazm'dır ve bunu beyin üretir. Gerçek bir kadınla (veya erkekle) birlikte olunmaz, sanal bir varlıkla birlikte olunur. Almanca ifadesiyle söyleyecek olursak bu bir ersatz'dır yani yedek. Belki, belki küçük bir perversion olarak tanımlayabiliriz. Küçüktür çünkü tamamen sanal ve zavallı bir arayıştır, büyütülecek değerde değildir.

Bu durum Fallik Kudret'in tamamen zıddıdır zira fallus dosdoğrudur, dimdiktir, ileri bakar ve en önemlisi reeldir, sanal değil. Fallus orthodoks bir çizgiyi temsil eder ve değişmez. Sanaldaki – pornografi – ereksiyon mekaniktir. Mesele ise, gerçek dünyada dimdik, dosdoğru ve husûsen de en ileri derecede muktedir durabiliyor musun? Buradaki dosdoğru kavramı olumlu anlamından ziyade güçlü ve egemen anlamında kullanılıyor. Zaten, tam da bu nedenle, fallus mukaddes sayılagelmiştir. Mesela Hindistan'da Sri Vaithya Lingam Swami tapınağı ilâhın fallus'u ve ilâhenin vulva'sı olarak kutsanır. Modern dünyada fallus nerede diye sormuştuk; artık küçük kuleler ve dikilitaşlar yetmez olmuştur ve gökdelenlerle gökleri yırtıp uzaya ulaşıyoruz, füzelerle Ay'a ve mümkünse daha ileriye iktidar ihraç ediyoruz, ilâhlığımızı dikey planda sonsuza taşıma arzusunu geliştirirken bastığımız her yeri vulvalaştırarak insanî varlığımızı vülgarize etmeye devam ediyoruz. Fallus modern dünyada mekanik arzunun (âletleşmiş arzu) merkezî temsilidir. Kutsanan arzu budur; mekanik arzu. Mekanik arzu ve azgınlık adaletin en büyük düşmanları ve katilleridir. Adaletin olmadığı yer Fallik Kudret'in topyekûn çöreklendiği yerdir. İşte tam da orada ikâmet ediyoruz; iğdiş edilmişler evreni. Fallik devlette adalet saraydır.

TRANSVESTISME (TRAVESTİLİK), TRANSSEKSÜALİZM, SİYASET, KÜRDİSTAN VS...

N.B: Buradaki anlatımlar yazarın tarafını değil devletin ve dahi *populace*'ın algı kusurunu açığa vurmak içindir. Yoksa yazar herhangi bir cinsî tercihin ideolojik ve siyasî tarafı olmayıp, hangi tercihten olursa olsun resmî ideolojiyle aynı yatağı paylaşanları ve onların aslında mazlum falan değil bilakis zalim olduklarını teşhir etmeyi esas almaktadır.

Geçtiğimiz yıllarda medyada bir haber çıktı ve ısrarla ön plana taşındı. Bir bakıma sıradan sayılabilecek haberi benim için enteresan kılan tarafı, bu şahsın Kürdistan'ın (veya Diyarbakır'ın) ilk *transseksüel*i veya *travesti*si biçiminde lanse edilmesi oldu. Bu konu devlet açısından her zaman hayatî bir manipülasyon mevzuu olduğu için üzerinde durmam gerekiyor.

Tanımlar...

Dünyanın ve ABD'nin psikiyatri bilimindeki kutsal kitabı sayılan DSM-IV'e [*Diagnostic and Statistical Manual - Revision 4;* Teşhis ve İstatistik El Kitabı – 4. Gözden geçirilmiş hâli. Bu eseri Amerikan Psikiyatri Derneği/Birliği - Association américaine de psychiatrie 1994 yılında yayınladı] nazaran *fetişist transvestizm*'in tanımı şöyledir: *Fetişist transvestizm* (karşı cinsin elbiselerini taşımak suretiyle dış görünümün değiştirilmesi; heteroseksüel bir erkekte bu tür fantezilerin, itkilerin veya davranışların bulunması) bir cinsî kimlik bozukluğu olup seksüel olarak uyarıcı ve tekrarlayıcı nitelikteki empülsiyonların (itiş, itki, içtepi) kişiyi elbise değiştirmeye (karşı cinsin elbisesini giymeye) vardırır/götürür. Bu bozukluk sadece heteroseksüel erkekte yaşanır. Karşı cinsin elbisesini giyme (*travestissement*) olayı sıklıkla *mastürbasyon* eylemine eşlik eden içtepilerle ortaya çıkar. Bir kere *mastürbasyon* edimi bittiğinde erkeğin bu dişil elbiselerden kurtulma arayışı sıktır ve dönemsel olarak bunları giyme ihtiyacı hissetmezler. *Fetişist transvestizm* DSM-4'te kapsamlı bir biçimde anlatılmıştır.

Anlaşıldığını umarak konuyu biraz daha genişletmeye başlıyorum:

Transvestizm veya *travestizm* (travestilik) İngiliz dilinde ve halk arasında *cross-dressing* kavramıyla bilinir (çapraz giyim, karşı tarafın elbisesini giyme). Bu giyinme tarzının cinsî kimlikle veya yönelimle/eğilimle direkt bir bağı olmayabilir. Kişi *heteroseksüel* olabilir (çoğunlukla da böyledir). Konumuz olan *Transseksüellik*'le *travestilik* birbirine çok sıklıkla karıştırılmaktadır. Bunlar sinonim (eş anlamlı) değillerdir. *Travestilik*'te **transseksüel**liğin zarurî irade tezahüründen bahsedilemez. Yani *travesti* kişinin karşı cinsin elbiselerine olan ilgisi onun karşı cinse duyduğu ilgiyle ilişkili değildir, ayrıca olabilir. Buna mukabil, *transseksüel* insanlar *travesti*liği (karşı cinsin elbiselerini giymeyi) en ağır hakaretlerden biri olarak görürler zira bu durum onların natif (doğuştan olan) cinsî varlıklarının teşhiri biçiminde anlaşılmaktadır ki, bunu kabul etmezler. İstisnalar ve ara hâller vardır.

Etimolojisine Bakmak Gerekiyor:
Latince bir önek olan *trans-* önüne geldiği kelimeye '*yer değiştirme, aşma, öteye geçme, katetme*' gibi manalar katar. Burada kök kelimemiz ***vestis*** veya ***veste*** olup '*elbise, libâs, giysi, kıyafet*' anlamındadır. *Transvestizm* kelimesi orijinal anlamı itibarıyla kişinin cinsiyetine veya fonksiyonel tarzına aykırı olarak '*iğreti elbiseler, çarpık elbiseler*' taşınımı suretiyle bayram, eğlence, kutlama amaçlı olarak cinsî kimlik aidiyetini yıpratıcılık eylemidir. Eğer bir erkek kadın kılığına girerse buna İngilizcede *drag queen* tersi duruma ise (kadının erkek kıyafetleri giymesi) *drag king* adı verilmektedir. *Sürüklenmiş kraliçe* veya *sürüklenmiş kral* manasına. *İtilip kakılmış* diye de anlayabiliriz.

Mecazî ve pejoratif manada ise TRAVESTİZM kavramı '*gerçeği örtme, peçeleme*' yani *küfür* – cover - anlamındadır.

Transvestizm'de cerrahî müdahale olmaksızın – *elbise değiştirme dışında ve ötesinde* – daha realist olsun diye latex aksesuarlar, çıkarılabilir protezler vs. de kullanılmaktadır. *Madam Michoud* bu konuda iyi bir misal olabilir. Bazı *travestiler* ise kendilerini NONH (*non opéré(e) ni hormoné(e)* – ameliyat olmamış, hormon almamış) olarak tanımlamaktadırlar. '*Schemale*' (Şemal) veya (*Shemale*; She-mâle) terimi ise *dişil-erkek* veya *dişi-erkek*) anlamına gelip, doğuşu itibarıyla cinsiyeti erkek olan ve kimi ikincil cinsiyet karakterlerini dönüştürmek için opere olma yolunu değil de hormonal tedavi yöntemini benimseyenler için kullanılan bir ifadedir. *Travestilik* seksüel bir oyun, bir fantezi veya siyasî bir hak talebi olarak da değerlendirilebilir. Anadolu'da yaygın olan '*Köçeklik*' kültürü bir *travestilik* örneğidir.

Şimdi gelelim Transseksüalizm'e…

Transseksüalizm (transsexualisme) veya ***transidentité*** (transidentité; kimliğin yer değiştirmesi) bir kişinin, tenasül uzuvları itibarıyla öyle olmasa da kendisinin karşı cinse ait olduğu konusunda ikna olması durumudur. *Transsesksüalizm* kavramı bazen *transseksüalite* kavramına tercih edilmektedir. Bunun sebebi, *transseksüalizm*'in kişinin seksüel eğilimi üzerinde hiçbir etkisi olmamasıdır. Her hâl-ü kârda DSM-4'e nazaran *transseksüalizm* bir patolojidir. Fakat bu tanım – *hastalık* – <u>militantist transseksüeller</u> tarafından reddedilmektedir. Bu nedenle ve daha ziyade '*transidenté*' kavramı bu çevreler tarafından tercih edilmektedir.

Daha genel olarak ise '*transgenre*' kavramı kullanılmaktadır ki, bu kavram bir bireyin kendisiyle aynı cinsten olan kişilerle seksüel manada çatışma / çelişme hâlini ifade eder. Fakat bu yanıltıcı bir kavramdır zira aynı kelime *transseksüel*lere göre çok farklı bir dinamik içinde bulunan kişiler için kullanılır. Bu kişiler operasyon yoluyla bir cinsiyet tayinine ve tespitine şiddetle karşı çıkarlar.

'*Anatomik cinsiyet*' mefhumu, '*kromozomik cinsiyet*' mefhumuna denk düşmemektedir. Cinsî kimlik XX veya XY kromozomları tarafından belirlenir. Nihaî anatomik şekil ve oluşum bozuklukları (*malformations anatomiques*) cinsî kimlikten bağımsız olarak ortaya çıkabilirler.

Bundan bağımsız olarak bir kişide psikolojik veya psikiyatrik nedenlere bağlı olarak bir cinsî kimlik ve aidiyet hissi gelişebilir. Yine *transseksüalizm* kavramı sıklıkla, *hermaphrodisme* (dış jenital organlar itibarıyla her iki organın da bulunması hâli; *çift cinsiyetlilik*), *homosexualité* (eşcinsellik), *travestisme* (karşı cinsin elbiselerini giyme) ile karıştırılmaktadır.

Kısacası *transseksüel* sahip olduğu cinsî organların hilafına zıt cinsi seçen kişidir. Toplumdaki yerini, huzurunu ve bedenî tatminini karşı cinsle özdeşleşmekte bulandır. Buna *cinsî restorasyon* da diyebiliriz (*Hakkı Açıkalın*). *Transseksüel* bir kimse en son tahlîlde <u>fizikî manada</u> kendisine (hakikatine) yabancıdır.

«*Femme transsexuelle*» (transseksüel kadın) terimi, doğuştan erkek olan fakat kadınlığı benimseyen erkek için kullanılır. '*Homme transsexuel*' (Transseksüel Erkek) terimi ise doğuştan kadın olan bir insanın kendisini erkek hissetmesi anlamındadır.

Şimdi geliyoruz örneklerimize ve oradan da devlet siyasetine...

Bu örneklerden birinci grupta *Simourg* (6 Aralık 1931 tarihinde Bursa'da doğdu. Bursa'da başladığı orta öğrenimini İstanbul'da Boğaziçi Lisesi'nde tamamladı. İstanbul'da Devlet Güzel Sanatlar Akademisi'nin Yüksek Süsleme Bölümü Sabih Gözen atölyesinden mezun oldu), *Preziosa* ve *Madam Michoud* örneklerini veriyorum. Her üçü de <u>dış jenitalleri itibarıyla</u> erkek olarak doğmuşlar, doğuştan gelen cinsî kimliklerini benimsememişler, karşı cinse eğilim duymuşlardır. Her üçü de karşı cinsin elbiselerini giymekle **travesti**, *Preziosa* TOP (*transsexuel opéré*; ameliyatla cinsî organlarını değiştirmiş *transseksüel*), *Simourg* ve *Madam Michoud* ise TNOMH (*Transsexuel non opéré mais hormoné*; ameliyat olmamış fakat hormon almış *transseksüel*) kategorisindedirler. Yani üçü de **transseksüel**dir. Her üçü de kendi cinsinden olanlarla (erkeklerle) cinsî temasa girmiş olmakla da **homoseksüel**'dir (eşcinsel). Devlet her üçünü de ve özellikle ilk ikisini yıllarca Türkiye halkına mostra (numûne) olarak sunmuş, bunların önlerini alabildiğince açmış ve topluma bunları özendirmiştir. Bunu böyle göremeyip de '*sesleri güzel*' nev'inden sıradan güzellemelerle anlayanlar ve anlatanlar naif veya etatist ajanlardır.

Devlet, halkına *işte ideal tip budur*! mesajını vererek bir İMAGO (kişiliğin bilinçdışı temsili) yaratmıştır. *Preziosa* ezan da okumak suretiyle bilinebilen ve / veya meşhur ilk '*transseksüel müezzin*'imiz de olmuş ve diyanet görevlilerinden, san'âtçılardan, bürokratlardan kısaca devlet katından güçlü bir alkış almıştır. Her üçü de '*hanımefendi, asîl, terbiye timsali*' olarak tavsîf edilmişlerdir. Üçü de devletin ve resmî ideolojinin memurudur ve zihnî-siyasî prostitüsyona memurdur. **Cinsî tercihlerinden dolayı değil** cinsî tercihlerini sonuna kadar âletleştirdikleri ve kapitalist sisteme kullandırttıkları için *abuseur*'lerdir – su-i istimal ehli. İşledikleri günah ve düştükleri çukur budur ve burasıdır.

Devlet Türkiye halkına '*Sen işte busun*' ve '*senin bendeki karşılığın bunlardır ve bu kadardır*' demiş – *instrumentalisation*, halkın ait olduğu kategoriyi böylece belirlemiş ve yüzlerine okumuştur. Türkiye'de halk, devlete göre, kimliğini reddetmiş olan (reddetmesi şart ve kaçınılmaz olan) ve <u>esas manası itibarıyla</u> hakikati örten, peçeleyen, çarpıtan bir TRAVESTİ ve <u>eylemi (eylemsizliği) itibarıyla</u> da bir TRANSSEKSÜEL'dir. Halk denen varlık bunu bilinçaltında içselleştirmiş ve böylece tamamen pasifize edilmiştir. *Fallik* devlet, halk tarlasının – *vulva*sının içine derinlemesine saplanmış bir <u>iktidar</u> merkezidir. Bu *fallik iktidar*ı reddedememekle pasif ve güçsüzdür ama aynı zamanda *tordu*'dür. Agresifliği kendi içinde ve birbirini doğrama temelindedir. Direngenliğini, direnişçiliğini, kudretini yitirmiş bir KÖÇEK hâline gelmiş ve devletin eğlencesi / eğlence nesnesi olmuştur. Ve, aynı nedenle halk KOPROLALİK'tir yani ağzından küfür, hakaret ve necaset eksik olmaz demek ki, VÜLGARİZE olmuştur (bayağılaşmıştır; *vulgariser* fiilinin bir diğer anlamı da *halka mâl etmek*, *halka yaymak*'tır. Devlet bu kimliğini halk'a mâl etmiştir). Ve dahi, LÜMPENLEŞ(TİR)MİŞTİR.

Lümpen veya *Lumpen* kelimesi Almanca olup Marxist literatürde normal olarak **işçi sınıfına mensup bir fanatik** olarak tanımlanır. Siyasî olarak bu kişi sağa yatkındır veya sağda durur ve aslında nerede durduğunu da bilmez. Bu anlamda *Lumpanism* (Lümpenizm) bizim toplumsal formasyon karakterimize de denk düşer. Fanatik fakat siyaseten, ilmen, kültür-san'ât bağlamında, insanlığın yüce değerleri muvacehesinde câhil, kaba softa, ham yobaz ve agresif ve ajite. Bu kadar küfrün, hakaretin, saldırganlığın altında da İKTİDARSIZLIK yatar. Siyasî ve ilmî-fikrî iktidarsızlık toplumumuzun karakteridir. Bu yüzden herkes birbirinin anasına, karısına, kızına, bacısına sövmektedir. Dünyanın hiçbir toplumunda bu kadar galiz ve vahşî ve kesîf küfür kültürü yoktur. Bu anlamda ABSTINENT'dır yani mahrum ve yoksundur. Ve, MAHKÛM'dur. Son tahlîlde de AĞIR HASTA'dır. Onun için MUHAKEME edememektedir zira İDRÂKİ İĞDİŞ EDİLMİŞTİR. ZİHNÎ ÜRETİMSİZLİK budur ve çeteleşerek kök salmıştır.

Artık KIZ ŞABAN mes'elesinin hakikatini anlatıyorum...

Geçtiğimiz yıllarda Diyarbakır'daki evinde evlatlığı *Ali Yavuz*'la birlikte öldürülen ve bölgede *Kız Şaban* olarak bilinen *Şaban Çelen*, medya piyasasında '*ilk Kürt travesti/transseksüel*' olarak lanse edildi. *Şaban Çelen* pavyonlarda çalıştı, '*Yeliz*' adıyla fuhuş yaptı.

Devlet, belirli bir direniş, diriliş ve uyanış seviyesine ulaşmış ve bunu etkin bir süreç hâline getirebilme konusunda da büyük ölçüde başarılı olmuş *Kürt Ulusal Mücadelesi*'ni vahşîce bitirme temelinde böyle bir enstrümanı argümanlardan bir argüman olarak güçlü bir biçimde gündemleştirmiş, *Preziosa*, *Simourg*, *Madam Michoud* şahıslarında bitirdiği Türk halkı gibi *Kız Şaban* figürüyle de Kürt halkını tüketmeyi planlamıştır. Formülasyonun önemli bir bölümüdür bu. Tabiî ki, Batı'daki figürler şehirli, bakımlı, zengin, bien parfumés, ve örnek kişilikler olarak lanse edilirlerken ve bunun – *travestilik vs.* - bir medeniyet projesi olduğu propagandası yayılırken Kürdistan versiyonunda, fakir, acılar çeken, aşağı katmandan, yetenekleri olmayan, estetikten yoksun ve nihayet köylü numûnesi belirginleşmektedir. Türk'e, '*sana biçtiğim rol Preziosa, Simourg ve Madam Michoud*' rolüdür derken, Kürt'e de '*sana da Şaban karakterini uygun gördüm*' demektedir. Devlet katında Kürt'e reva görülen kişilik *Şaban* kişiliğidir. Kürdistan'da yaygınlaştıracağı karakterin bu olacağını devlet şimdiden haber vermektedir. Burada devlet, bana lazım olan Kürt, zihni burulmuş, varlığını reddeden, zihnen ve eylemsel manada transseksüelleştirilmiş Kürt'tür mesajını vermektedir.

Şaban Çelen ilkokul 3. sınıfa kadar okumuştur, Kürt de orada kalmalıdır; ilkokul 3 seviyesinde. Sonra okulu terk etmelidir. Mümkünse hiç okumamalıdır. Konsomatrisliğe alışmalıdır; tüketmeli ve tükenmelidir. O da yetmez kimliğini inkâr etmelidir. Varlığını da inkâr etmelidir. *Lumpen*, çeteci ve mafıoz olmalıdır. Devletin dayattığı kimlik budur.

İşte bu nedenle ve bu anlamıyla devlet TRAVESTİDİR, HAKİKATİ PEÇELEMEKTEDİR. DEVLETİN SİYASETİ BUDUR. ARTIK KÜRT'Ü DE BU PEÇENİN İÇİNE ALMA OPERASYONUNU BAŞLATTIĞI GÖRÜLÜYOR. *Transvestizme Siyasiye Bi Xêr Be!*

Köçeklik – Drag Queen – Zenne

Erken Ottoman dönemine kadar giden bu kültürün eğitimi çok erken yaşlarda başlar – mesela 7-8 yaş – ve ergenliğe kadar sürer bilahare bu kişiler hayatlarını profesyonel dansör olarak idame ettirirlerdi. Bu gelenek Araplarda da vardır. *Zenne* kelimesi Farsî *kadın* anlamına gelir. Ottoman'ın 19. Asırda bu köçekleri yasaklaması neticesinde Anadolu'nun muhtelif yörelerine ve Arap coğrafyasına dağıldılar. Günümüzde hâlâ iç ve orta Anadolu yörelerinde bu gelenek sürmektedir. Bu karakter birçok düğün ve dernekte başroldedir.

Dansa başlarken *köçek*, hafifçe göğsünü dışa verir, kollarını vücuda diklemesine yanlara uzatır. Ellerini bilekten kırık vaziyette aşağı bırakır, sağ ayağı geride olarak gözlerini mahcup (utangaç) bir bakışla yere eğmiştir.

Köçek, zillerini şakırdatır, gözlerini yerden ayırır, titremeye ve raks etmeye, göbek atmaya başlar. Anadolu'daki zevk ve sefahat erbabı köçekleri çok sever.

Köçekler mümkünse, yüzleri genç kız simalarını andıran, süzgün gözlü ve narin endamlı delikanlılar arasından seçilirdi. Ve bu suretle seçilen köçek namzetleri uzunca bir zaman hususî meşkhânelerde talim ve terbiye edilirlerdi. Uzun zaman çengilik etmiş olan Kıptî kadınlar, bu meşkhânelerde raks ve çalgı hocalığı yaparlar(dı).

Köçekliğin altın çağı İstanbul'da XV. yüzyılın son yıllarında başladı.

Özellikle *Sultan İbrahim* devrinde köçeklik adeta bir san'ât şekline girmişti. O tarihlerde Yahudîler tarafından **Kol** denilen oyuncu esnaf takımları kurulmaya ve örgütlenmeye başladı. Takriben iki yüz oyuncudan mürekkep olan bu kolların içinde hokkabazlar, cambazlar, perendebazlar, ateşbazlar bulunduğu gibi ***köçekler*** de vardı.

Köçekler raksta kadife üzerine sırma işli mintan ve altına etekleri sırma saçaklı canfes veya kadife fistan giyerlerdi. Bele altın yahut gümüş kakmalı enlice meşin kemer ve parmaklarına zil takarlardı. Saçlarını uzatırlar ve iki tarafa döktükleri kâküllerinin uçlarını kıvırırlardı. Böylece kendilerini genç bir kıza benzetirlerdi. Nazlışah, canşah, küpeli şah, zalimşah, saçlı dilberşah gibi isimler alırlardı.

Köçekler rakslarını bitirdikten sonra, oradaki zevk ve sefahat erbabına sâkîlik ederlerdi.

Hamlet'te Ne Var?

Bütün herkes onu sürekli yetersizlik için - *ve içinde* - yaşayan bir varlık olarak suçlasa ne olur? Bunu yürütmek için can atıyor, gayret sarf ediyor ve bayrak sallıyor dünya, ne âlâ. Diğer konudaki arzusunun bağımlılığı *Hamlet*'in dramının kalıcı boyutunu şekillendiriyor. *Hamlet*'te neler neler olduğunu kuşkusuzdur ki, en iyi onu kaleme alan müessir bilir.

Hamlet'in Bir Anlamı Var mı?

Skandinav mithologyasında bu ismin yeri var: Eski İzlanda dilindeki formu olan *Amlodi*, Edda şiirinde yerini alır. Eski Norveç lisanında *Amblothæ* ve Eski Latincede *Amlethus* formunda. İzlanda dilindeki *Amlodi* söylenişi *safdil, avanak, ebleh, salak* veya *deli* anlamındadır. *Düzenbaz* anlamını yükleyen araştırmacılar var. Eski Norveç lisanında **ama** kelimesi *gücendirmek, kalbini kırmak, küstürmek, canını sıkmak, rahatsız etmek* anlamlarının yanısıra *taciz etmek* anlamına da gelmektedir. *Odr* kelimesi ise şiddet, vahşet, çılgınlık, cinnet manalarına geliyor (Bir ilâh ismi olan *Odin* de buradan geliyor ve delilik, cinnet ilâhı anlamıya *Dionysos*'a yaklaşıyor). O zaman *Odin*'in oğlu *Hamlet* dersek çok uzakta durmuş olmayacağız. *Zeus*'un oğlu *Dion-y-zios* ne kadar esritiyorsa *Hamlet* de o kadar ekstaziye ediyor ve esrimenin olduğu yerlerde *fallos* hep hazırdır.

Bir başka izaha göre mitholojik bir değirmenin ismi *grotti*'dir. Bu kelime Eski Irlanda lisanındaki *Admlithi* kelimesinde köken alır ve *büyük (taş) bileme* anlamındadır. *Togail Bruidne Da Derga* isimli İrlanda hikâyesinde *Amloda kvren* (Amlodi'nin kraliçesi - *Amlodi's quern*) veya *Hamlet*'in değirmeni olarak geçer. Bu eser *Snæbjörn* isimli bir ozana atfedilmiştir.

Bir diğer açıklamaya göre; Danca bir isim olan *Amleth* ile İrlanda lisanında kullanılan bir isim olan *Amhlaoibh* (Amhladh, Amhlaigh) ile bir ilişki vardır ve bu ikincisi Norveççe *Olaf* isminin bir uyarlamasıdır. *Olafr* Norveç'in baş azîzi ve 11. asırdaki krallarından biridir. 8. asra tarihlenen bir Eski Frisia yazıtında geçen *æmluth* ismi ile *Hamlet* arasında bir etimolojik bağ olduğu da kesin gibi görünüyor.

Çok açıktır ve basit fenomenolojiden yola çıkarak biliyoruz ki, mevzu fantezinin içinde mevcuttur. Nesne ise bir arzu nesnesidir ama ancak ve ancak varlığın erdemi kıyafetine bürünmüş olarak ki, asıl fantezi varlığın erdeminin elbisesinin içinde bulunur. Eşyâ veya nesne – *ne derseniz deyin* – yerini yani aslî yerini orada bulur. O vakit fantezi *jeni*ye hizmet eder ve hattâ *jeni*leşebilir.

Phallus - Fallos; Batı'nın edebî hendesesinde ve geometrisinde *fallos* fantezinin temel nesnelerinden biri ve belki de birincisidir, ana form o'dur, fantastik obje odur. Sadece *Freudian* falan değil, *fallos* bizatihî Batı estetiğinin bilinçaltıdır. Fantezinin ve fantastik arzunun en mütesettîr ve en '*müeddeb*' olanının dahi altındaki değişmez anayasal ve üniter değer *fallos*'tur. Temel referans odur. Fantezinin imajı da, kokusu da, pathos'u da *fallos*'tur. Demem odur ki, süje yani mevzu asıllık değil talîlik ifade eder. Sembolik olması beklenen *fallos* aslında merkez konu olurken merkezdeki mevzu – *o her neyse* – herhâlde san'âtsal veya edebî bir thema olacaktır ki, o da sembolikleşir ve diğer deyişle silikleşir, ana fikir olmaktan çıkıp *fallos*'un kapısında hızmetkâr olur. Sanal obje erdem olur ve varlığın bütün nitel boyutlarına sızar, gerçek bir hezeyan aracına dönüşür; olmanın cazibesi - *leurre de l'être*, olarak yazarın üzerine bin bir kilit vurduğu kasası olur.

Bize, konunun kendisinin bizzât fanteziyi kontrolü altında tuttuğu hissi verilir. Uzayın hiçbir yerinde ana konudan kopuk ve başıboş dolaşan bir fantezi olamayacağı düşünülür veya öylece algılatılır. Yoksa, konu da uçar gider kaybolur, gaye de hasıl olmaz ve fanteziyi tutup yakalamak mümkün olmaz. Hakikat kaybolur, sırlara karışır veya sahte hakikatler ortalığı kaplar. Olan budur işte… Israrla buradan yürüyorum, karanlık ve gizli bahçelerden, onlara en çok da oralarda rastlıyoruz. Bu bir avdır, sürek avı…

Hakikat saati nerede çalar bilemiyoruz ama bir yerlerde mutlaka çalıyor olmalı esprisinden hareketle aramak, şüphelenmek ve saldırmak ihtiyacımız mahfuzdur. Obje sıklıkla bir başka saatte gezinir, *elektron* gibi, gördüğün yer aslında yanıldığın yerdir. Saatin de senin mi yoksa bir başkasının mı olduğu bilinmez.

Hamlet, kralın veya krallığın şuurunu yakalamış olmayı başarmakla bilinir, tanınır. Yazarın tasarladığı *Hamlet* – herhâlde – budur veya buna benzer bir karakter olmalıdır. Kendi vaktinin geldiğini düşündüğünü düşündürtür bize. Ne olursa olsun daha sonra ortaya çıkar diye (mi?) eylemini askıya alır. *Hamlet* ne yaparsa yapsın, bu eylemi bir başkasının vaktine denk gelecektir. İster başarılı ister değil, değişen bir şey olmayacak, hakikatin saati bir başkası için, bir başka referans ve bir başka yerde çalacaktır.

Durup kaldığında veya donup kaldığında diyelim, bu kez ebeveynin saati - *ve farklı yerlerde* - çalar. Eylemini – *cinayet diyelim hadi* – askıya aldığında yine ve her zaman olduğu gibi hakikat saatini bulamayacaktır, referans göreli olmaya devam edecektir. Göklerde ya da arzın üzerinde bir yerlerde ve bir boyutta eylem *Hamlet*'in ilmi ve hayâli dışında karşılık bulacak ve *Hamlet* hakikat çanının sesini işitmeyecektir. İngiltere'ye yola çıktığında saatler üvey babası için çalacaktır veya o öyle düşünecektir. *Hamlet*'in öldürmeleri ve öldürmemeleri *Freud*'ün bile hoşuna giden ve ilgisini çeken gelişigüzellikler - *casualness* – olmuştur. Hepimiz, *Freud hariç değil*, çok eğlenmişizdir bu eskiz tadındaki işlerle.

Ve *Ophelia*'nın saati gelir çatar, intiharının zilleri, trajedi akacağı mecraı illaki bulacaktır. Fakat yine başka birilerinin saatine akacaktır, bir diğerinin bahsi veya talihi ya da kumarının içine. Kim **kazık**tadır, *Claudius* mu, *Hamlet* mi, bir başkası mı? Kralın rengine bürünen kimdir, üvey babayla kumar masasında tersinden imânı arayan kim ve aralarına girip dikilip duran şey ne? Bu bir savaş olsa gerek, herşeyin babası olan savaş. *Matem*i arayan buradan buyurmalı, yas tutmaya niyeti olan herkes bu kapıyı zorlamalı, canı yananın mabedi kumar masası, *Hamlet* masadadır.

Tuzağa düşen hattâ bodoslamadan giren şu veya bu her kimse, tuzağı kuranın kim olduğunu hiçbir zaman bilemeyecek Saati başka yerde çalandan başkasının sıralamadaki yeri nedir? Kumar sandığınızdan çok daha karmaşıktır ve ilim gerektiriyor, yoksa kozmosu çözmek muhal. *Başkasıdır herhâlde* diyen masadan üryan kalkıyor ve **kazık** hediyesidir, promosyon olarak veriyorlar. Psikanalistler ve hâliyle *Freud* buna çok sevinir, güler ve tad alır, bütün früstrasyonlarından arınır, nirvanaya erer. Nirvana **kazık**tır. Haberiniz ola.

Son kelâma kadar, son çan sesine kadar – *onun Hamlet'in çanı olduğunu da kimse bilemez* – kim ölür – *düşman mı?* – kim yaralanır – *dost mu?* Trajedi yoluna devam eder ve hayatın en hakikî zuhuru trajedidir, herkese bir dal verir, kuşatır ama beklemez, hakikatin aslına rücû eder, kimseleri dinlemez, takmaz. Dün de böyleydi yarın da böyle olacak, kahraman olan ancak saatini doğru hesapladığında kaderini göğsünün en derîn yerinde hissedecek, kader işte budur diyecek. Kader, boğazımıza kadar gelmiş ancak henüz bizi tasfiye etmemiş olan **kazık**'tan çıkış noktasıdır. Kader, bize **kazık**tan kurtuluş olarak görünür ise başkasına **kazık**'a beyninin kıvrımlarına kadar oturmaktır anlamındadır. Batı, **kazık**tan kalkmaz, biz de Batı isek **kazık**tan kalkmıyoruzdur, o nedenle hakikat saati başka yerlerde çalmaya devam eder ve biz fantezimizi bulmanın mutlu *facies*'i ile masada *orgazmı* yaşarız.

Sürprizi mi bekliyordunuz? Söylüyorum işte; ***Ophelia*** **ne?** ***O Phallus…*** *Ophelia* ilk ne zaman dile gelir? *Hamlet*'in en ızdıraplı ânlarından birinde. *Hamlet* iyice sıkıştığı zaman imdadına *Shakespeare* gibi bir dehâ yetişir – *jeni demiyorum* – ve kimliğini ona yeniden ve *Ophelia* formuyla kazandırır – **kazıklar kahraman**ını. Kararsızlığını yüceltme / yükseltme – *exaltation* - yoluyla aştırır. İngilizler buna **estrangement** – *yabancılaşma* - bile derler, yeridir. Dik duran *Ophelia*'dır. Rahatlayan *Hamlet*.

Ne diyelim? Patolojik bir ân mı, bir hayâsız akın mı? – *dishonoured irruption*, sübjektif bir dezorganizasyon mu? Bunlardan hangisidir fantezileri ortaya çıkaran, dalgalandırıp sağa sola çarptıran. *Depersonalizasyon* – kişiliksizleşme / duyarsızlaşma diyenler var yani süje ile obje yer değiştirirler ve fantastik boyutun - *le fantastique* - nerede başlayıp nerede sona erdiğine *kazık gelisigüzelliği* karar verir. Hani *Freud **das Unheimliche** – esrarengiz olan –* deyimini kullanıyor ya, işte bunun içindir. *Esrarengiz olan* sanki inanılan ama tam olarak da tarif edilemeyen bir şey gibi bilinçdışı'ndan – *Inconscient* – gelir ve fantezi dediğimiz de – *herhâlde* – budur ki, parçalandığında / dekompoze olduğunda, başlangıçta kendisine bahsedilen sınırları aşar ve diğer süjenin imajıyla birleşir, yekvücûd olur. Fantezi bu yönüyle anarşist bir *mütecaviz* ve viral bir *hierark*'tır.

Ophelia bir aşk objesi olarak çözünmüştür veyahut öyle gösterilmiştir: **"I did love you once"**. Bir kere sevmiş artık; herşey tahrîb olmuş, obje yitip gitmiş, büyü bozulmuştur; aşkın olduğu yerde objeye ne hacet, ama çözünmüş de olsa bir *Ophelia* karakteri var, orada öylece duruyor. Obje mevzuun merkezinde, parçalı ancak yine merkezde. Obje mi? Demedik mi? PHALLUS yani FALLOS. *Ophelia* **Fallos**'tur; *exteriorisé* ve *rejeté* bir sembolmüş gibi ama merkezîdir.

Kimse demesin ne alâkası var; aslı *ofelo* (οφελλω) fiili olup *arttırmak, çoğaltmak, yararlandırmak, kullanmak, biriktirmek* anlamındadır. İncil'de (Korinthliler) *Τί τὸ ὄφελος ἀδελφοί μου* – *bunun hayrı, faidesi nedir kardeşlerim?* biçiminde geçer.

İsim olarak bakıldığında Yunanca *ofelos – οφελος* kelimesinden gelir ve *katkı, yarar, fayda, birikim, yardım* anlamındadır. Bu kelime 15. Asırda İtalyan şair *Jacopo Sannazaro* tarafından, *Arcadia* isimli şiirinin karakteri olarak kullanıldı.

Nihayet *William Shakespeare* tarafından **Hamlet** isimli eserinde (1600) *Hamlet*'in maşukası kılınmış sonra boğulmuş karakterin ismidir.

Hamlet ha bire *child-bearing*'den – *doğurganlık diyelim* – bahseder. Bu, arzu objesi *fallos*'tan başka bir şey değildir, *Shakespeare*'i tanıyanlar biliyoruz. '*Furious battle at the bottom of the tomb*'

– Mezarın dibinde çılgınca ve öfkeli bir savaş (mı)? *Shakespeare* ne dediğini bilir.

Ara ara ***arzu***'dan ve ***matem***'den bahsediyoruz ya, alın size arzu ve matem *Hamlet*'te yan yana fakat iç içe de ve örtülü. Ertelemeci ve bir şeyleri erteledikçe trajedi iyice kıvamına geliyor. Hayat zamanında ve hakikat doğrultusunda yaşanmadıkça hâkim olan gerçek *procrastination* olur ve erteleme dediğimiz şey fanteziyi öne alma anlamındadır. Biz bir ömür boyu kendi *Ophelia*'mızı okşarız, *Şeytan Soneleri*'nden çıkıp gelmiş büyülü bir kahraman olarak.

O nedenledir ki ve herhâlde *Hamlet* hep başkasının saatini çaldırır, kendi saati gaîbdir, onu *Ophelia* zanneder. *Başkasından gayrı yoktur*'u - ***Il n'ya pas d'Autre de l'Autre*** – kavrayamaz, kavratmazlar ona. Öyle olunca, *Hamlet* için bu âlemde kendisinden başka vakit yoktur, vakitlerin hepsi ona tekabül eder, *kazıklı Hamlet* uygun olmaktadır. Herkese yazılan konjonktür *Hamlet*'e de yazılmıştır. Âyet yazmaya teşebbüs etmiş olan *Shakespeare* herhâlde fantastik konjonktür yazmaktan imtina edecek değildir. Arzusuz *Ophelia*, *Ophelia*'sız fonksiyon olmaz. Dikkat edin, *Shakespeare* bunu bütün karakterlerine uygular; delilere, mahkeme soytarılarına, onlar ki, en gizli saklı motifleri ustaca örterler. Hiçbir ölçü ihlal edilmemiş gibi görülür. Edepsizlik / arsızlık - *impudence* – ve hakaret ve küfür – *insult*, yoktur, kabalık asla, *Ophelia* vardır, ona sarılıp uyuyabilmek için herkes servetini vermeye hâzırdır. Ama buna karşılık, çok temel ve derunî ma'nâda bir belirsizlik - *ambiguity*, bir metafor sağanağı, envai çeşit kelime oyunu - *puns*, kibir - *conceit*, huylandırıcı ve imâlı konuşmalar - *mannered speech*, ortalıkta cirit atarlar.

Burası *Shakespeare theatrosu*dur'. *Theater of tits* – baştankaralar theatrosu diyenler olduğunu duydum. Herhâlde ve kesindir ki, *Hamlet* bu baştankaralar arasında bir palyaçodur. *Ophelia'lı kahraman* dememe izin verin. Bu, *fallos*'un içkin mevcudiyetinin bir sonucudur, evet bir sonuçtur; *the consequence of the immanent* *presence of the phallus*. **Kazık**'a bağlı *Hamlet*. Alın size hem matem hem bitmez tükenmez arzu: *Incorporation* buna denir – ortaklaşma mı dersiniz, şirketleşme mi, bünyelerin birbiriyle buluşması mı, *kazıklı Hamlet* mi ne isterseniz deyin. Hattâ *incorporation of the lost object* – Kayıp objenin bütünleşmesi bile denebilir. Havada asılı işleri *Freud*'e sorsaydım *Matem* ve *Melankoli* derdi. Ben ise karadelik'te aşk diyorum. Ben bir psikotiğim, artık buna inandım ve ilân ettim. Matemi bile *fallos*'a ulayan bir imaj sarmaşığı.

Benim bile aklıma gelmeyen kavram bağlantılarını bulanlar var Batı'da; *Mourning* and *Phallophany* gibi. *Matem* ve *Fallos Işıması, aydınlığı*. Karl Heinrich Marx'ın – Mordechai Levi – bu ifadeye sevgiyle yaklaştığı biliniyor. Ekonomisini *yas* ve *fallos* üzerine kurmuş, inanmayın demiyorum. Gizem ve âyin, büyü ve san'ât, edebiyat ve ev düzeni, *enseste* kadar yolu var, kuzu bayramları neyin *feutre* örtüsüdür, sorun *Levi*'ye anlatsın. *Converge in a most significant way...* Dramın ve trajedinin adı bu olsun. Bu trajedinin içinde de, ceza, yaptırım ve kastrasyon – iğdiş mutlaka olsun. Olsun ki, insan daha bir evrilsin, daha bir *Hamlet* olsun, '*örtünsün*'. *Oedipus*'umuz da eksik olmasın.

Unutulmamalıdır ki, *fallos* herhangi bir matem objesi değildir. Peki nedir *fallos*'un istisnaî değeri? <u>Süjenin hususî talebi</u> olmasıdır. Kastrasyondan – *iğdiş edilmekten* - çok korkan <u>süje</u> kendinin bir parçasından vazgeçme bahasına ve *fallokrasizm*'in dayatmaları doğrultusunda <u>kendisini kendine yasaklar</u>. İşte bu süjeyi bu hâle getirebilme kudretine sahip olan – *insanoğlu tarafından o kata çıkarılmış olan* – **fallos** hem arzunun hem de matemin tahtında oturur. İnsan, erkek ve kadın, ise *fallos*'a boyun eğer, ona tâbîdir, onun kuludur; köle veya *Hamlet* fark etmez. *Fallokrasi* budur. Shakespeare büyük bir *fallokrat*tı ve *Hamlet*'i *Ophelia*'ya mahkûm etti.

Peki ya *fallos*'a başkaldırmak nedir? Birincisi onu – yani kudreti, yani iktidarı, yani egemenliği – yitirmektir. Sonra arzudan mahrum olup ömür boyu mateme mahkûm olmaktır. Kompozitör ve virtüöz olma şansını yitirmektir. Toplumun dışına itilip tutunamayan olmaktır, ölmektir. O nedenledir ki, *fallos*'un pozisyonu hep peçelidir, örtülüdür. Hep ânîden ortaya çıkar – φανια εκδήλωση / ışığın ortaya çıkışı – <u>bütün diğer varlıkları negatif obje derekesine indirir</u>.

Castration, frustration, privation, alienation hepsi bir arada *fallos*'ta saklı ve *Hamlet* zavallı bir obje. *Something rotten* – çürümüş bir şeyle yüz yüze gelen *Hamlet*, *Shakespeare*'in şâh-eser bir eğlencesidir.

BOGDANOV ALEXANDR MALİNOVİCH

Sovyet devriminin en mühîm ideologlarından biri olan *Bogdanov* aynı zamanda hekim olup Kızıl Yıldız ütopyasının kurucusu ve aynı isimli romanın yazarıdır. Ayrıca dünya ilk kan transfüzyonu merkezini 1926'da Sovyetler Birliğinde açan kişidir.

Bolşevik devriminin lideri Vladimir Ulyanovich Ilyich Lenin'in Bolşevik Partisi'ndeki çalışma arkadaşlarından Rus bilim adamı, filozof ve edîb olan *Aleksandr Bogdanov* (1873-1928) aynı zamanda bir bilim kurgu yazarıdır. *Bogdanov*, büyük ilgiyle karşılanan *Kızıl Yıldız* (1908) romanında, geleceğin sosyalizminin bilimsel tahminlere dayalı ayrıntılı, canlı bir tasvirini takdim etmektedir. "Kızıl Gezegen" olarak bilinen Mars'ta insanlık ileri bir sosyalizm düzenine kavuşmuştur. Dahası, gezegenin insanları, sahip oldukları bilimsel-teknolojik donanım sayesinde komşu gezegen Dünya'ya ulaşmayı başarmışlardır. Sırada, aynı idealler için mücadele eden devrimci partilerin temsilcilerini, inşa edilmiş olan ileri toplumsal sistemi gözlemek üzere kendi gezegenlerine konuk etmek vardır. Bu heyecanlı yolculuğa uygun görülen bir parti militanının gözünden Mars'a yapılan yolculuğa ve oradaki hayata tanıklık ederiz. Romanda yer alan atom enerjisinin öğrenilip kullanılması, üretimin otomatikleştirilmesi, televizyon, insanın uzaya çıkışı gibi –bilim kurguyu kullanan yazarın eseri çok başarılıdır. *Kızıl Yıldız* romanında önemli sosyal tahminlere de yer verilmiştir: örneğin Marslıların sosyalizmi seviyesi, çevre kirliliği ve doğal kaynakların tükenmesi sonucunda ortaya çıkacak olan zorlukların farkındadır.

İnsanoğlu, tarih boyunca kurulu düzeni eleştirerek, daha adil ve insanî bir gelecek arzuladı. 15. yüzyıldan itibaren, bu eleştiriler ve toplumsal gelecek tasarımları "ütopya"nın ortaya çıkmasını sağladı. "Yunanca Olmayan yer = *Ou-topia*; Utopia" anlamına gelen *ütopya* ilk etapta, Avrupa'nın henüz keşfetmediği coğrafyaları ya da yeni yeni tanınan coğrafyalardaki "ilginç" yaşam tarzlarını anlatırken bütün dünyanın keşfedilmesiyle uzay ve gezegenleri tasvir etmeye başladı. Bu dönem yazılan ütopyaların çoğunda, bilinmeyen bir "dünyaya" yapılan ziyaret ve ziyaret edilen dünyanın ideal toplumsal düzeni konu edildi. Bilim ve teknik alanındaki gelişmeler, bu gelişmelerin toplumsal yaşama etkileri ve bunların yarattığı heyecan, ütopyaların da içeriğini etkiledi. İnsanlığın geleceğini bilimsel gelişmelerin heyecanıyla yorumlayan yazarlar arttı ve bu metinler "bilimkurgu" olarak anılmaya başlandı.

Aleksandr Aleksandroviç Malinovski Bogdanov 1903 yılında katıldığı Bolşevik partisinin zamanla ileri gelen liderlerinden birisi olmuştur. 1906 yılında yayımladığı *"Ampriyo-Monizm"* kitabıyla *Lenin* dahil bir çok kişinin hayranlığını kazanmıştır. Ancak *Kızıl Yıldız*'ı yayınladığı 1908 yılına geldiğinde ütopik görüşleri nedeniyle *Lenin*'le karşı karşıya gelir. Partinin tüm legal alanlardaki çalışmalarını sonlandırmasını savunan *Bogdanov*, *Lenin* karşısında azınlık kalır ve bir süre sonra da partiden ayrılır. *Lenin*, ünlü *"Materyalizm ve Ampiriokritisizm"* kitabını bu dönemde idealist olmakla suçladığı *Bogdanov*'un metinlerine karşı kaleme almıştır. Ekim devrimine kadar örgütlü siyasetten uzak durarak bilimsel çalışmalara ağırlık veren *Bogdanov* devrim sonrası yıllarda da başını çektiği *"Proletkült"* hareketi nedeniyle, devrimin önderleri *Lenin* ve *Trotskiy*'le anlaşmazlığa düşmüştür. Proleter kültürünü hemen yaratmak için devrimden önceki kültüre ait her şeyi yok etmeyi savunan bu ütopist sol hareket ilerleyememiştir.

Hayatının son dönemlerini kan ve ölümsüzlük ile ilgili araştırmalara ayıran *Bogdanov*, 1928 yılında kendi üstünde yaptığı bir deney sırasında hayatını kaybeder.

Bu roman Sovyet uzay programının da fikir babası oldu. Güdümlü roketlerin öncülerinden *Constantin Tsiolkovsky* aynı zamanda uzayın yurtlaştırılması - *patrification of the sky* anlayışının da fikir babası olup bu fikrini *Bogdanov*'a borçludur. Evrenin insan soyu tarafından kolonileştirilmesi ütopyasının ardında insanoğlunun ölümsüz atalarını bulma umudu vardır ve bunu da aktive eden yine *Bogdanov* olmuştur. Institute for Blood Transfusion – Kan Nakli Enstitüsü bu ütopyanın dışında bir kurumsallaşma değildir.

Bogdanov bu yolla evvela ihtiyarlamayı engellemeyi ve bilahare de ölümsüzlüğe varmayı öngörüyordu. Buna göre, genç nesillerle ihtiyar kuşaklar arasındaki kan nakilleri önce bir denge oluşturacak bilahare de ihtiyarlığı ortadan kaldıracaktı. Bunu kendi üzerinde de denedi ve kazara öldü. Bu fikirleri takip edenler arasında kült eserlerden olan *Dracula*'nın yazarı *Bram Stoker* da vardı. Enstitü raporları arasında genç ve akademi talebesi bir kızın kanı ihtiyar bir yazara transfüze ediliyordu ve her iki taraf ta bundan eşit oranda kazanımlar elde ediyordu. *Stoker* da vampirler topluluğunu fevkalade kudretleri olan bir sosyete olarak anlatıyordu. Bu fevkalade topluluk işte bu *'exchange'* sayesinde bu noktaya gelmişlerdi. Bu bir utopia mıdır yoksa bilakis bir anti-utopia mıdır, bahs-i diğer. İnsan soyunun ölümü savunmasının hattâ yüceltmesinin karşısında vampir soyunun ölümsüzlüğü yüceltmesi, <u>doğal olanla olmayanın ne olduğu tartışması</u>na kapı aralamıştır.

DEVLET, VAMPİR, VAMPİRİZM

Sahi Vlad-Dracula Kimdir?

Romanya'nın Wallahia bölgesinin prensi *Vlad III Dracula*, daha ziyade *Kazıkçı Vlad* olarak bilinir. 1431-1476 tarihleri arasında yaşamıştır. *Dracula* kelimesi '*Ejder'in oğlu*' anlamına gelir. Babasının '*ejder tarikati*'ne üye olduğu biliniyordu. Yani '*Dragon'un oğlu*' manasına '*Dracula*'. '*Tepec*' adıyla da bilinmektedir. *Tepec* (Tsepeş) '*Kazıkçı*' anlamına gelmektedir.

Dracul, 'şeytan' anlamına da gelir. Romence'de '*Drac*' kelimesi 'şeytan' anlamına gelmektedir. Bu bağlamda *Vlad* ile *Dracula* kavramları arasında bir bütünlük olduğu tartışmalıdır. Bir yakıştırma veya kurgu mu, yoksa gerçekten bir maddî temel mi olduğu tam olarak bilinmemektedir.

Dracula, Transilvanya doğumludur ve Transilvanya lordudur. Daha sonra Wallahia prensi olmuştur. *Vlad Tsepeş* olarak da bilinir. *Tsepeş* kelimesi '*Teapa*'dan gelmektedir ve anlamı '*sivri uçlu şey, ekser, büyük çivi, budaklı kazık*'tır. *Domnitori* (Kaide koyan, kural koyan) sânıyla bilinir. '*A Domni*' kelimesi '*kural, kaide*' anlamına gelir.

Ottoman Devleti, *Vlad Tepeş*'e, 'Kazıklı Beg' veya 'Kazıklı Vlad' adını vermiştir. '*Kazıklı Voyvoda*' adı da kullanılmaktadır. *Bram Stoker*'ın meşhur romanı '*Dracula*', Vampir karakterine ilhâm vermiştir.

Peki *Vlad* İsmi?

-*Vladîmir* (Владимир): Slav kökenli bir isimdir. Eski Doğu Slavca orijinlidir. Birinci bölüm **Vlad**: düzen, kural, kaide; ikinci bölüm **Mer**: büyük, meşhur, şöhretli anlamındadır. **Vlad-mer**: *şân ve şöhretle idare etme* anlamına gelir.

Halk dilinde ise, '*Halkın Kurtarıcısı – dünyanın kurtarıcısı; Mesih'in Yardımcısı önünü açan*' veya '*Sulh içinde memleket idare eden*' manasına gelmektedir. Yine, Slavca '*Mir*' veya '*Myr*' kelimeleri *barış, halk, topluluk* ve *dünya* manalarına gelir. Bu yönüyle <u>Vlad-Myr</u> biçiminde ele almak mümkündür. Eski Slav Kilise geleneğine göre, Rusça, Bulgarca, Makedonca, Çekçe, Slovakça, Slovence, Hırvatça, Sırpça *Vladîmir*, Polonca *Włodzimierz*, Ukrainca *Volodimir, Volodimer* veya *Volodymyr* (Володимир), Belarus dilinde *Uladzimir* (Uładzimir, Уладзімір) veya *Uladzimier* (Uładzimier, Уладзімер) biçiminde söylenir ve yazılır. Aynı isim, Norveç sagalarında da çok anılır ve *Vladimir Monomakh*'a (Tek başına savaşan *Vladîmir*) atıfta bulunulur. Danimarka'nın en ünlü krallarından biri *Büyük Valdemar*'dır. *Vladîmir* ismi Alman ve Kuzey kullanımında *Valdemar* ve *Waldemar* olarak söylenir (**wald**: idare, kural, düzen; **meri**: meşhur; ünlü, **heri**: ordu). Romence'ye *Vlad* ve *Vladutz* biçiminde girmiştir.

Doğu Slav dillerinde bu ismin kısaltılmış şekilleri *Vova* ve *Volodya*'dır. Diğer ülkelerde; *Vlada, Vlado, Wlodek, Volya, Vlatko* biçimleri kullanılmaktadır. Dişil hâli *Vladîmira*'dır.

Vampir kelimesi Slavca '*vampir*' sözcüğünden gelir. 1600'lerde Doğu Avrupa ve Balkanlar'da ortaya çıkmıştır.

'***Vampir***' kelimesi, '*upir*'den türemiştir. Eski Rusça el yazmalarında bu kelimeyi İ.S. 1047 tarihinde yazılı bir metinde görüyoruz. Bu metinde bir Novgorodia prensi olan *Vladîmir Yaroslavovich*, **Upir Lihyj** (Упирь Лихый - **Upir Lihij**: kötü vampir, şeytanın elçisi olan *vampir*) olarak tanımlanır.

'***Upir***'in kökeni ise ilginçtir. Franz Miklosich, '***upir***'in '***uber***'den geldiğini iddia etmektedir. Orta Asya Türkçesi'nde '***uber***' kelimesi '*büyücü, cadı*' anlamındadır. A. Bruckner ise, Rusça '*yarasa*' anlamına gelen '*netopyr*' kelimesinin '*vampir*' kelimesinin kökeni olduğunu belirtiyor.

Kazan Tatarları'nda '***ubyr***', *cadı* anlamına gelir. Kelime Fransızcaya 1734 yılında '*vampire*', 1732'de Almancaya '*vampir*' olarak girmiştir. Her iki dile de Macarca'dan - ***vámpír*** - giriyor. Sırpça '*vampir*' (вампир), Bulgarca '*Vapir*' (вампир) ve Ukrainca '*uper*'. 1774 yılında Fransız biyolog Buffon tarafından Güney Amerika'da yaşayan bir grup kan emici yarasaya '*vampir*' adı verilmiştir. İngilizceye, Almancadan ve '*vampire*' olarak geçmiştir.

Kelimenin Almancaya, Eski Polonya dilinden '***vaper***'den geçtiği iddiası vardır. Polonya diline da Eski Slavca '***Oper***'den geçtiği biliniyor. *Opiri* fiili Eski Slavca *uçmak* anlamına gelmektedir.

Eski Fransızcada '*Vampyre*' olarak yazılıp '*vampir*' olarak okunur. Buradan İngilizceye geçmiş olma ihtimali daha yüksektir. Çek ve Slovak lisanlarında '*upir*', modern Polonya lisanında '*wapierz*', Doğu Slav şivelerinde *upiór*, Rusçada упырь (*upyr'*), Belarus dilinde упыр (*upyr*).

Proto-Slavik formu опырь (*Opir'*) veya опирь (*Opir'*). *Bu kelime yarasa anlamına geliyor olabilir ancak kesin değildir.* Çekçe *netopýr*, Slovakça *netopier*, Polonya dilinde *nietoperz*, Rusça нетопырь / *netopyr'*. Proto- Hind-Avrupa dilinde '*opir*' (uçmak) kökünü görüyoruz.

1982 senesinde, İsveçli Slavolog Anders Sjöberg, '*Upir Likhyi*'nin, çok bilinen bir İsveçli kişi olan *Öpir Ofeigr*'in Rusça transliterasyonu olduğunu iddia etti.

Vampir – Requiem – Ölümcül Danslar

Aslında büyük bir trajedidir, giriş yapmakta olduğumuz *vampir* meselesi; onlar, sevdiklerine yakın olabilmek için yaşam formunun bütün ızdırab dolu süreçlerini bir bedel olarak ödeyip her gün ölen ve her gün dirilen, ne diri ne de ölü sayılan derin kahır kurbanlarıdır. Üzerine ağıt yakılmayı en çok hak eden bu fecî sürecin sujelerini konuşmak şarttı, şimdi oradayım. Uslu durmazlarsa çocukları ısırırmış; bak şu zulme! Onları tanımlarken, *canlılar üzerinde(n) bayram yapan karanlığın dostları* diyenler vardır. Su kütlelerini aşamazlar zira su temizdir ve kirlerden arındırır. Bir vampiri öldürürseniz daha da güçlenir inancı yaygındır. Bugün hâlâ şu inanç var; vampirlerin dirilip mezarlarından çıkmalarını engellemek için kalpleri gümüş mıhlarla delinir veya cesetleri yakılıp külleri mezara öylece konur. Fakat, Hristiyan itikadı cenazelerin yakılmasını yasakladığı ve vaftiz esnasında kişinin kutsal yağ ile meshedilmesinden - Μύρων του Χρίσματος dolayı, cenazesinin yakılmayacağına dair inanç bulunduğu için yakma işlemi en son ihtimal olarak düşünülür.

Acılar içindeki yarı ölü yarı diri, hayatla rabıtası neredeyse bitmiş olan, hayat boyu çileden kurtulamamış insanların bir de kalplerini delik deşik etmeyi veya onları cayır cayır yakmayı planlayan bir anlayışla yüz yüzeyiz; bela vampir değil, vampirleştirdikten kelli ona cümle zulmü mubah gören iktidar gücü ve en büyük şiddet örgütü, akıllara seza işkencelerin tırpanlı canîsi olarak, kötülüklerin anası olan DEVLET'tir. Şiddete maruz kalarak ölen insanların cenaze törenlerinin yapılamayacağına zira bu insanların kötü ruhlu ve çarpılmış olduklarına dair bir inanç hâlâ o topraklarda yaygındır. İktidar gücü bu zehirli safsatadan sonuna kadar beslenir.

Amerikanca tarifi *savage-looking man with dark complexion, and with distorted misshapen limbs* – kara tenli ve deforme azaları olan, vahşî görünümlü insan olan vampirdeyiz. Dünyanın Lânetlileri!

İki tür şahsiyetten giriş yaparak herşeyi tersyüz etmeyi planlıyoruz: Birinci şahsiyet türü; yeraltı dünyasının tehditvarî, gölgeli, karanlık ve ürkütücü – ürpertici gizemine kapılan, orada keşfe çıkan şahsiyet ki, buna isteyenler *vampir* de diyebilir. İkinci şahsiyet ise kendisini bu yeraltı âleminin efendisi, oradaki mahlûkatın önderi, gölgelerin dirijanı sayan varlık ki, buna da *yüksek vampir* veya *vampirlerin efendisi* demek mümkündür. Bu ikincisi, devlet iktidarı, devlet iktidarının en üst düzey temsilcisi veya uluslararası emperyal gücün yürütme konseyi olarak okunabilir.

Bu şahsiyet(ler)i bir kenara koyalım ve bir başka türe geçelim; bu türün adını *insan, ölümlü* veya *ordinary* koyalım – **Humans**. Bu türün mensupları arasında ezici bir nüfus kendilerinin dışında bir kast, bir sınıf veya bir topluluk olduğunu bilmez, kabul etmez, algılayamaz. Bu dünyanın farkında olan ya da az çok hissedenler için de iki tane opsiyondan söz edebiliriz; ya onları daha yakından tanımak için yanlarına gitmek, onlara yaklaşmak ya da onlardan iyice uzaklaşmak, korkmak ve adlarını ağızlarına bile almamak. Görünmez ve çok kudretli bir düşmanın her ân her yerde mevcut bulunması fikri ölümlüleri hep huzursuz edecektir.

*Vampir*lere geri dönecek olursak; bunlar insanlara nazaran eliti ve yüksek varlıkları temsil edeceklerdir. Bunlar, diğerlerinin zaaflarından ve kusurlarından istifade ederek yükselirler ve aradaki mesafe iyice açılır. Gölgelerde pusuya yatıp beklerler ve taze kanlı ölümlüler sürekli yakalanır ve emilip sömürülürler. Efsane ile gerçek her zaman olduğu gibi burada da içiçedir. **Vampir** kavramı için Fransızca **non-vie** (undead, ne ölü ne diri) kelimesini teklif ediyoruz; yani hayatın tersi, *yaşayan ölü* hâli. Bu *yaşayan ölü* hâlinden ilhâm alarak da bu hayata – *ters hayat* – **requiem** adını veriyoruz yani <u>ölüye ağıt</u>. İnsanın bir hayatı varken, vampirin bir *requiem*'i var.

Ölümle, ölülerle, ölümcül olanla dans nasıl bir şey olabilir? Eğer kavramı toplumla kıyaslayacak olursak, vampirler – *yaşayan ölüler olmakla* – ölüler dansını kolektif biçimde gerçekleştirdiklerinden bir kolektivizm bilinçleri vardır ve buradan hareketle hayatlarını paylaşırlar. Buna mukabil insan bireysel yaşar, raks eder ve paylaşmaz. Ölüm dansı vampirlerin her akşam yaşadıklarıdır. Burada kolektivizmi daha farklı bir analize tâbî tutmak ve adlandırmak gerekirse gece âlemlerinde ve mesela bir *orgie de sang* – kanlı grup, hayâl edebiliriz. Eski Mısır ritlerinden olan kanlı grup seksinde iş vahşete vardırılır ve ilâhların orgazm yaşayabildiği tek etkinlik budur. Burada kutsamalar çok kanlı biter ve kanla esrinir; birçok genç kız alınır, seksüel âyinler esnasında esritilen kızlar canlı olarak kesilmeye başlanır; kiminin bacağı, kiminin kolu kesilir, kiminin derisi yüzülür ve bu etler çiğ olarak bir araya getirilip bir menü oluşturulur ve özellikle erkekler ve ana tanrıça pozisyonundaki tek bir kadın birlikte bu ilâhî yemeği yerler. O grupta âlemin nesnesi bir veya birden fazla insandır ve âlet olarak her türlü hazza hizmet eder ve sonuna kadar soğurulup posası bir kenara atılır. Onu koruyacak, kurtaracak ve adam yerine koyacak hiçbir mekanizma yoktur, örgütlü hayattan gayrı.

Hayvan Kimdir, Rolü Nedir?

Hayvan, vampirin ayrılmaz bir parçasıdır ve ona yapacağı eylemleri dikte eder buna *nefs-i emmare* yani *emredici nefs* veya *id* adı da verebiliriz. Yedirir, içirir, uyutur, çiftleştirir. Varolabilecek en düşük **içgüdü** biçimidir. *Vampirizm*in en büyük lânetlerinden biridir, vahşî hayvanından emir almak. Bu çelişki hep oradadır ve hep gözlerden kaçar.

Mascarade, aslında maskeli balo anlamındadır fakat burada biz bu terimi, vampirlerin mevcudiyetini inkâr eden, onları yokmuş gibi gösteren veya gizleyen anlayışı kastediyoruz. Sistem rahat bir biçimde işleyişini sürdürebilmek için çeşitli kurumlar yoluyla onları yok gösterir ve her daim bir maske takıp balolar düzenler; *mascarade*. Her yer her gün Venedik'tir. Oyunun kurallarından biri budur, vardırlar, mevcutturlar ama başka bir âleme aittirler, görünmezler, maske ile dolaşırlar.

Klanlar diye tabir ettiğimiz şey ise vampirlerin soylarını soplarını anlatır. Nosferatu soyu, Ventrue soyu vs. Ligler ise vampirlerin ideolojisini temsil ederler; bu ideolojiler →dînî vampirizm, idealist vampirizm, büyücü vampirizm, bağlantısızlar, egoist vampirizm vs. Prens, bir şehrin veya herhangi bir yerleşim biriminin şefidir. Orada kuralları o koyar ve iktidar gücünü o temsil eder. Kuralları hangi ölümlü ihlâl ederse çok ağır cezalar alır; bunların arasında ölüm ve ağırlaştırılmış müebbet cezaları en yoğun verilenlerdir. Aile, vampirin kendi toplumudur. İktidar savaşına bütün vampir ailesi katılmak zorundadır. Katılmayan tasfiye olacaktır. Farklı ambiyanslar etrafında öbeklenen vampirlere takım denir. Bunlara eğlenceyi seven vampirlerdir. *Vita* – Hayat, vampirlerin kana verdiği isimdir. Bu kan onların iktidarının devamını sağlar.

Klanlardan bahsetmiştik, açacak olursak; *Daeva*'lar yani dişi şeytanlar veya dişi vampirler en hızlı ağ ören ve ağ geren vampirlerden sayılırlar, kan emmeyi sevdikleri kadar bunu theatral bir sahneye ve nitelikli bir oyuna dönüştürerek hazzı doruklara çıkarmayı ön plana koyarlar. Ölümlüler onlar için birer oyuncak hükmündedir. Duyguları ve arzuları manipüle etme konusunda yüksek san'at sahibi ustalardır. Siyasî oyunlarda da rafine ve göz kamaştırıcıdırlar. Ölümlüleri cinsî manada müthiş sömürürler, predatördürler.

Vahşî veya yabanî vampirler diye adlandırabileceğimiz – *les sauvages*, vampirler arasında hayvanî nefsleri ve içgüdüleri en önde gidenlerdir. Ülke, *sauvagerie*'nin güçlü ve yoğun olduğu bir alan olmakla hayvanî güdüler de iyice gelişmiştir. Bu *vampirizm* biçiminde *brütalizm* tavan yapar, bu idareye **brütokrasi** adını verebiliyoruz. Kendi aralarında ise çok iyi anlaşırlar → *ascinus ascinum frecat*. Osmoz hâlindedirler.

Vampir mithosu çok genel manada <u>ne ölü ne canlı bir varlık</u> olarak tanımlanır. Bu san'âtsal ve edebî anlatımlardan yola çıkarak tıbbın ve husûsen de psikiyatrinin sahasına giren *vampir* kavramı en son tahlilde *Oedipien* ve *narsisik* tahlillere kadar varır. Narsisik bozuklukların bir kısmında *psikiyatrik vampirizm* ortaya çıkarılabilir. Yine Borderline (sınırda kişilik) ve psikosomatik bozuklukta da *vampirizm*lere rastlanabilir. Bunun *pathologik matem*le veya *post-travmatik* nedenlerle de bağı kurulabilir. *Ante-narsisik* (narsisizm evveli) ve *anti-narsisik* (narsisizm karşıtı) süreçlerde *vampirizm* net olarak ortaya konulamaz ve özne / nesne (sujet/ objet) ayırdı neredeyse imkânsız derecede zordur. Yine zaman-mekân sınırları fludur. Burada, doğuma, ölüme ve kökene karşı bir tavır, bir duruş ve bir reddiye meyli sözkonusudur. Birey – *varlık* – çocuk katli (*infanticide*), ana katli (*matricide*) ve baba katli (*parricide*) temayüller arasındaki gerginliğin öznesi olur. Vampirik süreçler aracılığıyla nesilleri birbirine bağlar ve patolojik bir zincir oluşturur. *Kitle vampirizmi* - **vampirisme de masse**, uygarlığın başında hastalıktan da öte bir büyük bela sayılmaktadır. Ülke *kitle vampirizmi* ile malûl durumdadır.

Vampir, Doğmak veya Doğmamak?

Transilvanya Alpleri'ndeki meşhur köprüyü, öte dünya veya uhra geçişi kabul ediyoruz; burası ince bir yer. Burayı yani öte dünya bölgesini – *l'au-delà*, henüz doğulmamış, ana karnı - **le** *n'être pas né encore, le ventre maternel* ile maddî dünya, günümüz dünyası veya sürdürdüğümüz maddî brüt hayat arasındaki geçiş olarak okumak mümkündür. Köprünün altındaki uçurum ve derinlerde akan nehir de *amnios sıvısı*'na işaret eder. [Hatırlatmakta yarar var; bilinen anlamı dışında ἀμνίον *(âmnîon) kelimesi dînî manada, içinde kurbanların kanlarının biriktirildiği çanak ya da kâse anlamındadır*]. Diğer taraftan insanoğlu ölümü ana rahmine, ana kucağına – *su* veya *sıvı*, geri dönüş olarak idrak ettiği için **köprü**, ölüme doğru bir ilerleme ve – *kaba anlamından çok farklı olarak*, bir *hâl değişikliği*ne tekabül etmektedir.

Thebes yolundaki *Œdipus* geleceğini (kaderini) üç yol üzerinde ortaya koyar→önce baba katilliği *(parricide)* sonra şehrin girişinde *Sfenks*'le karşılaşma ve nihayet birinci *enigma*'yı çözme; işte insanın üç çağı. Sonra doğumunu sorgular. Sonra da körlüğü tercih ederek yüksek cehalete geçer.

İçine mithosun edebî, san'atsal ve kültürel veçheleri yedirilmiş *psişik vampirizm*, klinik olarak da karakteristik prensipleri şöyle ya da böyle ortaya koyar. Bunlar genelde *narsisizm*in özellikleridir. Bunun metapsikolojik yaklaşımları bizi, tartışmanın merkezinde hayat ve ölüme dair dürtüsel iniş çıkışların yatay dağıtımını - *déploiement horizontal des vicissitudes pulsionnelles de vie et de mort*, dikey boyutta değerlendirebileceğimiz nesne ile bağını kurarak birbirinden ayırma girişimi olarak uzun bir dizi konsept ile karşılaşmaya götürür.

Birincil narsisizm - **narcissisme primaire** ve ikincil narsisizm - **narcissisme secondaire** değerlendirmesi ortaya çıktıktan sonra (1914), *Freud* zevk ilkesinin ötesinde - **Au-delà du principe de plaisir** eserinde ölüm ve hayat itkilerinin düalitesiyle tekrarlama otomatizmini tasvir etti. İkinci eserde (1924) ise, üç efendinin hizmetkârı olan - *İd* (Ça), *Super Ego* (Surmoi) ve *Gerçeklik* (Réalité) - bir **Ben** (Moi) betimledi. Bu hizmetkârlık ona çekirdeğinin ve bilinçli zihninin bir kısmını kaybettiriyordu. Birçok yazar kendisini *görünür olana adamış* olan *Narkissos*'u – Narsis, yeniden ve yeniden sorguladıktan sonra onun (*Narsis*) kaynak aynasına eğildiği konusunda birleştiler. Buna mukabil her bir yazar ve araştırmacı o aynada çok farklı yansımalar, renkler ve kaderler buldular: Bazıları için (K. Abraham, S. Ferenczi, V. Tausk, L.A. Salomé, B. Grunberger), bu, doğum öncesi - *ante-natale* kaynakta bile birincil objeyle bir süje-obje ayırdsızlığı - *indistinction* dâhilinde birincil anne kaynağından sulanıyor ve besleniyordu. Diğerleri açısından, F. Pasche gibi, bu, obje libidosunun gelişiminden dolayı Narkissos karşıtı bir akımı - ***courant antinarcissique*** takip ediyordu. Kimileri için ise (A. Green, J. Guillaumin), kendini, birincil mazohizmin negatif etkili çağrısından veya ölüm itkisinden soluklanmaya bırakıyordu ki, bunlar onu matemin geçici karanlığından melankolinin uzun süreli aydınlığına çıkarıyorlardı. Bu durum kimi zaman ölü anne'nin - *mère morte*, gölgesinde gerçekleşmektedir. Buna, zıtların birbirine bakan iki levhası - ***diptyque d'opposés*** adı da verilmiştir; zıtların birliği de deseniz olur. Yani olumlu narsisizm (*narcissisme positif*) / olumsuz narsisizm (*narcissisme négatif*) veya hayat narsisizmi (*narcissisme de vie*) / ölüm narsisizmi (*narcissisme de mort*). Acaba bu etapta mı, diğer tarafta bulunan vampirin çağrısına cevap vermeye hazır bir biçimdeki landonun misafiri, köprüye doğru yönelecektir? Yolcuyu karşı tarafta cennetten bir köşenin mi yoksa cehennemden bir ateş topunun mu beklediğini bilmek hiçbir zaman mümkün olamayacaktır.

Bir kere köprü kurulduktan sonra, vampirsel süreç - ***processus vampirique*** cazibesine karşı direnç göstermek nereye kadar mümkündür? Öyle ki, vampir misafirin zararına ve onun hayatî özünü emmek suretiyle bir dirilme girişiminde bulunmaktadır. Bu eylemi kendi narsisik noksanlarını giderme ve arıtma temelinde gerçekleştirmektedir. Vampirleşmiş veya vampire düçâr olmuş - ***le vampirisé*** şato'yu terk etmesi için gerekli olan hayat kuvvetini yeniden inşâ etmek için hangi savunma yöntemiyle kendisini koruyacaktır ve hayat şehrine geri dönebilecektir? Aksi takdirde vampirle özdeşleşmesi ân meselesidir zira hayatî varlık – *être vital* kendisinden çok daha canlı ve arzulu davranan ve böylesi bir bekleyiş içinde bulunan kendi karşıt varlığının yani yok hükmünde sayılan varlığın - ***non-être*** tasallutundan ve hışmından kendi ikincil geri püskürtmelerinin sonuç almasıyla değil bilakis bozguna uğramasıyla yok olacaktır. Eğer hasbelkader bu mücadeleden başarıyla çıkarsa büyük yaralar alacaktır ve bu yaralar bazen zaman içinde kapanabilirken kimi zaman kabuk bağlayamayacak, hayatı dondurucu/öldürücü emmelerin - *succions dévitalisantes* izleri hep kalacak veya yaralardan kalan delikler varlığın *narsisizm*iyle kapatılacaktır. Bu kapatılma, ayrıştırma/ yarma bentlerinin - *digues de clivage* inşa edilmesiyle sağlanacaktır. Bu bentlerin üzerine de *inkâr* (déni), *redd* (rejet), *yadsıma* (désaveu), *kaldırılamaz olan temsilleri reddetmeye tekabül eden psişik mekanizma* (forclusion yani cebrî icra) - *ki, bunlar Bilinçdışı tarafından bile asimile edilmezler* – putları dikilecektir. İşte <u>varlığın enerjisi boyuna buralara harcanır.</u>

Yolcu adımını şato'ya – *kliniğe de diyebilirsiniz* – attığı ânda takıntılarının ve saplantılarının gizemine ve/veya gizlerine ve neharî (günlük) ve leylî (gecelik) ecinnilerine doğru inmeye başlar. Zaten cezbesi altında bulunduğu *vampirik çekim*lere doğru ilerler.

Bu parkur üzerinde cinnet ve şiddet fazlarının hiç de nadir bir şey olmadığını belirtmekte yarar var. Bu iki hâl adeta birer asistan gibi özneye eşlik ederler. Kimi özneler aynayı kırıp paramparça etmek isterler. Bu kırma istemini hem hakikî hem de metaforik manada anlamak lâzımdır. Bu davranış, bakışın eşdeyişle imhânın büyüleyiciliğine karşı bir isyân niteliğindedir. Kâh gölge kâh yansıma cihetinden oynaşıp duran güçlü kişilik düzeyindeki temsil noksanlığı vampir tarafından büyülenen özneyi – *le vampirisé* – yitip giden imajının umutsuz arayışı içinde tüketir, yer bitirir.

Aynanın önünde ölmekle kalmak arasında adeta bir cezbe hâlinde titrer durur; tükeniş budur.

Kendisini tükenişe sürükleyen ve hareketsizleştiren daraltıcı tehlikenin pençesindeki özne bir manevî baygınlık hâlinde – *désêtre* hayatını, bilmediği bir şeye, bir bilinmez varlığa adamaktadır. Adeta aleyhte gelişen bir pazarlıktan kanını taahhüt ederek hayatta kalabilme ve ona tutunabilme sonucunu çıkarmaktadır. Buradan bir yaşayan ölü - *mort-vivant*, canlı cenaze de diyebiliriz veya ne ölü ne diri - *ni-mort/ni-vivant* bir varlık olarak çıkacaktır. Bu tek açılı bir bakışta özne-nesne tek bir vücûda dönüşür ve öznel manada zaman-mekân silinir. Bir hayatî varlıktan baygınlık hâlindeki bir varlığa aynı derinin/bünyenin - *peau commune* - içinde kan akışı sağlanır.

Bu geriletici iniş çıkışlar *nevrotik* özneyi *ikincil* ve *birincil narsisizm*'in sınırlarına kadar getirirler. Burada, ötede beride ilkel bir sahnenin aslî fantazmaları – *baştan çıkarma, kısırlaştır(ıl)ma* - ortaya çıkar. Bir diğer ilkel fantazma ana karnına dönüştür. Bu fantazma ana göğsünün kaybı boğuntusuyla birleşiktir. *Vampirizm* için <u>göbek kordonu fantazmasına bağlılık eylemi</u> diyen otörler de bulunmaktadır. Bu fantazma diğer fantazmaların yoğunlaşmış bir fetişizmi sayılabilir. Buna, sınırsız ve inişsiz fantazma - *fantasme sans limite et sans descendance* adı da verilebilir. Bu işin sonu da **Ben**'in – *Moi*, <u>köklerinden sökülmesi</u>ne varır. Vampir, bakışlarıyla kurbanı olan **Ben**'i delip geçendir - *le transperçant*.

Vampirizm, bu kökten koparma / kökünü sökme - *déracinement* eylemini inşa etmenin adıdır. İster Ak Psikoz - *La psychose blanche* deyin isterseniz de daha yaygın olarak Beyaz Kadın - *Dame Blanche*, fark etmez.

Bir yakınının matemi: A. Green'de ölü bir annenin matemi sonu gelmeyen bir matem türüdür; beyaz matem de diyebiliriz. *Paul-Claude Racamier*'de aslî/asıl matem - *le deuil originaire* problematik boyunca narsisizm'dir – *narcissisme*.

Köken / soy-sop matemi: Burada *Racamier* açısından, doğmuş olmaya karşı bir inkâr vardır. Yazar bir çifte inkârdan söz eder; cinsiyetler arası – birbirini – inkâr ki, bu inkâr türü kısırlaştır(ıl) ma kompleksi - *complexe de castration* üzerine olup ikincisi, nesiller arası farka bağlıdır ve ensestüel – ***incestuel*** tesmiye olunur. Lacan ***Öz'ün baygınlık gerçirmesi hâli***'ni *désêtre* kavramıyla anlatıyor – biz *désert* / çöl ile karşılamayı seviyoruz – bu *désêtre* aslında bir <u>doğmuş olmama</u> - *n'être pas né* <u>fantazması</u>dır ve tercüme edecek olursak ***öznenin hakikî özünü ve aslını inkâr etmesi*** biçiminde tezahür eder. Bazı yazarlara göre *narsisizm*'i güvence altında olmayan veya *narsisik kanama fazı*nda - phase d'hémorragie narcissique olan hastaların (fertler) arızaları bu olgunlaşmamış veya kan kaybeden *narsisizm*leri *vampirizm*'den neş'et ediyor. Kan kaybeden birey, **cebrî icra** – forclusion yoluyla, kutsalları, dokunulmazları bilince taşımaya olmadı *Bilinçdışı*'na itmeyi dener ancak bu hazmı çok zor olan süreçler <u>Bilinçdışı tarafından bile asimile edilmezler</u>; derhâl dışarı atılmak isterler. Hayatın iki kavramını dikkatle inceleyen *vampirizm*, bireysel planda asıl - *originaire* ve ölüm getirici / ölüm taşıyıcı – *mortifère* olan üzerine bir perspektif ortaya koyar.

Devlet, bireyi aynasının önünde titreterek sömürür, soğurur ve *désêtre* kılıp çölleştirir - *désert*. Kendisiyle özne arasında ombilikal kordonu hiçbir zaman koparmaz ki bu, fantazmalar fantazması, fantazma fetişizmidir. Devlet, tersyüz edilmiş anlamıyla, en büyük *vampir*dir; baş vampirdir.

SARA VE DEVLET ADAMI

Bizans imparatoru *Μιχαηλ (Δ´) Ο Παφλαγών* (kısaca 4. Mikail) ergenlik döneminden itibaren tonik-klonik kasılmalar sergiliyordu; epileptik idi. Şeytan girmiş diye düşündüler, günahkâr olmalıydı ve cezalandırılması gerekiyordu. Saray çevresi çok kaygılandı. *Mihail*'i öldürmediler, işleri bitmemişti.

Mikhail Paflagonialı köylü bir aileye mensuptu. Ağabeyi *Giannis Orfanotrofos* (Ιωάννης ὁ Ὀρφανοτρόφος) İstanbul'a gelip saraya - hadımlar esnafına dâhil olarak - girdi ve hızla yükseldi, hadım ağası ve bilahare imparator *VII. Konstantin*'in sarayında en yüksek sivil makam olan *parakoimomenos* (saray nazırı) yapıldı, imparatorun sırdaşı ve arkadaşı oldu. İmparator tarafından Konstantinopolis'in en büyük yetimhanelerinden biri olan *Agios Pavlos* (Azîz Paul) yetimhanesinin idare reisliğine atanması ile *Orfanotrofos* unvanı ile anıldı. Dört kardeşini de Konstantinopolis'e getirdi. Bunlardan ikisi - *Konstantinos* ve *Giorgos* - kendisi gibi hadım olarak Saray'da idareci oldular. Diğer ikisi ise İstanbul finans ve sarrafiye piyasasına imparatorun desteğiyle girdiler. Bunlardan en genç olanı *Mihail* şehrin en ünlü jigolosu olarak üst düzey hanımlar arasında nam salmıştı. Ailece kalpazanlık yapıyorlardı. Aristokrat olmadan saraya çöreklenmişlerdi.

Kardeşi *Mihail*'i saraya Pantheon hâkimi sıfatıyla soktu. *Mihail*, imparatoriçe *Zoe*'nin evvela sevgilisi sonra eşi oldu ve 1034'te imparator ilân edildi. Saralı *Mihail* budur. Saralı, kalpazan ve hovarda. Sarayın vestiyer başı hadım *Giorgos* olurken diğer iki kardeşi *Nikitas* ve *Konstantinos* ise Antakya dükü ilân edildiler. Kaynı *Kalafatis* ise ticaret filosunun komutanlığına getirildi. İmparator gibi davranıyordu, ölüm emirleri veriyor ve infazlar gerçekleştiriyordu. *Mihail*'in ölümünden sonra yerine *Mihail 5 o Kalafatis* olarak geçti. Bu sonuncusu imparator olur olmaz yaptığı ilk iş tüm sülaleyi saraya sokan hadımbaşı *Giannis*'i önce Monovatis Manastırı'na sürgün ettirmek oldu ve 2 Mayıs 1043'te gözlerini oydurttu. Kendisi de 1045 Mayıs'ında öldü.

Psikopatik kişilikliydi.

Rus Çarı *Büyük Petro*'un üvey kardeşi *İvan Alekseyeviç Romanov* Rus çarıydı ve epileptikti.

Skorbüt hastalığı ve görme kusuru bulunan *İvan* psiko-mental ve bedensel olarak da sakattı. Son yıllarında felç oldu. *İvan*'la *Petro* birlikte çar ilan edildi. Zamanının çoğunu dua ederek, oruç tutarak ve kutsal ziyaretlerde bulunarak geçirdi. Izdırablar içinde öldü.

Papalık tarihinde en uzun süre hüküm süren *Papa Pius IX* (Dîndar Papa) *Giovanni Maria Mastai Ferretti* 1846-1878 yılları arasında papalık yaptı ve epileptikti. Sıklıkla kendini kırbaçlıyordu.

Şimdi *Suetonius*'un (70-140), '*12 Sezar'ın Hayatı*' isimli eserinden bir pasaja bakıyoruz:

Julius Caesar'ın Portresi

Fuisse traditur excelsa statura, colore candido, teretibus membris, ore paulo pleniore, nigris vegetisque oculis, valetudine prospera, nisi quod tempore extremo repente animo linqui atque etiam per somnum exterreri solebat. Comitiali quoque morbo bis inter res agendas correptus est.

Ne diyor Suetonius, *Caesar* için?

Denir ki, uzun boylu, beyaz tenliydi, harika âzâları (elleri, kolları, bacakları) vardı, sureti biraz dolgun, gözleri canlı ve siyahtı; son zamanlar hariç sağlığı yerindeydi. (Son dönemlerde) ânîden bayılıyor ve geceleri 'ürküntüler'e maruz kalıyordu. Yine epilepsi krizi geçirmişti buna rağmen kamu işleriyle meşgûldü.

Sezar'ın uzun boylu, dolgun yüzlü, kara gözlü, canlı bakışlı, beyaz tenli, âzâları proporsiyonel ve son dönemlere kadar da sağlıklı bir adam olduğunu anlıyoruz. Fakat, son zamanlarda '*Comitialis Morbus*' durumuyla karşı karşıya. Bu '*kötü*', '*devamlı*', '*krizli*' hastalık saradır; **morbus comitialis**.

Makedonya/Yunan imparatoru *Büyük İskender* – Megas Alexandros (**Alexander the Great**) de epileptikti. Bir epilepsi krizi esnasında ve çok genç bir yaşta düşerek kafa travması geçirdi ve öldü. Çok muhtemelen ağır bir kafa travmasıydı. Dünyanın en büyük liderlerinden biri sayıldı hatta Zulkarneyn'in o olduğu iddia edildi. Onun zamanında *sara'* kutsal hastalık olarak biliniyordu zira içine ruhların girdiği veya ilâhların kendisine özel bir güç verdiği düşünülüyordu. Bu sayede *İskender* kendisinde mistik güçlerin olduğuna ikna edildi. Mısır'da ilâh ilan edildi ve dev boynuzlarla ödüllendirilip Mısır patheonuna ismi yazıldı.

Yunan tarihçi *Herodotos*, ölümünden 80 sene sonra Pers imparatoru *Kambiz II*'nin epileptik olduğunu yazıyordu [*Herodotus'* account of the mad acts of the Persian king *Cambyses II* contains one of the two extant *pre-Hippocratic Greek* references to *epilepsy*. This reference helps to illuminate Greek thinking about *epilepsy*, and disease more generally, in the time immediately preceding the publication of the Hippocratic treatise on epilepsy, **On the Sacred Disease**].

Tarihçi *Suetonius*, Sezarlar'ın hayatı üzerine – *De Vita Caesarum* isimli kitabının *Gaius Caligula* bölümünde, Roma imparatoru *Gaius Julius Caesar Augustus Germanicus* yani **Calligula** için *As a boy he was troubled with the falling sickness [epilepsy]*...

– delikanlılığında düşürücü (düşüren) bir hastalıkla (epilepsi) malûl olduğunu ifade ediyor. Sürekli düştüğünü anlıyoruz. Ayrıca paranoid kişilik bozukluğu ve ensest sorunu da vardı.

ABD'nin 26. Başkanı *Theodore Roosevelt*. Kendisine enerjisinin yüksekliğinden dolayı *cowboy* ismi veriliyordu. Epileptikti ve asthma (astım) hastasıydı.

Efsane imparator *Napoléon Bonaparte* gençlik yaşlarından beri epileptikti.

Anglo-Saxon kralı *Büyük Alfred* epileptikti ve hem kendisine hem de etrafına işkence ediyordu; vezirlerini kırbaçlıyor ve kendisini de kırbaçlatıyordu.

Devlet ve siyasî erkin kullanımı ve idaresi noktasında fecî patolojik hâle gelen epileptik olma durumu sanat, kültür, spor ve nadiren de bilim sahalarında yaratıcılığa yardımcı oluyor.

Sir Isaac Newton dünya bilim tarihinin en önemli isimlerinden biriydi ve epileptikti. Hareketin kanunlarını yazdı.

Neil Young çok mühîm bir müzik adamıdır ve epileptiktir. Barış elçisidir.

Agatha Christie dünyanın belki de en ünlü suç-kurgu (*policier*) yazarıdır.

Charles Dickens çok meşhur bir edebiyatçıdır. Ünlü aktör *Danny Glovre* (Lethal Weapon), TNT'nin mucîdi *Alfred Bernhard Nobel*, rönesansın büyük ustası *Michelangelo*, edebiyatın dahîlerinden *Edgar Allen Poe* (en önemli işlerini iki kriz arasında – interiktal devre – yapmıştır), ünlü ABD'li komedyen *Bud Abbott*, İngiliz matematikçi ve yazar *Lewis Carrol*, ABD'li aktör *Richard Burton*, büyük kompozitör *George Frederick Handel*, dünya edebiyatına Suç ve Ceza'yı kazandıran Rus edebiyatçı *Fyodor Mikhaylovich Dostoyevsky*, İspanya kralı *Carlos V* (saatleri söküp takmakla ilgilenerek geçiriyordu vaktini), Kartaca devletinin başındaki *Hannibal*, kompozitör *Louis Hector Berlioz, James Madison, Lord Byron*, Fransa kralı *Louis XIII, Margaux Hemingway*,

Martın Luther, Nicolo Paganini, Çar Nikola, Pavel Petrovich I, Peter Tchaikovsky, Robert Schaumann, Sir Walter Scott, Truman Capote, ünlü pop sanatçısı *Prince…* hepsi epileptiktir.

EPİLEPSİ YANİ SARA

Epilepsi. Yunanî kökenli bir kelime olup; girdiği kelimeye *üst, yukarı, üstte, yukarıda(n), baş* anlamları veren önek **Epi** + zapt etme, nöbet altına alma anlamlarına gelen **Lipsis** kelimelerinin yan yana gelmesinden oluşur. *Epi* (Επι) ve *Lipsis* (Λυψις). Tepeden zapt etme, ele geçirme hadisesi. Tepeden zabt û rabt altına alma.

Kısanın kısası *Epilepsi* tanımı;

Epilepsi (Sara'), beyin içinde bulunan sinir hücrelerinin olağan dışı bir elektro-kimyasal boşalma yapması sonucu ortaya çıkan nörolojik bozukluktur. Beynin normal çalışması ile ilgili elektriğin aşırı ve kontrolsüz yayılımı sonucu ortaya çıkar. Sıklıkla geçici bilinç kaybına neden olur.

Epilepsi nöbetleri farklı şekillerde ortaya çıkar. Bazı nöbetlerden önce korku hissi gibi olağandışı algılamalar ortaya çıkarken, bazı nöbetlerde kişi yere düşebilir, bazen ağzı köpürebilir ve buna bağlı ağır kazalar yaşanabilir.

Semptomları itibarıyla birçok başka hastalığa bağlı ortaya çıkabilir:

<u>Beyin Tümörü</u>

<u>İskemik lezyon</u>: Beyne giden kan akımı azaldığında (*iskemi*), beyin dokusundaki besin maddeleri ve oksijen azalır. Bu da hücre hasarına ve ***epilepsi* nöbet**ine yol açar.

<u>Konjentinal malformasyon</u>: Doğuştan gelen şekil(lenme) bozuklukları.

Gebelik döneminde annenin ilaç ve alkol alımı, bebeğin gelişimini etkileyecek enfeksiyöz hastalıklar *epilepsi* nedeni olabilir.

Doğum sırasında oluşabilecek <u>beyin</u> zedelenmesi, kanaması, beynin <u>oksijensiz</u> kalması *epilepsi*ye neden olabilir.

Doğum sonrası <u>menenjit</u>, beyin iltihabı gibi rahatsızlıklar *epilepsi*ye neden olabilir.

Febril konvulziyon: Ateşe bağlı istem dışı şiddetli (tonik-klonik) kasılmalar.

Enfeksiyon: Tüm vücûdu etkileyen ya da şiddetli olan enfeksiyonlar *febril konvulziyon*'a neden olabilir.

Thiroid hastalıkları: <u>Thiroid bezi</u> vücuttaki sıvı dengesinin kontrolünde önemli bir rol oynar. Sıvı dengesi ise **epilepsi** eğilimini belirleyen bir faktördür. Genellikle thiroid sorununun tedavi edilmesiyle **epilepsi** de düzelir.

Beslenme: Bazı insanlarda **epilepsi**nin nedeni olarak <u>B6 vitamini</u> eksikliği (*malnütrisyon*) saptanmıştır.

İdiopatik (kendiliğinden ortaya çıkan) Epilepsi

<u>Genetik</u>: Aileden gelen, mutasyona uğramış gene bağlı.

Nöbet tiplerine bu makalede girmiyoruz. Bunlar daha ziyade nöroloji biliminin konularıdır.

Biz bu makalede konunun daha çok psikiyatrik süreçlerine ve oradan da Gregory Bridget Exin'e bakacağız.

*Epileptik*lerde psikiyatrik ve sosyo-psikolojik problemlerin görülme sıklığı tam olarak bilinemese de %20-25 arasında olduğu tahmin edilmektedir. görülmektedir. Aynı zamanda işsizlik veya işlerinde verimsizlik sorunları da yaşamakta oldukları bilinen bir gerçek. Hastaların %10 civarında bir bölümü psiko-mental defektler ve davranış bozuklukları nedeniyle psikiyatrinin süjeleri olmaktadırlar. <u>Sosyal ilişkilerinde</u> de – arkadaş çevreleri, eş ve çocuklar, akrabalar ve iş bağlamında – <u>çok ciddî sıkıntılar vardır</u>.

Epileptikler'de hem nevrotik bozukluklara, hem entellektüel kifayetsizliklere ve hem de kişilik bozukluklarına rastlanmaktadır.

Beyin hasarı olan *epileptiklerde* psikiyatrik bozuklukların oranı %60'lara yükselirken, beyin hasarının gösterilemediği vakalarda ise %30'larda kalmaktadır. Epileptik çocuklar diğerlerine göre daha hareketli ve kavga etmeye eğilimlidirler. Saldırgan bir karakterleri vardır.

Epileptik hastalarda entellektüel yıkılma yaygındır. Beyin hasarının olmadığı *epileptiklerde* ise zekâ düzeyleri genelde normaldir. Böyle olmakla birlikte *epileptiklerin* bir kısmında belirgin entellektüel bozulma ve ilerleyici entellektüel kötüleşme (*progressive deterioration in intellectual function*) vardır. Bu durum; herediter (ırsî) yatkınlık, psiko-sosyal yetersizlikler, beyin hasarı, epileptik sürecin kendisi ve anti-convulsivant ilaç (nöbete sebep olan nöronların senkronize aktivitesini önleyerek nöbetlerin oluşmasını, tekrarlanmasını engelleyen ilaç) kullanımına bağlıdır. Zekâyı etkileyebilecek faktörlerin başında genetik yatkınlık ve beyin hasarı gelmektedir. Psikososyal etkiler olarak ise çocukluk döneminde çevreyle ilgili olumsuzluklar ve uyumsuzluklar ciddî oranda etkili olurlar.

Beyin hasarına bağlı olarak ortaya çıkan *epileptik* nöbetlerin zihnî yetilerin bozulmasına neden olduğu kabul edilmektedir. Şiddetli mental retardasyon – zekâ geriliği, sıklıkla cerebral (beyin) lezyonlarla birliktedir. IQ düşüklüğü **grand mal** (Büyük Hastalık) nöbeti olanlarda **petit mal** (Küçük Hastalık) nöbeti olanlara göre daha belirgindir. **Grand mal** nöbet ile psikomotor nöbetler bir arada olduğunda zekâ düzeyi daha da düşük olmaktadır.

Hafıza bozuklukları, konuşmanın yavaşlaması, dikkat ve konsantrasyonun bozulması hep beyindeki hasarlara işaret etmektedir.

Nöbetler (*Ictus*) haricinde, interiktal dönemdeki subklinik elektrik aktivite de beyin hasarının artmasından sorumludur. Nöbetlerin entellektüel aktivite üzerine kısa süreli etkileri olduğu gösterilmiştir. Nöbetlerin 4-15 sn öncesine ait olaylarla ilgili olarak, değişik derecelerde *retrograd amnezi*nin olduğu görülmektedir. (Bu geri dönüşlü zihnî aktivite yazarların, edebiyatçıların ve sanatkârların yaratıcılığına önemli ölçüde katkıda bulunmaktadır. Devlet ve siyaset işlerinde tersinin olduğunu görüyoruz). Anti-convulsivant ilaçların kullanımı da süreçleri olumsuz etkilemektedir ve entellektüel uyuşukluğa neden olur. Anti-convulsivant'lara bağlı folik asid eksikliği de mental fonksiyonları olumsuz yönde etkileyebilir. Bu ilaçların entellektüel yetilerde olumsuz etkileri, özellikle entellektüel yavaşlamaya yol açtıkları, perseverasyonlara (bir sözcük veya sözcük dizisinin hastanın iradesi dışında sürekli olarak kullanılması) ve hafıza bozukluklarına sebep oldukları gözlemlenmiş durumdadır.

Kişilik Bozuklukları

*Epileptikler*deki kişilik problemleri değişik formlarda ortaya çıkabilir. Bu kişiler itaate yatkındır fakat itaatkârlıklarının altında müthiş bir *persecution* (gadre, zulme uğramışlık duygusu) ve kuvvetli paranoid duygular yatar ve bu duygular bastırılır. Bunlarda bazen tehlikeli agresif davranışlarla seyreden ânî affekt (duygu) değişiklikleri olabilir. Bunlar genelde egosantrik (ben-merkezci), irritabl (aşırı tepki veren, kolayca sinirlenen), exigeant (ısrarla isteyen), ihtiraslı (*passioné*) kişilerdir. Aşırı duygusal ve dîndâr kişilik özellikleri de yaygındır. Eksplosif (*patlayıcı*) ve kestirilemeyen agresif davranışlar yaygındır. Ağır, hantal, *perseverasyon*ları olan kişiler olup düşünceleri sabit, stereotipik (tekrar edici) ve katıdır (değiştirilemez). Hem emosyonel hem de düşünceleri yönünden visköz (*ağdalı, yapışkan*) özellik gösterirler. Tanımlanan bu kişilik özelliklerinin çoğu **grand mal epilepsi**si olanlarda **petit mal epilepsi**si olanlara göre daha fazla görülürler. **Petit Mal**'de ise daha çok nevrotik semptomlar görülür. Beyin hasarı olan kişilerin ailelerinde emosyonel bozuklukların daha sık olduğu görülmektedir.

Harrington, epileptik hastalarda antisosyal davranışlar, belirgin paranoid tutumlar, karamsarlık, anksiyete, depresyon ve histerik özelliklerin de olduğunu rapor etmiştir.

Bu kişilik bozukluklarının oluşmasında psikososyal etkilerin rolü önemlidir; epileptik çocuktaki davranış bozukluğu aile içindeki olumsuz faktörlerle ve huzursuzluklarla oldukça yakından ilişkilidir. Epileptik çocuk aile için her zaman anksiyete kaynağıdır, anne-baba arasında çatışma oluşmasına yol açabilir. Sosyal uyum sorunu da bu cümledendir.

Suç boyutu;

Rastlantı sonucu cinayet işlemiş olanlarla, kendini savunmak için cinayet işleyenlerde %9 oranında EEG bozukluğu söz konusu iken ânî olarak belirgin bir şekilde motive olmadan suç işleyenlerde EEG bozukluğu %75 oranında görülmektedir. Psikotik bir süreç içinde gibi suç işlemiş olanlarda ise %86 oranında EEG bozukluğu tespit edilmiştir.

EPİLEPSİ VE PSİKOZLAR

*Epileptikler*de karşılaşılabilen psikozlar değişik görünümlerde ortaya çıkabilirler. Geçici sınırlı epizodlar (nöbetler) hâlinde görülebildiği gibi bazen yıllarca süren kronik hastalıklar şeklinde karşımıza çıkabilirler. Bunların bazıları nöbetlerden hemen sonra, nöbetlerle ilişkili olarak veya beyindeki elektrik aktivitelerdeki değişmelerle ilişkili olarak ya da nöbetlerden bağımsız olarak ortaya çıkabilirler. Klinik olarak bazıları affektif veya şizofreniform (skizofreni benzeri) semptomlar gösterirken bazılarında mental durumdaki organik özellikler belirgindir.

Organik psikozlar epilepsilerde görülen serebral ritm bozukluklarıyla düzenli ve kesin bir ilişki gösterirler. Bunların çoğu iktal otomatizmler, ***petit-mal status***ları veya postiktal konfüzyon hâlleridir. Organik psikozlar basit olarak konfüzyon ve bilinç bozukluklarının olup olmamasına göre ve affektif veya şizofreniform semptomların varlığına göre sınıflandırılabilirler. Organik psikozlarda sıklıkla belirgin konfüzyon ile görme ve işitme halüsinasyonları, paranoid delüzyonlar, depresyon bazen de stupor (bilincin kısmen kaybolması durumu) görülebilir.

Mistik tabiatta coşku (cezbe; istiğrak) ya da ekstazi (esrime) de görülebilir. Hastalarda şiddetli korku, şaşkınlık ve yalnızlık da gözlenmiştir.

Epilepsi-psikiyatri ilişkisini CIM-10 tasnifinin mesela F07 maddesinde ***Psychosyndrome de l'épiéepsie du systıme limbique*** – Limbik sistem epilepsisine bağlı psikosendrom başlığı altında görebiliriz. Yine F06.2'de ***Psychose d'allure schizophrénique au cours d'une épilepsie*** - *Bir epilepsi esnasında skizofrenik seyirli psikoz* bahsinde de epilepsi-psikiyatri çakışmasına denk geliyoruz.

KOPROLALIA

Etimolojik olarak aslı Yunanca olan bu kelime **Kopros**: gübre, dışkı, necaset, pislik ve **Lalia**: Söyleme, deme, konuşma, kelimelerinin bir araya gelmesiyle oluşmuştur. Aslında dışkısal konuşma biçimi olarak da ifade edilir. Anlam genişlemesiyle ve psikiyatri biliminde *toplum içinde uygunsuz kelimeleri kontrolsüz bir şekilde kullanma hastalığı* olarak tanımlanmıştır.

Epileptik hastalarda iktal dönem başlangıcının küfürlü konuşma ile şekillenmesi dikkati çekicidir.

Epileptik çocukların ve husûsen de genç erişkinlerin 1/3 kadarında koprolali'ye rastlanmaktadır.

Koprolali, kültürel olarak tabu olan ya da genellikle sosyal kullanım için uygun olmayan bütün sözcükleri kapsar. Bu bir dezinhibisyon bozukluğu (ipini koparma) olduğundan kompulsif (zorlantısal) küfür tamamen kontrol edilemez olabilir. Hatta kişi başka türlü varlık bildiremez duruma da gelebilir. Kişi kendi uslûbunu kontrol edemez.

*Koprolalik*ler kontrol edilemeyen dürtüleri nedeniyle sıkıntı çekerler. Kişinin gerçeklikle olan ilişkisi kaybolmuştur, tuhaf davranışlar sergiler ve bu durum düşünceyle ilgili ciddî bir psikiyatrik bozukluk sayılır.

GREGORY BRIDGET EXIN SARALIDIR, KOPROLALİKTİR, HANDİKAPE'DİR, PALİLALİKTİR...

İzahat gerekiyor:

Palilali: Yunanca '*Pali*' (tekrar, yeniden) + *Lalia*: Deme, söyleme, konuşma. *Palilalia*: Tekrar söyleme. Anlam genişlemesiyle; söylediklerini (aynen) tekrar etme, kendi söylediği şeylerin aynısını tekrar etme, biteviye tekrarlara girme.

Psikiyatri biliminde bir arızayı (bozukluğu) anlatıyor: *Palilali*, hecelerin veya kelimelerin kendiliğinden ve gayr-ı iradî tekrarına tekabül eden bir lisan bozukluğudur.

Palilali genel olarak hecelerin veya kelimelerin hızlı tekrarıdır. Daha karmaşık bölümlerin tekrarı bahis konusuysa bu duruma **Paliphrasie** (Palifrazi) adı verilir. Bu semptomun kekemelikten ayrılması gerekir. *Palilali*, muhtelif nörolojik arızalarda (da) görülebilir:

Parkinson hastalığı (burada *palilali* sesin şiddetinde bir düşmeyle birlikte görülür ve buna *palilalie aphone* / sessiz palilali adı verilir). Beyin lezyonları (damarsal, travmatik, tümoral nedenlerle), **EPİLEPSİ** (kriz esnasında da olabilir kriz sonrasında da olabilir), Demans (bunama) ve Gilles de la Tourette Sendromu'nda (kısaca tikler) da.

Handikap: Kalıcı veya geçici bir kapasite eksikliğini provoke eden bir eksikliğe bağlı olarak bir ferdin etkileşim olanaklarının sınırlanması / kısıtlanmasıdır. Ayrıca fizikî *handikap*ın bizzât kendisi sosyal veya moral bir *handikap*ı da beraberinde getirir. Burada eksiklikten kasıt, ifade, anlama veya kavrama olabilir. O hâlde, sosyal bir kavram olmanın ötesinde tıbbî bir kavramla karşı karşıyayız.

11 Şubat 2005 tarihli Fransız yasasındaki yeni tanımı, *handicapé* insanların hak ve fırsat eşitliğini, iştirak hürriyetini ve yurttaşlık haklarını şöyle ortaya koymaktadır: "<u>Mevcut kanun anlamında, çevresinde sürekli veya belli bir zaman için bir ya da çok sayıda fizikî, hissî, zihnî, idrâkî veya psişik içerikli maddî bir bozulmaya maruz kalındığı için cemiyet hâlindeki hayata iştirakte her türlü etkinlik sınırlaması / kısıtlaması bir **handikap** oluşturur</u>».

İsveç'te elektromanyetik hassasiyet de bir *handikap* sayılmaktadır.

Handikap kelimesi İngilizce bir deyim olan '*hand in cap*'ten gelir. Yani '*El şapka içinde*'. Bu bir şans oyunudur. Bu oyunda oyuncular kumara sürecekleri parayı bir şapkanın içine koyarlardı. Deyim zaman içinde tek bir kelimeye – *handicap* - dönüştü ve spor alanında kullanılmaya başlandı (özellikle de at yarışları). At yarışında *handikap*, en iyilere ek zorluklar yüklemek suretiyle bütün yarışmacılara (atlara) bir şans verme anlamına denk gelmekteydi.

Tarihî olarak bakıldığında *handikap* kavramı hastalığın zıddıydı. Hasta, sorunu tıbben üstlenilene kadar hastaydı. Tedavisiz olarak nitelendiğinde ise bu durum *handikap* olarak anılıyordu.

1980 yılında Britanyalı Philip Wood *handikap* kavramının vizyonunu radikal bir biçimde dönüştürdü ve *handikap*ı, buna maruz kalanın normal sosyal bir rolü yerine getirebilmek için fazladan bir çaba sarf etmesine yol açan dezavantaj(lı durum) olarak tanımladı.

Bu tanım, *handikap*ın fonksiyonel tarafını sosyal tarafına göre daha fazla öne çıkarmakla eleştirildi.

İşleyişin, *handikap*ın ve sağlığın uluslararası sınıflaması (CIF) ile birlikte Dünya Sağlık Örgütü (WHO) çevresel faktörleri dikkate alan yeni bir *handikap* tipolojisi geliştirdi. Buna göre *handikap*; <u>günlük hayat statüsünün bir eksiklikle karşılaşması</u> hâlidir. Bu iki bileşen (birlikte) sağlık problemlerinin ve bağlamsal faktörlerin etkisi altına girmişlerdir.

Muhtelif *handikap* türleri

Fizyolojik kökenli *handikap*lar:

- Fizik *handikap*lar
    - Motör *handikap*lar: Felçler, uzuv kesilmeleri, kol-bacak eksiklikleri/yoklukları, açık omurilik, kas hastalıkları vs
    - Kronik hastalıklar: **<u>EPİLEPSİ</u>**, Kalp hastalıkları...
    - Zihnî *handikap*lar: Bu terminoloji daha ziyade majör *handikap*ları anlatır. Hafif *handikap*lar nöropsikolojik *handikap* tanımı içinde yer alırlar.
    - Zihnî ve entellektüel kusurlar
    - Otizm
    - Nöropsikolojik *handikap*lar: dispraksi (otomatik hareketleri yapamama), diskalküli (hesap yapamama) vs...

Somatik (bedenî) belirtisi olmayan *handikap*lar:
İdrâk *handikap*ı (<u>Illettrisme</u> – okuma yazma öğrenememe. Dil ve kültür bozuklukları / yoklukları)
Sosyal *handikap*lar
İletişim bozuklukları
Öğrenme bozuklukları
Rett Sendromu gibi bazı sendromlar birer poli*handikap* hastalığıdır ve bu hastalar gündelik hayatlarında tamamen bağımlıdırlar.

Gilles de la Tourette Hastalığı (Tik Hastalığı), nörolojik bir arızadır. Tezahürleri:

Obsesif-kompülsif bozukluk

Sesli tikler: *Coprolalia* (ağzından necaset dökülmek: sürekli küfürlü veya vülger konuşmak, kirli bir dili olmak), *echolalia* (karşısındakinin söylediklerini tekrar etmek)

- Motör tikler (kas spazmları biçimindedir) boynu, üst âzâları, gövdeyi, yüzü (kontrol edilemeyen sırıtmalar biçiminde) tutar.
- Bu hastalığın kalıcı ve tam bir tedavisi yoktur.

Scythia reis-i cumhuru sadece EPİLEPTİK değil yanısıra, PALİLALIK, KOPROLALIK, FIZIK ve SOSYAL HANDİKAPLI, MEGALOMANYAK HEZEYÂNLI, OBSESİF ve TİKLİ'dir. Ayrıca PERVERSION NARCISSIQUE (*Kendine sevdalı sapıklık*) bozukluğu ile de malûldür. Birileri çıkıp, EPİLEPTİK olmakla zaten *Palilalik* ve *Koprolalik* sayılabilir diyebilir ve bu doğru olur. Gayem bunları da büyük harfle yazarak bir '*accent tonique*' (kuvvetli vurgu) etkisi oluşturmaktır.

Bunca arızayı bünyesinde barındıran bir HASTA'nın bir ülkede emir olabilmesi memurların da, populace'ın da hastalığına işarettir. Böyle populace'a böyle tıraş...

Travmadan Ne Anlıyorum?

Trauma, *yara* anlamında; Yunanî *traô* fiili delmek (deliyorum) manasına geliyor. Bu etimolojiden yola çıktığımızda bir darbenin alındığını anlıyoruz. Psişik çökme yolunda ilk (*initial* – giriş) adımdır. Yani, sert, ânî ve karşı konulamamış olan saldırı karşısında psişik aygıtın sarsılması. *Delmek* fiilinin bir manası da bir yol temin ve tesis etmektir. Bunun yarattığı şok, izzet-i nefs'in hiçleşmesine eşit ağırlıktadır. Direnme, davranma ve düşünme kapasitesi yıkılır.

Sadece fizikî yaralarla kısıtlı kalan bir travma (toloji) lafzı fukaralık anlamı taşır. psişik travma sahnedeki yerini aldığından beri travma derinleşebilmiştir. Bir işkenceye ya da bir jenoside veyahut katliama maruz kalmış / şahîd olmuş bir ferdin travması çok ağırdır. Küçük yaşlarda seksüel saldırıya veya tacize uğramış olan kişide de durum farksızdır. Travma artık somato-psişiktir. Fizik ve psişik birlikte gadre uğruyorlar. *Ölüme meydan okuma işte budur*, diyorum. Bu şiddette bir uyarılmaya tabi tutulan bir psişik aygıt tasfiye olur, olmazsa her türlü sapma ve savrulma mukadderdir.

Düşünün bir kere, bir toplumda bu kadar savrulma ve sapma var ise çok travmaya maruz kalma durumu da vardır.

Devlet *traumatiseur* ise kamu *traumatisé*'dir; Arabî *sadma* (صدمة) denmektedir. Araplar *travma*yı iyi bilirler.

PEDOFİLİ DÜRTÜSÜ – ÇOCUK-ERİŞKİN CİNSÎ TEMASI ÜZERİNE BİR İKİ LAF

Pedofili, yani erişkinin (*Adult*), çocukla (*Child*) cinsî teması. Herkesin ürktüğü ama az sayıda insanın üzerinde yoğunlaştığı kolektif bir mes'ûliyet hattâ toplumun tamamını içine alan bir fiil ve hukukî bir suç.

Tabiî ki, burada her toplumun bu olayı kendi kültürüne göre algıladığı ve ona göre yorumlayıp 'yargıladığı' gerçeğini göz ardı edemiyoruz.

Burada da iki kategoriden söz edilebilir;

Birincisi, buluğ (*puberty*) çağını geçmiş olan bir bireyle, geçmemiş birey arasındaki cinsî temas; birisi ergen (adolescent) diğeri ise erişkin (adult) olmak durumundadır. Diğer bir ifadeyle; (yasal) yaşça (18 ve üzeri) reşîd olmuş ve erişkin olarak anılan kişi ile yaşça reşîd olmamış (18'in altında) ve ergen diye anılan kişi arasındaki cinsî veya yarı-cinsî (penetrasyonsuz) kontakt.

İkincisi, biri ergenlik çağına dahi gelmemiş ve 0-11/12 yaş arasında bulunan çocuk (*child*) ile yaşça reşîd (18 ve üzeri) olan erişkin kişi arasındaki cinsî veya yarı-cinsî kontakt.

İster tamama ermemiş (penetrasyonsuz) isterse de tamam olmuş (penetrasyonlu) olsun, ilişkide cinsî dürtü (*sexual impulse*) tasvir edilir ve buna, yakın bedenî-heyecanî temas - *close bodily-emotional contact*, tercihli durumu da eklenir. Ergenlik öncesi - *prepuberal* çocukla erişkin arasındaki cinsî temasta cinsî dürtü – *sexual impulse* sorgulanabilir fakat ileriki süreçte bütün kişiliği ciddî bir biçimde etkileyeceği kesindir. Bu temas, zora dayalı olsa da olmasa da kişilik yapısı mutlaka etkilenecektir. Bu, sadece hukukta ve cezaî bir farka sebep olacaktır, hepsi bu.

Kültürel bakış itibarıyla olay eskilere inmek durumundadır; Batı'da, Hristiyanlık öncesi dönemde düşünürlerinde – *örneğin Antik Yunan'da* – değişik bakış açılarına rastlamak mümkündür. Bunlar arasında *pedofilik ilişki*yi meşru görenler de vardır, reddedenler de. Reddedenler bu ilişki biçiminin *sui generis* – nev'i şahsına münhasır değerde bir ilişki olmadığını değerlendirirken, meşru görenler bunun hazlardan öte tercihli ve kendine özgü bir ilişki biçimi olduğunu ileri sürmüşlerdir.

Hristiyanlıkla birlikte gelişen ve keşişlik kurumunun da önünü açan <u>cinsellik – *sexuality* hayatın devamı için şart değildir, sadece üreme için bir ihtiyaçtır ancak ideal bir fiil değildir</u> esprisi ortaya çıkmış ve cinsî mahrumiyet – *asexuality* övülmüş ve bekâret – *chastity* idealize edilip yüceltilmiştir. Öte yandan, eğer cinsellik üreme için gerekli ise, çocuklarla cinsel temasa girmek bu – üreme – ihtiyacına cevap veremeyeceğinden dolayı geri, kifâyetsiz ve sonuçsuz bir ilişki biçimidir ve günaha ve kötülüğün gelişmesine yol açar, bu nedenle de nötral bir değer – *value-neutral*, olarak bile kabul edilemez hükmüne varılmıştır. Ancak garip bir şekilde hiçbir zaman bu ilişki biçimine cezaî bir yaptırım getirme cihetine gitmemiştir. İşin moral boyutuna değinilmiş ama ötesine geçilmemiştir, adeta zımnen onay vermiştir.

Freud bu tartışmalara yeni bir boyut getirdi ve çocukların aseksüel – cinselliksiz varlıklar olmadığını, onların ilkel ve ilksel seviyede mastürbasyon yaptıklarını, evcilik oyunları sırasında doktor rolünü üstlenip karşısındaki çocuğu soymak için sıraya girdiklerini ve bu durumun erişkin ebeveyn tarafından çok iyi görüldüğü hâlde bunun fazla da önemsenmediğini belirtmiştir.

Toplumların ezici çoğunluğu çocukların saf ve temiz ve dahi bakir olduklarına inanır ve bu saflığın sömürülmesinin bir şiddet fiili olduğunu ifade ederler ancak kendilerindeki – erişkin ebeveyn – sökülüp atılamaz, kökü kazınamaz heyecanî saldırganlığı da - *ineradicable emotional agressivity*, inkâr edemezler. Ebeveyn için, kriminal olan şey kendi gem vurulması çok güç heyecanları değil ve fakat başkalarının şiddetli cinsî eylemleridir ve bu eylemler derhâl cezalandırılmalı ve toplum rahatlamalıdır.

Bu davranış biçimi özünde, kısmen bilinçaltı Hristiyan muhafazakârlığını kısmen de sahte aydınlanmacı eğilimleri barındırmaktadır. Bilinçaltına iyice itilmiş Hristiyanî kırıntılar ile modern dünyanın toplumsal gerçekliğinde en azından belirleyici bir rol oynayan aydınlanmış – *illuminé* insan modeli arasında fobilerle bezeli bir duygudurum hâkimiyetini sürdürmekte ve reaksiyonlar hem sığ, hem egoist hem de ödlek olmakta, samimiyet iyice sanallaşmaktadır.

Bir başka tartışma da, erişkin ile çocuk arasındaki cinsî temasın '*doğal*' olup olmadığı üzerinedir. Tabiatın nasıl yürüdüğü dikkate alınacak olursa birçok natüralist ve biyolog doğanın varlıklara her zaman '*çocuk cinselliği*' yönünde cesaretlendirici davrandığını iddia ederler. Öte yandan, erişkin birey diğer deyişle baştan çıkarıcı taraf bunu doğanın bir izni olarak kabul ederken, çocuk bilinçaltı açısından bu sadece bir yasaktır zira o böylece şekillenmiştir. Bu yüzden, erişkin baştan çıkarıcının edimi çocuk açısından tahripkârdır zira baskıcı eğitim amaçları bunu böylece empoze etmiştir. Feminist ideolojiye göre ise, erişkin olanla erişkin olmayanın cinsî teması en son tahlilde güce dayalı olduğu için ne meşru ne de yasal kabul edilebilir ve bu cümleden olarak kriminal bir eylemdir.

Tabiat, insanın bir dönemden diğerine, bir çağdan diğerine değişen ve dalgalanan yaklaşımlarından bağımsız hareket eder. *Rousseau*'nun, *Emile*'indeki, *her şey insanın elinde fesada uğrar* değerlendirmesi bugün de geçerliliğini korumaktadır. Fakat Batı hipokrizisi özellikle de son 200 yıldır fikrin de toplumun da, ideolojinin de içini boşaltmıştır. Bugün gelinen aşamada Batı'daki çocuğa yapılan öneri şu olmaktadır; çocuklar cinselliği kendi cinsî olgunluklarından evvel, bunu erişkinlik döneminde çatışmasız bir biçimde tatbik edebilme yeteneğine sahip olacak biçimde öğrenmelidir. Yoksa sağlıklı bir ilişki kuramazlar, sağlıklı bir evlilik yapamazlar.

İnsansı maymunlardaki *çocuk cinselliği*nde *hayvanî cinsî davranış* temel çıkış noktasını oluşturur ve bu *hayvanî davranış*ın insanda, çeşitli baskılar altında bulunsa da, aynı veya çok yakın olduğu düşünülür. Her ne kadar en yüksek mahlûk olsa da insanın içgüdüsü de bir türlü ezilememiş ve dirençli kalmıştır. Sadece ve belki, saf içgüdüsel davranış – *le comportement instinctif pur* indirgenmeye çalışılmıştır.

Siyaset Kurumları Pedofiliye Destek Verebilir, Vermiyor Görünenler de Pedofildir

Siyaset Kurumu Dejeneredir, Bütün Katlarında Perversion Hâkimdir

Fransız politisyenlerden – *ismi saklı!* – birisi aşırı sapıklığın (*dépravation extrême*) ve her türden cinsî sapıklıkların (*perversions sexuelles*) Fransa'da ve birçok başka ülkede birinci planda bulunan, etkili ve zengin olanlarda (*La dépravation extrême et les perversions sexuelles de toutes sortes sont chez elles parmi les politiciens de premier plan et parmi les riches et les influents du monde entier*)...

Bu siyaset adamı devamla; daha berbat olanın da bu siyasetçilerin çoğunun sapık zevklerini tatmin etmek için sıklıkla bazı pedofil eşcinsel şebekelerin üyeleri tarafından yetimhânelerden kaçırılmış çocuklardan yararlandıklarını (*Mais ce qui est vraiment épouvantable est que beaucoup d'entre eux se servent d'enfants pour leurs plaisirs pervers, le plus souvent kidnappés dans des orphelinats par les membres de certains réseaux homosexuels pédophiles*), bu çocukların uyuşturulduğunu, işkenceye tabiî tutulduğunu ve zihin kontrolü denemelerine maruz kaldıklarını (*une fois drogués, torturés et soumis à des expériences de contrôle mental*), bunlara istihbarat servislerinin hiç de yabancı olmadıklarını (*auxquelles les services secrets ne sont pas du tout étrangers*) ekliyor.

ABD eski devlet başkanlarından Nixon, *Bohemian Grove* adlı mekân için **hiçbir zaman hayâl edemeyeceğiniz en büyük günahların hayata geçirildiği yer** - the place where they commit most sins which you will never imagine demektedir.

Petrescu, birçok devlet başkanı, başbakan ve bazı bakanlarla ilgili olarak; dünya siyasî elitinin eşcinsel ve pedofilik eğilimlerinin kamuoyu tarafından hâlâ iyi bilinmediğini - *les tendances homosexuelles et pédophiliques de l'élite politique mondiale ne sont pas déjà bien connues du grand public* belirtirken, Richard Nixon, *Bohemian Grove* ile ilgili olarak; bazen gittiğim bir yer - *un endroit que je fréquente parfois*, demektedir.

ABD eski başkanlarından *George Bush*'un 1963 yılında Boston'da yayınlanan Philips Andover Academy isimli dergiye dansçı kız kostümüyle pozlar verdiği ve üniversitede öğrenciyken *majorette en chef* – baş dansçı kız olarak tanındığı bilinmektedir.

Fransa, Belçika, Hollanda ve ABD'de çok uzun zamanlardan beri var olan ve son 30 yıldır çok daha fazla vurgulanan şu slogan oldukça huylandırıcı ve maskeleyici bir rol oynamaktadır; ***pensons sans préjugés et ne jugeons pas les gens d'après leurs préférences sexuelles*** – devlet, sivil toplum örgütleri ve mass media tarafından ortaya konan ve propagandası ayyuka çıkartılan bu slogan hepimize *önyargısız düşünmeyi ve insanları cinsî tercihlerine göre yargılamamayı önermekte ve öğütlemektedir*. Pedofil politisyenlerin çoğu, bunun kendilerinin tercihleri bile olmadığını ve fakat bunun kendilerine travmatik bir biçimde empoze edildiğini - ***pour eux l'homosexualité n'est même plus un choix, mais cela leur est imposé de façon traumatisante***, söylemektedirler. Buradan, bu siyaset adamlarının <u>kendilerinin de geçmişte başkaları tarafından pedofilik süreçlere maruz kaldığını</u> çıkarıyoruz ve eğer bu doğru ise bunun toplumlarda yaygın bir eğilim olduğunu ve hattâ *ensest* boyutunun da buna eklenebileceğini öngörebiliriz. O hâlde yukarıda yazdığımız ve el'ân geçerliliğini koruyan sloganı üreten iradeye ve iktidar gücüne sormanın zamanıdır; önyargı ve toleranssızlık hangi tarafta?

ORJİ LAFINI KULLANAN AMA KÖKENLERİNDEN HİÇ HABERİ OLMAYANLARA KISA BİLGİLER

Kelimenin aslı Eski Yunanca ὄργια, *ôrgia* ve *gizli, gizli âyin, gizem, dînî bayram* ve *kutlama* anlamlarına geliyor. Dînî bayramdan kasıt, Antik Yunan'da ilâh *Dionysios* (Diyonizos) onuruna organize edilen etkinlik ve festival. Bu yolla Latince *orgia, organ* ve *orgazm* kelimelerine yelken açılıyor.

Fransızcada *orgie* (orji) kelimesinin anlamları;

1. (Antik döneme ilişkin olarak); *Bacchus* (Dionysios) bayramları. Bu anlamda kullanıldığında çoğul formu tercih edilir – Orgies veya *Bacchanales*.
   - *Célébrer les* **orgies** *–* **Orjileri kutlamak**.
2. *(Fransız lisanındaki kullanımı itibarıyla)* her türden sefahat ve ahlâk sınırlarının dışında ve husûsen de cinsî muhtevalı grup ilişkisi veya cinsî temelli aşırılıklar. Pagan âyinleriyle orjiler arasında ciddî benzerlikler vardır. Kimi zaman işin içine kanlı sahneler de karışır.

3. *(anlam genişlemesiyle)* aşırılık, abartı, fazlalık.
- **Orgie** de discours – Söylev aşırılığı.

Eş anlamlıları – *grup seks; sexe en groupe*. **Partouse, partouze, partouza.**

Etimolojik olarak akraba kelimeler; *orgiaque, orgiastique.*

Benzeyen kelimeler; bacchanales, gang bang, saturnales

Bu kısa izahattan sonra;

Beyaz Saray'da yerleşik bir inanç vardır; bir siyaset adamının kredibilitesini ortadan kaldırmak istiyorsanız onun yatağında bir çocuğun bulunması kâfîdir. Ama bu durum hep böyle olduğu için yukarıdaki geleneğin tersine işlediğini söyleyip şöylece formüle edebiliriz; **ABD'de yatağında çocuk bulunmayan siyasetçiye adam demezler**! Aynı geçmiş imparatorlukların saraylarında olduğu gibi modern imparatorluğun ak sarayında da her yaştan çocukların ve oğlanların barındırıldığını ve adeta kadrolu olduklarını 1989 yılında Washington Times'ın seri haberlerinden anlıyoruz ve kesinlikle şaşkınlık duymuyoruz:

1999 senesinde Nebraska'da, *Paul Bonacci* yüksek emniyet görevlilerini, gazete patronlarını, iş adamlarını, kimi Kilise ve yetimhâne yetkililerini isimlerini vererek suçladı. Kreditör siyahî cumhuriyetçi *Larry King*, 1 milyon dolar tazminata mahkûm edildi. *Bonacci* bir pedofili kurbanı ve başına gelenlerden dolayı çoklu kişilik bozukluğu yaşıyor. Franklin'li *Lisa* 14 yaşında bu pedofili şebekesi tarafından tuzağa düşürülmüş; küçük siyahî çocuklarla birlikte *Larry King* tarafından Chicago'da bir grup seks âlemine götürüldüğünü, bu partiye katılanlar arasında başkan adayı ve CIA eski direktörlerinden *George H.W. Bush*'u da gördüğünü ifade ediyor.

New York Times'ın 15 ve 22 aralık 1988 tarihli sayılarında yayınlanan araştırma yazıları Washington / Franklin'de çok yüksek düzeyli pedofillere hizmet veren bir şebeke hakkında izahat bulunuyordu. Bu kez Washington Times'ın 29 Haziran 1989 tarihli sayısında *benim hâl tercemem, ndla* başlığıyla çıkan yazıda, *homoseksüel fuhuş araştırması Reagan ve Bush'un etrafındaki yüksek bürokratların tuzağa düşürüldükleri!* belirtiliyor. Ayrıca bu çocukları bütün eğlencelere malzeme yapıldıkları da yazıda ifade ediliyor. Siyaset adamları, iş adamları ve askerler oyunun içindedirler.

Cumhuriyetçi Parti'den *Craig J. Spence*, Beyaz Saray'a çok sayıda erkek çocuk getirttiğini, bunun siyasî ve idarî yetkililer tarafından bilindiğini, bu yetkililer arasında millî güvenlik sekreteri *Donald Gregg*'in ve personel müdürü *Charles K. Dutcher*'ın da bulunduğunu kabul etti. Aynı dönemde *George Bush, Ronald Reagan*'ın yardımcısıydı ve olup bitenleri örtbas etme görevi ona verilmişti. Olayların uyumasından iki ay sonra Nebraska'da aynı temalı bir skandalın içinde *George Bush*'un ismi yine başroldeydi. Bunun anlamı <u>*Bush*'un müstakbel devlet başkanı olmayı garantilemesiydi</u>. ABD'nde, en yüksek düzeyde korunmaları gereken on binlerce çocuk en başta onlar tarafından tacize ve tecavüze uğruyorlardı. Sarayın geleneği hiçbir zaman değişmedi, değişeceğe de benzemiyor.

Nebraska eyaletindeki olay kısaca şudur; *Bush*'un yakını olan Cumhuriyet Partili (CP) siyasetçi *Larry King* aynı zamanda Fond Unioniste Franklin'in başkanıydı. Bu bir bankerlik kurumuydu ve daha sonraları ABD'ni 50 milyon dolar dolandırdığı ortaya çıktı. Soruşturma sırasında *King*'in aynı zamanda devasa bir pedofili şebekesini de yönettiği ortaya çıktı. <u>Bu şebekeyi ABD'nin en büyük yetim çocuklar örgütü</u> olan *Boys Town* (Oğlanlar Şehri) üzerinden yürütüyordu. Bu çocuklar uyuşturucu ile tanıştırılıp her türlü eğlenceye hazırlandıktan sonra dünyanın her tarafına ihraç ediliyorlar ve sefahat âlemlerine enstrüman olarak sunuluyorlardı. Çocuk pornosu bu işin bir parçasıydı ve bizzat devlet eliyle yönetiliyordu. <u>Saray her yerde ve her zaman *pervers*'dir.</u> Alıcıların önemli bir bölümü dünya siyasetine yön verenlerdir.

Soruşturmayı yöneten komisyonun başında bulunan cumhuriyetçi senatör *John de Camp*, *Bush*'un da *pedofil* olduğunu ifade etmiştir. *King* ifadesinde CIA ve FBI'ın bütün olup bitenlerden haberi olduğunu belirtmiştir. Hattâ ***inimaginable perversion*** tanımını kullanmıştır. Bütün bunları tüm detayları ile birlikte *Operation Franklin* isimli kitapta okumak mümkündür. CIA bu soruşturmayı bozabilmek için elinden gelen her şeyi yaptığı gibi *mind control* (zihin kontrolü) tekniğini de kullanmayı ihmâl etmemiştir. Bunlar kitapta okunabilir. Aynı konuda BBC de *Silence of Conspiration* – Suikastın Sessizliği isimli bir dokümanter film yapmıştır.

Protection des réseaux pédophiles par la C.I.A

24/07/2008

Les réseaux pédophiles avec des haut placés existent dans différents pays et pratiquent des actes horribles similaires. Ci-dessous, on traitera successivement la Belgique, l'Australie et les Etats-Unis. Pour ces hommes qui sont impliqués, l'étouffement de leurs affaires réussit traditionnellement par les besognes corrompues des pouvoirs juridiques et des services de renseignements.

Sadece ABD değil her yerde ve üst düzeyde pedofili; bir haber buketi sunuyoruz.

Maroc : Mohammed VI libère un pédophile espagnol, les Marocains en colère

Le Roi du Maroc Mohammed VI a provoqué la colère des Marocains en libérant un pédophile espagnol. Une manifestation devant regrouper plusieurs milliers de personnes est prévue ce...

31 Ocak 2013, Perşembe tarihli bu haberde Fas kralı *Muhammed VI*'nın bir İspanyol pedofili serbest bıraktı(rdı)ğını okuyoruz. (Kaynak: Afrik.Com).

Agoravox.fr Le media citoyen isimli siteden (10 mart 2009 Salı günü yayınlanan haberin altındaki imza Marvin G).

Réseaux pédophiles: 90.000 enfants concernés et personne ne s'en souvient!

C'est l'histoire du plus grand réseau de pédophilie jamais démantelé (90.081 enfants concernés selon Interpol), et ce essentiellement à l'initiative d'une petite association belge sans but lucratif qui étudie les problèmes de maltraitance et de disparitions d'enfants. L'asbl Morkhoven est active depuis la fin des années 80, elle tire son nom du village où habite son président, Monsieur *Marcel Vervloesem*, elle fût mise sous les feux de la rampe en juillet 1998 lorsqu'elle divulgua aux autorités des supports informatiques et des cassettes vidéo possédant un contenu à caractère pédophile. (Merkezler bu kez Belçika ve Hollanda; görülmemiş büyüklükte bir pedofili şebekesi)

METANEWS *Réseaux pédophiles d'élite – Quand le peuple se réveillera t'il enfin?* başlıklı araştırmasını *Elit pedofil şebekeleri – halk ne zaman uyanacak?* diye sual eyliyor.

pédophilie institutionnalisée – *kurumlaşmış pedofili diye devam eden haberde elit şebekeye dair detaylar veriliyor. Elit şebeke aslında elit adamlarla iş tutan şebeke oluyor.*

Devletin yeni abuse'ü; Devlet eşcinsel insanlara İslâm'ı kullanarak tolerans gösteriyormuş gibi yapıyor; başa dön ve kurt-kuzu hukukunu devret...

RELIGIOUS TOLERANCE, SPIRITUAL...

Devamı: Homosexuality!
Religious Tolerance: Dînî Tolerans (Dinlerarası diyalog veya Dinlerarası Hoşgörü gibi şeyleri hatırlayabilirsiniz)
Spiritual Homosexuality: Ruhî (Manevî) Homoseksüellik (Eşcinsellik).
'*Spiritual Homosexuality*' veya '*Religious Tolerance*'. Başka bir sürü isim de takılmış; mesela *Godly Sex* (İlahça Seks), *Triumphal Sex* (Muzafferâne Seks) vs... Bin bir tumturaklı ve '*hoşgörülü*' kavram... Bayraktarlığını da devlet iktidarları yapıyor, yakışanı da budur...
Bir kavram;
Sodomi: Filistin'de bulunan tarihî *Sodom* şehrinin isminden mülhem. Tarihe *Sodom ve Gomorrhe* olarak geçiyor. *Sodomi* iki kişi veya (insan-hayvan) arasındaki – genelde ters / anal, livata - seksüel faaliyet olup bir orgazm (doruksal tatmin) üretmeyi hedef alır. Bu münasebet, iki erkek, iki kadın, bir erkek ve bir kadın veya insanla hayvan arasında olabilir. <u>Geniş manada *so-*</u>

domi, münasebetin ters (anal) ilişki biçiminde cereyan etmesine işaret eder. İradî olarak yapılan *sodomi* tek ilâhlı dînlerde Allah'ın Emri'ne karşı gelmektir ki, büyük bir günah sayılmıştır. (Tabiî ki, bu günahın, en mü'mîn olduğunu sürekli deklare etmekte hiçbir sakınca görmeyen, bütün yüksek katlarda daimî bir biçimde işlenmesi bahs-i diğer). Bu ilişkide, bedenî hazzın yanısıra ruhî bir hazzın da var olması olayı çok daha ağırlaştırır. Bazı Hristiyan filozof-teologlar bu durumu **Ungodly Spirit**'in (İlâhça olmayan Ruh) '*Ungodly Sex Act*'ine (İlâhça olmayan cinsî fiil) müdahalesi olarak isimlendiriyorlar ve olayı Şeytan'ın taifesinin 'İlâhça olmayan Ruh'un üzerindeki hâkimiyeti olarak tanımlıyorlar. (ihâle yine Şeytan'a kaldı) Bu tür ilişki insan ruhunu baskı altına alan menfîlikleri davet ediyor ve cesaretlendiriyormuş.

Sodomi'nin en büyük kurbanları çocuklar veya erken gençlik dönemindekiler (*Teenagers*) oluyor ve buna *Pedofili* (Çocuk seviciliği, çocuğa musallat olma, onunla cinsî manada oynaşma) de diyebiliyoruz. Bu insanlar ileriki dönemlerde büyük çöküntüler yaşıyorlar ve bu travmaları bir türlü aşamıyorlar. Bazılarında ise, dokunma ve tad hislerinde gerileme (veya dumur) hâli gözleniyor.

DÎN NE DİYOR? **BAŞIMIZA NE GELİYORSA HETEROSEKSÜEL OLMAYAN CİNSÎ TEMASLARDAN GELİYOR, DEVLETTEN DEĞİL**. ÇALIP ÇIRPABİLİRSİNİZ, İŞKENCE EDEBİLİRSİNİZ, GASP YAPIP ÖLDÜREBİLİRSİNİZ, YARGISIZ İNFAZ VE TECAVÜZ EDEBİLİRSİNİZ, ORJİ, PEDOFİLİ, ZOOFİLİ SERBEST. HER TÜRLÜ KÖTÜLÜĞÜ VE ZULMÜ YAPABİLİRSİNİZ **YETER Kİ, HETEROSEKSÜEL OLUN**.

PEKİ SARAYLARDA SODOMİ'NİN DE ÂLÂSI YAŞANIYOR, NE YAPALIM? VE**RTE**X VE YÜKSEK ZEVAT HER HÂL Û KÂRDA CENNET-İ ÂLÂ'YA GİDER.

ESAS OLAN SODOMİ'DİR ve DÎN TEFERRUAT SINIFINDANDIR...

Qur'ân'dan:

A'raf Suresi 80-81. Ayat;

"Lut'u da peygamber olarak gönderdik. O kavmine dedi ki: 'Sizden evvel hiçbir kavmin yapmadığı bir fuhşu mu yapıyorsunuz? Siz, kadınları bırakıp şehvetle erkeklere yaklaşıyorsunuz. Doğrusu siz, çok aşırı giden bir kavimsiniz (Qavm-um musrifun)"

Neml Suresi 54. Ayet;

"Lut da, hani kavmine demişti ki: 'Göz göre göre bir hâyâsızlık mı yapıyorsunuz?" (Eski Ahid'deki anlatım ve Hristiyanlıktaki algı İslâm'dan başkadır).

Hud Suresi'nin 77-83. Ayatı da bu mevzuu izah ediyor...

Ve nihayet bela – *isterseniz bir tür veba da diyebilirsiniz* - geliyor, Hz. Lut'un karısı da bu beladan nasibini alıyor.

Devlet hoşgörülüdür! 'Dînî Tolerans'la yola çıkıp softalığı en ileri noktalara taşımakta, cehaleti kutsamakta, korkuyu ve zulmü örgütlemekte, itiraz edenleri iğdiş etmekle, kastrasyonla korkutmaktadır. Ruhî Eşcinselliğe, Pederasti'ye, Pedofili'ye, Zoofili'ye ve bin bir türlü *perversion*a cevaz vermeye kadar gitmektedir. Devlet neo-zulüm kariyerini *'hoşgörü'* vetiresi üzerinden yürütmektedir. *Ucuz Kariyerizm* insanları *perversion* âletlerine dönüşmeye sürüklüyor. 'Hoşgörü' kârhanesinin tapon pezevenk-ilâhiyatçılar kastının bu süreçte mühîm derecede dahli var, teorize ediyorlar. Vebadan uzak değiliz, bu kitabı *post-pestis* döneme giden bir tür Einstein-Podolsky-Rosen tüneli olarak da kabul edebilirsiniz, başka bir evrene açılma yolunda olduğumuz konusunda şüphemiz yoktur.

Siyaset ve Perversion ve Dahi Oğlancılık Tarihî Olarak Bir Arada Gider

Yukarıdaki haberden eski bir Fransız bakanın Fas'ın Marakeş şehrinde *'eğlendiğini'* anlıyoruz ve bu eğlence bir orjidir, bu orjide 10'a yakın genç ergen oğlan hazır bulunmaktadır. Yunan argosunda bu 'eğlence' için *'πίσω εγλενδής'* (pîso-eglendis) yani *'arkadan eğlenen'* terimi kullanılır. Bu adam Fransa'nın kültür eski bakanı *Jack Lang*'dir (merhum *Yaşar Kemal*'e ödül veren de odur). Çok manidar. Uzun uzun anlatmıyoruz, meraklısı okur.

Hollandalı Pedofil Politisyen

Hollanda'nın başkenti Amsterdam'da 1998 yılında bir geneleve düzenlenen operasyonda ortaya çıkan pedofil (çocuklara cinsel istismar) şebekesinin "müşteri"leri arasında bulunduğu öne sürülen Hollanda Adalet Bakanlığı Genel Sekreteri *Joris Demmink*'in Türkiye'de 2 çocuğa cinsel istismarda bulunduğu iddia edildi.

Uğur Koçbaş'ın Vatan gazetesinde yer alan haberine göre; Hollanda TV kanalı, *Demmink*'in Türkiye'de korumalığını yapan polisin kendisine getirdiği 12 ve 16 yaşlarında iki çocukla birlikte olduğunu iddia eden bir haber yayınladı. *Demmink*'in Türkiye'deki "kurbanları" O. ve M. Hollanda'da dava açtı.

Koruma Polisi: Surlardan Sokak Çocukları Bulduk

Polis memuru *Mehmet Korkmaz*, çocukların çok korktuğunu ve yaşananları gizlediğini söyledi.

Demmink'e çocuk bulduğu iddia edilen emekli polis memuru *Mehmet Korkmaz* itiraf videosunda şöyle konuştu:

"*İstanbul surlarında araştırdık arkadaşlarla beraber. Sokak çocukları bulduk. Çocuk korkuyordu. Herhalde yani korkmaz mı, korkar. Ama biz kimseye bir şey söylemiyorduk yani*".

İlişkiler Videoya Çekilmiş!

Avukat *Adele Van der Plas*'ın iddiasına göre, *Demmink*'in ilişkileri dönemin İstanbul Emniyet Müdürü <u>*Necdet Menzir* ve Emniyet Genel Müdürü *Mehmet Ağar*'ın bilgisi dâhilinde videoya çekildi</u>. Video Hollanda'da yakalanıp müebbede çarptırılan uyuşturucu kaçakçısı *Hüseyin Baybaşin*'in daha ağır ceza alması için şantaj malzemesi olarak kullanıldı. Baybaşin "*Demmink bana komplo kurdu*" demişti.

Erdoğan'a ABD'den Mektup

Daha önce ABD Temsilciler Meclisi üyesi *Ted Poe*'nin Başbakan *Tayyip Erdoğan*'a "***Demmink'i birlikte yargılayalım***" dediği iddia edilen bir mektup gönderdiği ortaya çıkmıştı.

Ted Poe'nin Başbakan Erdoğan'a yazdığı mektupta şunlar yazıyordu:

"Araştırmalar, Türk polisinin *Demmink*'e çocukları getirdiğine işaret ediyor. Türkiye ve Hollanda'da işlenen bu suçlar ciddi ve derin endişe yaratıyor. Türkiye'de bu konudaki son gelişmeler cesaret verici olsa da ofisimden aldığım bilgiler sizin bu konuya hızla dikkatinizi çekmeye yönlendirdi. Bu konunun en ince ayrıntısına kadar ve derhal araştırılacağına ve ülkenizin yargı otoriteleri tarafından ele alınacağına inanıyorum. Uzun zamandır müttefikimiz olan Türkiye ile bu olaya uygun bir çözüm bulmak için beraber çalışmayı dört gözle bekliyorum".

Dutch Pedophile Political Party Wants Legal Sex Age Of 12
(Hollanda'da Pedofil Siyasî Parti yasal cinsî münasebet yaşının 12 olmasını istiyor)

(Reuters) -- Dutch pedophiles are launching a political party to push for a cut in the legal age for sexual relations to 12 from 16 and the legalization of child pornography and sex with animals, sparking widespread outrage.

The Charity, Freedom and Diversity (NVD) party said on its Web site it would be officially registered Wednesday, proclaiming: "We are going to shake The Hague awake!"

The party said it wanted to cut the legal age for sexual relations to 12 and eventually scrap the limit altogether.

"A ban just makes children curious," Ad van den Berg, one of the party's founders, told the Algemeen Dagblad (AD) newspaper.

"We want to make pedophilia the subject of discussion," he said, adding the subject had been a taboo since the 1996 Marc Dutroux child abuse scandal in neighboring Belgium.

"We want to get into parliament so we have a voice. Other politicians only talk about us in a negative sense, as if we were criminals," Van den Berg told Reuters.

The Netherlands, which already has liberal policies on soft drugs, prostitution and gay marriage, was shocked by the plan.

An opinion poll published Tuesday showed that 82 percent wanted the government to do something to stop the new party, while 67 percent said promoting pedophilia should be illegal.

"They make out as if they want more rights for children. But their position that children should be allowed sexual contact from age 12 is of course just in their own interest," anti-pedophile campaigner Ireen van Engelen told the AD daily.

Right-wing lawmaker Geert Wilders said he had asked the government to investigate whether a party with such "sick ideas" could really be established, ANP news agency reported.

Kees van deer Staaij, a member of the Christian SGP party, also demanded action: "Pedophilia and child pornography should be taboo in every constitutional state. Breaking that will just create more victims and more serious ones."

The party wants private possession of child pornography to be allowed although it supports the ban on the trade of such materials. It also supports allowing pornography to be broadcast on daytime television, with only violent pornography limited to the late evening.

Toddlers should be given sex education and youths aged 16 and up should be allowed to appear in pornographic films and prostitute themselves. Sex with animals should be allowed although abuse of animals should remain illegal, the NVD said.

The party also said everybody should be allowed to go naked in public and promotes legalizing all soft and hard drugs and free train travel for all.

ABD'de yayınlanan *Sexual Abuse n Social Context: Catholic Clergy And Other Professionals* başlıklı raporda aşağıdaki bilgiler bulunmaktadır;

<u>Priests – Rahipler, başlıklı bölümden bazı pasajlar;</u>
According to a survey over the last four decades, 60,000 or more men who have served in the Catholic clergy have been accused of child sexual abuse – Burada, son 10 yıllık gözlem esnasında Katholik Kilisesi'ne hizmet eden 60.000 veya daha fazla kişinin çocuklara tacizle (tecavüz) suçlanmış olduğunu öğreniyoruz. Devamla; *Almost all the priests who abuse children are homosexuals* – bunların hemen hepsi eşcinsel. *Dr. Thomas Plante, a psychologist at Santa Clara University, found that "80 to 90% of all priests who in fact abuse minors have sexually engaged with adolescent boys* – Psikolog Plante, çocuklara cinsî tacizde bulunan rahiplerin %80-90'ının ergen oğlanlarla cinsî münasebete girdiklerini belirtiyor.

Sonra; *the situation in Boston, the epicenter of the scandal, is even worse* – skandal üssü / merkezi konumunda bulunan

Boston'da durumun daha beter olduğunu okuyoruz. *According to the Boston Globe, the most prominent Boston lawyers for alleged victims of clergy sexual abuse have said that about 95 percent of their clients are male* – Boston Globe'un haberine gore Boston'daki en ünlü avukatlar, dîn adamlarının cinsî tacizlerine ilişkin davalardaki müşterîlerinin %95'inin erkek cinsiyetine mensup olduklarını ifadfe ediyorlar.

… two-thirds of the nation's bishops have allowed priests accused of sexual abuse to continue working – bu suçlamalara muhatap olan rahiplerin 2/3'ü görevlerinin başında…

Küçük Perversion İle Büyük Perversion Kol Koladır, Âmir-Memur Veya Devlet-Birey

Tüyü çıkmamış, sakalı bıyığı çıkmamış oğlanlar Ottoman'da değerlidir… (TEKRAR HATIRLATIYORUZ: İSLÂM LİVATAYI YASAKLAMIŞTI!)

Tüyü çıkmamış, sakalı bıyığı çıkmamış oğlanların cazibeli kadınlardan da çok ilgi gördüğü, tercih edildiği kimi kitaplarda anlatılır (***Mevâidü'n-nefâis fî kavaidi'l mecâlis*** - Görgü ve Toplum Kuralları Üzerinde Ziyafet Sofraları – Gelibolulu Mustafa Ali). *Buna göre civanlarla arkadaşlık etmek aşikâr olmuş, çekinmeden oturak âlemlerinde, yolculukta her yerde yanlarında dolaştırmaya başlamışlar, aynı dönemde ay yüzlü kadınları asla yanlarında taşımaz, birlikte bulunmazlarmış. Çünkü sevilen kadın bölüğünün na-mahremleri avam korkusundan gizli tutulur. Şimdi ise civanlarla arkadaşlık onlarla düşüp kalkma yolunda bir kapıdır ki, bu kapı gizli, aşikâr hep açıktır. Tüysüzler soyundan namert lokması olanların çoğu **Arabistan piçleri ve Anadolu taifesi'nden veled -i zinalardır**, onların sürdüğü güzellik ve cazibe sefasını hiçbir* *diyarın tüysüzleri sürmez. Niceleri otuz yaşına varıncaya kadar güzel yüzünde, gönlünde üzüntü olacak kıl görmez.*

20 yaşlarına vardıkları gibi rağbetten düşerler ve âşıkların işinden kalırlar. **Ama İçel civarları, Edirne, Bursa ve İstanbul'un ince bellileri her yönden kusursuzlukta ve güzellikte onlardan ileridir.**

Özellikle çoğu ince belli ve uzun boylu olurlar. **Kendilerini teslim ettikleri sırada her uzvuyla birlikte yumuşaklık gösterirlermiş.** *Sözün kısası görünüşte yumuşak davranmakta, aslında karşı durmakta İçel güzellerinin çoğu inat ederlermiş.*

Buna göre bunların vuslat nimeti bu yükler için vardır. Yanlarında gezen âşıklarını bahtsız ettikleri ve parasız pulsuz bıraktıkları meydandadır, derler. Ve iki gencin fırsat vaktinde birbirinden yararlanması yahut birisi ötekini sarhoş edip üstüne çıkması, **değmede mümkün olmayacak bir iştir**, *diye anlatıp söylerler.*

Sözün kısası, ün almış güzel yüzlülere rağbet edip karşısında gümüş—servi endamlı, **uzun boylu, salınarak yürüyenleri kullanmak isteyenler Rumeli köçeklerinden şaşmasınlar. Kul cinsinin de Yusuf çehreli Çerkeslerinden ve Hırvat asıllıların nefesleri mis kokanlarından sakın usanıp bezmesinler.**

Gerçi İçel mahbuplarında da nazeninler olur lâkin çoğu vefasız, insanı üzmek isteyen cefacı güzellerdir. Onlara sahip olanların huzuru ve rahatı az bulunur. Ama Arnavut cinsi de gerçi âşıkların gönüllerini alırlar, bu kadar var ki gayet inatçı olurlar.

Ama Gürcü, Rus ve Görel cinsi, öteki esnafın gübresi gibidir. Onlara bakarak Macar soyundan olanlar, başka tayfaların tabiata uygun ve makbul olanlarıdır.

Gel gelelim, çoğu efendisine hıyanet eder; düşüp kalkmalarından, davranışlarından her kişi onların çirkin yönlerini görür. Şaşılacak olan budur ki, Mısır evbaşları Habeşlere düşkündür. Araya soğukluk girer, her biri insanın samurudur, derler. **Aslında yatak hizmetinde usta olurlarmış, yani esbap buhurlamayı, yatak ve** *yastık döşemeyi candan isterlermiş. Erkeğinde, dişisinde adamlık belli imiş: Her ne semte götürülürse uysal ve güzel davranarak yumuşaklık göstermeleri kolaymış".*

Bu kitap *Ilıcaklar*'ın Tercüman Yayınları'ndan çıkmıştır.

Hiçbir zaman unutulmamalıdır ki, imparatorlukların dîni yoktur veya tersinden okuyacak olursak çok dînlidirler ve bu nedenle ne Ottoman'ın İslâmî hassasiyeti, ne Roma'nın Hristiyanî hassasiyeti, ne de Moğolların Şaman hassasiyeti vardır <u>zira her biri kendisini bir dîn sayar</u>. Bir - *imparatorluk* – kültürünü, geleneklerini, âdetlerini, eğilimlerini anlayabilmek için önce bunu – *historicité* - tarihsellik dâhilinde değerlendirmek esastır. Bu nedenle Türkiye'deki tarih ve siyaset eğitimi veren kurumlarda hâlâ *Alparslan*'ın atının kuyruğunu nasıl bağladığı, çadırının içinde nasıl okla veya hançerle öldürüldüğü vs. nev'inden binlerce tezvirat bilim olarak anlatılıyor. O nedenle mesela Ottoman devleti ele alınacaksa nitelemelere, adlandırmalara, yaftalamalara girişmeden evvel onun tarihî süreç içindeki evrimini ve duygusallıklara, imânî heyecanlara ve saçma sapan hikâyelere takılıp kalmaksızın objektif olarak etüd etmek gerekir.

Fatih Sultan Mehmed'in *conquérant* – fatih kimliğinin yanında şair kimliği de vardır ve bir erkeğe yazdığı aşk şiiri de mevcuttur. Yalan mıdır, hükümsüz müdür, yok hükmünde midir yoksa bir *conquérant*'a yakış(tırıl)mamakta mıdır? *Mustafa Kemal* modern Türkiye Cumhuriyeti'nin kurucusudur – *fondateur*, ve *Dr. Rıza Nur* onunla ilgili hikâyeler anlatır, şahid olduğunu söyler.

Avnî mahlaslı *conquérant*'ın meşhur şiiri:

"*Bağlamaz firdevse gönlünü Galata'yı gören / Servi anmaz anda ol serv-i dilarayı gören* (O servi boylu sevgiliyi gören bir daha başka servi boyluyu anmaz, Galata'yı gören, gönlünü Firdevs'e – cennetin en güzel köşesi bile bağlamaz)

Bir firengi şivelu İsa'yı gördüm anda kim / Lebleri dirisidür der idi İsa'yı gören (Bir Batılı şiveli İsa gördüm, dudaklarını gören İsa dirilmiş derdi - sanki onu İsa diriltmiş sanırdı).

Akl-ü fehmin dîn-û imanün nice zabteyleyesin / Kâfir olur ey müselmanlar o tersayi gören (Aklımı imânımı nasıl zapt edeyim, onu o Hristiyanı gören kâfir olur).

Kevseri anmaz o içdügi mey-i nabi içen / Mescide varmaz o varduğı kilisayı gören (Peygamber içkisini içen kevseri anmaz bir daha / Onun gittiği kiliseyi gören camiye gitmez olur).

Bir frengi dilber olduğun bilürdi Avnî ya / Bel-ü boynunda o zünnâr-ü çelipâyı gören (Belki *Avnî* bir Hristiyan bayan sanırdı onu da, eğer belinde keşiş kuşağı ile boynunda haçı olmasa)

Fatih'in bu şiirini adeta yırtınırcasına, ilâhî ve tasavvufî bir mecaza bağlamaya uğraşan gayretkeşler ve kraldan çok kralcılar isterlerse başka örnekler de bulabilirler;

Unutmadan aynı ince ruhlu *Fatih*, birden karşımıza *Her kimesneye evladımdan saltanat müyesser ola, <u>karındaşların nizam-ı âlem için katletmesi münasiptir</u>. Ekser ulema dahi tecviz etmiştir. Onunla amil olalar* diye kanunname çıkarıyor.

Devletin âlî menfaatleri için ÖLDÜRMEK KANUNLA GÜVENCE ALTINA ALINIYOR. DEVLET BU KADAR FECÎ BIR MEKANİZMANIN ADIDIR VE ÇOK ACIMASIZDIR. ÇOK DÎNDÂR VE ÇOK ZÂLİM, İKİSİ İÇ İÇE VE YAN YANA VE ŞAİR!

Öldükten sonra cenazesi de huzur bulmamaktadır. Prof Dr *İsmail Hakkı Uzunçarşılı*, 1975 yılında Türk Tarih Kurumu'nun çıkarttığı *Belleten* dergisinde Topkapı Sarayı Arşivleri'ne dayandırarak *Fatih Sultan Mehmed*'in ölümünü anlatıyor.

"...*Fatih Sultan Mehmed*'in gasl edilmesi de elemli olmuştur. Yazın sıcağında on günden ziyade elbisesi ile kapalı kalan ceset koktuğundan yanına kimse gidememiş, Baltacılar Kethüdası *Kasım* ile anın usta dediği tahnit memuru ölüyü beraber soyup dâhilî ağşasını (iç organlarını) çıkarmak suretiyle mumyaladıktan sonra kefenlenmiştir ve sonra da merasimle defnedilmiştir."

Uzunçarşılı, Fatih'in defin işlemini anlattığı yukarıdaki paragrafa bir de dipnotla ekliyor: Osmanlı padişahlarından Osman Gazi, Murat Hüdâvendigâr, Yıldırım Bayezid, Çelebi Sultan Mehmed, İkinci Murad'ın cesetleri muhtelif sebeplerle mumyalıdır. Emir Süleyman Çelebi ile Musa Çelebi ve Kanunî Sultan Süleyman'ın cesetleri de mumyalıdır.

Lenin'e mumyalı kâfir diyenler bu durum için mumyalı Müslüman diyebilecekler midir?

Fatih'ten biraz daha devam edelim;

Yanından hiç ayırmadığı Yunan müşavir *Nestor*'un genç oğluna yazdığı şiir sonunda *Nestor*'un kellesinin Fatih tarafından alınmasına kadar varacaktır. İşte, *Fatih*'in "*Avni*" mahlasıyla kaleme aldığı, *Bir güneş yüzlü melek* mısraıyla başlayıp Galata'daki genç papazdan söz eden şiiri.

Bir güneş yüzlü melek gördüm ki âlem mâhıdur **Ol kara sünbülleri âşıklarınuñ âhıdur**	*Bir güneş yüzlü melek gördüm ki cihan onun ayıdır. O kara sünbülleri (saç değil) âşıklarının âhıdır.*
Kareler geymiş meh-i tâbân gibi ol serv-i nâz Mülk-i Efrengüñ meger kim hüsn içinde şâhıdur	*O nazlı servi parıldayan bir ay gibi karalar giymiş, sanki güzellikte Frenk ülkesinin padişahıdır.*
'Ukde-i zünnârına her kimse kim dil baglamaz Ehl-i îmân olmaz ol âşıklaruñ güm râhıdur	*Zünnarının düğümüne gönül bağlamayan kimse iman ehli olamaz; o, âşıkların yoldan çıkmışıdır.*
Gamzesi öldürdügine lebleri cânlar virür **Var ise ol rûh-bahşuñ dîn-i Îsâ râhıdur**	*Gamzesinin öldürdüğüne dudakları canlar verir. Galiba o canbahşedicinin yolu İsa'nın dinidir.*
'Avniyâ **kılma gümân kim saña râm ola nigâr** **Sen Sitanbul şâhısın ol Kalatanuñ şâhıdur**	*Ey Avnî! Sevgilinin sana ram olacağını sanma. Sen İstanbul padişahısın, o Galata'nın şahıdır.*

Deli Birader ve Kitabı

Bu kitabın yazarı Gazalî mahlaslı Bursalı Deli Birader Mehmed'dir.*Kitab-ı Dâfi'ü 'l-gumûm ve Râfi'ü 'l-humûm*un (Gamları Def Eden Kederleri Yükselten Kitap) ilk bölümü nikâhın meziyetlerine ve sevişmenin faydalarına; ikinci bölüm *kulampara* kardeşlerin ve *zampara* biraderlerin arasında geçen tartışmalara; üçüncü bölüm servi boylu yalın yüzlü ve lale yanaklı oğlanlarla sohbetin zevklerine; dördüncü bölüm gümüş tenli kadınlar ve yasemin göğüslü kızlarla oynaşmanın hazlarına; beşinci bölüm, rüyalarda yaşanan bazı hâllere ve hayvanlarla ilişkilere; altıncı bölümde pasif eşcinsellerin (oğlanların) ve ne idüğü belirsizlerin (*hermafroditler*) durumlarına; yedinci bölümde *gidi*lerin (*karısının başkası ile ilişkisi olduğunu bildiği hâlde buna göz yuman ve bilmiyormuş gibi davranan erkek*) ve boynuzluların hikâyelerine dairdi.

Evliya Çelebi, Seyahatnâme isimli eserinin birinci cildinde her meslek grubunu ayrı ayrı anlattığı ve İstanbul'un esnaf tarihi bakımından bugün en önemli kaynak kabul edilen bu geçit resmi bahsinde, eşcinsellerin yürüyüşünü şöyle tasvir eder:

Pasif dilber eşcinsel esnafı: Bunlar 500 kişidir. Kendi kadir ve kıymetlerini bilmeyip Bâb'ûl-luk'ta, Galatyonoz'da (*Galatianos; Galatialı* anlamında olup muhtemelen *Galata*'yı kastediyor), Finde'de, Kumkapı'da (Κοντοσκάλιον; Kadırga limanı), San Pavlo'da, Meydancık'ta, Kiliseardı'nda ve Tatavla'da (*Kurtuluş*) mâlum işin yapıldığı yerlerde boğaz tokluğuna çalıştıkları sırada avlanıp Subaşı'nın (emniyet müdürü) tuzağına düşer ve deftere kaydedilirler. İşte, sözü edilen bu kişiler geçit resminde Subaşı ile şakalar ederek yürürler. Bunlar gibi daha nice esnaf mevcuttur ama anlatmakta hiç fayda yoktur ve sadece Subaşı tarafından bilinirler. Resmigeçide katılan deyyusların sayısı 212, pezevenglerin adedi de 300'dür.

... Erkeğin her bir çeşidine özlem içinde olan saray kadınları, zenci ezbandudhlar ile yatıp kalkıyorlardı. **İçinde yirmi bin yabancı soylu kadının, bini aşkın zencinin, beş binden fazla Sırp, Arnavut soylu bostancı ve içoğlanın hüküm sürdüğü bu büyük genelev, kendine özgü dünyasında yine de her zamanki gibi pırıl pırıldı. İçki, saz ve söz âlemlerinin tek nedeni, cinsel içgüdülerini kamçılamak, elde edilecek zevki sonsuza ulaştırmaktı.** <u>Günah ise halk içindi</u>, der A. Kemal Meram.

II. *Osman*'ı bir gece yarısı *Yedikule* zindanlarında boğdurulmadan evvel zorla ırzına geçilir. Buna ***dictature perverse et hyperviolente*** diyoruz, Ottoman budur – *ottomaniko da yapar*, Roma budur, devlet böyledir.

1970'li yılların başında bir milletvekilinin bir ortaokul talebesi ile ilgili değerlendirmesi devletin *imago*sunu anlatması açısından manidardır: Kompozisyon dersinde *Atatürk* ile *Lenin*'i karşılaştırarak, *Atatürk*'ün daha üstün ve başarılı bir devlet adamı olduğunu kanıtlamak isteyen bir ortaokul öğrencisi, kullandığı uslûptan dolayı yargılandığında, milletvekili: <u>"Atsınlar içeri orospu çocuğunu, orada bir güzel ırzına geçerler da anlar o zaman!"</u>

Bektaşî tarikatından olan 19. yüzyıl ozanı **Edib Harabî** bir nefesinde <u>oğlanlara olan aşkı</u>nı dile getirirken, eğer eline birisi düşerse onu hep birlikte ne yapacaklarını divanında belirtmeden geçememiştir. Şöyle diyor ozan:

"*Bektâşîyiz yâ-hû etmeyiz inkâr.
Şânımız söylenir dillerde her bâr.
Bizlere bir mahbûb olursa şikâr,
Kırk kişiyle ânı hemân s.keriz*"

İsmet Zeki Eyuboğlu, *"Divan Şiirinde Sapık Sevgi"* adlı yapıtında, hece vezniyle yazılmış bu şiirin açıklama gerektirmediğini, ozanın söylemek istediğinin besbelli olduğunu ekliyor. Ardından, divan şiirinde *"sakî"* ve *"mahbûb"* gibi kavramların aslında <u>ozanların tutuldukları oğlanları</u> dile getirmek için kullanılan üstü kapalı deyimler olduğunu vurguluyor.

Şâir **Nedim**'in ünlü bir şiiri:
"İzn alub cum'a nemâzına deyû mâderden,
Bir gün uğrılayalım çerh-i sitem-perverden.
Dolaşub iskeleye doğrı nihân yollardan,
Gidelim serv-i revânım yürü Sad'âbâde".

(Anne(n)den cuma namazına (gideceğiz) diye izin alıp zalim felekten bir gün çalalım. Issız yollardan iskeleye doğru dolaşıp, yürü servi boylu sevgilim Sadabad'e gidelim".

Incest – Αιμομιξία

Ensest kelimesinin aslı Latince ***Incestus***, Yunanca ise **Αιμομιξία** – *Emomiksia* yani *kan karışımı* anlamındadır. ***Incestus*** kelimesi Orta İngilizceye ***Inceste*** olarak ve *temiz / arı olmayan, kirli olan* anlamında; ***In***: Mahrumiyet ve olumsuzluk bildiren bir önek + **Castus**: Temiz, arı. ***Inceste*** kelimesi İngilizcede *impure* ve *inchaste* kelimeleriyle de karşılanır. İsim hâli Latincede *Incestum* ve İngilizceye *Unchastity* olarak geçmiş durumda. Rusça *Krovosmioni*, Fransızca *Inceste*, Arabî *Ğaşyan el Mahârem* veya *Nikâh el Mahârem*. İlginçtir burada Arapça *Haram Nikâh* olarak kabul edilen ***ensest*** kimi toplumlarda – ilkel toplumlar – *İeros Ğamos / Mariage Sacré* yani *Kutsal Evlilik* olarak değerlendirilmektedir.

Kimi araştırmacılar ki, bunların büyük bir bölümü *Jung*'cu ekole yakındır, *transference* – taşınım ve *countertransference* – karşı taşınım ya da *transfert* – *contre-transfert* üzerinden tez oluşturmaktadırlar. Kötü ve/veya kirli akrabalık ve kan bağı ilişkilerine bağlı bütün korkular *transference*'ın ırsî temelleri tarafından etkinleştiriliyor. İnsanlar, az veya çok ama bir biçimde cinsellikten, içgüdülerden (*instincts* – id/alt ben), şuur zafiyetinden, akıldışı olandan (*irrational*) ve ruhun kendiliğinden gelişen hareketlerinden (spantaneous movements of the soul) hep korkagelmişlerdir. Analizi yapanın egosu hastayı / süjeyi *contre-transfert*'in tepkilerine karşı muhafaza etmek durumundadır ve bu tedavi edici olması muhtemel mes'ûliyet, analizci'nin, tepkileri sergilemeden evvel *contre-transfert*'i sürece dâhil etmesi âmirdir.

Oedipus (Kompleksi): Οἰδίπους (Îdîpus). Οἶδος (Îdos): Şişme, şişlik, ödem - πούς (pûs): Ayak. *Şişmiş ayak* anlamında.

Oedipus Mithosu ve Ensest Arketipi

Οἰδίπους Τύραννος - **Oedipus Rex**: Synopsis

Thebe (veya Thebai) kralı *Laios* ve kraliçe *Iokasti*, eğer bir erkek çocukları olursa, bu çocuğun babasını öldüreceği ve annesiyle evleneceği yolunda bir kehânetten haberdâr olurlar. Oğulları **Oedipus** doğduğunda, onu öldürmek suretiyle kaderlerinden kaçmaya karar verirler; çocuk bir çobana verilir ve onu bir dağın başına bırakması söylenir. Fakat çoban **Oedipus**'u, çocuğu olmayan *Korinthos* kralı *Polybos*'a ulaştırır. Kral *Polybos* ve kraliçe *Merope* (veya *Periboea*) **Oedipus**'u yetiştirirler. Gençlik dönemine geldiğinde **Oedipus**'un yanına gelen birisi onun aslında kralın oğlu olmadığını, onların üvey baba ve üvey anne olduklarını söyler. Bunun üzerine **Oedipus** Delphi'ye gidip durumu ilâhlardan sormaya karar verir. İlâhlar babasını öldüreceğini ve annesiyle evleneceğini belirtirler. Bunu duyan **Oedipus** babasını öldürmekten ve annesiyle evlenmekten kaçınmak için Korinthos'a dönmeme kararı alır.

Yolunu değiştirir ve *Fookis* üzerinden dar bir yola sapar. Bu yol üzerinde gerçek babasıyla karşılaşacaktır. Babasını taşıyan arabacı '*yolcu krala yol ver*' diye bağırır. **Oedipus** öfkelenir ve yolun ortasında durur. Bunun üzerine kral *Laios* arabadan çıkar ve kılıcıyla **Oedipus**'a saldırır, oğlunu hafifçe yaralar. Çılgına dönen **Oedipus** hem babasını hem de arabacıyı öldürür.

Nihayet *Thebe* şehrine gelir. Kraliçe *İokasti*'nin kardeşi olan *Kreon*, *Sfenks*'i alt etmeyi başaranın *Thebe* krallığına ve kraliçe *İokasti*'ye sahip olacağını ilân eder. Şehrin kapısında bulunan *Sfenks* genç adamı durdurur. Ona bir sual soracağını, eğer cevabını bilirse şehre girmesine izin vereceğini aksi hâlde onu tasfiye edeceğini söyler. Sual şudur: *Hangi varlık evvelâ 4, sonra 2 ve nihâyet 3 ayağı üzerinde yürür?* **Oedipus** sorunun cevabını bulur: **İnsan**. Bunun üzerine *Sfenks* kendini tasfiye etmek zorunda kalır ve denize atlayarak kaybolur. Şehir kurtulur, **Oedipus** kral ilân edilir ve gerçek annesi olan *Iokasti* ile evlenir.

Oedipus 16 yıl hükümdarlık yaptıktan sonra şehirde bir veba salgını başlar. İnsanlar ve hayvanlar ölmeye başlarlar, tabiat tahrip olur. İhtiyar ve âmâ bilge *Tiresias*, lânetin sebebi olarak **Oedipus**'un işlemiş olduğu iki yönlü bir suça işaret eder. Bunlar *patricide* – baba katilliği ve *inceste*'dir – anne ile cinsî münasebet. **Oedipus** bilinçsiz olarak yaptıklarını öğrendiğinde gözlerine mil çeker ve annesi *İokasti* de intihar eder.

Oedipus'un Akrabaları Tarafından Reddi

Oedipus mithosu bir ayrılmayla (kopuşma; *séparation*) başlar; <u>çocuğun ailesinden kop(arıl)ması</u>. Öksüz-yetim çocuk motifi birçok kahraman mithinde ve ünlü hikâyede mühim bir temadır. Bir tür terkedilmiş '*çocuk-ilâh*' ortaya çıkar.

Psikiyatri biliminde, anne-babadan bir tanesi veya ikisiyle birden gelişen menfî ilişkiler *nevroz*ların temel nedeni olarak ortaya çıkar, özellikle de redd tecrübelerinde bu bağ çok daha kesin olmaktadır.

Oedipus, babasını öldürüp annesiyle evleneceği kehânetiyle (korkusuyla) ailesi tarafından dışlanmıştır. Her iptidaî insan *incest*'ten çok korkar fakat hiçbir ilkel varlık çocuğunu bu nedene bağlı olarak dışlamaz. Zira ilkel insan *incest* arzularından dolayı kendini suçlu veya utanç içinde hissetmez. Buna rağmen, kültürünü, *incest* tehlikesini minimize eden âyin ve biçimlerle donatır. *Thebe* kralı ve kraliçesi, kraliyetteki *incest*'le ilgili düzenlemelerin yanlış olduğunu *Delphi*'den gelen kehânetle anlamış olmalılar. **Oedipus**'u tasfiye etmeye karar verdiklerinde, *incest* korkusu evlad sevgisini ve dahi acısını yenmiştir.

Diğer bir açıdan bakıldığında, tabiî ve kendiliğinden sevgi duyguları *incest* korkusuyla engellenmiştir. İlkel adam, maksimum sevgi ve minimum *incest* riskiyle kültürünü örer. Burada sıkıntıya yol açan şey, sevginin, fizikî arzu ve cinsî yakınlık boyutunun güçlü olmasıdır. İlkel adamda, bu nedenle, *incest* duygusu çok kuvvetlidir ve âyinler ve koruma ölçüleri hayli karmaşıktır.

Oedipus'ta görülen, üvey ebeveyni gerçek ebeveyninin yerine koyması durumu, şahsî (mevcut) ve arketipik ebeveyni arasındaki bilinç (algılama) farklılaşmasına işaret ediyor. *Incest taboo*'su somut *incest* fonksiyonunun önünü almayı öngörürken, anneyle yer değiştiren sembolik veya *manevî incest*'in önünü açmaya hizmet ediyor. **Oedipus**'un bilinçsizliği, böylelikle, kendisinin üvey ebeveyninden kopuşmasına yol açıyor (arketipik zıtların, kraliyet evliliği / Ιερος Γαμος – *Mukaddes Evlilik* imajında birleşmesi hadisesi). Burada **Oedipus** *incest* yasağını ihlâl etme korkusunu da aşmaktadır. Netice itibarıyla, **Oedipus**'un, somut ilişki – *incest* dışında *incest* temayüllerini tatmîn etmesinin başka bir ihtimali yoktur.

Oedipus kompleksi'nin çözülmesinin psiko-analitik veçhesi dönüp dolaşıp, *incest* arzularının **Oedipus**'un *Korinthos* kral ve kraliçesinden kendisini kurtarma ve onlara karşı derîn bir sevgi duyması nedeniyle onlardan sonsuza dek uzaklaşma eğilimine varır ve bu aynı zamanda *incest* arzuları ile yüksek korkunun iç içe geçmesine işaret eder. Netice itibarıyla *incest taboo*'su somut bir biçimde ihlâle uğramış olur. *Taboo* korunmaktan ziyade yıkılır. *Freud*'e mugayyiren *Jung*, kraliyet evliliği / *Mariage Sacré* için şunları söyler;

Bu imgenin ve onun fenomenolojisinin mevcudiyetini göstermekten (ispat) başka bir şey yapamaz. Diyeceğimiz o ki, zıtların birliğinin anlamı insan tahayyülünü aşmaktadır. Böylelikle, <u>dünyevî kin böyle bir fanteziyi</u>, mükemmelen sahîh olması hasebiyle, hiç de oyalanmadan <u>devreden çıkarır</u>. ***Tertium Non Datur*** – *üçüncü verilmedi* anlamındadır; *Aristotelien* mantıkta *üçüncü*'nün dışta bırakılması durumu.

Fakat yine de yetmemektedir zira sonsuz bir imajla veya arketipi ile meşgûl olmak için – ki, insanoğlu zihnini çok gerilere ve zaman zaman taşıyabilsin ama asla orada – *Arhi / Arkhe* – takılıp kalmasın. Ne zaman ki bu imge kararmakta veya izlenememekte, varlık dengesini, öz manasını ve nihayet hayatını kaybetmektedir. Kendisi yaşadıkça ruhunun gizemlerinin de yaşayacağını bilmektedir. Bu, ister bilinçli olsun isterse de bilinçsiz, değişen bir şey olmaz. Fakat bunun boşluğunu dolduramazsa ruh huzurunu tamamen yitirir, çılgınlaşıp azgınlaşır ve bu durum onu yıkıma götürür; aynı günümüzün bunu açıkça kanıtladığı gibi.

Baba Kompleksi

Oedipus tecrid edilmiş ve yabancılaşmış bir biçimde yollara düşer. *Psihe*'nin prensibini örgütleme ve temelde birleştirme hassasını kaybetmiş olarak, bilinçsiz heyecanlarının ve tutkularının kolay bir kurbanı hâline gelir. Kendi doğasının karanlık ve akıldışı (*irrational*) güçlerine karşı tek müdafaası, mantığının soğuk ve sâf ışığı yani *ego*'su olmaktadır. En birinci hesabı, öfke dolu duygularla gerçek babasını tahttan indirmektir. Bu duygu, babasını tasfiye etmek ve annesiyle evlenmek biçimindeki bilinçsiz arzudan ziyade onu onursuzlaştırma temelinde ve içinde bulunduğu mevcud durumun sorumluluğu gereği babaya yönelik derîn ve bilinçsiz bir güçlü duygu olarak da algılanabilir.

Analitik ve tecrübî olarak bakıldığında, erkeklerde, babaya yönelik bilinçli veya bilinçsiz ama güçlü bir duygunun mevcudiyetinden söz etmek mümkündür.

Bu duygu babaların onlara erkekliğe geçiş sürecinde hususî bir âyin uygulamamaları ve böylece onlara rehberlik etmemeleri olgusu biçiminde tezâhür eder. Eğer, baba ve oğul imajları düşman zıtlar olarak ortaya çıkarlar ise bunun anlamı bir şeylerin ters gitmekte olduğudur. Burada dönüşüm süreci bloke olmuştur.

Eski kralın (*Laïos*) ölmesinin gerektiği doğrudur. Fakat bu, *Yenileme Âyini*'nin bir parçasıdır, düşmanca bir akt değil. Bir tasfiyenin olduğu kabul edilmelidir ancak bu hâl negatif bir form ifade ediyor olsa da Yenileme Motifi manasını haizdir.

Sfenks

Babasını tasfiye eden **Oedipus** bilahare **Sfenks**'i tasfiye ediyor. **Sfenks**, *Büyük Ana*'yı temsîl eder ve dişil gizemlerin koruyucusudur. **Sfenks** Thebe şehrine girmeye çalışan genç erkekleri yemektedir. Bunun altında erkeğin *Büyük Ana*'ya (kadın) karşı işlediği ataerkil temelli suçların cezalandırılması meselesi yatmaktadır. *Iokasti*'nin oğlu **Oedipus**'u – *bilinçsizce de olsa* – dışlaması ve onu erkeğin (*erkek egemen*'in) rasyonel argümanlarına kurban etmesi *Büyük Ana*'nın yani sevgi ve bağlılıkta temel prensiplerin temsîlcisi olanın ihlâli anlamına gelir. Kadın gizeminin ve dişil prensiplerin devalorizasyonu – *değerlerinin düşürülmesi* – ve ihmâli *Thebe* şehrinin kültürel yıkımına yol açmaktadır. *Sofoklis* trilojisinin 2. ve 3. eserleri bu durumu netleştirmekte ve somutlaştırmakta ve bir anlamda da telafi etmektedir. Böylece genç erkekler (*Polinikis* ve *Eteoklis*) *Büyük Ana*'ya (Toprak Ana; Gaia) kurban edilirler tâ ki, dişil gizemler (kadın egemen ideoloji) yeniden aktifleşsinler ve entegre olsunlar.

Oedipus'un, *Sfenks*'in sualine doğru cevabı verdiğine inanmak kolay değildir. Sonraki gelişmeler bu düşüncemizi kuvvetlendirmektedir. Büyük Ana'nın ölümü, bir dönüşüm veya gerileme sürecine işaret edecektir. *Sfenks*'in kendisini imhasıyla ilgili olarak *Nietzsche* şöyle der:

O ki, bilgeliğiyle tabiatı hiçliğin ta derinliklerine fırlatıp atar, o, tabiatı sona erdirmeye de kâdirdir.

Oedipus, *Sfenks*'in garip varlığına nispetle kendisini o varlığın aynasında tanımıştır.

'*Henüz 4 ayağının üzerinde, sonra iki ayağı üzerinde ve bilâhare 3 ayağı üzerinde ve tek isimli bir varlık. Yalnız başına yerde yürüyor, havada uçuyor ve denizde yüzüyor. 4 ayağı üzerinde, destekli yürüdüğünde bacakları daha güçlü olur*'.

Sfenks'in esas suali budur. Aslında *Sfenks* kendisini sormaktadır ve cevap **insan** değil. **Oedipus** ise, kendi varlığını **Sfenks**'te gördüğü için (erkeğin kendisini dişil gizemde tanıması hâli) cevabı '**insan**' olmaktadır.

3 ayak ve 4 ayak, geçiş, yeniden doğuş ve dönüşümü simgelemekte olup *Büyük Ana* ve dişil gizemlere inmektedir. Yine, *incest* ilişki de çok eski bir dişil gizem olarak kabul edilmektedir.

Eski Kral'ın Yenilenmesi

Nihayetinde babasını ve *Sfenks*'i bilinçli olmayan bir biçimde tasfiye eden **Oedipus** yine hiçbir şeyden haberi olmaksızın annesi olan dul kraliçe *Iokasti* ile – *incest muhtevalı* – evlilik yapar. Basit olarak düşünüldüğünde bu olay bir kralın değişmesidir fakat bu durum basit bir kral değişimi sayılamaz. *Jung*, '*Mysterium Coniunctionis*' isimli eserinde, yaygın olarak *eski kral*'ın imajıyla ilgilenmektedir:

"Bu figür, dönüşen *prima materia*'yı (ilk madde) temsîl etmektedir; simyacılar sıklıkla, yetmez hâle gelen, yenilenemeyen, çürümüş veya hasta hattâ bâzen *iblis* olarak tasvir ediyorlar. Onun yetmezliği ağırlıklı olarak, bilahare simya havuzunda çözülecek olan, kalbin katılaşması ve *mübalağalı benmerkezcilik*'e denk gelmektedir. Eski kral sıklıkla büyük bir iktidar arzusu ve genel bir concupiscentia - şehvet - ile karakterize ediliyor. Eski kral ile oğlu (*puer aeternis*) arasındaki ilişkiye bakıldığında, *Von Franz*, onların gerçek muhalifler olmadığını söylüyor. Simyacılar da, maddelerine '*Senex et Puer*' (Yaşlı Adam ve Oğul) adını veriyorlar. Onu, ateş veya suyla çözerken, simyacılar '*Senex*'i khaotik madde içinde ayrıştırırlar ve onu dışlarlar. Böylelikle Yaşlı Adam, oğula dönüşür".

Sfenks, **Oedipus**'u bekler zira yalnızca o, yenilenme umudunu getirmektedir. Fakat babasını bilinçsiz olarak tasfiye ettiğinde gizemle olan bağını yitirmiştir. *Yaşlı kral-Baba* ölüme hazır olmadan evvel, yenilenme âyinlerini oğula transfer etmek zorundadır. Kral-Baba eril prensibi temsîl etmektedir. Eril prensip cinsî potansiyeli (*Fallos*) hem temsîl eder hem de ona egemendir. *Baba-Kral* yoluyla oğul, geçiş ve yeniden doğuş âyinlerini öğrenecektir.

Oedipus, zihninin *fallik* (cinsî) gücüyle kahraman olmuştur fakat en çılgın krallardan biridir çünkü *fallik* gücün, *Eros*'un – aşk – dönüştürücü gücüyle yer değiştirmesi gerektiğini ıskalamıştır. **Oedipus** kelimesinin manası da mühîmdir. Yunanca 'Οιδημα' (*idima*; ödem - şişlik) ve 'Πους' (pus; ayak) kelimelerinin bir araya getirilmesiyle oluşan isim kabaca ve sıradan bir ifadeyle '*şiş ayak*' anlamındadır. Fakat *Sofoklis* neden bu ismi seçmiştir?

Bunun, *Büyük Ana*'nın (Gaia) topraktan çıkardığı ve Δαχτυλοι

– *Dahtili* / Parmaklar adını verdiği varlıklarla ilişkisi vardır. Bunlara Δαχτυλοι Φαλλοειδοι – *cinsî organsal/falloid parmaklar* veya *cinsel parmaklar* da denir. ***Oedipus***'un eski zamanlardaki isminin Οιδυφαλλος – *İdifallos* (şişkin penis) olduğu güçlü bir ihtimaldir, hattâ kesine yakındır.

Incest taboo'sunun ihlâli ile ortaya konan suç *fallik* cinselliğin farklılaşmış bir biçimi olarak kabul edilir ve hızla ve kolaylıkla hoş görülebilir. Fakat bu, *Eros*'un dönüşüm prensibinin gelişim şansı yoksa böyledir. <u>***Oedipus*** ile annesinin evliliğinde aşk yoktur,</u> zaruret vardır. Böylelikle <u>*Thebe* şehri eril iktidar prensibinin egemenliği altına girmiştir</u> ve sebep, hayatın kaynağı ve yenilenme meselesinden uzaklaşmış, kopmuştur.

Netice itibarıyla ***Oedipus***, Φοιβος Απολλον'dan – *Fivos Apollon*, *Thebe*'in üzerindeki lânetin temizlenmesi ve felaha kavuşması için, *Laïos*'un katilinin bulunmasının ve *Thebe* topraklarının ona yasaklanmasının gerekli olduğunu öğrenir; oysa katilin bizzât kendisi olduğunu bilmemektedir. *Apollon*'un *incest* ilişkiden dolayı *İokasti*'nin cezalandırılmasını talep etmemesi bir işaret sayılabilir. Veyahut ve belki de *Apollon* sadece ana-oğul *incest*'ini bitirmek yani ortadan kaldırmak istiyordu.

Büyük Ana (Gaia) ve Incest

Apollon, *incest* suçunu es geçer gibi görünüp <u>veba lânetinin nedeni olarak *Baba-Kral*'ın öldürülmesini</u> öne çıkarmaktadır. Oysa, geleneğe göre *Incest* yasağının ihlâl edilmesi çok daha ciddî bir durumdur. İlâh *Apollon* neden *Iokasti*'nin cezalandırılmasını talep etmedi? Çok muhtemeldir ki, ***Oedipus***'ta temsîlini bulan *fallik* gücün tasfiye olmaması veya dönüşmemesi bunun nedeni olmaktadır. Olay *Gaia*'ya kadar inmektedir. O, üretkenliği ve semereliliği, ölümü, yeniden doğuşu yani değişimi temsîl eder. <u>*Gaia*, *incest taboo*'sunun ihlâli konusunda en büyük affediciliğe</u>

sahiptir. O, *incest* cazibesinin hem ilâhlar hem de insanlar arasındaki gücünü en iyi bilen sayılır. Aslında, erkekte *incest* ilişkiyi tahrik eden de bizzât *Gaia*'nın kendisidir. Dikkat edilirse, *incest* ne ilâhlara ne de diğer varlıklara yasaklanmamıştır, sadece insana (husûsen erkeğe) yasaklanmıştır. Erkek yaratıcılığın sırrını öğrendiğinden beri *Gaia*'nın (Ana; sonsuz yaratma gücü) partneri olmuştur. Öğrendiği sırla havada uçabilir, okyanuslarda yüzebilir ve karada yürüyebilir. *Gaia*, eril gücün sonsuz yaratıcı döngüye dâhil olmasından rahatsızdır.

Oedipus'un *incest* suçunun tabiatını yeniden değerlendirmeyi deneyebiliriz. *Gaia*'nın bakış açısından, **Oedipus**'un suçunun, onun *incest*'e karşı direnciyle ve *incest*'i reddetme istemiyle bir ilişkisi olmalıdır. Bilinçsiz olarak *incest* ilişkiye girmesi, onun bilinçli egosunun eyleme katılmadığı anlamına gelir; diğer bir bakışla ele alınacak olursa, *Logos* (akıl, mantık, bilim, zekâ, kelâm, şuur, vicdan) prensibi ve zihninin akla bakan yüzü bu *incest* ilişkide rol oynamamıştır, dışta kalmıştır. *Incest*, eril, dişil ve birbirine zıt prensiplerin total birliği olarak değerlendirilir. Zihnin akla bakan yüzünün ve mantığın – *ego* - müdahil olmadığı durum ve yerlerde döllenme söz konusu olmaz ve yaratıcı süreç durur. Sosnsuz dişil prensip, *incest* birliğiyle güçlü döllenme arzusuna direnmekten âcizdir. Şöyle bir işaret mevcuttur; *İokasti incest* ilişkiye karşı gelmemiştir. Sebebi ise **Oedipus**'u, malûmatını terk etmeye değilse ihmâl etmeye zorlamayı denemesidir. Halbuki, *İokasti*, **Oedipus**'un kendisi gibi olduğunu bilmektedir. *Incest* insanın fizikî hayatı için tahripkâr olmamakla birlikte, manevî gelişimi için yüksek derede yıkıcıdır. *Incest taboo*'sunun ihlâli sonsuz yaratıcılık döngüsünü sekteye uğratmaz fakat (*incest*) erkeğin kendi dönüşümüne müdahale eder. Diğer tarafta, zihnin akla bakan yüzünün eril prensibi, hayatın dişil prensibinin yerini doldurmayı reddettiğinde, bu durum *sterilite* (erkek kısırlığı) ve tahrip ile neticelenir.

Incest ve Şuur

Eğer dişil hayat prensibi egemen olsaydı, *incest taboo*'sunun, insanın *psikhe*'sinde bu kadar tahakküm sahibi olabileceğine kuşkuyla bakılabilirdi. Öyle görünüyor ki, *incest*'in yasaklanması, bilinç ve şahsiyet düzeyine ulaşan eril (*fallik*) prensibin önünün alınması amacına matuftur. Sorun şu olmaktadır: Eğer hayatın sırrı ve yaratıcılık *incest*'in içinde buluşuyorlar ise *incest*'in yasaklanması hâlinde hayatın sırrını belirleyen bu güçler nasıl var olmaya devam edecekler? Aslında hayatın bu sırrını klanın en hâkim adamı, doktoru ve atalar bilir. Sırrın muhafızları, dönüşüm, yeniden doğuş ve ölüm gibi dişil sırların eril kökenli olduğunu ileri sürebilirler. Dişil olan hayatın kendisidir fakat yeni formlara ulaşma noktasında belirleyici olan, eril *logos* prensibidir. Başlangıçta *logos* (kelâm) vardı. Kimi müfessîrlere göre **KELÂM** eril güç olmaktadır.

Ensest (*yasaksevi*), aralarında kan bağı olan akrabalar arasında gönüllü ya da gönülsüz cinsel ilişkidir. Çoğu kültürde *ensest* bir tabudur.

Öte yandan ***ensest yasağı*** olarak kuramsal bir kategori şeklinde psikanaliz ve antropoloji açısından değerlendirilmektedir.

Ensest ilişki özellikle taraflardan birinin *rızasına rağmen*, zorla ve baskıyla ya da ödül ve kandırmayla ortaya çıktığında bir istismar konusu olarak görülmektedir. Aile içi, ya da akrabalar arası ilişkilerden yararlanılarak gerçekleştirilen, bir tarafın açık istismarına dayanan cinsel ilişki *ensest*i kendi bağlamının ötesinde de bir suç durumuna getirmektedir. Çünkü bu durumda ortaya çıkan cinsel istismar durumudur ve *ensest*in tabusal niteliği bu suçun/istismarın kolay ortaya çıkarılmasını, suçun cezalandırılmasını ve engellenmesini zorlaştırmaktadır.

Enseste ilişkin kesin rakamsal veriler yok denecek kadar sınırlıdır. Bunun temel sebebi *ensest*in toplumda utanç duyulan bir şey olmasıdır, *ensest* ilişki içinde olan bireyler, bunu her zaman gizleme eğilimindedirler. Bu durum, *ensest* ilişkideki istismar ve suç durumunu vahimleştirmekte, istismar edilenin bu söz konusu utanç duygusuyla orantılı olarak istismar durumu sürgit devam edebilmektedir.

Ensest ilişkiler genelde psikolojik bir sorun hâline gelip yardım istendiğinde ya da yasal uygulamaların devreye girdiği durumlarda ortaya çıkabilmektedir. Bununla birlikte, özellikle kadınların ve çocukların *ensest* ilişki durumlarında istismar edildiği söylenebilir. Kapalı toplumlarda, geniş, büyük ve içiçe yaşanan aile ortamlarında *bir istismar olarak ensest*in daha gizli ve fakat daha yaygın olduğu ileri sürülmektedir. *Ensest* istismarı gerçekleştirenin *genelde* daha büyük ve erkek birey olduğu da belirtilmektedir. Eldeki verilere göre baba-kız *ensest*inin daha yaygın bir durum olduğu söylenmektedir. Anne-oğul *ensest*i ise daha derin bir tabu olarak kabul edilmektedir, ortaya çıkması neredeyse yok gibidir.

Bir istismar olarak *ensest*, istismara uğrayan kişide ciddî psikolojik travmalara sebep olabilmektedir. Özellikle aile içinde çocukların istismar edilmesi bu çocuklarda büyük yıkımlara yol açabilme riski taşımaktadır.

Çeşitli ülkelerde farklılıklarla da olsa *ensest*i suç sayan ve bu nedenle de cezalandırma yönüne giden yasa maddeleri mevcuttur. Hukuk açısından en genel anlamda *ensest*, birinci ya da ikinci dereceden yakın akrabalarla girilen cinsel ilişki olarak tanımlanmaktadır. Bazı istisnalar vardır: İsveç örneğinde bu tür olaylara bir ceza uygulamadığı bilinmektedir. Türk hukuk sisteminde Medenî Kanun'da *yakın akrabaların birbirleriyle evlenmelerini yasaklayan* maddeler vardır. Ancak bu "*evlenme yasağı*" dışında, <u>akrabalar arası cinsel ilişkileri suç sayan maddeler yoktur</u>. Genelde rıza ile gerçekleştiği varsayılan cinsel ilişkiler suç sayılmamakta ve cezalandırılmamaktadır. Bununla birlikte aile içi cinsel zor olarak bilinen olgu karşısında ne yapılacağı ve yapılması gerektiği önemli bir sorun olarak devam etmektedir. *Ensest*in tabusal niteliği, aile içi cinsel şiddetin ve istismarın deşifre edilmesinde ve buna karşı önleyici tedbirler alınmasında ciddî bir engel teşkil etmektedir. Bireylerin eğitim ve kültür durumlarına bağlı olarak bu durumlarda takınabilecekleri tavırlar farklılaşmaktadır. Kapalı aile ve akrabalık ilişkilerinde, eğitimin yetersiz olduğu hâllerde özellikle sorun daha gizli-kapaklı kalabilmektedir. TTB, kadınların ve özellikle küçük çocukların korunması bakımından, *ensest* konusunun TCK'nda ayrı bir yasa olarak belirlenmesi gerektiğini ileri sürmektedir.

Ensest yasağı, psikanaliz kuramı ve antropoloji de toplumun ve kültürün oluşumunu sağlayan temel *yasak* ve yasa olarak değerlendirilir. Temel bastırma mekanizmasının kuruluşu, bu ilk yasağın sürecini izler ve bunun sonucunda "ilkel dürtüler"in yerini "kültürel semboller" alır. *Freud*'ün psikanaliz kuramı ve onun *Jacques Lacan* tarafından değerlendiriliş biçiminde sözkonusu *ensest* yasağının bu anlamda ele alınışı söz konusudur.

İlk olarak *totem ve tabu*'da *Freud* antropolojik bulgulardan yararlanarak söz konusu *ensest* yasağını inceler ve bunun toplumsal bağlamını ortaya koymaya çalışır. *Lacan*'a gelindiğinde ise toplumun ve bilincin kuruluşunun temel süreçleri açısından psikanaliz kuramının temel yasalarından biri olarak değerlendirilir. Babanın kanunu, kendini *ensest* yasağı olarak ortaya koyar. Oedipal evrede çocuk bu yasağı tanıyarak Baba'nın yasasına uyar, sanal olan bu süreç boyunca simgesel olan tarafından bastırılır ve böylece çocuk kültürel düzene girmiş olur. Ayna evresi'nde annesiyle bütünleşmek arzusunda olan çocuk, bu yasanın tanınmasıyla toplumsal kültürel yaşama dâhil olur, doğal güdülerini bastırarak kendi mevcudiyetinin farkına varır.

Bilinç-bilinçdışı bölünmesi de bu süreçlerin ürünü olduğu için, söz konusu yaklaşıma göre, insanın düşünen bir varlık olması da tamamen bu *ensest* yasağıyla ilintilidir. Bu yasağı benzer bir tarzda ancak başka bir düzlemde kullanılması da antropoloji alanında görülür.

Claude Lévi-Strauss'un, *ensest* yasağının kültürel temeller açısından yerini incelediği ve değerlendirdiği söylenebilir. *Lévi-Strauss*'a göre, kültürler, genelde cinsellik, beslenme gibi doğal güdüsel alanların belirli bir yasa etrafında düzenlenmesiyle ortaya çıkmaktadır. Akrabalık sistemleri nasıl ortaya çıktıklarını incelediğinde Strauss, *ensest* yasağı ile karşılaştığını söyler. Bu anlamda *ensest* yasağı evrenseldir; yani her kültürde içerikleri değişse de kural olarak karşımıza çıkar. Akrabalık ilişkileri buna göre düzenlenmekte ve şekillenmektedir. Bunu biyolojik temelli bir yasak olmadığını belirtir *Strauss, Lacan* gibi; çünkü her toplumda farklı şekillerde ortaya çıkmaktadır. Yasak kültüre aittir ve kültürel alanın kuruluşuyla ilişkilidir. *Ensest* yasağı, farklı kültürlerde farklı içerikler almakla, yani neyin yasaklanacağının sınırları değişmekle birlikte, hemen bütün kültürlerde görülmekte olduğu belirtilir. Bunlara göre, ensest yasağı, farklı içeriklerle ortaya çıksa da, temelde, toplumsal yaşamın ve kültürün kuruluşunun yasasını meydana getirmektedir.

Kanada Yasası – La Loi Canadienne

Kanada ceza yasasının 155. maddesinde *ensest* şöyle tanımlanmaktadır: Her kim, bir diğer şahsın baba veya anası, çocuğu, erkek kardeşi, büyükbabası, büyükannesi, erkek torunu, kız torunu tarafından kan bağıyla bağlı olduğunu bilerek bir cinsî münasebete girerse *ensest* (fiili) işlemiş olur.

L'article 155 du code criminel définit l'inceste comme suit: «*Commet un inceste quiconque, sachant qu'une autre personne est, par les liens du sang, son pire ou sa mire, son enfant, son frire, sa sœur, son grand-père, sa grand-mère, son petit-fils, sa petite-fille, selon le cas, a des rapports sexuels avec cette personne».*

Fransız Yasası - La loi Française

Fransız yasası ise aşağıdaki tanımı yapıyor:

Ensest terimi Fransız hukukunun iki temel yasanın ikisinde de – ceza ve medenî - 2010 yılına kadar sahih bir biçimde ifade edilmemişti, ceza yasasından 1789 devriminden sonra kaybolmuştu. Fransız Ceza Yasası 1804'ten beri ensesti suç saymaktadır. Akrabalık dereceleri çok yakın olan kişiler arasında evlilik yasaklanmaktadır (Medenî Kanun, madde 161).

La Loi Suisse – İsviçre Yasası. İsviçre ceza yasasının 213. Maddesi, ikinci kitap, altıncı başlık aşağıdaki ifadelerle açık bir biçimde ensesti yasaklamaktadır:

1. Atalarla / ceddlerle ve çocuklarla, torunlarla / döllerle veya (birinci-l) erkek kardeşler ve kızkardeşlerle, kan bağı ve rahim bağı olanlarla ortaya konan cinsî münasebet (eylemi), hapis cezasıyla cezalandırılır.
2. Küçükler (reşit olmayanlar) eğer baştan çıkarılmışlarsa hiçbir cezaya çarptırılmazlar.

L'article 213 du code pénal Suisse (livre deuxième, titre sixième) condamne clairement l'inceste en ces termes:

1. L'acte sexuel entre ascendants et descendants, ou entre frères et sœurs germains, consanguins ou utérins, sera puni de l'emprisonnement.
2. Les mineurs n'encourront aucune peine s'ils ont été séduits.

La Loi Autrichienne – Avusturya Yasası. § 211 Blutschande (déshonneur du sang)

211 madde: kan onursuzluğu 1 - doğrudan akrabalık bağı olan bir yakınıyla cinsî münasebete giren kişi 1 yılı geçmeyen hapis

cezasıyla cezalandırılır. 2 - Atalarla / ceddlerle ve çocuklarla, torunlarla / döllerle veya (birinci-l) bağı olan bir kişiyi baştan çıkaran 3 yıldan fazla olmamak kaydıyla hapis cezasına çarptırılır. 3 - erkek ya da kızkardeşiyle cinsî münasebete giren 6 aydan fazla olmamak üzere hapis cezasına çarptırılır. 4 - 19 yaşına gelmemiş olan, eğer baştan çıkarılmışsa hapis cezasına çarptırılmaz.

Kısa Tarihçe

Fir'avnlar dönemi Mısır'ından bu yana ve daha yakın dönemlerden beri – mesela İnka aileleri – asalet sınıfına mensup olanlarda aynı aileden olan bireylerle evlenmek ve çocuk sahibi olmak yaygın bir gelenektir; ieros ğamos - mariage sacré – kutsal evlilik.

Bu kan bağına dayalı evliliklerin muhtelif nedenleri vardır:

İlâhî karakteristiğe öykünme (Osiris, kızkardeşi İsis ile evlenir).

Bir iktidar ve kudret gösterisi olarak.

Bir meşruiyet yoğunlaşması olarak ki, döller maksimum düzeyde kraliyet aidiyetine sahip olurlar (dışarıya kız vermeme esprisi) zira bir başka aileden olan bireylerle yapılan evlilikler büyük ihtimalle siyasî riskler içermektedir.

Burjuvazinin yani kentsoyluluğun ortaya çıkması, kentlerde yaşayan nüfusun çoğalmasıyla beraber bu gelenek tedricen azalmış görünse de, İsviçre gibi köylülüğün hâlâ daha çok önemli kültürel bir baz teşkil ettiği ülkelerde gizli *ensest* had safhada yoğun bir biçimde devam etmektedir.

Antik Roma'da bakirelerin bekâret yeminini ihlâl etmesine *incestus* adı verilmekte ve telafisi / affı mümkün olmayan bir eylem sayılmaktaydı. Bu suç genel olarak ölümle cezalandırılmaktaydı ve ceza diri diri gömülme biçiminde icra ediliyordu. Onu baştan çıkarana gelince; ölene kadar kırbaçlanıyordu. Ancak ve her zaman olduğu gibi, bütün *ensest*ler bu biçimde cezalandırılmıyordu;

örneğin Roma imparatoru *Claudius*'un yeğeni *Agrippine la Jeune* ile yaptığı evlilik açıkça bir *ensest* ve suçtu. İlâhları teskin etmek için büyük âyinler düzenlendi ve bu evlilik devlet tarafından resmî ve meşru kabul edildi.

Ortaçağ'da ruhanî / manevî adı da verilen evlilik *ensest* sayılıyordu: her türlü dede-torun ve nine-torun arasındaki hat'ta gerçekleştirilen cinsî ilişki *ensest* nev'indendir ve *ensest* sayılmaktadır, yasak sayılmaktadır. Dayı, teyze, amca, hala, yeğen ve kuzen/kuzin evliliği de yasaktır.

Ensest çok büyük ölçüde bir suç olarak kabul edilmektedir ve dönemlere ve kültürlere göre ayrı ayrı cezalandırmalar söz konusudur. Toplumsal ve hukukî planlarda cezalar kimi zaman askıya alınmakta, kimi zaman görmezden gelinmekte, kimi zaman da uygulanmaktadır. Kurbanın yaşı, cinsiyeti, sosyal ve fizikî statüsü cezaları belirlemekte olup Fransa'da bazı yazarlar ensesti *meurtre psychique* — psişik cinayet olarak nitelemektedirler. *Enses*te maruz kalan husûsen de yaşı küçük ve sosyal gücü çok düşük olan bireylerin psikolojik, psiko-afektif psiko-seksüel kimlikleri çok olumsuz biçimde etkilenmektedir.

İslâm'da; Qur'ân En-Nisâ suresinde 22-23 evlenilmesi yasaklanan kadınların hangileri olduğunu açıklamıştır:

22 Ve lâ tenkihû mâ nekaha âbâukum minen nisâi, illâ mâ kad selef (selefe). İnnehu kâne fâhışeten ve maktâ (maktan). Ve sâe sebîlâ (sebîlen). 23 Hurrimet aleykum ummehâtukum ve benâtukum ve ehavâtukum ve ammâtukum ve halâtukum ve benâtul ahi ve benâtul uhti ve ummehâtukumullâtî erdâ'nekum ve ehavâtukum miner radâati ve ummehâtu nisâikum ve rabâibukumullâtî fî hucûrikum min nisâikumullâtî dehaltum bihinn(bihinne), fe in lem tekûnû dehaltum bihinne fe lâ cunâha aleykum ve halâilu ebnâikumullezîne min aslâbikum, ve en tecmeû beynel uhteyni illâ mâ kad selef (selefe). İnnallâhe kâne gafûran rahîmâ (rahîmen).

22 Ve babalarınızın nikâhladığı (evlendiği) kadınlarla nikâhlanmayın. Geçmişte olanlar hariç. Muhakkak ki o, bir fuhuştur ve iğrenç bir şeydir. Ve kötü bir yoldur. 23 Size (şunlarla evlenmeniz) haram kılındı. Analarınız, kızlarınız, kızkardeşleriniz, halalarınız, teyzeleriniz, erkek kardeşin kızları, kızkardeşin kızları, sizi emzirmiş olan (süt) anneleriniz, sütanneden kızkardeşleriniz, kadınlarınızın anneleri, kendileriyle birleştiğiniz kadınlarınızdan olup, evlerinizde bulunan üvey kızlarınız. Fakat eğer onlarla henüz birleşmemişseniz, o takdirde (onlarla evlenmenizde) sizin üzerinize bir günah yoktur. Ve sizin sulbünüzden gelen oğullarınızın eşleri (kadınları) ve iki kızkardeşi bir arada (nikâh altında) toplamanız. Geçmişte olanlar hariç. Muhakkak ki, Allah Gafur'dur, Rahîm'dir.

Görüldüğü gibi İslâm ata / cedd ve torun döl evlenmelerini sonsuza kadar yasaklamaktadır. Yan yollardan –kollateral evliliklerde ise kardeşler, yeğenler, dayılar ve teyzeler, halalar ve amcalar yasaklar arasındadır. Buna mukabil kuzenler birbirlerine helâl addedilmişlerdir.

Mukaddes Kitap'ta - Bible

Torah'da, (*paraşa a'harei*) *ensest* yasağı detaylı bir biçimde anlatılır:

1 Rabb Musa'ya şöyle dedi: 2‹‹İsrail halkına de ki, ‹ilâhınız Rabb benim. Mısır'da bir süre yaşadınız; onların törelerine göre yaşamayacaksınız. Sizleri Kenan ülkesine götürüyorum. Onlar gibi de yaşamayacaksınız. Onların kurallarına uymayacaksınız. Benim kurallarımı yerine getirecek, ilkelerime göre yaşayacaksınız. İlâhınız Rabb benim. Kurallarıma, ilkelerime sarılın. Çünkü onları yerine getiren onlar sayesinde yaşayacaktır. Rabb benim.

‹Hiçbiriniz cinsel ilişkide bulunmak için yakın akrabasına yaklaşmayacak. Rabb benim. Annenle cinsel ilişkide bulunarak babanın namusuna dokunmayacaksın. O senin annendir. Onunla ilişki kurmayacaksın. Babanın karısıyla cinsel ilişki kurmayacaksın. Babanın namusudur o. Annenden ya da babandan olan, ister seninle aynı evde doğmuş olsun, ister olmasın üvey kızkardeşlerinden biriyle cinsel ilişki kurmayacaksın. Kızının ya da oğlunun kızıyla cinsel ilişki kurmayacaksın. Çünkü onların namusu senin namusundur. Babanın evlendiği kadından doğan kızla cinsel ilişki kurmayacaksın. Çünkü o babandan olmadır, senin kızkardeşin sayılır. Halanla cinsel ilişki kurmayacaksın. Çünkü o babanın yakın akrabasıdır. Teyzenle cinsel ilişki kurmayacaksın. Çünkü o annenin yakın akrabasıdır. Amcanın namusuna dokunmayacaksın. Karısına yaklaşmayacaksın, çünkü o senin yengendir. Gelininle cinsel ilişki kurmayacaksın. Çünkü oğlunun karısıdır. Onunla ilişki kurmayacaksın. Kardeşinin karısıyla cinsel ilişki kurmayacaksın. Çünkü o kardeşinin namusudur. Bir kadının hem kendisiyle, hem kızıyla cinsel ilişki kurmayacaksın. Kadının kızının ya da oğlunun kızıyla cinsel ilişki kurmayacaksın. Çünkü onlar kadının yakın akrabasıdır. Onlara yaklaşmak alçaklıktır. Karın yaşadığı sürece onun kızkardeşini kuma olarak almayacak ve onunla cinsel ilişki kurmayacaksın.

«Âdet gördüğü için kirli sayılan bir kadınla cinsel ilişki kurmayacaksın. Komşunun karısıyla cinsel ilişki kurarak kendini kirletmeyeceksin. İlâh Molekh'e ateşte kurban edilmek üzere çocuklarından hiçbirini vermeyeceksin. İlâh'ın adına leke getirmeyeceksin. Rabb benim. Kadınla yatar gibi bir erkekle yatma. Bu iğrençtir. Bir hayvanla cinsel ilişki kurmayacaksın. Kendini kirletmiş olursun. Kadınlar cinsel ilişki kurmak amacıyla bir hayvana yaklaşmayacak. Sapıklıktır bu.

«Bu davranışların hiçbiriyle kendinizi kirletmeyin. Çünkü önünüzden kovacağım uluslar böyle kirlendiler. Onların yüzünden ülke bile kirlendi. Günahından ötürü ülkeyi cezalandırdım. Ülke, üzerinde yaşayan halkı kusuyor. İster yerli olsun, ister aranızda yaşayan yabancılar olsun kurallarıma ve ilkelerime göre yaşayacaksınız. Bu iğrençliklerin hiçbirini yapmayacaksınız. Sizden önce bu ülkede yaşayan insanlar bütün bu iğrençlikleri yaparak ülkeyi kirlettiler. Eğer siz de ülkeyi kirletirseniz, ülke sizden önceki uluslara yaptığı gibi sizi de kusar. «Kim bu iğrençliklerden birini yaparsa halkın arasından atılacaktır. Buyruklarımı yerine getirin, sizden önceki insanların iğrenç törelerine uyarak kendinizi kirletmeyin. İlâhınız RAB benim».

Fakat Genesis (Oluş / Tekwin) kitabında *ensest* örnekleri sıklıkla görülmektedir:

Hendrik Goltzius'un *Luth ve kızları* isimli yağlıboya eseri, 1616

Genesis 19: 30.38 *Lut* Soar'da kalmaktan korkuyordu. Bu yüzden iki kızıyla kentten ayrılarak dağa yerleşti, onlarla birlikte bir mağarada yaşamaya başladı. <u>Büyük kızı küçüğüne</u>, «*Babamız yaşlı*» dedi, «*Dünya geleneklerine uygun biçimde burada bizimle yatabilecek bir erkek yok. <u>Gel, babamıza şarap içirelim, soyumuzu yaşatmak için onunla yatalım</u>*». O gece babalarına şarap içirdiler.

Büyük kız gidip babasıyla yattı. Ancak *Lut* yatıp kalktığının farkında değildi. Ertesi gün büyük kız küçüğüne, «*Dün gece babamla yattım*» dedi, «*Bu gece de ona şarap içirelim. Soyumuzu yaşatmak için sen de onunla yat*» O gece de babalarına şarap içirdiler ve küçük kız babasıyla yattı. Ama *Lut* yatıp kalktığının farkında değildi. Böylece *Lut*'un iki kızı da öz babalarından hamile kaldılar. Büyük kız bir erkek çocuk doğurdu, ona *Moav* adını verdi. *Moav* bugünkü *Moavlılar*'ın – Moabites atasıdır. Küçük kızın da bir oğlu oldu, adını *Ben-Ammi* koydu. O da bugünkü *Ammonlular*'ın atasıdır.

Burada Baba-Kız tipi bir ensest anlatılmaktadır. *Lut* peygamberin kızları babalarıyla yatmaktadırlar. Gerekçe, annelerinin ölmüş olması ve soylarını devam ettirme ihtiyacı duymalarıdır.

Genesis 35: 22 İsrail o bölgede yaşarken Ruben babasının cariyesi Bilha'yla yattı. İsrail bunu duyunca çok kızdı. «Bunu duydu».

Burada oğul ile babasının eşlerinden biri arasındaki cinsî münasebet tipi bir *ensest* görüyoruz ve *Torah*'ya göre yasaktır.

Amnon ve yarı öz kızkardeşi *Tamar*, kral *David*'in iki çocuğu vs.

Bronislaw Malinowski, Trobriand Adaları'nda *Oedipus Kompleksi*'nin mevcut olmadığını ve buradan da *ensest*in bir tabu olamayacağı sonucuna vardı. Sosyal söylemde de *ensest* diye birşeyin bulunmadığını belirtti.

Roma döneminde **ensest** ilişki yasalarda reddediliyor ve *nefas* (ilâhların ve insanlığın yasalarına karşı gelmek) olarak kabul ediliyordu. M.Ö 295 senesinde kesin olarak yasaklanmıştı. Bu yasada **ensest** konsepti iki kategoriye ayrılmış durumdaydı ve eşit ağırlıklı değildi. Birincisi *incestus iuris gentium* ki, imparatorluğun içindeki Romalılar'a ve Romalı olmayanlara birlikte uygulanıyordu. İkincisi *incestus iuris civilis* ki, sadece Roma yurttaşlarını alakâdâr ediyordu. Bu nedenle, örneğin, Mısırlı bir erkek teyzesiyle evlenebilirken bir Roma yurttaşına bu evlilik yasaktı. Ancak; bu yasaları sürekli delen bürokrasi eliti Roma'nın bir başka ve vahşî yüzünü göstermesi açısından önemlidir. İmparator *Calligula* her üç kızkardeşiyle de (*Julia Livilla, Drusilla* ve *Agrippina*) – gizlemeye ihtiyaç bile duymadan – *ensest* ilişki kuruyordu.

Devletin en üst düzey egemeni ve Roma ilâhlarının tek temsil makamı sayılan imparator *Calligula* aynı zamanda *sado-mazohist*, *sodomit* (oğlancı), *sodomize* (eşcinsel), *multigam/poligam* (çok eşli), *zoofil* (hayvanlarla cinsî münasebet kuran) ve *epileptik* (saralı) bir kişiydi. Roma imparatorları arasında en fazla taboo üreten ve halka bu taboo'ları dayatan ve yine en çok taboo yıkan da *Calligula* idi. Yine, Romalı siyaset ve devlet adamları, senatörler ve diğer 'güçlü' yurttaşlar sürekli *ensest* cezalarının düşürülmesini veya kaldırılmasını talep ediyorlardı zira kendileri hep *ensest* ilişki içindeydiler.

Çağdaş psikanalizin nazarî odağını *Oedipus Fantezisi*'nden bir ölçüde ayrılarak *Pre-Oedipal* (Oedipus evveli) fanteziye yöneltmiş durumdadır. Tahrip edici gelişmeler, çocuğun annesiyle yaşadığı orijinal ortak-yaşamsal (*symbiotic*) beraberliğinin bitmesiyle oluşmaya başlamaktadır. *Transference* (taşınım) anne-çocuk ilişkisini yeniden tesis eder ve böylece şahsiyetin yeniden inşaının sağlanması için bir olasılık sunar. Bu tezi ileri süren psiko-analitik nosyona karşıt olarak, *arkhetipik* – ilk tip perspektif birlikteliği *a priori* olarak 'ilâhî kızkardeş – erkek kardeş evliliği'ne – divine brother-sister pair yani *mukaddes evlilik*'e bağlamaktadır. *Jung*'a göre bu, *ensest*'in arkhetipi olmaktadır; *incest archetype*. Bu durum ruhun ihtiyacını 'birlik'e doğru yönlendirmektedir ki, bu durum *transference* fenomeninin çekirdeğini teşkil etmektedir ve ebeveyn-çocuk arkhetipinden *erkek kardeş – kızkardeş çifti*nin 'eşitliği' temeline oturan *transference* modeline geçişin işareti olmaktadır.

Bu tez psiko-analiz biliminin çok mühîm bir tekamülü olarak sunulmaktadır. Buna nazaran, *patriarchy* (ata erki) ve *matriarchy* (ana erki) merkezli sürecin komünal hayatın *Eros* merkezli model sürecine geçiş söz konusudur. Bu da kaçınılmaz olarak cinsler arası eşitliği örgütleyecektir. Yine bu anlayışa göre hayatın mukaddes niteliğinin ruhun bir fonksiyonu olmasıyla beraber erotik hassasiyetlerimiz ihmâl edilmiş, gerilemiş, baskılanmış, fobi hâline gelmiş ve ruhun aşırı kutsanması neticesinde tersinden de bir ruhsuzlaşma (*de-souled*) ortaya çıkmıştır. Bu düşünce, *hayatın mukaddes kalitesi ruhun bir fonksiyonudur* şeklindeki Ortodoks yaklaşıma karşı bir direniş manifestosu sayılmaktadır.

Sigmund Freud ve ardılları bütün içgüdülerin *Eros*'un, eşdeyişle zevk ve haz prensibinin hizmetinde olduğuna inanırlar. Fakat 1920 yılında *Eros* ile ölüm içgüdüsü arasında bir dikotomi teklif eder *Freud*. *Eros*'un gayesi birleştirmek, bir araya getirmek, daha büyük birlikler teşkil ve tesis etmek ve onları korumak olarak değerlendirilir. Ölüm içgüdüsünün gayesi olarak ise, ilişkileri dondurmak ve böylelikle eşyâyı imhâ etmeyi gösterir. İmhâkâr içgüdünün nihaî amacı yaşayan şeyleri inorganik hâle indirgemektir.

1594 yılında Londra'da yayınlanan ve *William Clerke* tarafından kaleme alınan *The Triall of Bastardie* isimli kitapta bir erkeğin kimlerle evlenmesinin yasak olduğu açıklanmaktadır:

Annesi, analığı (üvey annesi), kızkardeşi, kızı, kızının kızı, üvey kızkardeşi, üvey kızkardeşinin kızı, erkek kardeşinin karısı, erkek kardeşinin kızı, amcasının karısı, dayısının karısı.

Mithoslar ve Ensest

Yunan ve daha sonra da ona bağlı olarak Roma mitholojilerinde *Jupiter* kızkardeşi *Junon* ile evlenir.

Yunan mithologyasında *Oedipus* babası *Laïos*'u - babası olduğunu bilmeyerek - öldürür ve annesi *Iokasti /Jocaste* ile evlenir. Olay Thebes şehrinde geçer ve bu şehrin kapısında bekleyen *Sfenks*, eski Mısır'daki *ensest* gerçekliğine bir göndermedir.

Asurî kralı *Théias* da kızına âşıktır. Ne yaptığının farkında olmaksızın – *esrime döneminde* - 12 gün boyunca kızıyla yatar.

Bu ilişkiden *Adonis* doğar. ***Adonis,*** *Cyniras* ile kızı *Myrrha*'nın oğulları olarak da bilinir. Kıbrıs'taki Pafos (Baf) şehrinin de kurucusudur. *Ovidius* (Metamorfozlar 10.297)

Antik Mısır mithologyasında tanrısal plandaki birleşmelerin büyük bir çoğunluğu *ensest* içeriklidir; Şou-Tefnut, Geb-Nout, Osiris-Isis, Seth-Nephtys, hep kızkardeş - erkek kardeş çiftleşmeleridir. Eski Mısır'da bu kızkardeş-erkek kardeş birleşmesi oldukça yaygın bir kültürdü.

Tarihî Ensest Vak'âları

- Roma'da *Claudius* kızkardeşi *Claudia* ile yatmakla suçlanmıştır;
- *Jean V d'Armagnac* kızkardeşi *Isabelle d'Armagnac* ile evlenmiştir;
- *Ramses II* en az iki kızkardeşiyle yatmış ve onlardan en az 4 çocuğu olmuştur;
- *Batlamîler* / ensesti meşrulaştırmışlardı ve kızkardeşlerle erkek kardeşler evlenebiliyorlardı;
- *Borgia* hanedanı da *ensest* ilişkileri ile meşhurdur.

Birleşim imajının kökenlerini, *çocuk-ana simbiyotik ilişkisi*nde (symbiotic mother-child relationship) bulduğuna vurgu yapan ben-merkezlilik olarak ifade edilebilen psikanalitik nosyonun tersine arketipik perspektif birleşime ve bütünleşmeye dönük olan dürtüyü *a priori* olarak *erkek kardeş-kız kardeş ilâhî çift*inin (the divine brother-sister pair) *Mukaddes Evliliği* (Sacred Mariage / Ieros Gamos) gibi imajlar üretmek/yaratmak şeklinde tahayyül eder. *Carl Gustave Jung* bunu incest arketipi (*incest archetype*) olarak ifade etmektedir.

Ruhun ihtiyacını, bir başka ruhla – *anneninki* - birleşim içinde kaybolmak (erimek) anlamında kabul etmek yerine – *ki, bu gerileyen ve geriye doğru götüren bir arzu olacaktır* – bu yazar *ana-çocuk simbiyoz imajı*nı *ensest arketipi*nin bir ifadesi görmektedir.

Bu, *ebeveyn-çocuk arketipi*nden uzak bir biçimde kızkardeş-oğlan kardeş eşitliğinin ve karşılıklılığının üzerine bina edilmiş bir transfer modeline doğru yönlenen bir yaklaşım olarak Transfer olgularının merkezinde bulunan ruhun (*esprit* anlamında) - *birleşim ihtiyacı bağlamında* - yerini (ve dahi konumunu) değiştirtmektedir.

Ensest modeli analisti bilincin taşıyıcısı ve koruyucu, annesel terapötik bir kanalın sorumlusu olma illüzyonundan kurtarmaktadır/özgürleştirmektedir. Ebeveyn-çocuk arketipi ilgili meslek alanlarını ve dahası kültürel kurumlarımızı da bilgilendirmeye devam ettiğinden dolayı, erkek kardeş - kız kardeş psikoterapötik modelinin evrimsel olarak geliştiği söylenebilir. Eros-merkezli patriarkal ve matriarkal yönelimlerin gücünün ise çok ilerlediğini söylemek kolay değildir. Bu durum cinsiyetler arasındaki eşitliğe bir kapı açacaktır diye düşünenler epeyce kalabalıklardır.

Simya biliminde *ensest* zıtların yüksek birleşiminin sembolü içinde yüceltilmiş ve eşyanın kombinasyonu olarak ifade edilmiştir. *Jung* bu sembolün ehemmiyetine yüksek bir değer yükler fakat *ensest* tabusuyla arasındaki ilişkiyi keşfetmeye daha doğrusu bunu yeniden keşfetme arayışına yanaşmaz. Normal şartlarda bu ensest tabusu *psykhe*'nin içinde şekillenir ve zaman içinde de *psykhe*'ye iyice entegre olur. *Freud*'ün erken çocuklukla ilgili bakışında ego gelişimi ve Transfer başat etki sahipleri olarak rollerini oynamaya devam ederler.

Modern insanın aşk ile seks arasında yarılmasının altında *ensest* açmazının ve/veya çıkmazının yattığını söylemek birçok otör açısından mümkündür. Şehevî duygularla şefkat duyguları arasında bir *ensest* arkaplanından bahseden *Freud*'dür. Zaten psikanaliz biliminin inşaı da – *Freudian psikanaliz* – hep bu *ensest* mevzuu etrafındadır. Mamafih *Freud*'ün *ensest* tabusunun insan gelişimi üzerindeki tabiatı ve işlevi konusundaki çıkarımları kuşkusuz tartışmaya çok açıktır.

Büyük bir sıkıntı var; mesela fizik bilimindeki *referans* meselesi gibi. Bir sürü ünlü fizik adamı *referans* konusunu es geçtikleri için az ya da çok – *ama hep* – yanıldılar. Hesaplarında hatalar oluştu. İşte bu sayededir ki, bir *relativity* – görelilik/izafiyet kavramından bahsedilme ihtiyacı ortaya çıktı. *Albert Einstein* ve başkaları bunu bir teoriye dönüştürdüler. Sonra *birleşik alanlar*, sonra *entropi* mevzuu, *tahionlar* vs gündeme geldi ve *yerçekimi* hâlâ sır niteliğini korumaya devam ediyor. Aynı fizik biliminde olduğu gibi başka alanlarda da *yerçekimleri*, *takhionlar* ve *izafiyetler* var. *Ensest* konusuna girmemin belki de en önemli sebebi *psykhe*'nin izafiyetini veya ifade uygun ise birleşik alanlarını sorgulamaktı. Bakalım bu alanlara dokunabilecek miyiz. Rastgele.

Freud modern dönem insanının aşk ile seks arasındaki yarılmasının ensestüel kökenlerini kurcalayan ve kabul eden – *herhâlde* – ilk bilim adamıydı. Onun yaptığı keşifler arasında da *Oedipus kompleksi*'nin mühîm bir yeri olduğunu yadsıyamıyoruz.

Don Juan'lı Laflar Ederek...

Sürüklendiğimiz bir çatışma, yani bir felsefî–psikiyatrik çatışma mı var, bütün diğer alanlara da bulaşıp ortalığı yapış yapış eden? Bir ton cinnetli sorun yetmiyormuş gibi, şimdi de *Don Juan*'dan yola çıkıp acayip bir yerlere mi varalım? Yahut *Don Juan* bizi iyice saptırsın mı? Ne başlar ne biter.

Babalık kurumu daha henüz alacakaranlık kuşağında iken veya haydi diyelim yeni yeni ortaya çıkma sürecindeyken, Eski Yunan'da tragedyalar var mıydı? Bu ne abes bir sualdir? İyi, iyi. *Babalık kurumu*nun ortaya çıkışı ile devletin ortaya çıkışı arasında çok yakın bir ilişki vardır, neredeyse bir ve aynı şeydir. Devleti nereden çıkaralım? İstediğiniz yerden çıkarın; Sümer'den olabilir, Babil'den olabilir, Pers'ten olabilir, Yunan'dan da olabilir. Bir gerçeklik olarak Yunan-Anadolu-Mesopotamia-Ortadoğu çizgisi üzerinde bir yerlerde doğduğu kesin. Peki tragedya? O da aynı hatta doğuyor ancak en iyileri herhâlde Antik Yunan'ınkiler.

Tragedyalarda bilirsiniz bütün yüksek kıymetler ve onlar için verilen mücâdeleler ve illaki kan vardır. Devlet ve bağlı kurumlarda da böyledir. İkisinin nefsinde de *iktidar mücadelesi* vardır; ikisinde de "*iktidarsız*" olanlar mahkûm edilirler, maymun edilirler, rezîl edilirler ve tasfiye edilirler. O sebeple, nerede "*Babalık*" vardır, orada mutlaka – *ve her anlamda* – "**tragedya**" vardır.

Peki, bu motif yahut bu *deli thesis* doğrulanabilir bir şey midir? Başka tarafından tutarsak; mesela psikanalitik labirentler üzerinden atlayarak ama bata çıka belli perspektiflere ulaşmamız mümkün olabilir mi?

Freud ve şakirdlerinde ruyâ nasıl bir şeydi? Mesela başka bir sahneye açılan bir kapı veya bir başka sahnenin kendisi olabilir mi? Tamam, öyle diyelim. Daha buna tamam der demez, ilk diken ayağımıza batar: Burada ve bu durumda (başka sahnede) müfessir kim olacak veya kimdir gerçekten de? Tefsiri (*interpretation*) yapan kişi ile tragedyayı yazan kişi aynı olabilir mi? Örneğin ben bir ruyâ görsem, bunu yoramasam, tabirciye gitsem, o da kendince bir tefsir getirse, en sonunda da bir tragedya okuyup orada ruyâmın aynısının yazıldığını ve devamında da olup bitmesi muhtemel olayları izlesem hâlim nice olur? Tragedya yazarları için –**Sofoklis**, **Ahillefs**, **Shakespeare** vs – en iyi ruyâ tabircileri diyenler vardır, katılıyorum, zira bir ruyâyı yormakla kalmıyorlar ve fakat o ruyâyı hayata aktarabiliyorlar. Nedir hayata aktarmak? İdeoloji ve siyaset kurumuna o ruyâyı yeniden göstermek suretiyle yeniden yaşanılmasına yol açmak; kudretli adamlardır bu tragedyacılar. Herkesi birbirinin başına üşüştürürler.

Freud, babası öldükten sonra bayağı sıkıntı çekmiştir, haydi diyelim, psikolojisi iyice bozulmuştur. İşi gücü bırakıp, – *haklı olarak – "ben neden bu duruma düştüm"* konusunu araştırmaya başlamıştır. *"Babam ölünce neden üzüldüm"* sorusu, *Freud*'ün hayatı boyunca peşinden koştuğu sorulardan biridir. Bu sualinin cevabını ne *Goethe*'de, ne *Virgilius*'ta, ne *Nietzsche*'de, ne *Heraklitos*'ta, ne de Kıbrıslı *Zenon*'da bulabilir. Denedikçe yanılır. Buna mukabil, *Sofoklis*'in *Kral Oedipus*'unda ve *Shakespeare*'in *Hamlet*'inde birtakım işaretlere ulaşır. "Sembolik nesne – *objet symbolique*", izah edici bir model olarak görünür gözüne. *1897 Ekim Mektubu - Lettre d'Octobre 1897* bunu gösteren örneklerden biridir.

Ekim 1897 hadisesi bize, tragedya ile psiko-analiz arasında bir bağ bulunabileceğine dair işaretler vermektedir. *Traumdeutung* (Ruyâ tefsiri) bölümünde *Freud*, Şuurdışı'nı – *Inconscient* -, bir dramaturji, bir kelâm, bir mizansen veya gürültüyle sessizlik arasında zaman zaman sözlü bir eylem olarak tarif ediyor. Yine *Freud*'a göre, bu sahnede *ensest*, matem ve cinayet de mevcut. *Freud* matem mes'elesi için de *Trauerspiel* - tragedya / ruyâ oyunu - ifadesini kullanıyor. Bu matem senaryosu, baba'nın – *ata'nın ve cedd'in* – ölümünü merkeze koymaktadır.

Ölen baba devletin ölümünü temsîl etmektedir, yani kudretin ve gücün.

Hattâ babasının ölümünü arzu etmiştir, bir diğer deyişle *"babamı öldüreyim"* hissi çok gelişkindir. Tüllerin ardında canavarca sırlar vardır. *Freud*, **Sevgili Ölülere İlişkin Absürd Ruyâlar** - *Rêves absurdes concernant les morts chéris* isimli eseriyle, zembereği iyice boşaltır. Babaya karşı geliştirilen saldırı, yasanın prensibi gereğincedir ve nihayetinde yasa da *ensest* üzerinden yasaklayarak kurumlaştırdığı arzunun hizmetindedir.

1897'de *Freud*, ızdırabının tedavisini **Sofoklis**'in tragedyasında bulur ve *Oedipus* ile babası arasındaki ilişkinin, kendisiyle babası arasındaki ilişkinin aynı olduğunu düşünür. *Mallarmé*'ye gönderme yapar: Ruhumuzun yegâne theatrosu geri kalanın prototipidir.

Hayatın bizzât kendisinin, sürekli yenilenen tefsirlerden ibaret olduğunu söylüyorum. Uygunsuz veya eğri bir tefsir – *kurgu yoluyla* – hemen veya kısa bir zaman dilimi içinde yerini yeni tefsire bırakır. Bu tefsir kurumu, bir *"yeniden tasvir – redescription"*, kurumudur. Bu model, mantık biliminden ziyade, keşif paradigmasına uygun düşmektedir. Arada *Aristotelis*'in *Poetika* isimli eserine başvurulabilir. İsteyenler, bu duruma diyalektik adını da verebilirler.

Aristo, trajik şiir konsepti olmaksızın *mimesis* ile *mithos*'u birbirine bağlar. *Trajik Poesis* (Şiir) insan aksiyonlarını taklîd eder, ama *mimesis* bir *fabl*'den yani *mithos*'dan çıkar. Burada hayata dair dramatik vakıaları falan göremezsiniz. Tragedya da insan hayatını bir bakıma *mithos* gibi görür. Orada, her ne kadar sahnede – *figürler bâbında* – farklı tabakalardan insanlar bulunuyor olsalar da, onların *mithos*'un esas oğlanlarına ve büyük çaplı vakıalara ciddî bir katkısı yoktur, dekor hükmündedirler. Devlette olduğu gibi. Ailede babanın rolünde olduğu gibi. O nedenle, sokaktaki adamlar güçlülerden hoşlanmazlar, ama onlara yalakalık yapmaktan da kendilerini alamazlar. Evde de böyledir; KADIN da, çocuklar da, aslında bu mitholojik döl kütlesinden nefret ederler, ama ondan korkarlar ve yalandan da olsa, sık aralarla onun ellerini ayaklarını öperler. Buradaki ERKEK, devlet ve tragedya'daki – *mesela* – kraldır. *Mithos*'un geçtiği mekânı dayayıp döşemek size kalmıştır; hayal gücünüze, kimse karışamaz. Aynı *Freud*'ün ŞUURDIŞI gibi; orada istediğiniz senaryoyu yazabilir, babanızı ve / veya devleti öldürebilirsiniz. *Mithos* budur. Ne garip ve acı gerçektir ki, alt ve ara tabakalar, *mithos* yazma yetenekleri olmayan varlıklardan müteşekkîldir, yani senaryosuzdurlar ve hâliyle eyleme geçemezler ve yani CASTRÉ'dirler – kısır. *Don Juan* bunun neresinde diye soran kişi de *castré*'dir.

Kör Şeytan

"Kör şeytan, kör gözüne lânet" dediğimiz zaman genelde rahatlamış gibi oluruz. O *"görmeyen"* şeytan'ın nasıl olup da her defasında bize pandik atmayı başarabildiğini ise hiç merak etmeyiz. Şeytan'a imân edenler – *Satanistler, Luciferian'lar vs.* – onu Işık'ın, Bilgi'nin, İlim'in ve aydınlığın kaynağı olarak kabul ederler. Karşıtları ise *Kara Melek* sayarlar.

Güvendiğim kurumlar arasında birinci sıraya *şeytaniyyet kurumu*nu yazıyorum zira o parmağını nereye dokunduracağını çok iyi biliyor ve hiç yanılmıyor.

Bana nazîre yaparcasına, en üstün görüşe sahip olan varlıklardan birine *Kunde Kor – Kör Baykuş* deyip bunun romanını bile yazmıyorlar mı?

Kâhin Tiresias kördü ve körlüğü biliyordu, ilmini kadınlardan aldı, iyi öğrendi, ışıkla karanlığın ilişkisini çözdü. **Oedipus** *"görürken"* hiçbir şey bilmedi sonra öğrenmenin yolunun kör olmaktan geçtiğini gördü, gözlerine mil çekti, *Kolonos*'a eğitime gitti, *Hypervoria bâkireleri*nden körlüğü zedelemenin hakikatlerini öğrendi, çok geç de olsa öğrendi. Eline erkek eli değmemiş, zeytun sağan kadınlardan öğrendi. Sonra kızı **Antigone**'a öğretti. **Antigone** öğrendi ama kör olmadı. Kör olmadan körlüğü zedeleyemezsiniz. Kapatın gözlerinizi ve **Lionel Richie**'yi dinlermiş gibi yapın: *Hello, is it me you're looking for?* Ya da **Stevie Wonder**'dan *Superstition*'u.

Batıl inançlarla kuşanmış olanlara selâm olsun ve *Oedipus*'un açmazı kör şeytan.

Devşirmelik, dünyada karşılaşılabilecek en fecî statüdür, *recruiting boys for the Janissary corps* dendiğini duymuşluğum vardır. Devşirmelik varsa sarayda perversion, dîn, sokakta pervers, dîn adamıdır.

'**Kılıç artığı**' psikolojisinden kurtulmak için bir '*zavallı therapi*' metodunun sayısız kurbanlarından biri olup '*kendini kesen*'in taşıdığı ismi kendi ismiyle birlikte anmak istemiştir. Devşirmeler böyledir ve fecî bir hâlet-i ruhiyyeleri vardır; anormal korkaktırlar, *depersonalizasyon* ihtiyaçları vardır, *dissosiyedirler*; *kastrasyon* korkuları gerçekleşmiştir, kısırlardır. Kendilerini **_kişi(lik)sizleştirenler_**e – *depersonalize edenlere* – imân ve ibadet ederler.

Perversion – *Sapıklık/Sapkınlık* – konusuna yukarıda değinmiş ve açmıştım. *Pervers*'lerin en çok korktukları cümlelerden birinin de **bu iş böyle olmaz/yapılmaz** - *ça ne se fait pas comme ça* – cümlesi olduğunu da yazmıştım. Bu ülkede Kürt meselesi hakkında kim bu cümleyi kurduysa **Devlet Pervers'leri** tarafından katledildi. Burada binlerce hattâ onbinlerce ismi sayacak değiliz ancak Ülke'deki en tehlikeli cümlelerden birinin bu olduğunu bir kerre daha not etmiş olayım.

Kılıç artıkları nâm bu Boys iğdiş edilerek saraya alınmakla ve dahi devletin mülayim ve '*artık*' bürokratlarından biri olmakla *bu işin böyle gitmeyeceği*ni iyi bilmesine rağmen bu 'YOL'dan çıkışı yapamaz zira kişiliği öyle şekillenmemiştir, milyonlarca insan gibi. Görünür geçmişten bugüne hızla bir geliverelim;

Merkez bürokrasisi çok büyük oranda devşirmelerin – prosélytes, elinde olan bu devletin en az 1984'ten beri – *aslında 1896'dan beri* – hattâ kimi insanlara göre de 1000 yıldır temel sorunu Kürt meselesidir. Bu sorunu böylece okumayan kim gelirse devletin hükûmetlerinin başına, o kesinlikle ve mutlaka aşılacaktır ve unutulacaktır, ama 3 ayda ama 3 yılda ama 10 yılda. Fakat mutlaka aşılacaktır ve dahi unutulacaktır da. En sağlam tanık tarihtir ve bu dönemleri bizzât yaşayan nesiller de bunun aksini reddedecek kadar komik olamazlar, herhâlde.

Kılıç Artıkları daha baştan 'Güneydoğu Sorunu' diyerek devşirmeliklerini ilân ederler. Yani – çoğu - kendileri de aynı milletin mensubu olmalarına rağmen '*Kürt*' lafzını ağzına almaktan imtina ederler. *Kılıç artığı* azap askerleridir ve hep ölürler ve zaten ölü doğmuşlardır.

Buradan devamla laikliğe, laisite'ye, laik kavramının kendisine atlıyorum, şart oldu.

<u>La Laïcité – L'Allahicité</u> arasında bir ETAT ETRANGE(R)
MÜ'MÎN KULUN EN ÇOK ÇİĞRİDİĞİ KAVRAM OLARAK;

Laik: Λαϊκος (Laikos). Λαός (Laôs): Halk. **Halka değgin, halka ait, Halkçı.** Siyasî terminolojide: dîn işlerini devlet işlerinden ayıran, dîn kurumunun devlet yönetimine müdahalesini engelleyen. Köken olarak, *belli bir ada halkı*nı ifade etmekte olup, *lao* adlı özel bir jeolojik madde veya taştan mülhem olduğu sanılıyor.

Hind-Avrupa ortak lisanında *le^hwos* kelimesi *halk* anlamındadır. Çok kuvvetle muhtemel *ayırmak* anlamına gelen **λυῶ** (lîo) kelimesinden alır ki, İngilizce *loose* fiili de buradan mülhemdir. Aynı semantik motivasyondan hareketle, *kitle, halk, topluluk* anlamlarına gelen *δημος* (dîmos) kelimesini de ele alabiliriz. Emile Benveniste'e göre, *laôs* ve *dîmos* kelimelerinin her ikisi de *İliada*'da bulunuyorsa buradan *laôs* kelimesinin Akhaen dialektte ve *dîmos* kelimesinin de Dor dialektinde kullanıldığına hükmetmek yanlış olmayacaktır. Örneğin İliada'da 44 kere geçen *ποιμήν λαῶν* (piimîn laôn) ifadesi, Yunanlar için Thessalia kökenli kahramanlara, buna mukabil geleneğe göre Thrakia kökenli olan Truvalılar için ise Frigya kökenli kahramanlara işaret etmektedir.

Λαός – *laôs* kelimesi *'insanlar topluluğu'* anlamıyla *'halk'*a denk gelir ve eril'dir (masculin). İliada'da geçen *ποιμήν* **λαῶν** – *piimîn laôn* ifadesi *halkın çobanı / pasteur'*ü anlamını taşır. Odysseas'ın 9 no.lu şarkısı şöyledir:

Ἀλκίνοε κρειον, πάντων ἀριδείκετε **λαῶν (*laôn*)**,
- ἤ τοι μὲν τόδε καλὸν ἀκουέμεν ἐστὶν ἀοιδοῦ
- τοιοῦδ᾽, οιος ὅδ᾽ ἐστί, θεοῖσ᾽ ἐναλίγκιος αὐδήν.

- οὐ γὰρ ἐγώ γέ τί φημι τελος χαριεστερον εἶναι
- ἢ ὅτ' ἐϋφροσύνη μὲν ἔχῃ κάτα **δῆμον** (*dîmon*) ἅπαντα,
- δαιτυμονες δ' ἀνὰ δώματ' ἀκουάζωνται ἀοιδοῦ
- ἥμενοι ἑξείης, παρὰ δὲ πλήθωσι τράπεζαι
- σίτου καὶ κρειῶν, μέθυ δ' ἐκ κρητηρος ἀφύσσων
- οἰνοχόος φορέῃσι καὶ ἐγχείῃ δεπάεσσι·

Kral *Alkînôs*, bütün halkın (*laos*) en meşhuru, sesi ilâhlarınkine benzeyen böyle bir şarkıyı dinlemekten mesud. Başka hiçbir şeyin bu kadar hoş olabileceğine inanmam ben. Neş'e sarmış, masanda oturan arkadaşlarını ve şarkı dinleyen bu halkı (*dîmos*), masalar ekmek ve etle dolu ve şaraba eşlik eden şakımalar. Kadehler yeniden doldurulur ve dağıtılırlar.

Laos kelimesi hem millet, topluluk, halk, kitle hem de köylü, zanaatkâr, denizci anlamlarında kullanılıyordu, Antik Yunan'da. Ἀχαιῶν **λαός** — *Âheôn Laôs* denildiğinde Akha halkı anlaşılır.

Latin lisanına *laicus*, Fransızcaya *laïc* olarak girdi ve Türkçeye Fransızca üzerinden ve *ortak, sıradan, avamî; halka ait* anlamlarıyla giriş yaptı.[·] Yunanca *laikos* **λαϊκός** kelimesi *halktan sadır olan, halka dair, halka ait, halka ilişkin* anlamındadır. Bu kelime 11. asırda Fransızcada kullanılmaya başladığında evvela *lai* biçiminde söyleniyor ve *cahil - illettré* anlamına geliyordu. Bu anlamıyla *clergé*'den gelen ve *bilgin* veya *âlim* anlamı taşıyan *clericus* kelimesinin zıddı olarak kullanılıyordu. Kelimenin sonundaki *c* harfi, *clerc* kelimesindekinin aksine daha baştan benimsenmemiş ve düşürülmüştü. Bu «*lai*» formunu *frère lai* deyiminde görüyoruz. Fransız Akademisi uzun yıllar boyunca bu kelimeyi önce *lay*, sonra *lai*, dişil formunu ise önce *laye* nihayet *laie* olarak kabul etti. 1740 yılında Académie Française «*les clercs et les lais*» (dîn adamları ve avam) ifadesini kabul etti.

Modern Anlamı

Fransızcadaki *laïque* sıfatı, *dînî / ruhban sınıfını mesuliyeti veya hükmü altında bulunmayan bir toplumu/topluluğu* veya bu *toplumun bir bölümünü* tarif etmektedir: bu cümlelerden olarak bir laik eğitim'den - *enseignement laïque* ve laik toplum'dan - *société laïque* bahsedilmeye başlandı. Aynı Orta Çağ'da ve bir manastırın – *abbaye* gelirlerinin zeametini elinde tutan anlamındaki Laik Başrahiplik (*abbatiat laïque*) kurumundan söz edildiği gibi.

Fransızcada *laïque* sıfatı hususî manada laikliğin bir partizanını veya militanını - *un partisan ou un militant de la laïcité* tanımlar yani dînî kurumların tahakküm ve baskısına karşı sivil toplumun bağımsızlığını savunan kişi veya topluluk.

Bir *laïc* (laik) dîn sınıfından – *clergé*, medet ummayan kişidir. Bu kişilerin kurumsal veya siyasî varlığına *laïcat* (laika) adı verilir. Roman-Katholik Kilisesi'nde *laik* kelimesi, sadık Hristiyanların ortak rahiplik kurumuna mensup olan ancak vekilî rahiplik (*sacerdoce ministériel*) mesuliyeti (*responsabilité du sacerdoce*) olmayan kişilere işaret eder. Yani Hristiyanlık açısından *laik* kişi de Hristiyan'dır ve sadece dînî kurumda mesuliyeti yoktur.

Laïkó kelimesi Yunanca λαϊκό τραγούδι - *laikô tragudi* yani *halk şarkısı, halk ezgisi* anlamıyla çok sık kullanılır; *popular song*. Çoğulu *laïká tragoudia* olup bir musiki türüdür. Şehir halk musikisi - *folk song / urban folk music* - αστική λαϊκή μουσική anlamında da kullanılır. *Rebetiko*'nun popülerleşmesinden sonra yükselen *laiko*'ya *endehno* adı verilir. Bu musiki 60'larda Yunanistan'da çok etkili olmuştur.

Bunların dışında *laikos* sıfatı Batı siyasî anlayışında çok kısaca 'seküler devlet konsepti' (dünyevî devlet anlayışı – yeryüzü hayatını esas alan siyaset konsepti) olarak biliniyor. Dînin devlet işlerine, devletin de dîn işlerine karışmaması esas alınıyor.

İddialı ve gizemli masal oydu ki, İslâm, Kürt ve Türk halklarını birleştiren yegâne ögedir. Bu 'kardeşlik' masalı, 1. Emperyalist Paylaşım Savaşı sırasında Anadolu'da ve Mezopotamya'da (Kurdistan) yaşayan ve 'sadakâtsız!' iki 'düşman'ın (*millet-i mahkûme*) Patriarchat (*millet-i hâkime*; Sünnî Müslüman-Türk) ve onun tahtını temsil eden *Abdülhamîd II* tarafından tasfiye ve/veya tehcir edilmeleri temelinde senarize edildi ve bu senaryonun *jeune premier*'si – esas oğlan, Kürtler olarak belirlendi. *Orthodoks Müslüman Kürt*, yine *Orthodoks Müslüman* kardeşi *Türk*'ün paşa gönlü için '<u>kahpe</u>'ye vuruyordu. Kürtler, sonradan kendisine <u>çok sert yönelecek olan</u> 'Ortodoks Müslüman' pro-Kemalist hareketin saflarında gayr-ı Müslîmler'e kılıç çekiyordu. Kılıcından artan kanın aslında bizzât kendi kanı olduğunu hesap edemeden. Türkiye Cumhuriyeti'nin kurulmasıyla birlikte nev'î şahsına münhasır, bin benzemezden müteşekkîl, tuhaf bir İslâmî egemenlik organizmasının bir ânlık boşluğunda, bir *étrange phénomène* olarak hızla tahta geçen *Mustafa Kemal*'in taze devleti, farkında olarak ya da olmayarak *Ortodoks Müslüman takkeli Türk* ile *Ortodoks Müslüman Kürt*'ün arasına ilk mayınları döşemiş oluyordu. Kürtlerin ilk tepkisi İslâmî kanaat önderlerinin (şeyhler) kanatlarının altına sığınmak oldu. Eyvah'tı, dîn elden gidiyordu ve fena hâlde yanılmışlardı. O eyvah nidası ve hem de ayyuka çıkarak, o gün bugündür Kurdistan'da yankılanmaya devam ediyor ve *Ortodoks Müslüman Kürt*'ün sığındığı kanat altı aşağı yukarı aynıdır ve Hizbullah gibi, Koruculuk Teşkilatı gibi, HüdaPar gibi irili ufaklı, çoğu silahlı ve en önemlisi devlete iliştirilmiş vaziyette kader(cilik)lerinin peşinden gidiyorlar. Şeyhine yine bağlıdır ve esas olan budur. İslâm'a dair gerek modernist gerekse de fundamentalist gelişmeler, zamanın çok farklı aktığı Kurdistan'da fazla yankı bulmamaktadır. Ne kendisinin yarattığı bir adamın ürettiği Nûr hareketi, ne Müslüman Kardeşler, ne Tevhid ve Selâm, ne İran İslâm Devrimi, ne de İslâmî kökenli başka bir organizma Kurdistan'da doğru dürüst varlık gösteremedi. <u>Nakşî meşayih, Kürtleri Türkiye</u>

Cumhuriyeti'ne ve kendi dînî dünyalarına bağlayan yegâne idol oldu ve olmaya devam ediyor.

1980 askerî darbesi, *Ilımlı İslâm* yamalı çadır theatrosu üzerinden bu Nakşîliği maksimum düzeyde destekleyip hem Kürt'ün ama daha çok Türk'ün imânını aşk ve şevk ile bir daha tazeledi. Böylelikle Kürt Ulusal Mücadelesi'nin ve biraz da sosyalist devrimci mücadelenin önünde *Ilımlı İslâm* eliyle dev bir duvar örecekti. Bu duvarın maçonları – inşa edicileri – ise Nakşibendîlik agit-prop'u ve polit-büro'suydu ve hâlâ odur.

Bu sponsor, halkın depolitize edilip kafasının tütsülenmesinde birinci derecede rol sahibidir. Bu nedenle Fransızca ifadesiyle *Les Kurdes sous le Croissant* – Kürtler Hilâl'in Altında noktası aslında Kürtler, şeyhin kanatlarının altında anlamındadır, Kurdistan'da Türk Hilâli Şeyh'tir.

Bu Hilâlist egemenlik Kurdistan'ın üzerinden kalkmadan o coğrafyaya, dîn cihetinden huzurun hâkim olacağına inanmak için gerçek bir sebep görünmüyor.

Laiklik hiç olmadı, İslâm modernizasyonu kabul etmez; olan şey, modernitenin İslâmize edilmesi siyasetine bel bağlamaya devam etmektir.
Demokratik konsolidasyon ve dînî rekabet teorileri üzerine yazılacak argümanlar ne de çetrefildir. Tuhaf veya *malformé* diye yumuşatılarak tanımlanabilecek bir seküler demokrasi olan Türkiye'de İslâm ile modernizasyon ve ilk ikisiyle demokrasi yan yana nasıl gelişebilecektir? İleri demokrasilerde *sekülarizm* demokrasinin bir ürünüdür. Demokrasinin konsolidasyonu Türkiye'de sekülarizmin de Türk siyasî İslâmı'nın da güvencesi olacaktır. Muhafazakâr İslâmî demokrasinin aktörlerinin ve diğer faktörlerin dışında demokratik konsolidasyon sağlam demokratik sekülarist partilerin varlığını da gerektiriyor ki, böylelikle sekülarist ve ılımlı İslâmist demokratik sivil aktörler birbirlerini

denetleyebilsinler ve dengeleyebilsinler, diğer taraftan orta sınıfın değer paylaşımları ve eğitim ve sosyal düzenlemelerdeki güvensizlikler demokratikleşmeyi ve ekonomik modernizasyonu ve İslâmizm ile seküler demokrasi ve modernitenin uzlaşmasını tehlikeye atabilecektir. Olması neredeyse imkânsız olan şeyleri bu paragraf özetliyor.

Laisite ve Sekülarizasyon

Laisite ve *sekülarizasyon* iki ayrı süreçtir. Her ne kadar bu iki kavram sürekli üst üste gelip yakınlaşıyor ve birbirlerini sürekli besliyor olsalar da kısmen de olsa birbirlerinden ayrılıyorlar. Bu farklılık gerek nesneleri, gerekse de ifade alanları ve uygulama kuralları düzeyindedir.

Laisite her şeyden evvel Kiliseler ile devletin ayrılması temelinde hukukî veya kurumsal bir düzeni (*ordre juridique ou institutionnel de séparation entre les Eglises et l'Etat*) anlatıyor. Mamafih, amaçları arasında, atheizm nev'inden etnik ve lisanî tikellikler (partikülarizmler) de bulunuyor. Bu hukukî nizamın dîne dönük referansları da tarihî sebepler üzerinden belirlenmiştir: Avrupa'da Kilise kurumu aklın, bilincin, vicdanın ve kimi zamanda bedenin (Engizisyon) üzerinde en güçlü ve yasal baskı aracı olmuştur.

Bu nedenle, laik bir devlette, kamu alanında yürürlükte olan yasalar sivil (medenî) yasalardır, dogmalara yer yoktur. Buna mukabil, özel alanda (hayatta) yurttaş herhangi bir dînin ya da inancın bağlısı olmaya devam eder.

Sekülerleşmeye (*secularisation*) gelince; bu bir dînî yasayı referans olarak alma eyleminin net bir biçimde terk edilmesidir - *déconfessionnalisation*, amacı ise dînlerin ve göksel inançların insanoğlunun hayatından tedricen ve uzun vadede kesinkes bir biçimde kaybolmasıdır. Uygulama ve etki sahası hem özel hayat hem de kamu alanıdır.

Özel yaşam sahasında, <u>laisitenin aksine</u>, *sekülarizasyon* insan topluluklarının ve tabiî ki devletlerin de bilinçlerini ve vicdanlarını özgürleştirme gayesiyle varlık belirtir ve müdahale eder; aktif ve dinamiktir. Bu süreç *Renaissance*'la başlamış olup 18. Asırda ortaya çıkan endüstri devrimi ve Aydınlanma çağıyla beraber ivmelenmistir.

Süreç içinde farklı biçimler ve farklı ya da zıt ritimler göstermiştir. Sosyo-ekonomik ve kültürel gelişmeler bu süreci yavaşlatmış veya hızlandırmıştır. Ancak her hâl û kârda, *sekülarizasyon* süreci, dînin insanın özel, sosyal ve siyasî hayatındaki çok güçlü etkilerini azaltmayı hattâ kimi yerlerde *minimissime* – küçüğün küçüğü bir hâle getirmeyi başarmıştır.

*Sekülarizasyon*un ve *modernite*nin beşiği ve vektörü olan Batı'da *déconfessionnalisation* eylemliliği tarihî olarak birçok alanda özgürleşmeleri getirmiştir; bunlar arasında bilimi, felsefeyi, hukuku, sanatı, ahlâkın önemli bir bölümünü, cinselliğe dair özgürlükleri, kadın erkek eşitliğini sayabiliriz.

Bir ileri aşama olarak bu *sekülarizasyon* sürecinin esas hedefinin, ağırlıklı olarak Müslümanların yaşadıkları ülkelerde çok sıklıkla yaşanan ideolojik-politik mistifikasyonların önüne geçmek ve Avrupa'da da süper-egoları gelişkin aşırı sağcı popülist parti ve grupların bu fazlalıklarını budamak olduğunu belirtmek gerekir.

Yukarıda hülasa olarak verdiğimiz tanımlardan, *laisite* ile *sekülarizasyon* (sekülerleşme) arasındaki <u>farklar</u>dan bahsettik fakat bu hiçbir şey değiştirmez, yazılı ve sert Ortodoks inanç sistemlerinin dengelenmesinin tek yolu *laisite* veya *sekülarizasyon* olarak görünmektedir; teferruatla boğulmanın bir esprisi yoktur. Heterodoks inançlar maalesef Ortodoks çizgiye güç getirememekte hattâ onlarla sürekli zarurî uzlaşmalara gidebilmektedirler. Bu deforme uzlaşmalardan çıkacak olumlu bir gelişme yoktur aksine hep gerileme olacaktır.

Şer'î bir modernizasyon çerçevesinde İslâm bilimi oluşturma cinliklerinin peşinde olan ve kapitalizmin hizmetinde olarak ona para, mülk ve prestij kazandırmayı hesaplayan birtakım çevreler modernizasyon yerine moderniteyi İslâmlaştırma gayretleri içine giriyorlar ki, bunların boş ve vakit kaybettirici girişimler olduğu aşikârdır.

Türk-İslâm Sentezler Serisi

Türk-İslâm sentezi TC'nin kuruluşuyla başlar. Proselyte kurucu irade TC'ni laik(miş) imajı veren sanal bir tünele sokmuş ama, *devşirme usûlü bir laiklik ruhu ve inancı olduğu daha doğrusu göz boyamak için*, devamında devlet ve toplum seviyesinde bir *déconfessionnalisation* diğer bir deyişle *sekülarizasyon* sürecine girmek yerine çok sert bir sapmayla Diyanet İşleri Başkanlığı'nı kurmuş ve ona sığınmıştır. Dekortikasyon orada başlıyor.

Oysa TC kurulur kurulmaz, irade sahipleri olduğu zannedilenlerin en mühîm meselelerin başında bu laiklik meselesini zikrettikleri ve Fransa'nın 9 Aralık 1905 tarihli Devlet ve Kiliseler'in Ayrılması Kanunu – ***La Loi du 9 décembre 1905 concernant la séparation des Eglises et de l'Etat***, esas alınarak bir giriş yapıldığı zehabına kapılındı; güçlü bir umuttu. Fransa'da hâlâ aynıyla geçerli olan bu yasanın *Prensipler* adını taşıyan birinci başlığının altında ilk madde olarak; Cumhuriyet (devlet anlayınız) vicdan hürriyetini güvence altına alır... cümlesini okursunuz.

Titre Ier: Principes.

Article 1

La République assure la liberté de conscience...

Diyanet İşleri Başkanlığı'nın kurulması ne demektir? Fransız Anayasası belirli bir dîne veya Kilise'ye referansta bulunmama temelinde laikliğe başvurdu ve Kilise ile Devlet işlerini birbirinden ayırdı. Ulusal Kilise – *Eglise Nationale* kurumu ortadan kalktı ki, *laisite*nin ruhu budur yani devletin bir kilisesinin veya resmî bir dîn kurumunun olmamasıdır. Bütün dînlere ve inançlara eşit mesafede durur. Dînî grupların temsilcileri için parlamento veya senatoda herhangi bir pozisyon veya imtiyaz yoktur. Sen hem laik olup hem de hacıbabaları Millet Meclisi'nin (*Assemblée Nationale*) içine sokup orada onlardan akıl alamazsın.

İşte TC daha baştan bir, ne idüğü belirsiz, Türk-İslâm Sentezi kurmaya kalkmış ve buna paralel olarak da fecî bir kararla Dİ'ni kurmuştur. Bu, şu anlama gelir: Dün laikliğin ehemmiyetine birinci sırada vurgu yaptım, Şer'îyye ve Evkâf Vekâleti'ni lağvettim, istikâmetimi laiklik yönünde belirledim, **sözde**, dîn işleri ile devlet işlerini birbirinden ayırıyorum artık dedim, ikisini de ayrı ayrı güvence altına aldım, bugün ise, dün kapattığım resmî ve merkezî dîn kurumunu yeniden ve laiklik adına inşa ediyorum. Dİ, *Eglise Nationale*'e denktir yani Millî Kilise, yani Millî Dîn, yani Resmî Dîn. Ya Hu! Laik bir devletin resmî dîni olmaz. Millî Kilise'si ya da Ulusal Camiî hiç olmaz. Olmuştur ve Türk-İslâm Sentezi'nin öncüsü ve birincisi budur yani sanılanın aksine Türk-İslâm Sentezi yeni değil en eski kuruluş paradigmasıdır.

Bizans'ta Ortodoks Hristiyanlığın temsili olarak Yüce (Yüksek) Kilise Otoritesi - ***Ανώτατη Εκκλησιαστική Αρχή,*** vardı. Ottoman devleti idarî-siyasî bir model olarak bu yüksek kurumu olduğu gibi aldı ve 16. yüzyılda bütün ilmiye teşkilatını temsil ve kontrol eden **Şeyhülislâmlık** kurumu olarak ortaya çıktı. Dînî otorite bu kurum oldu. Şeyhülislâmların makamı zamanla *meşihat* ve *meşihat-ı İslâmiyye* şeklinde de anılmıştır. 17. yüzyılda *şeyhülislâmlık* yahut *meşihat* siyasî nüfuzu iyice artan bir kurum hüviyetine bürünmüş, ardından sürekli gelişmiş, hizmetli sayısı çok artmış, 19. yüzyıldaki idarî düzenlemeler sırasında şeyhülislâmlar kabine üyesi olmuştur; bir devlet kurumu olmaktan resmî bir siyaset kurumu olma noktasına sıçramıştır.

Bu devlet, *laisizme hiç geçemediği* içindir ki, bir yandan resmî dîn'leşme yani Sünnî-Hanefîleşme husûsen de *Resmî İslâm Kilisesi* olarak kurulan Dİ tarafından Ortodokslaştırılarak iyice sertleşti, diğer yandan da, yine bu Resmî Dîn'in millî veçhesini kullanarak *pan-Türkist*'leşti. Dönmelik'ten (*Prosélytisme*; devşirmelik) kurtulup kendine bir dînî ve millî aidiyet aramanın en kısa ve en emeksiz yolunu seçti. Bu ülkenin başına gelen dînî ve dahi millî dertlerin sebebi hiçbir zaman laik olamaması, bunun kitlelere sadece içi boş bir kavram ve yalancı bir siyasî enstrüman ve emzik olarak empoze edilmesi ve zaman zaman da korku âleti gibi kullanılmasıdır.

Türk-İslâm Sentezleri zaman içinde emperyalizmin bütün kurumlarıyla kol kola girdi ve meşhur *Ilımlı İslâm* mithosu yazılıp hayata geçirildi. Bugün hâlâ geçerli olan ideolojik-politik yüksek idare kurumu budur. Türk-İslâm Sentezleri Kurdistan'da da Nakşiyye üzerinden Kürt halkına sirayet ve nihayet onu enfeste etmiştir.

Yeni dînler, inançlar, öğretiler her gün artıyor ve toplumun huzuruna çıkıyorlar.

Bu naylon dînleri veya inançları karanlık atölyelerde kuralsız bir biçimde dokuyanlar yarattıkları kurumlar eliyle, Kürd'leri, fakirleri, devrimcileri, demokratları kısacası insanlığı vahşete kırdırıyor. Yeni yeni inançlar ve eski inançların modifikasyonu amalgamlar yaparak sürekli Shisma'lar istiyor. Peki çözüm? Seni yırtmak isteyeni sen yırt! Yoksa, yırtılacaksın.

Halk'ın tepkisinden korkuyorlar cümlesi dünya çapında mizah tümcesidir zira halk isminde örgütlü bir iktidar gücü yeryüzünde yoktur, gerektiği zaman dürtülen, azdırılan, kızdırılan, gaza getirilen ve sürülen bir gürûh vardır. Olsaydı emperyalist kapitalizm ve envaî çeşit saray düzeni olmayacaktı. Plantasyondaki köle, Paris'te açız diye bağıran adam, Paşam elinizi öpmek istiyorum diyen *handikape*, maçlarda sabah akşam istiklal marşı söyleyen haddehâne körükçüsü, ben sağ gelenekten geliyorum diyen gazeteci yazar, ordu Sofia'ya diye bağıran baldırıçıplak, kilisede şarkı söyleyerek dua eden totemist vs. daha niceleri HALK falan değildir ya da Pantheon'a göre *ölümlüler topluluğu*dur, tarihte bunların esamisi okunmaz, burunları necasetten kurtulmaz.

Peki Kürtler halk mıdır? Halk'tır. Peki ölçü nedir? Ölçülerden birisi ve en önemlisi: **İdeolojik Eğitim**. Türk halkının kahhâr ekseriyeti ideolojik eğitimden bihaberdir ve o nedenle devletin o halk nezdinde ahırları da at oynatma alanları da büyüktür. Kürt halkının ise hatırı sayılır bir bölümü ideolojik eğitimden geçmiştir; şu veya bu biçimde Kürt halkı PKK'nin rahle-i tedrisinden, rahle-i edebinden (uslûb ve hitab) ve/veya pratik eğitiminden geçmiş, PKK'lileşmiştir ve o nedenle Devlet'in Kürt ülkesindeki ahırları ve at meydanları büyük ölçüde kapanmış ve dahi at cambazları neredeyse tamamen işsiz kalmıştır. İkincisi de **siyasî bilinç**'tir. Bu sayede siyasî bilinç sahibi olan bir halkı hiçbir silah yenemez. Tersi de doğrudur; Türk halkı <u>ideolojik eğitimden geçmemiş</u>, bürokrasisi dahi geçmemiştir. Bunların hepsinden haberdar olan tek adam *Prof. Dr. Yalçın Küçük* olup kendisi Türkiye'dir ve onun her alanda One Man Army'sidir. Geri kalanlar sentetik canavarın *anti-idéologisation süreçlerine kurban edilmiş populace*'tır, siyasî bilinci yoktur veya ideolojik temelden mahrumdur. Türk(iye) gericiliği gericiliklerin anasıdır.

Halkın tepkisi dedikleri şey halkın tepkisi filan değil devletin alerjisidir zira ideolojisi olmayan insan *dekortike* ve *deserebre*'dir, hiçbir tepki veremez, kurbağavarî refleksleri vardır. *Dekortike* ve *deserebre* adam var olsa ne olur var olmasa ne olur? *Kemal Derviş* bile *solcuyum* demişti ve Türk halkı buna çok inanmıştı.

ÜLKEDE MİMARLIK VAR MIDIR? MİMARÎ MEKTEP VAR MIDIR? ÜLKEDE MİMAR VAR MIDIR?

Batı dillerinin hemen hepsinde *architecture* kelimesinin karşılığı olarak kullanılan mimarî teriminin etimolojik arkaplanına baktığımızda; Latince *architectura*, onun da aslı Yunanca ἀρχιτέκτων (ârhitêkton). Ἀρχός/ή (Ârhôs-î): Baş, şef, önder, öncü, prensip, ilke, en başta olan, en eski olan, temel + Τέκτων (Têkton): Örtme, koruma (Fr; *toiture*); bu cümlelerden olarak ve en kısa ve dar tanımıyla *architecture* mekânları kapamak ve örtmek san'âtı, *architecte* ise bu eylemi yöneten kişidir.

Türkçede bu kelimeyi Arabî kökenli bir kavram olan *Mimarî* ile karşılıyoruz; imâr etmek, inşa etmek anlamındadır ve bu imar işini gerçekleştirene de *mimâr* معمار adını veriyoruz. Arabî *amara* عمر dediğimizde mamur ve bayındır etti, inşa etti anlamını çıkarıyoruz → *Umran* ise mimarlık.

Medeniyet ile mimarlık arasında kuvvetli bir bağ var. İlk mimarî eserlerin Cilalı Taş Devri ile başladığı genel bir kabuldür.

Yani M.Ö. 10000'lere kadar gitmektedir. Bu döneme ait kalıntılar Toros Dağları'nın güneyindeki Orta Doğu'da geniş bir alanı ifade eden Levant'da da rastlanmaktadır. Cilalı Taş Devri'nin ilk dönemlerine ait M.Ö. 8000'li yıllarda Mezopotamya'da kalıntılara rastlanmaktadır. Aşhânelere ise Avrupa kıtasında bir mimarî yapı olarak M.Ö. 5500'den itibaren rastlanmaktadır. Kuzey ve Güney Amerika'da yaşayan insanlar, Avrupa'dan gelen ilk temaslara kadar Taş Devri dönemine ait yerleşim birimlerinde yaşıyorlar.

Mimarî'nin bir anlamı insanlar için hayat mekânları oluşturmaktır. Özne insan olmakla, insan ile yapı arasındaki bu ilişkiyi kurabilmek için bir san'ât-jeni bilimi olarak gelişti *mimarî*. Cumhuriyetin kuruluşundan bu yana bir *mimarî mektep* oluşturulamadı, estetikten uzak zavallı kılıklı yapılar. Ne evrensel ne de yerel seviyede niteliği yüksek bir iş çıkarılamadı. Sadra şifa bir eser ortaya konulamadı.

Türkiye'de bir mimarî ruh, anlayış, yaklaşım var mıdır ve var ise nerede hayat bulmaktadır? Bir mimar – *architect* – adı üzerinde imar ediyor, mamur kılıyor, bunu inşa ederek yaptığını hatırlıyoruz. Beklenen ve umulan odur ki, mimar bir toplum önderi, bir yapı lideri yönüyle bir deha vasfını ortaya çıkarsın ve dahiyâne işler vücûda getirsin.

Mimarların yaptığı işler arasında belki de birinci sırada gökleri karartmak, zifire çevirmek var. Bu nasıl bir tasarımdır, nasıl bir ruhtur ve nasıl bir san'âttır? Demek ki, *pervers devlet* mimarları perişan etmiş, onların hayatlarını iyice karartmış ki, onlar da insanlık suçu işleyip gökleri karartıyor, zindana döndürüyorlar.

BÜTÜN JENİLER LÂNETLE ANILIRLAR VE ONLARA NEVROTİK DE DENİR!

Kendimizi oydukça *jeni*'ye, etrafımızda döndükçe çocuğa varırız. İki durumda da bloke olacağımıza hiç şüphe yoktur, emîn olabiliriz. Tükenip gidene kadar resim yapar, darağacımıza çıkıp çıkıp ineriz. Çektiğimiz çileye değer mi, bilmeyiz; yeter ki, çile bizi cinnete götürsün. Fransızca yüksek-düşük – *vurgulu* – kelimeler kullanacağız dedik ya, kullanmak hep şart oluyor ve bu bir arızadır; *L'Intranquille* – Huzursuz demek durumundayım. Kollektif bilinçaltı - *l'inconscient collectif*, tırnaklarını ne(re)ye geçirdiyse lânet ve san'atkâr orada devrime ya da en azından başkaldırıya soyunur. Soyunduğu yer bir ızdırab mithologyasıdır ve rüyetleri besler. Anlamama – *incompréhension* üzerine kurdum düşünce gergefimi zira hiç anlamadım ve beni de hiç anlamadılar. Bu işteş duruma ne denir ki?

San'atkâr kim ki sualinin cevabı olsun diye söylemiyorum; artist odur ki, ölümünden sonraki kuşakları ruyâsında görüp güçlü bir tesellî bulur. Öte yandan huylanmalara yol açabilecek nev'iden bir yaklaşım vardır: Lânetli yaratıcı - *créateur maudit*, mithosu artistin *jeni*sine zaman zaman halel getirebilir. Artist alkoliktir, uyuşturucu kullanır, kırıktır, yakın çevresiyle başı belâdadır, yardım edilmekten hoşlanmaz, hürdür ve hürriyetini satmaz ama en mühîmi *jeni*'dir. Olmaz tabiî ki, her artist *jeni* olamaz, hattâ büyük çoğunluğu olamaz. Çok az sayıda artist *jeni* olur ve onların da önemli bir bölümü lânetli yaratıcı olmakla mahkûm ve reddedilir.

Sadece bu kadar mı? Artist kahramandır, devrimcidir, anarşisttir, yapayalnızdır, ızdırab çeker ve divânedir. Hayatının topluma, daha doğrusu kalabalıklara bakan vechesi belirsizdir – *incertaine* ve asılsızdır – *infondé*. '*Keşîş Yaratıcı*' diyeceğim artistin bu indirgemeci imajı bir biçimde ve hep kırılmaya mecbur kalmış, artiste enerji kaybettirmiştir. Mucîd olma inâdı ve ihtirası artiste kâşiflik rol ve yeteneğini zedelettirir. Reddeder, beğenmez, mırıldanır, san'atkâr manasıyla *plasticien* mesleğine düşer, arketip kıyafetine bile itiraz eder. Eksantrik olayım der, deli olayım der, nevrotik olsam der ve hattâ *erken öleyim* dahi diyebilir. Eşsiz eserin inatçı efsanesi – *légende tenace de l'oeuvre unique*, olmak hayalindedir ve ölümünden sonra – *post mortem* ve kısmeti varsa hayatını yeniden üretebilir. Ona bile *jeni* demem ben.

Fikrin bir biçimde enfekte olduğu yerde *création*'un yerini *maladie* alır, aldı da. *Nietzsche* ızdırabın *jeni*'ye çok katkı sunduğunu, Fikr'i ve yüce olanı – *la pensée et la sublime* – yerli yerine koyar der. (*Nietzsche contre Wagner*, 1888). Yara, hastalık; verem, sifilis, epilepsi ve hepsi birden, gelenek, şuâra, imtiyazlı vektörler, çözülmüş yaşamlar, nomadlar ve duygudurum arızaları, zihin bozuklukları, asthma, cenaze levazımatçıları, köy amblemleri ve diğer mevzular, *jeni* ile elem'in, *jeni* ile kötü'nün, *jeni* ile cehennemlik olanın gizlice buluştukları *kolektif ideoloji* derinlikleridir. *Nietzsche* ve divane, *Dostoïevski* ve epilepsi, *Thomas Mann* ve kemik tüberkülozu, *Baudelaire*, *Lenin* ve frengi, *Proust* ve asthma, *Hervé Guibert* ve AIDS, *Platonas* ve obsesyonel nevroz, *Jeni* ve büyük ideoloji. Bu isimleri kemiren nedir, hastalık mı, ıztırab mı, yoksa bedenlerinin tahribatıyla jenileri arasındaki gizemli ilişki mi? Daha somut olarak; ıztırabın büyüklüğü ve yoğunluğu ile *jeni* arasında bir ilişki var mıdır? Evet ve hayır; fizikî uzdırabın yanında mana çilesi çekmeyen kişinin *jeni* ile hiçbir bağı olamaz. Yine; delilik kimi zaman fizikî illetin kaçınılmaz sonucu olabilir ki, delilik *jeni* değildir. *Rimbaud, Schubert, Nerval, Maupassant* hepsi sifilis hastasıydı. Ama onbinlerce sifilitik hiç hatırlanmayacaklardı, öyle de oldu. *Beethoven* sağırdı, *Chopin, Modigliani* veremliydi. Rusya'da 5 milyon, Türkiye'de 3 milyon veremli var, *jeni* yok. *Salvador Dali*'nin hâlet-i ruhiyyesi onun *modus operandi*'si olmuştur. Onun âsarında ölüm her yerdedir – *omniprésent*, böcekler, çürüme, yumuşak formlar, hastalık ve husûsen çocuk hastalıkları. Kendisi de çocukluğunda çok ağır bir hastalık geçirmişti; dizanteri. Ağabeyi çocuk yaşta ölmüş, onun ismi *Dali*'ye verilmiştir; *Salvador* – Kurtarıcı. Tuvaletini en temiz yerlere yapmaya gayret ettiği bilinmektedir. *Deli ile benim aramdaki fark, benim deli olmamamdır* der *Dali* (*Journal d'un génie*, 1964).

Dali, resmine uyguladığı methoda «*paranoïa critique* - kritik paranoya, adını verir. *La Conquête de l'irrationnel* (Akıldışı'nın Fethi - 1935) isimli eserinde bu metodu *'sistematik bir yapı taşıyan tefsirî hezeyânlar topluluğu'* olarak tanımlar. *Kritik paranoya* etkinliği aslında kendiliğinden ve akıldışı bir *'bilinç'* durumudur. *Freud*, artistin *La Métamorphose de Narcisse* isimli eserini gördüğünde, *Stefan Zweig* delâletiyle şunları yazar: «*Gerçekten de dünkü ziyaretçiyi bana getirmenize çok sevindim zira o vakte kadar, beni azîz baba olarak seçen sürrealistleri mutlak deliler olarak kabul etmeye yatkındım. %95'inin de alkolik olduklarını düşünüyordum*" (Stefan Zweig'a mektup, 1938). *Freud, Dali*'den hiçbir şey anlamamıştı çünkü onun ve çoğu insanın sürrealist tesmiye ettiği şeyler aslında *Dali*'nin *'derme-çatma*'nın biraz ötesindeki rüyetiydi, çektiği ızdırab ise *'hezeyân'* diyerek *a priori* olarak kabûl ettiği duruma tefsir uydurma ihtiyacıydı. *Dali*, sürrealist ve hezeyânlı olmayı kabûllenirken *Freud*, kendi bilinçaltında onun hem hekîmi, hem de ilâhı – *Saint Patron* – olduğuna hükmediyordu. *Dali*'den çok daha '*sürrealist*' olan *Freud*'dü, *Saint-Patron*!

Freud için her şey söylendi, söylenmeyen kalmadı; epileptik, nevrotik, fetişist, sadomazohist, iktidarsız ve aynı zamanda! Zaman zaman maniaque sexuel, androgyne, voyeur ve sadik. Başkaları için de neler neler var: *Nikolai Gogol* otist'ti, *Gérard de Nerval* bipoler bozukluk sahibiydi, *Joseph Conrad* depresifti, *Friedrich Hölderlin, August Strindberg* veya *Antonin Artaud* bilinmeyen nedenli hezeyânlara düçâr idiler; *délir*'iyorlarlardı. *Camille Claudel* paranoyak'tı ve ömrünü tımarhânede tamamladı. *Nicolas de Staël* ağır depresyon içindeydi, intihar ederek kurtulmaya çalıştı, kurtuldu mu, bilemiyoruz. Ama hayatı boyunca bir mutsuzlar cenneti'ni aradığını biliyoruz, nerededir kimbilir.

Jeni'den hâlâ çok uzaklardayız. *Jeni* enerjisini tüketir ve iç kaynakları kullanarak tüketir. Fikir varsa *Jeni* işin içinden çıkacaktır, yoksa *Jeni* olmayacak iç kaynaklarını hızla tüketecektir. Evreni kim yarattı diye soran yüksek insanların bir kısmı bu yaratıcı'nın lemfatik, konformist veya iyi düşünen varlıklar - *des êtres lymphatiques, conformistes ou bien-pensants*, bütünü olduğuna çok uzun süre inandılar bazıları hâlâ daha buna inanıyorlar; **lemfatik yaratıcı**. Bunun adına sonraları *özgüven* dedik, dediler, diyoruz.

Van Gogh bütün zorluklarına ve kimi eksikliklerine ve zaaflarına rağmen büyük bir kahramandır. Zaman zaman hallüsinasyonları vardı, özellikle çocukken. Renkler ta oradan kalmadır. *Şeytân*'a hem inanıyor, hem inanmıyordu yani *Şeytan*, kendisiyle başa çıkılabilir bir varlıktı ve *exorcisme*'i – şeytan çıkarma, bile denediği konuşulmaktadır.

Obsesiflerin, özellikle de ressam iseler, sonsuz *fallik form*lar kullandıkları iddiâ edilmiştir.

Mısır'da Jeni mi, Pervers mi, Jeni-Pervers mi?

Mısır demonolojisinde hatırı sayılır ve 'saygın' bir *pervers- sapık dehâ* topluluğu mevcuttur. Bunlar bidâyetten beri bu dünya üzerinde hüküm ve nüfuz sahibi oldular. Ben, hiç bilemedim *pervers* ile *jeni* arasındaki çok ince çizgiyi, çizgiyi, çizgiyi...

Bu *pervers jeniler* ölüme yani ölümün bizzât hükmî varlığına bile müdahale edip ona veya ondan ötesine akıp sonsuzluğa ulaşılmasını yasaklamaya bayılan her türlü belânın korkutucu koruyucularıydı. Yeryüzünde bütün hastalıkların, mutsuzlukların, huzursuzlukların, acı ve sıkıntıların sebepleri ecinni taifesiydi. Ayrıca, *Sekhmet*'in elçileri kendilerini destekleyen ilâhların ödülünü alıyor, insanları derd ve ölüme yani yaşanmaya değer yüksek hayatların sahiplerinin aleyhine yönlendiriyorlar, Allah adına '*ihmâl*' borusuna üfürüyorlardı.

İyi diye bilinen *jeni*ler de vardı; *Osiris*'in muhafızları, mabedin koruyucuları. Mezarların, tabutların hayırsever bekçileri, velî pozisyonundaki gönüllüler. Onlar ve ne olduğu belli olmayanlar

Devlet ve İmago Garnitürü

İmago'ya bir açıklık getirelim: Entomoloji'de (böcekbilim) '*imago*' kavramı kanatlı bir böceğin gelişiminin son aşamasını ifade etmektedir. Böcek böylelikle metamorfozunu (başkalaşım) tamamlamış olmaktadır. Yine, larva evrelerine karşın erişkin üretken evreyi de anlatmaktadır, bu kavram. Larvalar üreyemezler, üretken değildirler. *İmago* <u>kanatların</u> ve <u>cinsî uzvun gelişimiyle karakterizedir</u>. İkincil olarak kanatsızlarda (kanatsızlaşmış olanlar) hariç. *İmago* ile sonlanan değişim (ve kuluçka) sürecine '*imaginale*' adı verilir. Bazı böceklerde larva ile *imago* arasında ara bir evre daha vardır. Bu evre Lepidopterler'de, Koleopterler'de veya Dipterler'in pupasında görülür. Bazı su böceklerinde – *efemerler gibi* – bir de '*sub-imago*' durumu vardır. Balıkçılar bu iki hâli yem olarak kuru sineğe tercih ederler.

Şimdi gelelim psikiyatri'de veya psikanaliz'deki *imago*'ya; *İmago* bir şahsiyetin bilinçdışındaki temsîlidir.

Burada biraz bilinçdışı'nda kalalım: Bu kavramı tıp literatürüne sokan kişi malûm biri: *Sigmund Freud*. Psikanaliz teorisinde bu kavrama ciddî bir rol yüklemiştir, *Freud*. Ondan evvel, bu konsept benzer bir manada yine kullanılmıştı ve bu kavramı daha önce kullananlar iki büyük fikir adamıydı: *Friedrich Nietzsche* ve *Hartmann*. *Leibniz* de 17. yüzyılın ortalarında *Leibniz* ve bilâhare de *Schopenhauer* tarafından da fark edilmiş kavramlardır. Bu noktada *Freud*'ün çok dikkatli bir okuyucu olduğuna işaret ediyoruz.

Tanımı nedir: Bildik manada bilinçdışı, bilinçli olmayan (bilinçten olmayan, bilince âid olmayan) her şeydir. Bunun içine muhtemelen, geçici bir zaman için de olsa bilincin dâhilinde olmayan şeyleri de katabiliriz ki, buna '*Infra-conscient*' diyoruz (*bilinçaltı* veya en doğru biçimiyle yazmak gerekirse *alt-bilinç* diyoruz. Burada işte, *Üst Şuur* değerlendirmesinin anlamı bir nebze daha netleşmiş oluyor zira *alt-bilinç* de mi var ki, *üst-bilinç* olsun diyen zevâta buradan '*he, var ve onun adı da infra-conscient*' diyelim) veya '*bilince girişi mümkün olmayan şey*' denir.

Psikanalitik teoriye nazâran; bilinç dışı bir fikir halkasıdır. Bu fikir halkasından fikir ilmeğini de anlayabilirsiniz, fikir düğümünü de, fikir istasyonunu da. Bu halkaları (zincirleri, düğümleri) algı, heyecan, duygu gibi kavramlara da teşmil edebiliriz ki, bunların hepsi birden psişizmi oluştururlar. Basit bir biçimde, bilinç dışı bilincin zıddıdır demek pek doğru sayılmaz ve fakat belki, bilince reaksiyon veren ve onun karşısında dik durmaya çalışan bir rakip alan olarak anlamak doğru olabilir. Mesela, bir algı tarafından boğumlardan birinde provoke edilen bir değişiklik, psişizm seviyesinde büyük modifikasyonları (değişiklikleri) örgütleyecektir. Bu yapı (*bilinç dışı*) bilinçle birlikte veya onsuz işler.

Belki de ismiyle çelişen bir durumdur bu amma velâkin, *bilinç dışı* denen mereti dikkate almak zorundayız. Eğer bilinciniz kuvvetli değilse – *ki, insanların kahhar ekseriyetinin bilinçleri kuvvetsizdir ve örgütsüzdür* – bilinç dışı tepenize her ân bir balyoz gibi inecektir ve daha da güçsüz iseniz psikozlara açık olacaksınızdır. Zâten, psikiyatri ve psikanaliz bilimlerinde en zorlanılan noktalardan birisi de budur; neden psikozlar ortaya çıkarlar (mekanizma olarak) ve bu psikozlar ASLINDA nelerdir? Bu sorunun bin bir cevabı olmakla hiçbir cevabı yoktur.

Freud ne diyordu: Yarıda kalmış, tamamlanmamış veya istenmiş de başlanamamış edimlerimiz (eylemlerimiz) – *ki, bunların arasında psişik eylemlerden olan (sayılan) temsiller de mevcutturlar* – bahanelerden mantıklılıklara kadar, zekîce formüle edilmemiş bütün arzulara bilinçli seçime ihtiyaç duymaksızın cevap verir. Görülüyor ki, bilin dışı dediğimiz nesne önünü açık bulduğunda ve ipten boşandığında (zâten ipi yoktur) bütün eylemleri birbirine de mecz etmek suretiyle, içinden çıkılamaz bir hâlde işleme koymakta ve bunu mekanize olmuş bireye dayatmaktadır. Bu durum bazı sorunları ve soruları! beraberinde getirir: Bu arzular nelerdir? Onların ne olduklarını nasıl anlayabiliriz? Neden onların farkında (bilincinde) değilizdir? İşte bu sorular cevap bulamadığı zaman – *ki, bulmaları çok zordur* – bünyelerde sorun ve pürüz bilâhare travma, şok, cinnet vs. gibi durumları çağırıyor. Cevabı bilenler için '*bienvenue*'.

Freud'de bu bilinç dışı, bütün gerilimler ve enerjileri bağrında toplar; sebebi de bir türlü *bilinç düzeyi*ne (yüzeyine) çıkamamalarıdır. *Freud*, bunların örf, âdet ve geleneklerden dolayı bastırılmaya çalışıldığını söyler. Tabiî, bir yerlerden bastırdığınız zaman başka yerlerden pörtler! Kadın sorunu olan erkek olayları *bilinçaltı*na iter durur ve bir gün hooop tecavüz etmiş. Yok onu yapamıyorsa, melankolik, arabesk, bilinçsiz bir aşka tutulup kadının kara kaşına kara gözüne vurulmuş, devrilmiş. Batı'da abartılı bir dışavurum, Doğu'da çarpık bir içeride patlamalar... Özünde ızdırabın çekirdeği aynı: *Üst Şuur* biliminden mahrum olmak. Mahrumiyetin Frenkçesi *privation* veya *sevrage*: Batı, '*demokrasi*' adı altında örgütlediği '*bilinç dışı*' terbiyesini, terbiye edilmiş bilinç dışından zarar gelmez faide iktiza olunur esprisi dâhilinde empoze ederek *Üst-Şuur*'la cılkı çıkarak pelesenk atığına dönüşmüş all turca demokrasi hastalığını yüzyüze getirip kendi kitlesine *Üst-Şuur* düşmanlığını ve privation'unu dayatıyor. Batı burjuva tipi demokrasiyle malûl iken *Üst-Bilinç*'ten mahrum'dur. Batı'nın girdiği ve gittiği her yer Batı'dır gerçekliğince, Doğu'da da *Üst-Şuur* bir '*gereksiz kafa patlatma vetiresi*' olarak algılatılıp tefekkürsüz ve penil merkezli bir halkçılık ve batıcılık formülasyonu ile aydınlanmanın başlangıç yeri olan Doğu ifsâd ediliyor. O nedenle ya psikopatlar (*psihopathis*), ya *pervers*'ler (sapıklar), ya *tordu*'ler (yamuklar, eğri büğrü adamlar) ya da psikotikler (*psihotiko*) toplumumuzda cirit atıyor.

Freud'ün bu yaklaşımı *Jean Paul Sartre* tarafından eleştirilmiştir; o, *bilinç dışı*'nın insan için bir '*şuur kapısı*' olduğunu düşünüyordu (L'Être et le Néant – Varlık ve Hiçlik/Yokluk isimli eserinden).

Bir cümle yeter *Sartre*'a; Ancak ve ancak ehîl istikametlendiriciler olduğunda (bir toplumda) *bilinç dışı*'nın yan etkilerinden ve birincil etkilerinden korkmayabilirsin. O da ne Doğu'da ne Batı'da *hak getire* durumunda olduğundan, şuursuzla bilinçsizin yan yana gelişinden üçüncü bir varlık olarak bir diğer bilinçsiz zuhur edecektir. İki sakatın nikâhından üçüncü ve onlara benzeyen bir sakat çıkar, sağlam ise mucîze olacaktır.

İmago'ya geri geliyoruz:

Jung, **imago** kavramını 1911 yılında kullanıyor, **Libido'nun metamorfozu ve sembolleri** isimli kitabında. Orada, anadan, babadan ve kardeşten mütevellîd bir *imago*dan bahsediyor. Bu konsepti analitik psikolojide de kullanıyor. Bunlar, insanın psişesini meydana getiriyorlar *Jung*'a göre. *Jacques Lacan* ise **imago** ile kompleks'i birbirine bağlar. Ona göre *imago*, bu bağlantının (*amalgam* da diyebiliriz) içinde temel tuğlayı teşkîl eder.

Yukarıda *imago*nun kısa tarifinde şahsiyetin (kişilik) bilinçsiz (bilinçdışı) temsîli demiştik. Bu temsîl kavramından '*prototipik kişilik*' manasını çıkarabiliriz. Diğer bir deyişle, *imago*, bir şahsın karşısındaki özne (birey) tarafından anlaşılma (algılanma) kipi veya yoludur. *Jung*'da bu kavram son tahlilde '*komplex*' kavramıyla yer değiştirmiştir.

Bir nevrozda (*neurosis*), **imago** eski bir ilişkinin veya bir ilişki formunun geri dönüşünü provoke eder; buna akrabasal ***imago***nun reanimasyonu (yeniden canlandırılması) denir. Bu geriye dönüş bilinçdışının özel niteliğiyle ilgili bir durumdur ve tarihî istifler (katmanlar) üzerine inşâ edilir.

Jung şöyle der: **Komplex** deyiminin fevkinde **imago** deyimine kasden öncelik verdik zira burada, psişik olguyu ***imago***yla tasarlamak istedik. Onu (***imago***) teknik bir terim olarak seçerek psişik hiyerarşide bağımsız kılmaya özen gösterdik. Komplex'in temel özelliği mizaçla aşılanmasıdır ve **imago** konseptiyle birlikte otonomi belirtir.

Jung bilâhare **imago** terimini **archetype** (ilksel tip) terimiyle yer değiştirtir. Burada amaç kişisel olmayan'a (*impersonal*) dâhil olan kollektif motifleri ifade etmektir. *İntrapsişik imaj* iki kaynaktan gelir: Bir taraftan akrabaların (aile efrâdı ve sülâle) etkisi, diğer taraftan da çocuğun spesifik (özgün) ilişkileri. Böylelikle bir imaj kendi modelini sadece aşırı biçimde konvansiyonel (törel, geleneksel) bir yoldan üretir. Nihayet, ***imago***'yu *bilinçdışı* ile *bilinç* arasına yerleştirir.

Burada ***imago***'yu yerleştirdiği yere ilişkin bir yaklaşımda bulunulmalıdır; bu terim İtalyanca bir san'ât terimi olan **chiraoscuro**'dur ve '*aydınlık-karanlık*' anlamına gelir. Be terimin anlamı, '*kontrast*'tır. Bu kontrast hem kullanılan renklere ve oluşturulan gölgelere göre hem de ideolojik-siyasî bakış olarak ortaya çıkar. Burada en güzel kontrast örneklerinden biri olarak *Giovanni Baglione*'nin, *Amore sacro contro amore profano* isimli eserini misâl olarak gösterebiliriz. Evet, **imago** bilinçdışı ile bilinç arasında bir berzah (<u>chiaroscuro</u>) olarak ortaya çıkmaktadır. Bu noktada **imago** kısmen otonom (muhtar) bir kompleks olup bilince tamamen entegre değildir. Berzahın tekliği ve iki ayrı tarafta ayrı algılanışı gibi.

Freud'da **imago** konsepti çok nadir rastlanan bir kavramdır: Eğer, *Jung* tarafından takdim edilen uygun terim olarak baba imagosunu kullanacaksak bu, süje (özne, birey) ile hekîmi arasındaki gerçek ilişkilerin sonuçlarını belirleyecek kesin faktördür.

Nadiren bu terimi kullanan *Freud* için **imago**, sadece birincil objelerin gerçek özelliklerine bağlı erotik bir sabitlenmedir. Çocuğun ebeveynini anlama (algılama) yönteminde **imago** önemlidir; Annenin *mnemik* (hatırasal) veya *fallik* (cinsî uzuvsal) imajı gibi. Buna mukabil *Freud*, *Le problème économique de Masochism* (Mazohizmin Ekonomik Sorunu) isimli eserinde **imago**'yu *Jungien* manada **sınır imagosu** olarak değerlendirmekte ve **imago** ile *moral mazohizm* ve *super ego* (üst ben) üzerinde bir bağ kurmaktadır. *Libidinal içgüdüler*in ilk objeleri tarafından icrâ edilen kudretin (ebeveyn) ardında geçmişin ve geleneklerin etkisi saklanmış durumdadır. Kader figürü, ebeveyn ile başlayan bir serinin sonuncu figürü olmaktadır. Sonuçta bu kader figürü *super ego*'nun bir ajansı hâline gelebilir. Ama, genelde kader figürü ebeveyn **imago**suna direkt olarak bağlı kalır.

Varılan yer özetle şurası: Ebeveynden akıp gelen bu *kombine* **imago**lar büyük anksiyete'leri (ileri sıkıntı) tahrik ederler. Bu sıkıntılar belli bir dönemin sonunda *şizoid-paranoid* bir konuma erişebilirler (evrilebilirler). Bir başka pozisyon da cinsî aşka geçişi hem kolaylaştıran hem de zorlaştıran depresif konumdur. Çocuk milleti hep ebeveynine dönük olarak cinsî fantezier ve projeler üretir. Böylece, çarpık, gerçek dışı ve tehlikeli bir cıvar *imago*su gelişir. Sonra çocuk bu imajı içine yönlendirir ve bu içine yönlendirdiği imaj *super ego*'ya dönüşür. *Super ego* da insanın sosyal hayatındaki iç dengelerini belirleyen (bastıran) faktörlerden biri olur.

İmago, kompleksin yapısal elemanı olarak aile kurumunun yapısını anlamaya yararlı olur. Lacan 3 etap belirlemektedir: Sütten kesilme kompleksi, tecavüz kompleksi ve Oedipus kompleksi.

Son tahlilde; bu kadar imaj (aslında *imago*) bolluğunun bulunduğu ve hattâ *image-maker*'lık gibi bir mesleğin ortaya çıktığı ortamda bilinç seviyelerine sıranın gelmesi çok zor olacak ve olaylar bilinç dışında, *bilinçaltı*'nda, ebeveynlerden tevarüs edilen fantastik heyecanlarda ve tabiî ki, *Fallos* etrafında dolaşacaktır. Birileri de ne kadar *imago* varsa ortalıklarda gezen hepsinin façasını birer birer bozmakta. Evet, *imago*: Leş ve resmî ideolojik ebeveynimizden toplumumuza akan cerahat. *Fallik dönem*e mahkûm edilmiş, sütten dahi kesilememiş, *Oedipian toplum*um benim. *İmago*'nu n'ideyim dersek yeridir. Devlet halkının *image pervertie*'sidir; **çarpılmış imago** da diyebiliriz.

En Çok Devrim Yapan Bir Devletin Egosu Hâliyle Kabarık Olur

Harf – Alfabe – Devrim…

Vara yoka *devrim* yaftası yapıştırma işi bizde gelenektir ve devletçe önerilmiş, dayatılmış, propaganda edilmiş ve uygun bulunmuştur. O nedenle, hiç de kolay olmayan bir süreci bir gece ânsızın kararlaştırıp ertesi gün ilân etmenin bizde bir karşılığı bulunmuyor. Gelenek demiştik, neden?

1. Devlet isimli ve içini kimin doldurduğuna göre form kazanan veya deforme olan multifacial antite, genel olarak düşünmemizi, fikir yürütmemizi, bilgilenmemizi ve alternatif / özgür

kaynakları kullanmamızı istemez ve yukarıda saydığımız eylemleri bizim adımıza kendisi yapar, sağ olsun! Bu nedenle yapılan, yapılacak olan ve yapılması muhtemel *devrimler* devlet tarafından tespit olunmuştur. Geriye kalan onu bizim kabullenmemizdir. Ülke'de '*devrim*'ler böyle oluyor.

2. Sadece *devrim* konusunda değil diğer bütün kalburüstü mevzularda da devletin tutumu 1. maddede yazıldığı gibidir. O yüzden, 'MESELE KONUŞMAK' bizim ülkemizde mümkün değildir. Esas olan üstten geleni bir emir telakki edip onaylamaktır. Solucanların sinir sistemine gerilediğimiz içindir ki, ancak basit ihtiyaçlarımızı görür ve sade bir müdafaa yapabilir duruma geriledik. Bu gerilemeyi *devrim*'den sayarak kutluyorum.

3. '*İdraklerin iğdiş edilmesi*' bu devleti teslim alan iradenin (resmî ideoloji) ilk prensibiydi ve bunu yapabilmesi için ***devrim***'lere gerek vardı. ***Devrim***lerin altının nasıl dolacağı çok mühîm değildi. Adına ***devrim*** denmesi de şarttı çünkü '*çok güçlü*' ve '*çok ürkütücü*' olması gerekiyordu. Kavramın korkutucu olması yeterlidir. Belirleyici olan zarftır, mazruf teferruat.

Bu saydıklarımızın dışında da mutlaka başka nedenler not edilebilir, burada bırakıyoruz.

Devrim Ne Ola?!

Devir-mek fiilinden yapmıyoruz bu ismi. Önce '*deviriyoruz*' sonra '*devirdiğimiz şey*'in üzerine yeni bir nizam tesis etmiyoruz ve yeni düzeni '*devrimler*'le hâlletmiyoruz. Arabî **Devr** (etmek) kelimesinden çıkarıyoruz.

Ama Batı'dan aldık. Kelime daha ziyade Batı için güçlüdür ve '*Revolution*'dır. Orijinal anlamda, gök cisimlerinin dönüş hareketlerini ifade eden bir astronomi terimi(ydi). *Kopernikus*'un eseri **De revolutionibus orbium coelesetium**'dan sonra bilimde yaygınlaşan bu kavram, 17. yüzyıldan itibaren sosyal ve politik altüst oluşlara da de işaret etmek için kullanılır oldu.

Kelimenin lûgatlerdeki karşılığı şöyledir:

1. **Kurulu bir hükûmetin veya politik sistemin zorla ve tamamen yıkılması;**
2. **Toplumsal yapıda ânîden meydana gelen, genellikle şiddetle yaratılan, radikal ve yaygın değişiklik;**
3. **Herhangi bir şeyde meydana gelen bütünsel ve bariz değişiklik;**
4. **Mekanik ve astronomide bir cismin kendi etrafında veya başka cisimler etrafında dönüşü.**

Bugünkü Türkçedeki *Devrim* ise, genellikle olumlu bir mealde kullanılır. En 'yeni' Türkçeden evvel var olan "*İnkılâb*" ve "*İhtilâl*" kelimeleri, net kavramlardı.

İnkılâb genellikle olumlu bir doğrultuda olan radikal değişikliği, yeniliği, dönüşümü ifade eden bir kelimeydi. *İhtilâl* ise, genel olarak, *inkılâb*'ın askerî yönünü ifade ederken, özel olarak baş kaldırma, ayaklanma, kalkışma, kargaşa, isyân – *révolte* durumunu anlatır ve psikolojideki kullanımından anlaşılacağı gibi (*İhtilâl-i heyacânî*: Depresyon; *ihtilâl-i nutuk*: konuşma düzensizliği; *ihtilâl-i şuur*: paranoya), çok zaman bir olumsuzluğa işaret ederdi. *İnkılâb* aynı zamanda, mekanik ve astronomide – *Revolution* gibi – dönüş hareketini ifade etmekte kullanılırdı.

Bizim bildiklerimiz arasında **sosyal devrimler-burjuva devrimleri** (monarşinin restorasyonuyla noktalanan 17. yüzyıl İngiliz Devrimi, 18. yüzyılın ilk önemli devrimi olan Amerikan Devrimi (1776), Yüzyılın ikinci ve dünyanın en önemli devrimlerinden biri sayılan Fransız İhtilâli ve Devrimi (1789), **Otoriteryen devrim(cilik)ler** (Hürriyetçi eğilimin temsilcileri olan anarşist filozofların genellikle şiddet aleyhtarı tutumuna rağmen, anarşist hareketin silahlı mücadele taraftarlarının elinde kalması neticesi devrimci mücadele giderek otoriteryen ve kollektivist bir karaktere bürünecekti), **Marxist-Sosyalist Devrimler** (Devrimci mücadeleye giderek hâkim olan otoriteryen ve kollektivist eğilim, çeşitli gelişmelerden sonra Marksizme vardı. Tarihin bir *"sınıf savaşı"* olarak algılanması gerektiğinin Linguet ve Saint-Simon gibi düşünürler tarafından öne sürülmesi, 18. yüzyıl sonunda Babeuf tarafından imâ edilen *"Proletarya Diktatörlüğü"* kavramının Weitling ve Blanqui tarafından bir ***devrim*** tipi olarak geliştirilmesiyle birlikte, 19. yüzyıl başlarında *otoriter-sosyalist bir ihtilâl teorisi* doğmuştu. Kendisinden önceki devrimcilerin teori ve retoriklerini, *Hegel* diyalektiği, *Feuerbach* materyalizmi, *Proudhon* mülkiyet teorisi, İngiliz Klasik Ekonomistleri'nin teorileriyle sistemleştiren *Karl Marx*, otoriter-sosyalist devrim teorisinin bütünleştiricisi oldu. Yirminci yüzyıl Marksist 'Devrim'ler çağı oldu. Dört kıtada Marksist devletler kuruldu. Bu tip devleti mümkün kılan teorik mühimmat Marxizm tarafından sağlanmıştı). Ve **İslâm İnkilâbı** da var.

Bunlara devrim diyoruz. Fakat insanlarının hakları olan hürriyetleri, herhangi bir *antik despotizm* altında olduğundan farksız olan bir sosyal sisteme yol açan bir *faşizm* sürecine **neden ve nasıl devrim** diyebiliriz?

Devrimin bir tanımı şöyledir; **kâinatı, insanın var kalmasına daha uygun hâle getirmek için mümkün ve anlamlı değişiklikleri gerçekleştirme faaliyetlerinin, hızlanarak cereyan ettiği bir süreçtir.**

Kâinât, dünya ve diğer gök varlıklarıyla, bunlar üzerinde ve arasında var olan bütün canlılar, maddeler ve enerji şekilleridir. Dolayısıyla; devrim, sadece sosyopolitik alanda değil, başta bilim olmak üzere insanî her faaliyet alanında olur.

Her büyük değişiklik *devrim* olmayıp, sadece <u>anlamlı bir değişiklik</u> *devrim*dir.

Dolayısıyla; devrimi, ânlık bir ruyâ gibi gören (iktidardan başka bir şey düşünmeyen) hareketler, <u>devrimci sayılamaz</u>. Devrim insan için yapılır; dolayısıyla, devrim tanımımdaki temel kavram insandır, onun tabiatıdır, hayatta var kalma tarzıdır.

Bizim Ülke ve Devrim

Devrim insan içindir; insanın refahını dikkate almayan bir politik hercümerç, devrim değil *darbe* ya da "*olumsuz isyân*"dır; ve yaratabileceği sonuç, ferdi 'Millet - Devlet' adına feda ediyorsa *nasyonal sosyalist*, 'Sınıf-Devlet' adına feda ediyorsa *otoriter sosyalist* bir kollektivist diktatörlüktür.

Yukarıdakilerden hareketle ülkedeki '*devrim*'lerin '*devrim*' olup olmadığına karar verebilirsiniz.

Revolution'a geri dönüyoruz;

1390 yılı itibarıyla eski Fransızcadan İngilizceye ve '*gök cisimleri*' manasıyla geçiyor. Aslı Latinî '*Revolutio*'. O da '*Revolvere*' fiilinden geliyor ve manası '*dönmek, geriye doğru, arkaya doğru yuvarlanmak, devrilmek*'. Devrimin adını tabancaya veren de var. Genel anlamda; hadiselerdeki büyük değişiklik. Bu anlamının itibar görmeye başlama tarihi 1450. Siyasî anlamı 1600'lere denk düşüyor. Özellikle de *Stuart hânedânı*nın 1688'de sürgün edilmesine ve hükümrânlığın William ve Mary'ye geçmesine işaret ediyor. '*Revolutionary*' – devrimci kelimesinin İngilizceye sıfat olarak girişi ise 1850 yılı. *Revolutionize* – <u>bir şeyi tamamen ve kökten değiştirmek</u> fiili ise 1799'da İngiliz diline giriyor.

Şimdi biraz da Harf Devrimi'ne girelim;

Türkiye'de 1 Kasım 1928 tarihinde 1353 sayılı "**Yeni Türk harflerinin kabul ve tatbiki hakkında Kanun**"un kabul edilmesi ve yeni alfabenin yerleştirilmesi sürecine genel olarak verilen isimdir.

Bu yasayla o güne kadar kullanılan Arap temelli alfabenin yerine, Latin Alfabesinin Türkçeye uyarlanmış biçimi kabul edildi.

Latin alfabesinin Türkçeye uyarlanmış hâlinden kasıt, Latin alfabesinde (özellikle de İngilizce, Fransızca, İtalyanca, İspanyolca, Portekizce, Rumence, Litvanca, Dutch dili, Danca, Norveççe, İsveççe alfabelerinde) rastlanmayan 'ş', 'ğ', 'ö', 'ü' gibi harflerin eklenmesidir.

Ancak, bu kifâyetsiz kalmıştır; örneğin Batı dillerinde bulunan 'Q' harfi alınmamıştır. O nedenle ve mesela, *Yürek* anlamına gelen **Qalb** kelimesini de **Kalp**, *sahte* anlamına gelen **kalp** kelimesini de *kalp* biçiminde yazmak zorundayız. Aynı durum *fiqir, haqq, sadıq, mıqdâr, ıraq* gibi on binlerce kelime için geçerlidir. Arabî alfabede '*qâf*' harfinin Latinîdeki karşılığı olan 'q'yu neden almadığımızı birileri açıklamalıdır.

Yine Latinî alfabe alınırken onun vazgeçilmez unsurlarından olan *diftong*lar da es geçilmiştir. Mesela Türk alfabesinde sadece bir 's' vardır. *Kevser* dediğimiz zaman Arabî lisanda sanki bu kelimenin içindeki *s*'nin '*sin*' harfi olduğunu düşünürüz. Ama oradaki orijinal harf ***peltek se*** diye tabir ettiğimiz **The**'dir ve doğru okunma biçimi '*th*'dır. Bunun için, *Kevser* aslında **Kavthar**'dır. *Th*'mız olmadığı için *s* ile okuyoruz. İngilizcedeki *th* (*three* örneğinde olduğu gibi) bu diftongun karşılığıdır. Yine Hulefa-i Râşidîn'den *Hz. Osman*'ın ismindeki *s*, aslında *s* değil ve fakat *th*'dır ve bu nedenledir ki, *Osman* yerine **Uthman** biçiminde söylemek gerekmektedir.

Ayın'a denk gelen bir *a*, *e* ve *i*'miz olmadığından *Hz. Âlî*'yi de hep ve sanki '*elif*' ile yazılırmış gibi okuyor ve '*Âlî*'nin hakkını vermekten uzak kalıyoruz zira **ayın**'ı Æ veya Ẽ gibi telaffuz etmemiz gerekiyor ve böylece *Ali* değil de *Eali, Aeli* veya *Êli* gibi okuyabilelim. Bu arada *Hz. Ebu Beqr-i Sıddıq*'ın **k**'larının da **q** ile yazıldığını eklemek gerekir.

H'miz bir tanedir. Oysa **ha** (ح), **hı** (خ) ve **he**'ler (ه) var ve hepsini bir ve aynıymış gibi ele alıyoruz. Batı'da **H**'nin yanında **Kh, X, Ch** var. *Khalîd* ve *chalife* birer örnek.

X (iks veya eks) yok. *Maksimum* yazıyoruz oysa doğrusu *maximum* olmalıydı. Arıyoruz ve bulamıyoruz.

Dilbilim üzerine tartışmadığımız için uzatmıyorum. Yani, geliştirmek ve ilerletmek adına olması gerektiğinin altını çizdiğimiz **DEVRİM**'in bu işlevini burada görmüyoruz. O hâlde *devrim* değildir.

Yazı Reformu Gerekçeleri!

Arap yazısının tashihini (düzeltilmesini) isteyenlerin başlıca gerekçesi, bu yazının <u>Türkçe'nin ünlü seslerini ifade etmekte yetersiz kalmasıydı</u>.

Böyle bir argümanını üzerinde kalem oynatmayı bile zul addediyorum. *Zırva te'vil götürmez* deyimi gereğince öylece bırakıyorum.

Arap alfabesinin çok karmaşık, öğrenilmesi *zor* ve *anlaşılmaz* olması iddiası (büyük yalan).

Birinci cehalet; Latin alfabesinin aslı Fenike, Aramî, İbranî, Arabî, Yunan alfabeleridir. Yani o alfabe onlardan ayrı ve uzak ve bağımsız falan değil. Bizzât onların çocuğu / torunu.

İkinci mesele; zorluk, kolaylık çok göreli kavramlardır. Kime göre kolay, neye göre zordur? Ayrıca kaba bir istatistik ile;

Dünyada 1.5 milyar insan Çin alfabesini (ideogramik dilini), 1.3 milyar insan Sanskrit alfabesini (Hindî), 140 milyon Rus, 15 milyon Sırb, 11 milyon Bulgar, 6 milyon Boşnak, 2 milyon Makedon yani toplam 174 milyon insan Kyrill alfabesini, 11 milyon kişi Yunan alfabesini, 3,5 milyon insan Ermenî alfabesini, 6 milyon insan Gürcü alfabesini, 150 milyon insan Japon ideogramik alfabesini, 50 milyon insan Thai alfabesini, 100 milyon insan Kore ideogramik alfabesini, 70 milyon İranlı, 20 milyon Afgan, 6 milyon Güney Kürt'ü, 5 milyon Doğu Kürt'ü, 2 milyon küçük Güney Kürt'ü ve yaklaşık 250 milyonluk Arap âlemi (toplam yaklaşık 330 milyon insan) Arab alfabesini, 3 milyon Moğol Mançu alfabesini kullanıyor. Bunlara, Somali, Ethiopia, Erithre, İbranî (İsrail) alfabelerini kullanan 100 milyon insanı da ekleyin, alt alta yazın. Dünya nüfusunun neredeyse ¾'ü edeceklerdir. Bunların hepsinin geri, ilkel ve câhil olduklarını iddia edebilmemiz bilimdışılığı gerektirir.

Doğrular şunlardır;

Batı kültürüne duyulan şeklî ve sathî hayranlık, yalakalık ve özenti veya Avrupa'nın üstünlüğüne olan kör inanç ve bunlara paralel olarak Arabî lisanın aynı zamanda <u>İslâm alfabesi</u> olması ve bu vurgunun gücü hasebiyle gelişen sentimentalizm, Latin alfabesinin kazandığı 'prestij'in temeliydi. 1850-60'lardan itibaren Türk aydın sınıfının çoğu Fransızca biliyor ve bazen kendi aralarındaki yazışmalarda da Fransızca kullanacak kadar bu dili benimsiyordu. Telgrafın yaygınlaşmasıyla birlikte, Türkçe'nin Latin alfabesiyle ve Fransız imlasına göre yazılan bir biçimi de günlük yaşamın bir parçası hâline geldi. Pera (Beyoğlu), Galata, Selanik, İzmir gibi kozmopolit çevrelerde dükkân tabelaları ve ticarî reklamlarda çoğu zaman bu yazı kullanılıyordu. Buradaki tüccar bürokrasisinin siyasî ve fikrî kimliğine dikkat etmek gerekir.

İkinci Meşrutiyet döneminde, Türk ulusal kimliğini İslâmiyet'ten bağımsız olarak tanımlama ve bilinçli bir biçimde uzaklaştırma çabaları, özellikle *İttihad û Terakki*'ye yakın aydınlar arasında ağırlık kazandı. Arap yazısı İslâm kültürünün ayrılmaz bir parçası sayıldığı için, bu yazının terk edilmesi aynı zamanda Türk ulusal kimliğinin laikleş(me)mesi ve '*modernizasyonu*' anlamına gelecekti.

19. yüzyılın son çeyreğinde İstanbul ve Anadolu'da Yunan ve Ermenî harfleriyle basılan gazete ve kitaplar önemli bir yekûn tutmaya başlamıştı. Bu yayınların kazandığı popülerlik, Türkçe'nin Arap yazısından başka bir yazıyla da yazılabileceği fikrinin benimsenmesine yardımcı oldu.

İlk Reform Önerileri

Latin alfabesinin Türkçeye uyarlanması görüşü ilk kez 1860'lı yıllarda Azerbaycanlı *Feth-Ali Ahundzade* tarafından ortaya atıldı. *Ahundzade* ayrıca Kyrill alfabesi kökenli bir alfabe de hazırlamıştı. 1908-1911 döneminde Latin esaslı yeni Arnavut alfabesinin benimsenmesi, Türk aydınları arasında da yoğun tartışmalara neden oldu. 1911'de Elbasan'da hocaların Latin harflerinin şeriata aykırı olduğuna dair fetvasına karşı sert bir polemiğe giren *Hüseyin Cahit*, Latin esaslı Arnavut alfabesini savunmakla yetinmeyip Türklerin de aynısını uygulamalarını önerdi. 1911'de *İttihad û Terakki* Cemiyeti'nin Arnavut kolu Latin esâslı alfabeyi kabul etti.

1914 yılında *Kılıçzâde Hakkı*'nın yayınladığı Hürriyet-i Fikriye adlı dergide çıkan beş imzasız makale, Latin harflerinin yavaş yavaş kullanılmalarını öneriyor ve bu değişikliğin kaçınılmaz olduğunu ileri sürüyordu.

1911 yılında Manastır-Bitola'da Latin harfleriyle basılan ilk Türkçe gazete yayınlandı. *Zekeriya Samî Efendi*'nin neşrettiği adı *Esâs* olan ve Cumartesi günleri yayınlanan bu gazetenin ancak birkaç sayısı günümüze ulaşmıştır.

M. Kemal ve Harf Reformu

Mustafa Kemal de bu konuyla 1905-1907 tarihleri arasında Suriye'deyken ilgilenmeye başladı. 1922 yılında *Halide Edip Adıvar*'la yine bu konu hakkında konuşmuş ve böylesi bir değişikliğin sert önlemler gerektireceğini söylemişti.

Eylül 1922'de *Hüseyin Cahit*'in İstanbul basın yayın üyelerinin katıldığı bir toplantıda *M. Kemal*'e sorduğu *"neden Latin harflerini kabul etmiyoruz?"* sorusuna, M. Kemal *"henüz zamanı değil"* yanıtını vermişti. 1923'teki İzmir İktisat Kongresi'nde de aynı yolda bir öneri sunulmuş, ancak öneri kongre başkanı *Kâzım*

Karabekir tarafından *"İslâm'ın bütünlüğüne zarar vereceği"* gerekçesiyle reddedilmişti.

28 Mayıs 1928'de TBMM, 1 Haziran'dan itibâren resmî daire ve kuruluşlarda uluslararası rakamların kullanılmasına yönelik bir yasa çıkarttı. Yasaya önemli bir tepki gelmedi. Yaklaşık olarak bu yasayla aynı zamanda da harf reformu için bir komisyon kuruldu.

Komisyonun tartıştığı konulardan biri eski yazıdaki **qâf** (ق) ve **kef** (ك) harflerinin yeni Türkçe alfabede **q** ve **k** harfleriyle karşılanması önerisiydi ki, mantığa uygun olan da buydu. Ancak bu öneri *M. Kemal* tarafından reddedildi ve **q** harfi alfabeden çıkartıldı. Yeni alfabenin hayata geçirilmesi için 5 ila 15 senelik geçiş süreçleri öngören komisyonda bulunan *Falih Rıfkı Atay*'ın aktardığına göre M. Kemal *"bu ya üç ayda olur, ya da hiç olmaz"* diyerek zaman kaybedilmemesini istedi. Alfabe tamamlandıktan sonra 9 Ağustos 1928'de *M. Kemal* alfabeyi Cumhuriyet Halk Partisi'nin Gülhane'deki galasına katılanlara tanıttı. 11 Ağustos'ta Cumhurbaşkanlığı hizmetlileri ve milletvekillerine, 15 Ağustos'ta da üniversite öğretim üyeleri ve edebiyatçılara yeni alfabe tanıtıldı. Ağustos ve Eylül aylarında da *M. Kemal* farklı illerde yeni alfabeyi *'halk'*a tanıttı. Bu sürecin sonunda komisyonun önerilerinde, kimi ekleri ana sözcüğe birleştirme amaçlı kullanılan tirenin atılması ve şapka işaretinin eklenmesi gibi düzeltmeler yapıldı.

8-25 Ekim tarihleri arasında resmî görevlilerin hepsi yeni harfleri kullanımla ilgili bir sınavdan geçirildi.

Harf Devrimi Kanunu

1 Kasım 1928'de 1353 sayılı **Yeni Türk Harflerinin Kabul ve Tatbiki Hakkında Kanun** Resmî Gazete'de yayımlanarak yürürlüğe girdi. Kanunun ana maddeleri aşağıdaki gibiydi:

- Madde 1 - Şimdiye kadar Türkçeyi yazmak için kullanılan Arab harfleri yerine Latin esâsından alınan ve merbut [ekli]

cetvelde şekilleri gösterilen harfler (Türk harfleri) unvân ve hukuku ile kabul edilmiştir.
- Madde 2 - Bu Kanunun neşri tarihinden itibâren devletin bütün dâire ve müesseselerinde ve bilcümle şirket, cemiyet ve hususî müesseselerde Türk harfleriyle yazılmış olan yazıların kabulü ve muameleye konulması mecburîdir.
- Madde 3 - Devlet dâirelerinin her birinde Türk harflerinin devlet muamelâtına tatbiki tarihi 1929 Kanun-u sânîsinin [Ocak ayı] birinci gününü geçemez. Şu kadar ki, evrakı tahkikiye ve fezlekelerinin ve ilâmların ve matbu muamelat cedvel ve defterlerinin 1929 Haziran ibtidasına [başına] kadar eski usûlde yazılması câizdir. Verilecek tapu kayıdları ve senetleri ve nüfus ve evlenme cüzdanları ve kayıdları ve askerî hüviyet ve terhis cüzdanları 1929 Haziranı ibtidasından itibâren Türk harfleriyle yazılacaktır.
- Madde 4 - Halk tarafından vâkı müracaatlardan eski Arab harfleriyle yazılı olanlarının kabulü 1929 Haziranı'nın birinci gününe kadar câizdir. 1928 senesi Kanun-u evvelinin ibtidasından itibâren Türkçe hususî veya resmî levha, tabela, ilân, reklam ve sinema yazıları ile kezalik Türkçe hususî, resmî bilcümle mevkut, gayrı mevkut [süreli, süresiz] gazete, risâle ve mecmuaların Türk harfleriyle basılması ve yazılması mecburîdir.
- Madde 5 - 1929 Kanun-u sânîsi ibtidasından itibâren Türkçe basılacak kitabların Türk harfleriyle basılması mecburîdir.
- Madde 6 - Resmî ve hususî bütün zabıtlarda 1930 Haziranı ibtidasına kadar eski Arab harflerinin stenografi makamında istimali câizdir. Devletin bütün dâire müesseselerinde kullanılan kitab, kanun, talimatname, defter, cedvel kayıd ve sicil gibi matbuaların 1930 Haziranı ibtidasına kadar kullanılması câizdir.
- Madde 7 - Para ve hisse senetleri ve bonolar ve esham ve

tahvilat ve pul ve sâir kıymetli evrak ile hukukî mahiyeti hâiz bilcümle eski vesikalar değiştirilmedikleri müddetçe muteberdirler.

- Madde 8 - Bilümum bankalar, imtiyazlı ve imtiyazsız şirketler, cemiyetler ve müesseselerin bütün Türkçe muamelatına Türk harflerinin tatbikı 1929 Kanun-u sânîsinin birinci gününü geçemez. Şu kadar ki halk tarafından mezkür müesseselere 1929 Haziranı ibtidasına kadar eski Arab harfleriyle müracaat vâkı olduğu takdirde kabul olunur. Bu müesseselerin ellerinde mevcûd eski Arab harfleriyle basılmış defter, cetvel, kataloğ, nizâmnâme ve talimatnâme gibi matbuaların 1930 Haziranı ibtidasına kadar kullanılması câizdir.
- Madde 9 - Bütün mekteblerin Türkçe yapılan tedrisatında Türk harfleri kullanılır. Eski harflerle matbu [basılı] kitablarla tedrisat [öğretim] icrâsı memnudur [yasaktır].

Özetle yasa, resmî ve gayrıresmî her türlü yazışmada yeni yazı kullanımını zorunlu kılıyor (md. 2), eski yazıyla süreli ve süresiz yayınları yasaklıyor (md. 4-5) ve okullarda eski yazı öğretilmesine yasak getiriyordu (md. 9).

1929'da ilk ve orta dereceli okullardan Arabî ve Farsî dersleri kaldırıldı. 1930'da imam-hatib okullarının ve 1933'te İstanbul Darülfünun'una bağlı İlahiyat Fakültesi'nin kapatılmasından sonra, Türkiye'de yaklaşık 40 yıl boyunca hiçbir resmî ve özel yasal çerçevede eski yazıyla Türkçe eğitimi verilmediği anlaşılmaktadır. Üniversitelerin edebiyat ve tarih bölümlerinde de bu dönemde eski yazı resmen müfredatta yer almadı. Ankara Üniversitesi Dil-Tarih-Coğrafya Fakültesi'nde Arabî ve Farsî kürsüleri var olmaya devam ettiyse de, bunların öğrenci sayısı üç-beş dolayında kaldı.

Misal teşkil etsin diye sadece 3. maddede geçen kelimelerin Arabî olanlarını yazıyorum ve sizleri vicdanlarınızla baş başa bırakıyorum:

- Madde 3 - Devlet dâirelerinin her birinde Türk harflerinin devlet muamelâtına tatbiki tarihi 1929 Kanun-u sânîsinin [Ocak ayı] birinci gününü geçemez. Şu kadar ki, evrakı tahkikiye ve fezlekelerinin ve ilâmların ve matbu muamelat cedvel ve defterlerinin 1929 Haziran ibtidasına [başına] kadar eski usûlde yazılması câizdir. Verilecek tapu kayıdları ve senetleri ve nüfus ve evlenme cüzdânları ve kayıdları ve askerî hüviyet ve terhis cüzdânları 1929 Haziranı ibtidasından itibâren Türk harfleriyle yazılacaktır.

İnsanlar kendi dillerinin yanında başka dilleri ve alfabelerinden gayrı diğer alfabeleri öğrenebilir, kullanabilir, yararlanabilirler. Bu bir sorun değil bilakis bir zenginliktir. Latin hurufatını kullanmak ve bilmek de buna dâhildir. Yeter ki, Latin alfabesini bir üstünlük, bir ayrıcalık, bir farklılık ve hele de bir tahakküm aracı olarak görmesinler. Çünkü işin ehli bilir ki, Latin hurufatı *hüdâ-i nâbit* bir alfabe olmayıp, başta da söylediğimiz gibi kendinden çok daha eski, çok daha zengin ve çok daha orijinal başka alfabelerin bir ürünüdür. Onun 'A'sı, Fenike'nin **Alf**'i, Yunanî'nin **Alfa**'sı, Arabî'nin **Elif**'i, İbranî'nin **Alef**'i, Aramî-Süryanî'nin **Olaf**'ıdır. Diğerleri de hep böyledir. Hâl böyleyken, bir takım adamların Latin hurufatıyla modernite arasında – *sözde* – bilimsel bir ilişki kurmaya kalkışması cehaletlerini – *ve eğer böyle değilse* – fesatlıklarını ilândan başka bir şey olamaz.

Kıyafet'in devrimi olur mu? Takım elbise giyen bir adamın şalvar giyen, toga giyen, entari giyen bir adama üstünlüğü nedir? Böyle bir zırvalama tarihin hangi diliminde görülmüştür. En büyük hırsızlar, katiller, alçaklar, pervers'ler en iyi giyinip kuşananlardır. Onları '***devrim***'ci ilân etmek gerekiyor, bu kıyafet devrimi uyarınca. Harf Devrimi'ni devletin *dil perversionu* olarak not ediyoruz. *Perversion révolutionnaire* – devrimci sapıklık budur.

DEVLET vs STRATEJİ

1. Keder!

Prokopios' un meşhur eseri *'Gizli Tarih'* (Anektoda, Historia Arcana) öğreticidir. Zulûm, gayrı kanunîlik, zorbalık, tiranlık, iftira, ihanet, nefret, ödleklik, sahtekârlık, yalancılık bu eserde *'Personae Dramatis'* olarak belirir. Prokopios, resmî ideolojiye karşı duyduğu itimatsızlıktan dolayı *skeptikos* (şüpheci, kuşkucu) olmuştur. Devlet ricalinin gündelik davranışlarının, benimsediklerini iddia ettiği öğretiyle ve tatbikatın resmî kavramlarla tenakuz hâlinde olduğunu görmüştür: *'Her yerde kanunsuzluk ve şiddet hüküm sürüyor. Devletin yapısı bir zorbalığa (tyrannia) denk düşüyor, ancak, tutarlı ve sağlamca yerleşmiş bir zorbalık gibi bile değil – her şeyin her zaman en başından alındığı bir zorbalık idâresi gibi'.*

Prokopios, o günlerin moda felsefî-teolojik tartışmalarını (Monofisit - Difisit vs.) <u>kollektif</u> bir <u>delilik</u> olarak kabul etmektedir:

'Allah'ın tabiatı mevzuundaki bütün anlaşmazlıklar bana bir delilik gibi görünüyor; insan kendi tabiatını bile bilemez, onun için, Allah'ın tabiatı üzerine her türlü taakkulu (akıl yürütmeyi) bir kenara bırakmalıdır'.

Büyük usta, dilenciliğin, hırsızlığın, yolsuzluğun, paranın

ilâhlaşmasının, fuhşun, sahtekârlığın, alçaklığın, ihânetin her tarafı kapladığı ve sosyalleştiği ülkesine baktıkça, karamsarlaşmaktadır:

'evrensel bir keder çökmüş üstümüze, hiç kimse daha iyi şeyler ümit edemiyor, hiç kimse hayatı güzel bulmuyor'.

6. asrın tarihçi, hukukçu ve söylevcisi (*rithoras*) Agathias da çok kuşku duyuyordu, olup bitenlerden.

'Bir kimsenin eşyanın sırrını anlayabileceğini sanması ve buna inanması, boş gururdur ve cehâletten iki misli daha büyük bir budalalıktır'.

2. Contraria Contrariis Curantur

<u>Prokopios ve Agathias senin hikâyeni yani Türkiye'ni anlatıyorlar.</u>

Toplum karamsardır, halkın öncüsü olarak kabul ettiğimiz aydınlar (iyi adamlar) şeref ve haysiyeti küçümseme temelinde bir tür inzivâ hayatına girdiler ve bu bir gerçek. Şarkî edilginlik (*Passifisme Orientale*) ve karamsarlık (*pessimisme*) mefhumları ve inziva hayatı, **kyniklerin** tabiata dönmeyi öngören öğretileri ile birleşip öncüleri kış uykusuna yatırdı. Eskiden, bu tarz kuvvetli bir Hristiyanlık duygusuyla birleştiğinde ortaya örgütlü manastır hayatı çıkıyordu. Keşişler buralardaydı. Öncü artık modern keşiştir. Modern keşişlerimizinki, Allah sevgisinin ve muhabbetinin veya hümanizmanın etkisinden değil, naçâr ferdi ezip ufalayan gerçekliğe bir tür fügdür - kaçış. Pasif Protesto diyenler de var. Keşişleşen aydın / öncü yaşamaktan usanmış insanları peşinden sürüklüyor. Modern manastırlar adam almaz hâle gelmiştir. Ancak, modern manastırlardaki insanların yüreklerinde pek dünyevî alışkanlıklar yuvalanmıştır.

Devlet, keşişleri, hinovionları, monastirionları sever ve sayılarının artmasını ister. Tarih söylüyor, keşişlikle dilencilik arasındaki çok ince bir çizgi oluşuyor, silinmeye açık. Üretime dönük olmayan *'düşünceye dalma'* (*kadavra ruhçuluğu* olarak da okuyabiliriz), edilgenlik ideolojisi, miskince münzevîleşme hayatla bütünleşmemelidir. Devlet ise, bunu yapıyor, bütünleştiriyor, ucubeleştirmenin mühîm bir metodu. Devlet bu dergâhları ele geçirdi ve keşişleri ordu hâline getirdi, örgütledi. Devlet hiyerarşisinde kullanılacak bir silaha dönüştürdü. Aydın artık, devlet rahibi, kâhini, diakonu, diakon yardımcısı, vaizi, psalmcısı (ilâhîcisi), hatibi, hademesi, ibrikçisi, peşkircisi, vaftizcisi, zangocudur.

Eskiden keşişler arasında *'Militans sub regula vel abbate'* adı verilen üstlerinin idaresi altında, örgütlenmiş bir Allah ordusu olarak yaşayan militanlar vardı. Bu kategori diğerlerinden farklıydı. Şimdi yoktur. Şimdiki kategorinin kutsal devlet karşısında görevleri şunlardır: *Oboedientia* (İtaat etme, söz dinleme), *taciturnitas* (sessiz durma, pısma) ve *admitans* (kabul etme). Misyonu, *'eşyânın zâhirinin gerisini görme ve köklere erişme'* olarak tespit edilebilen aydının ocağı başına yıkılmıştır, taşınmaz mülkiyetleri yoktur, artık. Onlar tekelci globalizmin malıdır. *Global emperyalizm*, dünyanın kaderini, insanların mutluluğunu ve ölüm kalımını elinde tutan ölümsüz ilâh olduğunu ilân etmiştir. Doğu ve Batı onundur. O, felsefenin felsefesidir. *Psellos'*un dediği gibi: *'Eğer kanuna aykırı davranmış olmakla suçlanmak istemezsen, bak, görme; işit, dinleme'*. Global Kanun'a karşı gelmekle suçlanmak istemiyorsan, böyle davranacaksın. Artık, kıymeti kendinden menkul Evanjelizm (Mutlu Habercilik!) hâkimdir. *Keder*, Mutlu Habercilik oluyor.

SAVAŞIN TOHUMU SUYA DÜŞTÜ RUYÂSI

Göğüsleri açıkta olan kadın büyük bir protectrice yapının içinde süreci başlatıyor. 6 kişiden oluşan bir heyetle görüşülüyor. Gelecek ilân ediliyor.

Perversion'a Geri Dönüş - Bir Gelecek Varsa Orada Perversion Var

Bu terim semantik alanında birçok tanıma sahiptir. *Pervertir* fiilinden köken alır ve aslında *yönlendirmek, oriente etmek – détourner* anlamındadır. Aynızamanda *mettre sens dessus-dessous – baş aşağı koymak* anlamı da vardır. Ancak genel olarak, *bir şeyi gerçek tabiatından döndürmek, saptırmak* ma'nâsı vardır. Ma'nevî ve ahlâkî anlamda *'aslında olmaması gereken veya olmayan bir anlama ya da içeriğe büründürmek, tahvil etmek yani döndürmek / convertir*'dir. Bu kelimenin kullanıma girmesi 17. Asra denk gelmektedir ve dönem itibarıyla daha ziyade dînî bir imâ içerir. Günümüz lisanında *perversion* terimi ya ahlâkî vurgu ve imâya (içgüdülerin bir sapması ki, bu hâl bireyi ahlâkî olmayan ve antisosyal davranışlara sevk edecektir) ya da bir *söylevin anlam* *dönüşümü*ne işaret eder – örneğin siyasî bir mesaj. Moral değerler, hukuk ve siyaset bakımından çağlar içinde *perversion* kavramı evrimler geçirmiştir. Toplumda sıklıkla *'seksüel'* muhtevasıyla anılan *perversion* bir sapma veya ve hattâ bir patolojik duruma denk getirilir.

Psikiyatri biliminde sıklıkla **'amorale'** – *moral olmayan, gayri ma'nevî, gayrı ahlâkî, gayri terbiyevî* davranışlar olarak kullanılır ki, bunlar *maladive* – hastalıklı olarak kabûl edilirler. Ancak *'müesses'* bir *perversion* anlayışı yoktur; asırdan asıra, toplumdan topluma, kültürden kültüre ve anlayıştan anlayışa değişir. Meselâ hiç kuşku yok ki *pedofili / pédosexualité* hastalıklı bir sapmadır - *perversion maladive* ve hâliyle suç teşkil etmektedir; diğer sapmalarla aynı şiddette ve kategoride algılanmama eğilimi de yüksektir; örneğin *fetişizm* de seksüel bir sapma ve pratiktir ancak toplum nezdinde *pedofili* gibi algılanmadığı da âşikârdır. Belki de *fetişizm*de objeler genelde cansız iken *pedofili*'de süje canlı bir varlıktır ve üstelik *mineur*'dür.

Psikanaliz ise işleri karıştırır. **Freud** *perversion*'u çok farklı teorize etmiş ve yorumlamıştır. Evvelâ onu genel insan cinselliğine - *sexualité humaine générale* dâhil etmiş ve psikojenetik perspektiften incelemek istemiştir. Metapsikoloji itki'yi – *pulsion*, mutluluğa götüren itmeler, dürtmeler olarak tanımlar. Daha sonra *Freud* için bu itki, değişik etaplarda ifadesini bulur; oral, anal, fallik ve jenital. O hâlde *perversion* itki'nin doğasında bulunmaktadır ve bu itki çok şekilli – *polymorphe* bir memnuniyeti ve hoşnutluğu hedeflemektedir yani jenital gayeden farklı olarak bir memnuniyet aracıdır. Bu durumda perversion çocuğu da erişkini de hoşnut etmektedir. "Çok formlu sapmış çocuk - *L'enfant pervers polymorphe*" kavramı çocuğun masum suçlu veya küçük suçlu bir konumda olmadığına işaret etmektedir.

Fransa'da ilk defa olarak – *Littré*'de - 1800'lü yılların ortalarında *perversion* – sapıklık kavramı cinsî içerikli âdetlerle ilişkilendirilmiştir:

«*Perversion. Changement de bien en mal. La perversion des mœurs. Trouble, dérangement. Il y a perversion de l'appétit dans le pica, de la vue dans la diplopie*».

Sapıklık. İyinin kötüye doğru değişimi, iyinin kötüleşmesi, kötü hâline gelmesi. Âdetlerin; örfün ve an'anenin sapkınlığı; dert, belâ, külfet; dengesizlik, geçimsizlik, delilik, düzensizlik, kargaşa. *Pica* (Toprak yeme hastalığı, anemisi) hastalığında iştah sapması, *diplopi*'de / çift görme, görme sapması mevcuttur.

Daha sonraları tanım bir miktar daha değişmiş ve *Littré Médical*'de, tanıma yeni bir unsur eklenmiştir; «*Perversion morale des instincts, V. Folie héréditaire* – içgüdülerin ahlâkî/töresel sapması, yani ırsî/kalıtsal delilik, çılgınlık» (E. Littré et Ch. Robin).

Valentin Magnan ile beraber içgüdülerin ahlâkî sapıklığından - *perversion morale des instincts*, cinsî sapıklığa - *perversion sexuelle* geçilecektir. Bu *perversion* terimi İngilizcede *aberration* – sapma kavramıyla karşılanmıştır. Almanca'da iki kavram bulabiliriz:

- *Sexuelle Abirrungen* (aberrations sexuelles – cinsel sapmalar) ki, bunu *Freud* kullanmıştır;
- *Anomalien des Geschlechtstriebes* (anomalies de l'instinct sexuel – cinsel içgüdünün anomalileri) ki, *Krafft-Ebing* tarafından kullanılmıştır.

Magnan pozitivist perspektiften bakıyor ve oradan Merkezî Sinir Sistemi'nin bir anomalisi biçiminde okuyordu *perversion*'u ve detaya girmeyi gerekli bulmuyordu. Onun için cinsel hayat anatomo-fizyolojik bir modelle tanımlanmıştı: Bazı bireyler, orgazma ulaşabilmek için bu modelden uzaklaşmışlardır. Bu sapma veya dolambaçlı yol sinir sistemi'nin bir ahenksizliği - *une disharmonie du système nerveux* olmalıydı. Bu tasvir, ahlâkî kaygılara cevap oluşturabilmekten çok uzaktı ya da başka bir deyişle bu durumu bir hastalık veya bozukluk olarak bile saymıyor olsa olsa bir 'dolambaçlı tercih' olarak kabûl ediyordu. Bu nedenle *pervers*'ler – sapıklar birbirine – *neredeyse* – taban tabana zıt gruba ayrıldılar:

1. Bilgili, görgülü, toplumda yer sahibi olan ve iyi yetişmiş, meslek veya san'ât erbabı süjeler ki, *perversion* kavramı bu kişilerden uzaktı ve asla kullanılmazdı, onlara uğramazdı. Onlar onurlu ve saygıdeğer kişilerdi. Sorun *perversion* olarak ifade edilemez ve fakat – *belki* – cinsel eğilimlerinin farklılığından kaynaklı olarak bir kişilik anomalisinden bahsedilebilirdi. Bu insanların kendileri bile meyillerini ve tutkularını böylece tanımlayabilmişlerdir. Yani, bunlar iyi sapıklar'dır - *des bons pervers*. Bu kategorinin içinde – *iyi toplum içinde nitelemesiyle birlikte* - teşhircileri - les *exhibitionnistes* veya eşcinselleri - les *homosexuels* saymaktadırlar.

2. Sosyal olarak kötü yetişmiş, iyi eğitilmemiş, meslek sahibi olmayan, sabit bir işleri bulunmayan kişilerin *perversion*'ları ise saldırgan, vahşî ve istikrarsız (agressives, cruelles et instables) olarak tasvir edilmiş ve anomalilerinin ırsî değil ve fakat tamamen şahsî olduğu ileri sürülmüştür. Eskilerin *folie morale* – ahlâkî delilik dediği şey işte yukarıda bahsedilen durumun tâ kendisidir. *Magnan* bu durum için *dégénérescence* (soysuzlaşma, yozlaşma, çarpılma, geriye doğru evrilme) deyimini uygun görmüştür.

1975'te *Henri Ey Manuel de psychiatrie* isimli eserinde iki ayrı başlık olarak *perversité* ve *perversion* kavramlarını teklif etmiştir. «*Pervers kendisini sadece kötülüğün ellerine teslim etmekle kalmaz ve fakat arzu'ya da teslim olur*». Bu arzu en nihayetinde varoluş yasası - *loi existentielle* hâline gelir; *perversion* ise «*duygudurumsal yapının kendi varlığının kanunu olduğu bir gelişim evresinin kıyısında kalır*».

Joël Dor için, *Henri Ey*'in *perversion* tasviri *perversité* ile *perversion*'u birbirinden ayırmaya yetmemektedir. Bu psikiyatrik tanım sadece psikopatolojik alana yol açmakla kalmaz ve fakat ahlâkî mülahazaların da önünü sonuna kadar açar yani psikopatoloji dışındaki sosyal kriterleri gündemleştirir: *«Psikopatolojik saha ahlâkî ve ideolojik normlarla dolar ki, bunlar her türlü klinik neticeyi peşinen geçersizleştirirler»*. Böylelikle *perversite* ile *perversion* arasındaki fark klinik psikolojiye yabancı kalacaktır.

Ahlâkî varlık olarak insanın gelişiminin genetik (ya da *Jeni*-tik olsun) bir tahlili yapılabilir mi ve buradan bir *perversion*'a veya ne bileyim ben bir *perversite*'ye ulaşılabilir mi? Meselâ ve diyelim ki, *perversite* (ahlâk bozukluğu, perversité, perversity, perverseness) tabiî ve aynı zamanda patolojik bir şey. Al sana totolojinin şâhı; doğal ve patolojik bir arada. Sanki fizyolojik ve patolojik yan yana, iç içe, kucak kucağa, ne hoş. Ama meşrulaştırıldığını biliyorum ve bana çok da ters gelmiyor: Çok genel ve menfî görünümünün altında, ***kötü*** ahlâk eksikliğiyle veya yokluğuyla birbirine karıştırılır ve ahlâkî sıfatıyla nitelenen bilincin denetiminden kaçan her eylem ahlâksız – *immorale* olarak adlandırılır.

Burada çok büyük bir tezgâhın, hilenin, dolabın, gizli andlaşmanın yani *Pierre Kaufmann*'ın *«collusion»* diye adlandırdığı durumun içine düşeriz. Ahlâkî prensiplerin tezgâhı – *la collusion des principes moraux*, bu da saf semiolojik bir kavram olarak kalmazsa iyi. İşte bu durumdan kaçamadığımız sürece *pervers*'den – sapık ete kemiğe bürünmüş bir ***Kötü*** yaratmamız ân mes'elesidir.

Tatminli Tatminsizim Psikanaliz Kenarında...

Pervers yapı - La structure perverse, terminolojik olarak *Freud*'e borçlu sayabiliriz kendimizi, bilinçdışı mekanizmaları ifade etmeye girişmek amacıyla kullanılan bir kavramdır. Bu *pervers yapı*'yı açıklığa kavuşturanın Lacan olduğunu kabûl etmememiz için bir sebep yoktur. Diğer iki yapı ise Nevrotik yapı - *la structure névrotique* ve Psikotik yapı'dır - *la structure psychotique*.

Lacan mütemadiyen *Claude Lévi-Strauss*'un *hısım ve akrabalığın elemanter yapıları*'na - <u>*Les structures élémentaires de la parenté*</u> başvurmaktadır çünkü *Lacan, Lévi*'nin yapısal anlayışını kendisine çok yakın görmektedir.

Dediler, dediler: Bu, işte, insanın iç çelişkilerinin ve ızdırablarının yansımasına işaret eden bir fenomendir ki, birey bunu hissettiğini reddetmektedir. Savunma mekanizmasıdır, psişik bir olgudur ki, ızdırabı ferahlatabilir, diğerini bir nesne gibi, bir âlet gibi – *hedefi doğrultusunda* – kullanabilir, dayanılmaz olarak kabûl edilen bu ezâyı dışarı atar, bütün bunları yaparken de *pervers* bir işleyişe başvurur. Başkasını veya bir sürü başkalarının ve hattâ kendisinin yapısını bozarak – DESTRUCTURE EDEREK – '*kendisini muhafaza etme*' yoluna gider.

Bu mekanizma *ego*'nun – dış imajın kıymetini arttırır ve buna da herhâlde kendine sevdâlı sapıklık anlamında *perversion narcissique* denir. Daha da ileri giderek her *perversion* – sapıklık içsel/ enfüsî ma'nâda bir *narsisizm*'dir veya – *bakış açısına göre* – *narsisik bozukluk*tur. Kimdir o, '*Ben de* narsisizm'den eser yok, *ben antinarsisik'im* der, biline ki o olsa olsa *Narkisos*'un hortlağıdır. İnsan kendine deli gibi sevdâlı ve sahtekâr olmakla onun ilminden ve kelâmından Yaradan'a sığınırım. *Je suis surtout intrinsiquement hyper-narcissique.*

Bu mekanizma cinsel ilişkiler boyutuna taşındığında cinsî sapıklık'tan – *perversion sexuelle* bahsedilir. Bu anlayışta, karşı tarafın hilafına veya zararına bir cinsel empoze mevcuttur.

Esasta *perversion* savunmasal bir işleyiştir ve bu mekanizmaya herkes başvurabilir. Buna mukabil bazı kişilerde bu mekanizma tercihî bir işleyiş olarak yerleşmiştir. Bu kişiler uygulamaları sırasında veya sonrasında psişik bir ızdırab çekmezler, her şey yolundadır. Uyum belirleyicidir.

Freud oluşturduğu tasvirî klinik tabloda *obje* ve *amaç*'tan bahseder. Bu tanımda itki'nin – *pulsion* önemli yeri vardır. *Pulsi-*

on bedenî bir enerji olup kaynağı bir obje, bir amaç ve bir itme / zorlamadır. Diğer bir deyişle *arzu* bedenin içinde kökleşir, birini veya bir şeyi arzu eder, bu kişi veya şey'e sabitlenir ve belli bir güç ile ona yönelir.

Freud paradigmasında obje psişik bir realitenin bağrında bir temsile işaret eder. Amaç da zevk ortak noktasında partner ile buluşmaktır. Burada doğurma, üreme vs. gibi ereksel bir anlayış bulunmamaktadır.

Böylece *perversion* şu anlamlar da bir sapmaya işaret eder:
- *Pedoseksüalite, zooseksüalite, nekroseksüalite*'de obje değişimi;
- *Voyeurisme*-rontgencilik'te bakmak yoluyla, teşhircilikte - *exhibitionnisme* ise kendisine bakılmak suretiyle amaç değişimi;
- Meselâ fetişizm'de erojen bölge değişimi;
- Nihayet, *perversion* cinsî tatmine erişme temelinde özel koşulların gerekliliğine de işaret edebilir.

Lanteri-Laura'nın formüle ettiği tablo

Hastalar vs hasta olmayanlar	Pervers'ler vs pervers olmayanlar	Sonuçlar
+	+	Normaller
+	-	Hasta olmayan pervers'ler
-	+	Nevrozlar
-	-	Hasta pervers'ler

Bu tabloda *Freud* ve takipçileri *perversion*'un cinsel hayat dışında bir mekanizma olmadığını göstermek istemektedirler. *Perversion* tümüyle cinsel yaşamın bir parçasıdır. Ancak ve ancak nadiren bir inhisar/tekel ve fiksasyon varsa *perversion*'dan hastalık taşıyan bir semptom olarak söz edilebilir.

Freud konunun etiolojisine (oluş sebebi; ırsiyet, yatkınlık, yozlaşma, biyografik durumlar vs.) veya bir normallik anormallik karşıtlığı üzerine teori kurmak yerine mekanizmalarla ilgilenir temele psikopatolojik incelemeyi koyar.

Çocuk Cinselliği Bahsi

Freud psişik hayatı doğumdan itibaren başlatır. Fizyolojik ihtiyaçların fevkinde tatmin arayışları vardır çocuğun ve buna alan yaratmaya çalışacaktır. Her saha diğer deyişle erojen bölge süje'nin bizzât kendisi tarafından yaratılır; bebek kendi vücûdunun bir parçasını erotik nesne - *"objet érotique"* hâline getirir. Örneğin aç olmasa bile annesinin memesini emmekten haz duyar. Parmağını, saçını veya vücûdunun başka bir yerini annesinin memesine değdirmekle cinsî haz alır. *Freud*'e göre bu bir öz erotik - *auto-érotique* eylemdir ve bu eylem esnasında emmekten kaynaklı tatmin zevkini reaktive eder. Fizyolojik tatminden bağımsız olan bu süreç bir arzusal ve fantazmatik alan oluşturur.

Bu anlamda *Freud* çocuğu çok formlu pervers - *pervers polymorphe* biçiminde karakterize eder. Böyle yaklaşmaktaki amacı çocuğun vücûdunu ve etrafındaki dünyayı kısmî *pulsion*ları yoluyla tanıdığına işaret etmektir. Hepimiz bu seksüel etaptan geçmişiz demek istemektedir; önce non-jenital sonra jenital. Çocuk açısından okunacak olursa bu sağlıklı bir keşif olmaktadır zira bir safhadan diğerine geçiş söz konusudur. Tersi olsaydı yani geçişler doğru sırayla olmasaydı bu mekanizma patholojik bir mod olarak kabûl edilecekti.

O hâlde insan itkisel hayatını birçok erojen bölge yoluyla keşfeder ve yaşar. Zaman içinde vücûtsal bütünlüğünü bilince taşır ancak kendisini başlangıçtaki itkisel parçalanmayla belirler. Bakmak veya göstermek yoluyla alınan hazlar da bu tezi – kısmî itki / *pulsion partielle* desteklemektedir. Öpmeler ve okşamalar da bu cümledendir.

Perversion'un bilinçdışı mekanizması olan inkâr'ı – *déni* geliştirip dururuz. Bu, çocukluk çağındaki bilinçsiz bir sabitlenmedir. Bu dönemde çocuk gerçek olarak cinsiyetlerin farkına varır, kadınla erkeği birbirinden ayıran anatomik farklılıkları keşfeder. Çocuk için sembolik kudret annesi nezdinde ete kemiğe bürünür. Annesinin belirgin bir cinsel organla donanmadığının farkına varır, bir boşluk görür, bir noksanlığın olduğunu düşünür. Bazı çocuklar için bu fark katlanılamaz düzeydedir, inkâr'a yönelirler; bu farkı reddetmek isterler.

Daha çocukluktan itibaren, bu farkı görür görmez, *perversion*'a doğru yönlenen süje'nin itkisel hayatı - *la vie pulsionnelle du sujet* bir yarılma/çatlama/ayrılma - *clivage* üzerinden işleyecek ve bu hâl bütün hayatını etkileyecektir:

Sosyal hayatında *pervers* birey herkes gibi davranacak ve hattâ örnek ve parlak bir vatandaş olrak parmakla gösterilecek, bu Ben/Ego realist ve bilinçli olacaktır;

Buna mukabil cinsel hayatında, *pervers* şahıs yararlanma, tasarruf ve zevk - *la jouissance* sahasına ancak ve ancak bazı şartlar altında erişecektir. Bunun dozu ve düzeyi kişinin perversion seviyesiyle alâkalıdır. Eğer bu koşullar sosyal yasalarla çelişirse pervers birey yasaya karşı gelmenin yollarını arayacaktır zira *Ego*, zevk prensibinin esiridir artık.

Böylelikle, *feti***şist mükemmelen bilir ki, sosyal hayatında kadınlar** *penis***'ten mahrum yaratıklardır fakat cinsî hayatında zevke ermek için,** *fallik* **boyutu sembolize etme temelinde, kendisini bir** *fetiş***le donanmış kadın gibi temsil edecektir.** *Fetişizm***in tipine göre bu bir kırbaç, belli biçimde bir ayakkabı veya,** *fallik* **bir eklenti ile donanmış kadın temsili yaratabilecek herhangi bir** *obje* **olabilir bu. Bu** *obje* **eril cinsel organ eksikliğini telafi edecektir. Fetiş bakışla potansiyalizedir ve kırılabilir (ayrılabilir, bölünebilir) görünümü ona değer kazandırır.**

Devrim herhâlde başka bir şeydir ve mutlaka Yüksek Şuur gerektirir.

Konfucius'un, "Analects"inde (Seçme Yazılar) şunlar var:
Moral bir mükemmellikle hüküm veren (insan) kutup yıldızı gibidir. O hep yerinde durur ve diğer yıldızlar onu selamlarlar. İki sözcük herşeyi kapsar: DAĞILMAMIŞ AMAÇ! Eğer halkı kanunlarla yönetiyorsanız, onlar cezadan çekinirler ve eğer onları CEZALAR SİSTEMİ ile koruyorsanız, bilin ki halk cezadan çekinir ve UTANÇ DUYGULARINI KAYBEDER! Yok eğer onları MORAL MÜKEMMELİYET'le yönetiyorsanız ve saygınlığınızla (BİLGELİĞİNİZLE) düzende tutuyorsanız, UTANMA DUYGULARINI KAZANDIRIR, GÜÇLENDİRİR ve yaşamın standardını (seviyesini) yükseltirsiniz.

Ben, 15 yaşında zihnimi, bilgelik üzere düzene koydum. 20 yaşında kararlı ve bükülmez oldum. 40 yaşında kuşkulardan arındım. 50 yaşında Cennet'in kanularını anladım. 60 yaşında, kulağım yumuşak duydu. 70 yaşında, HAK'ları ihlâl etmeksizin, yüreğimin istemlerini takip ettim.

Usta bir YÖN VERİCİ'ye ihtiyaç olduğunu söylemek mümkündür. Bu nedenledir ki, Büyük Şahsiyetler ve Yön Vericiler cezalar sistemini kaldırmış bunun yerine, MÜKEMMEL BİR MORAL SİSTEMATİK geliştirmişlerdir. Bu sistematik sayesinde insanlar arasında gelişkin bir ahlâkî altyapı oluşmuş (oluşturulmuş) ve gerçek anlamda UTANMA DUYGUSU kazandırılmıştır.

CEM EDİCİLİK, *Yüksek Ahlâkî Altyapı*'nın oluşturulmasıyla başlar. İnsanoğlunun kurduğu şu cümleyi önemsiyoruz: *İnsanın en büyük iddiası, çözümü ve kendini yeniden gerçekleştirmesi demektir*".

İnsan Kendini Nasıl Yeniden Gerçekleştirir?

Tahlil edilmemiş bir felsefe *Pandora'nın Kutusu*'na benzer. Bir felsefeyi, bir *idea*yı anlamak, onu derinlemesine analiz etmek temel bir prensip olarak belirir. Bu derinliğine analizi gerçekleştirmek için, *Entel(l)ektüel üstünlük* esastır. Entellektüel zenginlikle birlikte, *Öngörü* hattâ, *Durugörü* de gerekir.

Yukarıda zikredilenlere mevcut konjonktürü yakalama, sonsuz hayal gücü, fikir kıvraklığı, gelişkin bir bilinç ve nihayet ADANMIŞ BİR RUH gibi en yüksek hasletleri de eklemek gerekir.

Dünya toplumlarında, üst düzey bir *Moral Sistem* oturtulamamış olduğu için, aktüel anlamda insan, anılan özellikleri bünyesinde barındırmaktan çok uzak düşmüştür. Günümüz insanının önündeki en büyük engel ŞARTLANMALAR'dır.

İnsan, aslî kıyafetinden soyundurulmuş, kendisine, gerçekliğiyle yakından uzaktan hiçbir ilgisi olmayan, bir ucube kıyafeti, bir soytarı kıyafeti giydirilmiştir. Bu ısmarlama model, bilinci teslim almış ve onu, **Ucubeler diyalektiği** doğrultusunda geliştirmeye ve yürütmeye başlamıştır. Bu şekliyle ve ekseriyetle, insan bilinci aşağıların aşağısında seviyesindedir. Dayatılan model *illüzyonel* (göz aldatıcı) ve çarpıktır. Bu model, en üstün varlık olarak kabul ettiğimiz insanoğluna ait değildir ve olamaz da!

Öyleyse insan bilinci, önce bir, KATHARSIS (Arınma) süreci geçirmek zorundadır. Bu, eşdeyişle, **Ismarlama Bilinç**'ten soyunma, kurtulma anlamına gelir. [**Bilinç**: Dış dünyadan (Nesneler Evreni'nden) ya da bedenin derinliklerinden gelen algıları fark edebilen zihin bölgesidir. Düşünce süreçlerini ve heyecanî (*emotionel*) durumları da kapsar. Bilinç içeriği, konuşma ya da davranışlarla çevreye iletilir. Bu anlamıyla bilinç, "*Zihin Yüzeyi*"ni oluşturur. Günümüzde, bilinç, çok farklı şekillerde tanımlanmakta, ona çok değişik manalar yüklenmektedir. Bu farklı manalardan biri, bilinçliliğin, YALNIZCA İNSAN TÜRÜNE ÖZGÜ OLMADIĞI savıdır. Bilim, bu savı bir olgu hâline getirmeye çalışmaktadır. Bitkilerin, hayvanların ve nihayet tüm, EŞYA'nın bilinçli olduğu düşünülmektedir. İnsanı, "*Eşya*"dan ayıran haslet, birincinin bilinçli, diğerinin bilinçsiz olması değil, "relatif-göreli" olarak, birincinin yani insanın, ikinciye yani Eşya'ya göre daha yüksek bir bilinç düzeyine sahip olmasıdır.

Akasya ağaçlarının, ellerinde testere ve baltalarla ormana giren işçileri gördüklerinde, yüzey ifrazatlarının 300 katına çıkmasında ve daha sayısız benzer durumda, Bilinç boyutlarının eş-rezonans eşiği'nin yakalanması gerçekliği söz konusudur. Günümüz toplumlarında bu seviye farkı ortadan kalkma eğilimindedir. İnsanın aslî bilinci, eşya bilinciyle yer değiştirme aşamasına gelmiştir. Bu durumu *Bilinç Erozyonu* olarak tanımlamak mümkündür. Eşya'nın gerçekliğini anlamanın yolu, insanın kendi bilinç düzeyini yükseltmesinden (hakkı olan düzey) geçmektedir. "*Sublimation Consciente*"ın (Bilinçsel Yüceliş) önündeki en büyük engeller, şartlanma, gelenekçiliğe takılıp, Üst-Ben baskısı, duygusallık, öğrenmeye kapalılık ve mekanizasyondur. Yücelemeyen bilinç doğal olarak gerileyecek ve tasmalanıp köleleşecektir. Yaşanan birçok sorunun temelinde, bilinç seviyesindeki düşüklük yatmaktadır. Kendini, bilinçsel hakikatinden fersah fersah uzaklaştıran insan, ZAMAN'ın içinde gelişen *nitel değişim-dönüşümleri* ve bunların toplumsal yansımalarını kavrayamamakta, sonuçlarına güç getirememekte ve onun acımasız dişlileri arasında paramparça olup, *Bilinçsel Ölüm*'ü yaşamaktadır. Bilinci ölü olan insanın, hayatı, bitkisel boyuta iner.

Bilinçöncesi, dikkatin zorlanmasıyla bilinç düzeyinde algılanabilen zihinsel olayları ve süreçleri içerir. Bu içerikte, gerçekliğe ilişkin sorunları, çalışmak gibi gelişmiş düşünce biçimlerinin yanısıra, düş kurma gibi, "*Prototipik*" (ilksel) süreçler de bulunur. Bu bilinç bölümüne, *Zihinsel Iceberg*'in (Buzdağı), zihne en yakın bölümü diyebiliriz. Bu bölümle, bilinç arasındaki köprü, <u>Dikkat</u>'tir. Dikkatini yoğunlaştırabilen kişi olguları ve süreçleri, sağlıklı bir bicimde zihin yüzeyine yani bilince taşıyabilir. Bilinci gelişen bireyin, hafızası, zekâ fonksiyonları ve aklî melekeleri de aynı paralelde gelişir. Bilinçöncesi bölümünü bir köprü gibi kullanabilen birey

Eşyâsal Bilinç'ten uzaklaşmaya, ZAMAN'la yarışmaya ve nihayet, onu altetmeye başlar. Günümüzde, ZAMAN'a hükmedemiyorsak, onun bilinç düzeyine ulaşamadığımızdandır. ZAMAN'ı alt eden insan, bizzat kendisi ZAMAN'ın manasını yüklenir.

Marifet, Benlik'e (Ego'ya) küfretmek değil - *ki, bu reddiye, hakikati reddetmekle eşanlamlıdır* - ve fakat onu kullanabilmek, onu manipüle edebilmektir. Bu noktada, insan için ZAMAN kristalleşir, eşdeyişle anlamı değişir.

Bilinçöncesi bölümünü köprüleştiremeyen insanın, bilinciyle bilinçdışı ilişkisi, yani yaratıcılığı, inceliği, coşkuları, heyecanları, hazları, ya kırılır ya da serseri bir enerjiye dönüşür ki, bu birey, iflah olmazlık sınırındadır. Günümüz insanının durumu budur. Âdî bir eşyâ gibi var olmakta, eşyâ gibi yok olmakta, unutulup gitmektedir. Değeri eşyâ kadar olmaktadır.

Bilinçdışı, bilinçli algılamanın dışında kalan bütün zihnî olayları, dolayısıyla bilinçöncesini de içerir. Dinamik anlamda ise, bilinçdışı, sansür mekanizmasının (Super Ego=Üst Ben) engeli nedeniyle, bilinç düzeyine ulaşma olanağı olmayan zihnî süreçleri içerir. Bu içerik, klasik gerçekliğe ve mantığa uymayan ve insanların içinden geldiğince doyurmak istediği dürtülerden oluşur. Bu dürtüler kişinin bilinçli dünyasında geçerli olan, "tartışmalı" ahlâkî değerlere karşıt olan isteklerden kaynaklanır ve ancak psikanalitik (zihin çözümsel) tedavide kişinin dirençleri kırıldığında bilinç düzeyine ulaşabilirler.

Bu cümlelerden olarak, "*Yeni insan yeni toplum*" söyleminin, eyleme dönüşmesinin yolunun, "*bilinç seviyesi*"nin en üst noktaya çıkartılmasından ya da bireyin, "*Diyalektik dairesinin sonsuz çapa ötelenmesi*"nden geçtiğini söyleyebiliriz.

GÜÇ OLARAK BİLİNÇ

Zihnin rehberi ve düzelticisi olarak Bilinç, Ruh'a refakat eder. Güç hâline gelmiş olan bilinç, bir müceddid (yenileyici) fonksiyonu üstlenir ve diğer bilinçleri harekete geçirir, o artık öncü bilinçtir. Toplumun hareketi ve alışkanlığı hâline gelir. Bilginin itici gücü olur. Birbirlerinin şeytanlarıyla görüş alışverişinde bulunan düşkün bilinçler, ya arınmayı kabul edip hâl yoluna girerler ya da mahkûm olurlar. Eğer alışkanlıklar, eylemin belirleyicisi ise, insanın doğası da, eylemliliğin tersine bir özellik sergiliyorsa, Yüksek Bilinç, doğamızın yönünü eylemliliğe çevirecektir. Yüksek Bilinci, Hüküm'ün doğaüstü gücü olarak da tanımlamak mümkündür. Bir diğer deyişle, bilinç, entel(l)ektüel hayatın yasasıdır.

Bu anlamda, ÜST BİLİNÇ düzeyine ulaşmanın yolu;
1. Çok tartışmalı olan, örf, âdet ve gelenekler,
2. Sosyal, biyolojik-psikolojik alışkanlıklar,
3. Kuşkulu bilgiler,
4. Uçuşan, sisli - karanlık düşünceler (*Les idées ténébreuses*),

Bilinçsel "SOYUNMA" sırasında insan, "ÜRKÜTÜCÜ BİR ÖZGÜRLÜK" hisseder. Özgürlüğü geliştirmek için, özgürlük hareketinin evrensel felsefesini anlamak gerekir. [Yüksek şuur seviyesindeki insan kendinde gerçekleştirdiği bu *Katharsis*'in yöntemlerini, yeni insan yaratma çabalarını, felsefesinde bütün boyutlarıyla ortaya koymaktadır]. Bu bağlamda çözümlemelerin, "*Monografik*" bir değeri vardır. Bu monografileri kavramanın ve pratik bilince dökmenin yolu, "*Arınma*" ve "*Düşünce'de Büyüme*"den geçiyor. Özgürlük, ürperti veren gücüne entegre olma sahası, sonsuz sınırsız zenginlikler bahçesidir. Yeni insanlığın tohumları bu bahçenin, olağanüstü verimli toprağında atılacaktır. Bu özgürlüğü yaratmak, siyasî, felsefî, ideolojik, kültürel, bilimsel ve estetik derinlik ve kıvraklıkla doğrudan ve birincil önemde ilintilidir.

PEYGAMBERÂNE İDRAK BOYUTUNA ERİŞMEK

Üst İdrak, <u>basit nesnel algılamadan</u> çok farklı bir boyuttur. Basit nesnel algılamada, birey, kaba maddî olay ve olguları, kullanılabilir beyin sığası (kapasitesi) ölçüsünde yani "<u>açıklığı</u>" oranında kabul etmek vardır. Deyim yerindeyse, dış ve iç dünyadan gelen sonsuz sayıdaki impuls (itiş, itme), basit nesnel algılama düzeyindeki insanda, çok büyük oranda, bilinçdışının (rezervin) en alt katmanlarına gönderilir. Yalnızca, hayatını sürdürebilecek kadar olanını bilinçte tutan ortalama (sıradan) birey, diğer impulslardan asla yararlanamaz. Bu durumun aynısına bitkilerde ve hayvanlarda da rastlamak mümkündür. Onlar da, "Sayısız Algılar Evreni"nden, yalnızca kaba yaşamsal ihtiyaçlarına cevap olabilecek olanları kabul ederler. Yani 5 duyusal algılama dairesinin dışına çıkamazlar. Oysa, diyalektik, hiç durmaksızın, altüst oluşlarla süregitmekte ve bu olaylanmaların sonucu ortaya çıkan sonsuz yansımalar - *impuls*lar, Evren'e dağılmakta ve varlıklara ulaşmaktadırlar. Ulaşan impulsların kilitleneceği reseptörler (duyargalar) ise sıradan insanlarda çok yetersizdir. Üst idrak sahiplerinde ise, algı kanallarının büyük bir çoğunluğu açıktır ve evrensel algı kapasiteleri çok yüksektir. Mükemmel algı sahipleri aynı zamanda, ÖNGÖRÜ sahibidirler.

Yüksek idrak ve öngörü sahipleri, sisli ve uçuşan fikirlerden arınmışlardır. Bu tabloda duygusallığın yeri yoktur. Bu insanlar, toplumların zihinlerinde yeni cepheler açarlar. İçerdikleri gizli hazinelerini dışa vururlar. Bu bir "(<u>H)uruç</u>"tur - *Yükseliş*.

Açıklık (Vuzuh, Serahat, Bedahet, Beyyanat, Sehl-ul Fehm / Claireté) İlkesi

İfade edilenlerin netliği, başka düşüncelerle karıştırılmaması önemlidir. Bunun zıddı, müphem - belirsiz, karışık ve anlaşılmaz fikirlerdir. Evren'in en karmaşık varlığı olan insanın, fikirlerini açık ve net bir biçimde ifade edebilmesi, onun, kendi, "*Auto-Analyse*"ini (öz-çözümleme) de başarıyla tamamlamıştır. Kemalat'ın yakalanması için bu acımasız süreçten geçilmesi şarttır. Bunun aksine, anlatılamayan ya da kavratılamayan bilgi çok ağır bir yük olmaya adaydır ve sahibini zor durumda bırakır. Bilgi, anlatılması ve anlaşılması ne kadar zor olursa olsun, defalarca imbikten geçirilerek, rafine edilip saflaştırılarak, karşıdakine sunulabilir hâle getirilebilmelidir. [Üstünlerin yaptığı budur. Onların düşüncelerinin özü aynı zamanda karakterleridir].

İnsanın her hareketi, bitkinin tek bir tohumdan hayat alması gibi, *idea* adını verdiğimiz gizli tohumdan köken alır. Kendiliğinden olduğunu, düşünülmeden gerçekleştiğini söylediğimiz davranışlar da böyledir ve bu davranışlar da diğerlerinden farksızdır. Aksiyon – *hareket* ve *eylem*, düşüncenin filizlenmesi olarak ele alınabilir. Bu bağlamda insan, kendi eseri olan, farklı lezzetlere sahip üretilerle yaşar.

İnsan bu kanunlara bağlı bir gelişmedir. Gözlenebilir olanlar üzerinde hüküm süren sisteme bağlı akan hayat, düşünce evreninde de kesinlikle egemendir. Soylu bir karakter, tesadüf eseri değildir. Süreli emeğin, dürüst düşünmenin ve amaca ulaşmak için yapılan düşünce mücadelesinin sonucudur.

İnsan kendini inşa eder ya da yıkar. Kendi düşünce tezgâhında geliştirdiği silahlarla, ya mahvına sebep olur ya da GÜÇ'ü oluşturur.

[DEVRİM SÜREÇLERİNİN ORTAYA KOYDUĞU GERÇEKLER İÇİNDE EN GÜZEL VE EN BEREKETLİSİ, İNSANIN ÖZ-

GÜN DÜŞÜNCEYİ OLUŞTURMASI, KARAKTERİNİ İLMİK İLMİK ÖRMESİ, KOŞULLARA, ÇEVREYE VE KADERİNE ŞEKİL VERMESİDİR].

GÜÇ'ü, AŞK ve UKL (Akıl) ile ulayan insan, bütün düşüncelerini en usta biçimde yönlendirmekle her duruma çözüm olabilir, kendisini İRADE dâhilinde yaşatır, koşulları, kendi İRADE'sine göre şekillendirir, evirir. Bu insan, en zor zamanlarda bile, hükmünü yitirmez. İçinde bulunduğu koşulları düşünüp, varlığının dayandığı YASA'yı araştırdığında, hâkimiyet düzeyi artar. Böylelikle enerjisini en yüksek değerlere yöneltir. YÜKSEK BİLİNÇ SAHİBİ EGEMEN, insanoğlunun mükemmeliyet yasalarını keşfeder ve onları geliştirir, Ruh'unu araştırır, kendi varlığıyla ilgili hakikati keşfeder. Düşüncelerini ve bunların kendi nefsi üzerindeki tahakkümünü, etkilerini kontrol ederek, karakterinin ve yaşamının kurucusu ve egemeni olduğunu anlar.

[ÜSTÜN ÖRGÜT BOYUTUYLA ELE ALINDIĞINDA ŞÖYLE FORMÜLE EDİLEBİLİR: KAPIYI ÇALANA KAPI AÇILIR]

Yüksek örgütlü toplumun kollektif aklı, zenginlikler bahçesi kavramıyla tanımlanabilir. Bir bahçe ya düzenlenir, ya da kendi hâline bırakılır. Her iki hâlde de bahçe gelişecektir. Fark, ayrık otlarının hızlı artışıdır. Ruh'un bahçıvanları bu otları temizlemekle mükelleftirler. Bu bahçede de, son tahlilde, buğdaydan buğday, arpadan arpa ve dikenden diken çıkacaktır, ancak buğdayın en mükemmeli, dikenin ise en güzeli, karşıtların birliğini oluşturacaktır.

MATTA İNCİLİ, 19. BAB, 12. ÂYET

"Çünkü anadan doğma hadım vardır, ve insanlar tarafından yapılmış hadım vardır. Göklerin Melekûtu uğrunda kendilerini hadım edenler de vardır. Bunu kabul edebilen etsin".

NASIL YAŞAMALI

"Ya karşısındakinin farklı bir cins olduğunu hiç görmez, ya da sadece bir karşı cins olarak görür. Tabiî ki, insan bu değil, sosyal varlıktır, siyasî varlıktır, düşünen varlıktır. Yüce biçim deneyeceksin. Bu yaklaşım ile eski geleneksel namus veya cinsel yaklaşım çatışıyor. Bizim bu kaba cinsel yaklaşımı istemediğimizi herkes biliyor".

CENNETİN KANUNLARINI KAVRAMAK

İnsanlık, bütün Yeryüzü'nü kaplayan adalet eksenli bir hüküm gücüne amansız bir ihtiyaç duymaktadır. Konjonktür, insana ait başlangıç maksadının çok gerisinde, tanınmaz hâldedir. Fakat maksadın sahipleri vardır ve onlar her zaman olacaklardır. Ağızdan çıkan söz, mutlaktır ki, boş dönmeyecektir. Tekvin'den (Oluş) bugüne, ahit yerindedir. Örgütlü toplum önderliği, Yeryüzü siyasetinin sulh krallığına yürümektedir. Kendisi, bu siyaset için fevkalade vasıflarla donanmıştır. Şahsında, fedâkârlığın en üst biçimlerinin ifade bulduğu üstün insanlık önderleri, bu anlamda CENNET'İN KANUNLARINI kavramışlardır.

MATTA 18. BAB, 1-4. ÂYETLER

"O saatte, şakirdleri, İyşâ'ya gelip dediler: Göklerin Melekûtu'nda en büyük kimdir? İyşâ da, yanına bir küçük çocuk çağırıp onu ortalarında durdurdu ve dedi ki: Doğrusu size derim; siz, dönmez ve küçük çocuklar gibi olmazsanız, Göklerin Melekûtu'na asla giremeyeceksiniz. Bundan dolayı kim bu küçük çocuk gibi kendini alçaltırsa, Göklerin Melekûtu'nda en büyük olur".
<u>ÇOCUK ARILIĞINA ULAŞMAK MİLİTANLAŞMANIN DOĞRU YÖNÜDÜR.</u>

LUKA İNCİLİ, 9.BAB, 59-62. ÂYETLER

"Ve başka birisine *'Ardımca gel'*, dedi. Fakat o, *'bana izin ver ki, önce gideyim, babamı gömeyim'*, dedi. Fakat İyşâ, O'na dedi: *'Bırak, ÖLÜLER, KENDİ ÖLÜLERİNİ GÖMSÜNLER, fakat sen git, Allah'ın Melekûtu'nu her yana ilân et'*. Bir başkası da, *'Ya Rabb, senin ardınca geleceğim, fakat evvelce evimde olanlarla vedalaşmama izin ver'*, dedi. Fakat İyşâ, ona dedi: Sapana el vurup da arkasına bakan bir kimse, Allah'ın Melekûtu'na yakışmaz' ".

NASIL YAŞAMALI

"Her şeye itiraz etme ve tepki gösterme temelinde, devrimci teori ve eyleme ulaştım... Hele bunlar için, ailesinden, mal ve mülkünden vazgeçmek imkânsızdır... Eskiye ait her şey ayıp, çirkin, kötü ve yanlıştır".

EVLAT SORUMLULUĞU

Ritüelleri tamamlanmış ve defnedilmek üzere olan bir halkın evlatları üzerinde yüksek bir sorumluluk gerekir. Atlardan ve keçilerden farklı bir doyurulma isterler onlar. Hıyan'ın önünde boyun eğmemektir. Davranışı geliştirmek en güç olgulardan biridir ve buna soyunmak en büyük ve en asil sorumluluktur. Üstün insanlık önderleri, Şarap ve Ekmek'i, evlatlarına, krallara sunar gibi sunmakta, onların kendilerinden saklanmalarına izin vermemektedir. <u>Önce, kendi pratiğini nasihat etmekte, sonra yaşanan pratiğe göre nasihat etmektedir.</u> Asabî ve ön yargılı zihin sahibi evlatlarını, sinir tanımayan zihin sahibi ve ön yargısız kılmaktadır. Düşünmeden öğrenmenin yararsızlığını ve öğrenmeden düşünmenin tehlikeliliğini, en ileri basiret boyutuyla sunmakta ve evlatlarına, bildikleri şeyleri tanıtmakta, tanıttıklarını yaptırtmakta ve bilmediklerini öğretmektedir. Büyük, evlat sorumluluğu budur.

PROFESYONELLEŞMİŞ VİCDAN'A KARŞI

CİNNET'in kol gezdiği, "*Sosyal strüktürü piçleşmiş*" bir "*Ucubeler Coğrafyası*"nda, Sentetik Sistem'in, "*Hırdavat Deposu*" olarak değerlendirilen üstün medeniyet yurtlarında, ZAMAN'ın, meydan okuma süreçleri işlemektedir. Kefâretini ödeme sürecini tamamlamak üzere olan bu topraklarda, ZAMAN'ın inisiyatif merkezi Üstün insan ve medeniyet liderlikleri olacaktır. Ruh'un Dirilişi tamamlanma evresindedir. Bu anlamda PKK, takvimlere ve duvar saatlerine göre ters yönde akan diyalektiktir. Bilinci, 5. Mevsim'e taşımaktadır. Hedeflenen, başka bir ZAMAN ve yelelerinden kavranmış bir altüst oluştur. Daha ilerisi ise, ZAMAN'ın ve MEKAN'ın manasını yitirdiği, "*Amatör Vicdan*" ve "*Üç Bilinç*" boyutudur. [Not etmek gerekiyor: *Amatör* kelimesi, Fransızca *Amour* (Aşk) kelimesinden türetilmiştir = *Amateur*]

GÜNCEL ve ÜST DÜZEY LİDERLİK

ZAMAN ihanetçidir aslında. Emanetin temel yapıtaşı olabilmek için yüklenilen her şey, karanlığın ve bulanıklığın içinde buharlaşıyor.

İnsanlığın tarihi birikimiyle, geleceğin dünyasının hatlarını, çizgilerini belirlemek, diyalektiğe hükmetmek, ancak ve ancak, Yüksek Örgütlü Toplum üzere olanların hakkıdır. İnsanlık, tarihî kültü(rü)nü, tapındığı GÜÇ'e, altın tabakta sunmayacaktır. Belki bu, ilk bakışta paradoksal bir yaklaşım gibi görünebilir ve şöyle söylenebilir; bir güç, tapınılacak kadar öteyse, insanlar bütün değerlerini, onun hizmetine sunabilirler. Eğer, ona, değerlerini sunmuyorlarsa, bu, o güce tapınmadıklarını gösterir. Ama pratik, hemen hemen tapındıklarını göstermektedir. Peki bu çelişkinin sebebi nedir? Bu noktada *Faust* tarzını anlamamız gerekmektedir. Bilindiği gibi, *Faust*, uzun süre, Ruh'unu, İblis'e satıp satmamak arasında bocalar ve nihayet güç getiremez, eşdeyişle nefsinin istemlerine cevap verir, İblis'e teslim olur. Aslında, Ruh'una yabancılaşmamış benliğin yönelimi bu değildir. Bu cevap, *"tahrip"* edilmiş nefsin cevabıdır. Günümüz insanı da, aynı *Faust* gibi, istemeyerek de olsa, tarihî kültü(rü)nü, sahte GÜÇ'e peşkeş çekiyor. O değerler, insandan, adeta sökülürcesine, paramparça edilircesine alınmaktadır.

ZAMAN, ihanetçidir demiştik. Belki de, duygusuzdur demek daha doğru olacaktır zira, ihanet hâlinde, ZAMAN'ın mutlak suçluluğundan söz etmek gerekir oysa, mutlak suçluluk yoktur, olsa olsa göreli bir suçluluktan dem vurulabilir. İnsan hareketliliği ile su hareketliliğinin aynı mekanizmaya sahip olduğu ispat edilmiştir. Her ikisi de, mutlaka akmak zorundadır, başka türlüsü olamaz. Duygusuz ZAMAN'a karşı, duygu patlamaları eşiğini yakalayamayan insan, O'nun antitezi olamaz ve diğer duygusuz etmenlerin dümen suyuna girer.

Müstakbel tarihî kalkışmanın arkaplanına bakıldığında çok gelişkin bir ahlâkî, ruhî, sosyal ve siyasî birikim görülecektir. Bu birikim, geniş halk kitlelerinin ve ulusların harekete geçmesi ve üstün insanlık medeniyetinin dirilmesine kâfi gelecek güçtedir. Bu harekete geçirilmiş güç, yaygın nihilizmin (yıkıcılık) önüne dikilmiş durumdadır.

TABLONUN İÇİNDEKİ RESSAM

Tablo yapmakla tablonun içinde olmak arasındaki fark, öznenin, Tarih'i, yalnızca bilmesi ve öğrenmesi değil aynı zamanda <u>duymasıdır</u> da. Her özgün süreçte, bir sembol öne çıkarken bir sembol de, *"kripto"*luk (gizil) görevini üstlenir. Ve RESSAM, su ya da bu sembol olarak, öznesini tabloya yerleştirir. Bu nasıl anlaşılacaktır? Bu, iconographique (azîz çizimsel) bir kod mudur? Karakter midir, sıradan bir eskiz midir?

Çözüm, metodu yakalamaktan geçer. Yöntem bir yönüyle,

geleneksel pratiği, önce decode (kodunu çözmek) etmek ve resimle ön işaret sistemleri arasındaki ilişkiyi kurmaktır. Daha sonra kendi kodunu yerleştirerek, onu tanıtmak gerekir. Kodun figüratif olması gerekmez. Bu, eserin dışında yer alan bir referans da olabilir. Bu referansı yakalayamayan militan adayı, iradî ya da gayrı iradî bir itaatsizliğe hattâ muhalefete düşer. Bundan sonrası, aynı çözümleme tekniğini, her tabloya, dünya tablosuna ve evrene doğru geliştirmektir.

Metodu geliştirmek için, ressamın psikanalizini yapmak bir ön adım olarak ele alınabilir. Eser sahibi, hangi psişik süreçlerin sonucunda eserini üretmiştir? Ve eğer tabloda bir işaret bırakmışsa, bu ne tür bir işaret olabilir? Cevap, psişik sürecin bilince taşınması sonucu, onun, tabloya ne tür imgelerle yansıyacağını bilmektir. Bunu beceren militan, rahatlıkla bir, "_Mizaçlar teorisi_" oluşturabilir. Bu yönüyle Yüksek Örgütlü Toplum Önderliği, "Mizaçlar Teorisi"ni gerçekleştirmiş bir usta militandır. O, "_Nuh'un istihzası_"nı da, "_Mûsâ_"yı da, "_İhtiyat'ın kinâyesi_"ni de, en ince detaylarına kadar, katman katman tahlil edebilecek kudrete ulaşabilmiştir. Sıra, tablosunda saklanmaya gelmiştir. Bu tablo, şimdi, diğer, "_Mizaç Teorisyenleri_"ni beklemektedir.

ÜTOPYANIN YAŞAM GÜCÜ

Ütopya'nın, sanalın ya da, "_relatif irreel_"in (göreli gerçekdışı), edebiyat metinlerinden çıkıp, gerçekliğe dönüşme şansı, hangi koşullarda olabilir?

"_Seyirci Toplum_"larda bu çok zordur zira bu toplumların, "_optimizm_" (iyimserlik) - "_pessimizm_"(karamsarlık, kötümserlik) dengeleri, iyimserlik hattâ ekstrem iyimserlik yani "_Pollyanacılık_" lehine bozulmuştur. Bu iyimserlik, rasyonel temelde gelişmez ve süreç içinde kaba kaderciliğe (fatalizme) varır.

Etrafımızı saran dünya olay ve olguları, iç âlemimizi ölümcül düzeyde tehdit eder hâle gelmiştir. Ruh'umuzu teslim almaya çalışmakta, alamadığı noktada ise onu yok etmektedir. Bu, teledünya, prefabrik imajlar dünyası, bir uyuşturucu müptelasını, lânet askılarına asar gibi, insanlığı İblis'in darağacına göndermektedir. Hazz'ın, keyfin, zevkin, huzurun, haysiyetin içi boşalmış ve, tabiri caizse, bütün bunlar, eşeğin kumda yuvarlanırken aldığı hazza ya da keyfe indirgenmiştir. Bu, hem bedensel düzeyde hem de düşünsel düzeyde böyledir. Her şey hızla iğdiş edilmektedir. Düşünce zenginliğimizle doğrudan bağlantılı olan duyarlılığımız satın alınmaya, ölmüyorsa öldürülmeye çalışılmaktadır. Kendi hayal gücümüz yerine endüstriyel-yapay imajinasyonlarla donatılıyoruz. Bedenimizle Ruh'umuz arasında var olan bağ kopuyor, yani cesetlere dönüşüyoruz, modern hortlaklar hâline geliyoruz. Nihilistler, mevcut durumun titanları konumundalar.

<u>Bu noktada, Yüksek Toplum Örgütü, endüstriyel iyimserliğin karşısında eylemci ve kudretli pesimisttir.</u> Pasif pesimistler intihar yolunu çözüm olarak görürken, O, evrensel bir dejenerasyonun yaşandığı günümüzde, "<u>Seyirci mantık diyalektiğinin kritiği</u>"ni gerçekleştirmektedir. İnsan eliyle işlenenin, insana yöneldiği bu evrede bu örgütlü gücün, bir yaşam projesi vardır ve bu yürümektedir.

FAHİŞE(LEŞTİRİL)MİŞ MEZOPOTAMYA'DAN ÇIKMAK

Eski Mezopotamya artık mevcut değildir. Onun kavimleri, onun mevcut günahlarına şerik olamazlar ve onun belalarından hisse alamazlar ve nihayet onun lânetli ikliminden uzaklaşırlar. Kavimler, cemiyetler, milletler üzerinde OTURAN ve onları felaketler çarkında öğüten, dünyanın kralları üzerinde krallığı olan ve bu krallarla zina eden bir fahişe mesabesine indirilmiştir ve yüce dönemlerine avdet etmeyi beklemektedir. Öncü, fahişe(leştiril)miş Mezopotamya'dan çıkış sürecindedir ve karanlığın rahminde aydınlık büyümektedir. Fahişe Mezopotamya, İfşaatçı Mezopotamya'ya doğru evrilmektedir. Unutulmamalıdır ki, fahişelikle ifşaatçılık arasında yok denecek kadar küçük bir mesafe vardır. Öze dönüşün ifşaatçıları selamlanmayı beklemektedirler.

CABAL

İane'yi bir sekreter kaleme aldığında oyun *"mademki"* ile başlar. Yukarıdan alanın işi nedimeye vermektir. İpekli kumaş dokunan tezgâhlara zarar vermeye yeltenenin tercihli dansı *"la danse des mortels"* olur. İncinen adam acele eder. O vakit her tür veri *"Hurma dialekti"*ne tarihlenir. Münakaşa zeminleri Aşk'ın yükümlülük alanına taşar. *Hacer*, borcunu tahsile yönelir. Zimmet bir *"dekad"*dan fazla durmaz, çöker. Bir *"dentera"* ayan beyan ortaya çıkar ve müessif fiili yeniden tarif eder. İhtilas ve depresyon atbaşı gitmeye başlar. Tahkir ve tezyif mavalları bir kavmi arsızlaştırdığında nehrin kıyısından bir aterina çıkar ve namussuzluk mirasının yürüyüşünü bilinmeyen bir zamana kadar durdurur. Buna *"Cabal"* denir bazı dillerde.

YAKIN

Kendinden hiçbir şüphesi olmayan adam için süreçler çok kolaylaşır. O adamın öfkesi hatalı bir adrese yönelmez. Işığı kendi kürküyle sarar. O bilgeliği şöyle anlar: Davranış çok uzaklarda da onurlu bir misafir olarak karşılanıyorsa o dilin savaşı kazanılmıştır. Asil Ruh, yakının kendisi için çok uzak olduğu bir konumu ifade eder. Asil devlet adamı, halkının yemekten ve içmekten daha çok Aşk'a ihtiyacı olduğunu bilir.

DOĞRULARIN DİKTATÖRLÜĞÜNÜ DOĞRU ANLAMA

"Dikta" terimi Latince, *"Dico"* (Dicere) teriminden köken alır. Bu terimin, söylemek, belirlemek, anlatmak, yönlendirmek, açıklamak gibi anlamları vardır. Fransızcadaki *"Dire"* (Söylemek, Demek) fiili de bu kelimeden orijin alır.

Diktatorya kavramı ise, "Yönetim yetkilerini elinde tutmak" anlamına gelir.

Yine Fransızcadaki *"Dictée"* (Yazma, yazdırma) kelimesi de aynı kökenlidir. Birçok dilde olduğu gibi Türkçeye de giren *"Dikte Etmek"* (Yazdırmak, talimat vermek) deyimi de aynı kökenden gelir.

Siyasî diktatörlük ikiye ayrılır:
1. <u>Gelenekçi</u> (*Traditionalist*) ki, bu diktatorya gericidir. Örneğin Sionist Diktatorya.
2. <u>Devrimci</u> (*Revolutionist*) Diktatorya ki, bu ilericidir, değiştiricidir.

Yüksek Toplum Önderliği'nin kitlelerle ve nihayet örgüt kadroları arasındaki devasa uçurum, göreli olarak önün öngördüğü doğruların ve müstakbel gelişmelerin, çok daha geridekiler tarafından, farklı nedenlerle görülemeyişi doğal olarak bir *"dikte"*yi gerektirir. Bu dikte gerici ya da bastırmacı değil, ilerici ve değiştiricidir. Bunun en somut örneği Yüksek Toplum Örgütü'nün bugünkü bilinç düzeyidir. Bu yönüyle peygamberâne ve fazıl bir makamı temsil eder. Böyle bir önder, hâliyle *"dikte eder"* daha da ötesi etmesi gerekir. O bir seçkindir, Üst Elit'tir ve seçkinliğinin pratiğini uygulamasından daha doğal bir şey olamaz. İşte bu, "<u>Doğruların Diktatörlüğü</u>"dür. İdrak'i olmayan, Üst Bilinç boyutuna uzak düşmüş olan, çaba inceliği ve öngörüsü olmayanlar bunu kavrayamazlar ve *Horace*'ın şu sözünün öznesi olurlar: "*Quid*

Aeternis Consiliis Minorem Animam Fatigas?" yani meâlen, *küçük beyin kapasiteleri devasa idrâkleri yorar durur*. Bu noktada şöyle nihayetlemek doğru olabilir: "*Ave Elitus, Martyri te salutant*" (Ey Elit, Şehîdler seni selamlıyor!).

İNSANIN APOLOGETIQUE'İ

Kimileri Tarih'in bittiğini, kimileri devam ettiğini ve sonsuza kadar süreceğini söylüyor. Bu önermeler çok büyük bir anlam taşımaz. Bu konularda değerlendirme yapmak, 5. Boyut olan "Bilinç" ve 4. Boyut olan *"Zaman"*a hükmedebilenlerin işidir. Her ikisi de doğrudur; Tarih bitmiştir çünkü "Suya düşen taş, zemine varmıştır, Tarih işte bu dilimdir" ve Tarih devam etmektedir çünkü, "Taşın, Su yüzeyinde oluşturduğu dalgalar yayılarak genişlemekte ve devam etmektedir, işte bizim tarihimiz budur" dediğimizde, 4. ve 5. Boyutlar'a hâkim olan muhataplar bekleriz, bu "Üst Dil, Üst Mana ve Üst Sıfat boyutudur".

Şu âna dek, mevcut ideolojiler bu boyutlara ulaşamadılar ve genelde Evren özelde Dünya kirlenmeye devam etti. Biz bunu Batık Çağlar olarak adlandırıyoruz. Ancak dialektik gereği, süresi ne kadar uzun olursa olsun, bir *"Apologétique"* ortaya çıkar. İşte bunun adı <u>Yüksek Toplum Apologétique</u>'idir.

Uzay ve Zaman'ın birleştiği ve hapsedildiği, eşdeyişle Zaman'a ve Mekân'a hükmedildiği dönem 3.Bin'dir. Zaman artık Yüksek Toplum ideolojisinde YUTULMUŞTUR! ve örgütlü toplumun enerjisi, Zaman enerjisine galip gelmiştir. Bu bağlamda Zaman durmuştur. Zaman'ı hapsetmeyi başarmak demek cazibe (çekim) merkezi olmak demektir ve bütün iradeler ister istemez bu "HAZ" alanına doğru çekilecektir. Bu cazibe alanından kaçmaya çalışmak, aslında farkında olmadan çekilmeye devam etmek anlamına gelir çünkü öz-zaman kısalmaktadır. Yüksek Toplum'un albeni alanı içine girenin karşı direnci azalır, hareketi yavaşlar. Israrla direnecek olursa enerjisi tükenir, kudreti kalmaz, soğur ve teslim olur ya da yok olur. Örgütlü toplum ideolojisi enerjiyi bırakmaz, kendinde toplar. Orada, bir gönüllü tutsaklık mevcuttur!

SOL, SAĞ, İSLÂM DÉSÊTRE...

Dünyanın en karmaşık ilişkilerinin yaşandığı, kimsenin tam olarak nerede durduğunun kestirilemediği, günlük ilişkilerin bir karaktere dönüştüğü, haysiyet, onur, vicdân, hassâsiyet gibi kavramların ân be ân iğfâl edildiği, yüksek yerlerden düşüldüğü, devrimciliğin anlam erozyonuna uğradığı, herkese göre farklı tanımlar içeren bir resmî ideolojinin hâlâ egemen hortlak mevkiinde oturduğu, kendi ülkesinin topraklarını 30 yıldır bombalayan bir silahlı bürokrasinin fütûrsuzca kendini dayattığı, üniversitelerinde her türlü zırvalığın cirit attığı bir ülkede prensiplerin bir anlamı olabilir mi? Bütün bu yukarıdakilerin ihtar ettiği bir şey olmalı. Hiç beklenmedik bir ânda kendiliğinden bazı hâdiselerin bir büyük altüstoluşu örgütlemesi şeklinde gelişebilecek inkılâbî bir süreç. Mantıklı mı? Mümkündür...

Sosyalizm – Devrim – Solculuk

Sol – Gauche Kavramının Siyasî Kökeni

Sol siyaset kavramının kökeni *Fransız İhtilâli* dönemine dayanır. İhtilal sonrası kurulan parlamentoda özgürlüklerin destekçisi olan halkçılar genellikle başkan koltuğunun solunda - *l'hémicycle de l'assemblée parlementaire* - oturmaktaydılar. 28 Ağustos 1789 tarihinde, Kurucu Meclis'te – *Constituante*, kraliyet vetosu - *veto royal* tartışmasında bu ölçüye muhalif olan meb'uslar büro başkanının solunda otururken *veto royal* partizanları başkanın sağında yer aldılar. Buna mukabil, sol ve sağ kavramları siyasî manadaki günümüzdeki değerlerini ancak Üçüncü Cumhuriyet'ten - *Tro-*

ismme *République* ve Dreyfus Olayı'ndan - *affaire Dreyfus* sonra kazanmıştır. Değişimlere karşı çıkmakta olan zenginler, burjuva kişiler ise sağda otururlardı. Bugün Fransız parlamentosunda bu gelenek hâlâ devam etmektedir.

Mistik Olarak

Politikadaki *sol* kavramının dîndeki *sol* kavramı ile alâkası yoktur. Batı okültizminde ilk kez *Helena Blavatsky* (1831 - 1891) tarafından "ahlâksız" dînleri tanımlamak amacıyla kullanılmıştır. Dînlerde kötü, pis, ahlâksız kabul edilen şeyler sol taraf ile özdeşleştirilmiştir. Latince kökenli *sinister* (kötü) kelimesinin diğer anlamları, "*sol*" ve "*şanssız*"dır. Yine İbranîce'de "*smowl*" (*sol*; Türkçe'deki *sol* kavramı buradan mülhemdir) kelimesi aynı zamanda "karanlık" anlamına gelir. İslâm'da pis, kötü kabul edilen şeyler (taharetlenmek vs.) sol el, sol ayak ile yapılır. Buna ek olarak, *sol*, Türkiye'de birçok bezirgân siyasetçi tarafından dînsizlik olarak gösterilmiş ve oy toplamak için bu düşünce mütemadiyen kullanılmıştır (kullanılmaktadır). *Sol* kavramının dînlerdeki bu anlamı politikaya da ciddî düzeyde etki etmiş, bilinçli veya bilinçsiz olarak *sol* kavramı dîn dışı olma ile özdeşleştirilmiştir.

Tarihî olarak bakıldığında 20. yüzyılın ilk yarısıyla birlikte '*SOL*' adını verdiğimiz kavramın '*sosyal demokrasi*' adlı türedi ideolojiyle '*sol*'un (sosyalist ideolojinin) illetli beyinler tarafından yarılıp içinin boşaltıldığı bir vakıa. Bunun önü açıldığında, Avrupa'da başlayan '*millî sosyalizm*' ve '*millî komünizm*' süreçleri evrensel olma iddiâlı bir ideolojiyi ulus-devlet'in sınırları içine almış ve orada da boğmuştur. *Ekim (doğrusu Kasım olmalı) Devrimi*'nin önünü Avrupa'da '*Sol*'dan bu '*millî sosyalizm*' belâsı kesti. Ancak aynı yanlışa *Stalin*'le berâber SSCB de düştü. Biz bunlarla uğraşmayacağız. Türkiye'de kendini *solcu* olarak tanımlayan örgüt, parti, çevre, kişi veya kurumlara bakıldığında soruyu şöyle sormak mümkün: Türkiye'de *solcu* var mı? Çok genel oldu. O zaman soruyu parçalara ayırmak gerekir: Türkiye'de kendisini *solcu* olarak tanımlayan ve legal alanda siyaset yapan, TBMM'ne girme uğraşı veren, *devrimci sol* tarafından *evrimci* veya *parlamentarist* ya da *düzen kuyrukçusu* ilân edilen *solcu parti* veya *hareket*ler '*Sol*'cu mudur veya ne kadar *solcu*dur? Ölçüleri koyarsak cevabını bulabiliriz.

Solcu kişi-kurum; proletaryanın (işçi-emekçi yani ezilen) sınıfların tarafında durup, ezen ve egemen olan sınıfla mücadele eder. Bu mücadelenin sonunda sosyalist devrimi hedefler. Bu, kapitalizmden sosyalizme geçişi anlatır. Bundan sonraki hedef ise (nihaî) bütün sınıfların toptan tasfiyesi (*total eradication of all social class*) ve onun yerine sınıfsız toplumu öngören komünizmin tesisidir. Üretim varlıklarının sömürgeci sınıftan alınıp halka transfer edilmesi şarttır. İşte *solcu* örgüt (parti, hareket vs) bunun öncülüğünü ve mücadelesini yürütür. Sosyalist devrim hem sömürgeci sınıfları (kapitalistler – büyük sermâye sahipleri) hem de toprak ağalarını, feodal efendileri ve büyük arazi sahiplerini (*latifundists*) ortadan kaldırmayı önüne koyar. Köylü ve işçi sınıflarını ittifaka getirir. Atheist eğitimi örgütler. Dîn'e karşı antagonistik sınıf pratiğini benimseyen bir cemiyet oluşturur. Sosyo-politik anlamda, egemen sınıfın bir kurumu olan bürokrasiyi tasfiye eder. Sosyal ilişki biçimi olarak kollektivizmi kurar. Sosyal bilinç ve sosyal pratik olarak komünist ahlâkı öngörür. Burjuvazinin çokça başvurduğu '*deideologisation*' (ideolojisizleştirme) theorisini yıkar. Burjuva demokrasisini bitirir. Sosyalist devletin siyâsî formu olan sosyalist demokrasiyi tesis eder. Gelişmiş sosyalist toplumu hedefler. Bir sosyal ütopia formu olarak eşitlikçi komünizmin peşinden koşar. Milliyetçiliği, şovenizmi, ırkçılığı reddeder. Enternasyonalisttir, barışçıdır (savaş karşıtıdır), insan haklarını savunur. Genel manada bunlar bir *solcu*nun (sosyalistin) özellikleridir.

Peki ülkede legal alanda siyaset yapan '*sol*'cular'ın hangisi 'sosyalist, komünist, halkçı, demokrat, barışçı vs.'? Hiçbiri *solcu* değil. Tartışmasız. Peki küçük legal partiler mi? Bunların birincilerden farklı olduğunu kabul etmekle birlikte örgütlü güçlerinin olmaması ve yeterli teveccühe mazhâr olmamaları hasebiyle gelecekleri belirsizdir. Artı, sosyalist olup olmadıkları net değil. Olmadıkları ihtimali ağır basıyor. Kısaca bunların ülkenin geleceğinde çok mühîm bir '*sol*'cu rol oynamaları mümkün değil. Solun Türk'ü, Arab'ı vs. olmaz. Sol(cu) evrensel(ci)dir.

Silahlı mücadeleyi esas alan sosyalist devrimci örgütler ise fraksiyonizasyon başta olmak üzere birçok belayla karşı karşıya olduklarından ve devletten hiç durmadan darbe yediklerinden dolayı ideolojilerini pratikleştirmekten çok uzak bir yerde duruyorlar.

Medyanın diline peleseng olan '*Sol*' parti safsatalı propagandası ise emperyalizmin bir lafzı olmaktan ileri gitmiyor. Şu cümle doğru değil ancak yazıyorum: Türkiye'de '*Sol*' çok uzaklarda bir yerlerdedir, '***Ou – Topos***'dur yani '*Olmayan Yer – Yok Yer*'. Demek ki, **Sol**, bu topraklarda – en azından şimdilik - bir '*Hayâl*'den ibarettir. Onun yerine, '*Demokratik Sol*', '*Kemalist Sol*', '*Millî Sol*', '*Türk Solu*', '*Kürt Solu*' vs. gibi hiçbir bilimselliği olmayan uydurma kavramlarla temsil edilen ve hepsi de genel ve özel manada mevcut egemen sistemin değirmenine su taşıyan '*sol*'lar vardır. <u>O hâlde **Sol** fiilen yoktur</u>... Veya, diğer bir deyişle, resmî ideolojinin örgütlediği ve hizâya getirdiği '*Devletin uysal ve evcil Solu*' vardır. Buna **sol** demek kelimenin en hafifiyle 'dangalaklık' oluyor. Ülke halkının hatırı sayılır bir bölümü buna imân etmeye devam ediyor. Halk pagandır, payendir, BMM ise Pantheon müsveddesi rolünde sayılabilir.

<u>Sağcı kişi-kurum</u>; (*Yamin*: İbrânîce sağ ve *yemin* kelimesinin arkasında bu var; sağ *yamin*dir, bol bol ve vara yok'a yemin eder, buradan hareketle *amin* diyemiyorum) vatanseverdir, ülkesindeki

insanların refahını, mutluluğunu, huzurunu, milletinin ihyâ ve ikbâlini, dünya toplumu içinde haysiyetli bir yerde durmasını, açlıktan sefâletten, Kırım-Kongo kanamalı hastalığından, kuduzdan, tüberkülozdan, cüzamdan, zatürrieden, bakımsızlıktan, kötü muameleden, işkenceden, cinayetten ölmemesini ister, bunların aşılabilir olduğunu ve bunun için de servetin herkesi kapsamasını, güçlü bir orduyu, sağlıklı bir devlet işleyişini, en azından bir burjuva hukukunu ve adâletini, millî de olsa bir namusu savunan ve hedefleyen kişidir / kurumdur. Başka milletler için istemese de bunları kendi milleti için ister.

Var mı sağcı? Hayır, hiç alâkası yoktur. Resmî ideolojinin hâkim olduğu devletin bir kurumu olarak faaliyet gösterirler. Onun dediğinden çıkmaz. Emir kulu olmaktan öteye geçemez. Milletini sevmek yerine, ona hizmet etmek yerine onu nasıl maksimum sömürüp içini boşaltacağını hesaplar. Ülkede '*Sağ*' (her neyse o) '*Resmî Sağ*'dır. Demek ki, *sağ* da fiilen yoktur.

Müslüman adam-kurum; bunu uzun uzun tarif etmeye gerek yok. Qur'ân'da anlatılmıştır. Haram yemez, kul hakkı gözetir, fukaralığı ortadan kaldırır, Müslümanlar'ı gönüldaş bilir, kadını sömürmez. Dünya iktidarını ister. *İlâyi Kelimetullah* (Allah Kelâmını Yüceltme) davası güder.

Var mı İslâmî karakterli kişi-örgüt? Sayısız vakıf, gazete-dergi, TV-radyo, cemaat. Onlar İslâmî mi? Zinhâr, hiç alâkası yok. Hepsi '*Devletin kuzuları*'. Türkiye'de '*İslâmî kurum*' yoktur. *Devlet Müslümanı* vardır. Buna '*Allahsız İslâm*' diyebiliriz. Demek ki, bu topraklarda 'İslâm'ın kurumları yok'. Örgütlü gücü hiç yok. Ülkede Müslüman kıyafeti giyenler Serengeti'den ülkeye göç ettiği anlaşılan Babouin topluluklarıdır, en çok da ceylan etini severler. Ülkedeki Müslümanlar ceylan eti yerler.

Ana kompartmanları saydık. Ara renkleri siz gönlünüzce ekleyin. Liberal, çevreci, yeşil, feminist, liberter vs. Bunların da önemli bir bölümü 'YOK' hükmünde olup, arızîdir. Devletin renkleridir. Türkiye'de alternatif renkler yoktur.

Peki o hâlde ne vardır? Bir düşünce olarak söyleyelim ve tartışmaya açık bırakalım: *Müesses nizâm* adını verdiğimiz '*Kurulu Düzen*'in şuursuz fedaîleri vardır. Bu fedaîleri '*halkın tamamı*' olarak adlandırmak kuşkusuz çok iddiâlı bir yaklaşımdır. Ancak, '*önemli bir bölümü*'dür demek abartılı ve yanlış olmayacaktır. Bunun bir nedeni '*bireyselleşme*' arayışıdır. Bireyselleşme örgütlülüğün zıddıdır. Bireyselleştirme ise '*örgüt kırıcılığı*' olup sistemin ayakta kalması ve bekâsı için bir rükn hükmündedir. Bireyselleşme arttıkça kollektivite ve örgütlü hayat geriler, terazi böyle. Yeni Dünyâ Düzeni denen global emperyalizm ise '*herşey ferdin mutluluğu*' için sahte şiârına sarılmak suretiyle '*topluluk hakikati*'ni sabote edip onu '*bireyi kutsayarak*' yani 'ferd' ile ikâme etme yolundadır zira ferd tekil ve güçsüzdür. Bunun yanına Türkiye için bir de resmî ve garîp ideolojik düzeni eklediğimizde sıkıntı ikiye katlanmaktadır. Türkiye Cumhuriyeti hem dünya sisteminin bir âzâsı olarak global emperyal düzene yataklık etmekte hem de kendi tarihî arkaplanının şiddetli ağırlığı altında bir varlık mücadelesi yürütmektedir. Bunu yaparken, herşey mümkün fakat herşey benim resmî yaklaşımım çerçevesinde mümkün anlayışını dayatmakta ve alternatif biçimleri '*aslı*'ndan evvel '*aslı gibidir*' damgasıyla piyasaya sunabilmektedir ki bu, *toplumsal morbidite*'nin suratındaki izlerden birisidir.

VİRAL

Virüs dediğimiz mikroskobik canlı – ki, ma'nâsı zehirdir – insan vücûdunun en büyük düşmanlarının başında gelir. İnsan vücûdundaki herhangi bir hücreyi kendisi için bir sığınak olarak kullanır, burada çoğalır ve zaman zaman insanın ölümüne yol açar. Bir *virüs*, proteinden bir kabuk ve kabuğun içinde kendisine âid bilgileri içeren genetik şifrelerden (DNA ve/veya RNA) oluşur. Tek başına hayat belirtisi gösteren bir fonksiyonu veya organeli mevcût değildir. Enerji üretebilecek veya protein sentezleyebilecek bir sistemi de yoktur. Dolayısıyla bu önemli işlevleri yerine getirebilecek canlı bir hücrenin varlığına ihtiyaç duyar. İşte bu nedenle bir virüs milyonlarca yıl hiç bozulmadan ve hiçbir hayat belirtisi göstermeden olduğu yerde kalabilir.

Bu bekleme sırasında yapısında bir değişiklik olmaz veya bozulmaya uğramaz. Uzun süre bekledikten sonra bir organizma ile karşılaştığında hemen canlanır ve hareketlenir. Artık o, sanki planlar yapabilen, strateji geliştirebilen, akıl kullanan şuurlu bir canlıdır. Bu olağanüstü değişimin tek nedeni ise, kendisine ilhâm edilen hareketlenme gerekliliği olup bu durum ona hayat verir. Kuşkusuz başka hiçbir güç, hiçbir ilim, hiçbir teknolojik mekanizma, bu olağanüstü şuurlu davranışlara sebep olamaz.

Bir virüs oldukça uzun bir süre cansız bir kristal hâlinde durur (kristalize olur). Onu uyandırabilmek için tek gereken şey içine girip enfeksiyona uğratabileceği savunmasız bir hücrenin sıcaklığı ve nemidir. Bu hücrenin içine yerleştiğinde bâzen bir saat içinde kendini 100 kez çoğaltabilir. Bazen kendi genetik yapısını değiştirerek bir yıl içinde 20 milyon insanı öldürecek kadar farklılaşabilir. Böylesine güçlü ve ölümcül etkilere sahip olan virüsler o kadar küçüktürler ki, 10^{18} tanesi (10'un yanına 18 sıfırın gelmesiyle oluşan sayı) bir pinpon topunun içini ancak doldurur. Eğer evrenin başlangıcından beri sâniyede bir virüs pingpong topunun içine atılıyor olsa idi şu ân ancak topun yarısı dolmuş olurdu. Tabii her virüsün büyüklüğü aynı değildir. Bazıları söz konusu virüslerden binlerce kez daha büyüktür, ama yine de bir pingpong topunu doldurmaları 30 milyon yılı gerektirir, diğerleri ise 80 kez daha küçüktürler ve topu 2 trilyon yılda bile dolduramazlar.

Virüslerin yapılarını yakından incelediğimizde mükemmel tasarımlara sahip olduklarını görürüz. Virüs kabuğunu oluşturan moleküller, virüse âdeta bir mücevher görünümü verirler. Her bir tür virüs kendine has geometrik dizaynıyla hayranlık uyandırıcı şekiller meydana getirir. Doğadaki bütün yapılarda olduğu gibi, virüs inşâında da belirli kurallar ve ölçüler söz konusudur. Virüslerin sahip olduğu bu tasarımın kuralları *"kübik simetri"*yle belirlenmiştir. Bu geometri kuralları sonucu ortaya çıkan şekillere *ikosahedron* adı verilmektedir. Böyle örnek bir yapıda, eşkenar üçgenden oluşmuş 20 yüzey olacaktır.

Uyutma ve uyuşturma yoluyla içini boşaltma tarzı dediğimiz şeyin işte bu viral mekanizmayla çok yakın bağı var: Kendi kendine bir hükmü yok fakat başkasının varlığını maksimum kullanıp, kendini yaşatırken diğerinin varlığını, değerlerini yok ediyor, o varlığı tüketene kadar sömürüyor ve fakat dış görünüş itibârıyla sanki *'o imiş'* gibi yansıtıyor. Vampirlerin kan emmesinin sebebi kendi varlıklarını sürdürmektir ve kan bulabildikleri sürece hep yaşarlar. Buna mukabil, güneşten ve aydınlıktan korkarlar, onlar için bir ölümdür. Karanlık, kapalı ve gizli ortamlarda yaşarlar ancak herkesi kullanırlar.

Ülkedeki şuursuz fedaîler (halkın önemli bir bölümü) viral olarak enfektedir ve içlerini sistem-devlet boşaltmış onun yerine kendisi yerleşmiştir. Devlet onlardan ibarettir. Bilindiği üzere virüslere karşı ilâç (anti-viral) yoktur. Tek çözüm bağışıklık sisteminin güçlendirilmesidir. TEK YOL BAĞIŞIKLIK sisteminin güçlendirilmesidir. Türkiye halkının bağışıklık sistemini güçlendirmek ve Tufan'dan kaçabilmek için yüksek donanımlı bir gemiye binmesi kendi hayrına olacaktır.

YAZAR BİYOGRAFİ

Dr. Hakkı Açıkalın 22.02.1962 tarihinde Istanbul – Ortaköy'de doğdu. İlkokul eğitimini Ortaköy Burakreis İlkokulu'nda, Orta-Lise eğitimini Istanbul Saint-Benoît Lisesi'nde, Üniversite eğitimini Trakya Üniversitesi Tıp Fakültesi'nde tamamladı. Doktora ihtisasını T.Ü Anatomi anabilim dalında 25.01.1996 tarihinde tamamlayarak Anatomi Bilim Doktoru unvanını aldı. El'ân İsviçre'de H-JU'de Psiikiyatr ve Psikogeriatr olarak çalışmaktadır.

Bilimsel Çalışmaları:
DETAM Kongresi 1987; Kadınlarda Sekonder İnfertilite

Doktora Tezi: Lumbal Vertebral Kanal ve Vertebralara ait Bazı Parametrelerin Bilgisayarlı Tomografi Yöntemi ile Araştırılması, 25.01.1996 (Jüri: Prof. Dr. Recep Mesut (TÜ Tıp Fakültesi, Morfoloji ABD Bşk., Doç. Dr. Oğuz Taşkınalp TÜ Morfoloji ABD, Anatomi BD öğretim üyesi, Prof. Dr. Metin Toprak İ.Ü. Cerrahpaşa Tıp Fakültesi Anatomi BD öğretim üyesi).

Açıkalın H., Terzi T., Taşkınalp O.: İnklinometri Yöntemi ile sağ Dominant Bireylerde Diz ve Ayak bileği Ekleminin Bazı Hareketlerinin Karşılaştırılması. II. Ulusal Anatomi Kongresi, Adana, 22-25 Eylül, 1993.

Açıkalın H., Taşkınalp O. : Tıp fakültesi öğrencilerinde bazı burun ölçümleri. III. Ulusal Anatomi Kongresi, İzmir, 6-9 Eylül, 1995.

Taşkınalp O., Pekindil G., Yaprak M., Açıkalın H.: Erişkin sağlıklı Türk erkek ve kadınlarında vertebral kanal iç çapları. Üçüncü Klinik Anatomi Sempozyumu, Varna – Bulgaristan, 9-11 Ekim 1998. (Internal Diameters of Vertebral Canal in Adult Healty Turkish Men and Women. Symposium Tertium Anatomial Clinacae, Varna, Bulgaria, 9-11 October 1998).

Taşkınalp O., Akdere H., Açıkalın H. "Acromion'un Anatomik Özelliği" Morfoloji Dergisi, 9(1), 22-23, 2002.

Eserleri:
'Aspects of Southeastern Europe and the Black Sea After the Cold War' eş yazar. 2006, Gordios Editions - Atina.
Les Paradigmes Progressifs (İleri Paradigmalar St. Gallen / Suisse; 2004)
Türkçe'deki Yunanca kökenli kelimeler lugâtı (Basımda, Küresel Kitap)
Tıp dilindeki Yunanca kökenli terimler lugâtı – geniş izâhlı (Basımda, Küresel Kitap)
Yunan Mitolojisine farklı bir bakış (Artı-Eksi Yayınları – Istanbul, 2008)
Habeas Corpus (2004 St. Gallen / İsviçre)
Quantum ve Ötesi (2006 Do Yayınları – Istanbul, 2015 2. Baskı Küresel Kitap - Istanbul)
Afat (Fantastik roman – Cinius Yayınları – Istanbul, 2011)
San'ât Kâtildir (Fantastik roman – Cinius Yayınları – Istanbul, 2011)
Kevjal (Şiir üzerine ve şiirler, Cinius Yayınları – Istanbul, 2016)
Jeni-Devlet-Pervers (Psiko-devlet, Ciinius Yayınları – Istanbul, 2016)

Hazırlanmakta Olan Eserler:
Les Tachions (Takionlar)
Dil Üzerine
Franc-Maçonnerie
Les Jésuites
Habiru (Yahudîlik Üzerine)
Jeni-devlet-pervers (Fransızca çevirisi; Pervers Etatique. Fransızca'ya çeviren Hasan Ateş).
Kürdistan'da Dîn (ideolojik-siyasî değerlendirme)
Psiko-kritik (Psikiyatri biliminin kritik analizi)

Konferanslar – Sunumlar:
Psychons - informations non matérielles régies par les lois de la physique quantique. 2013 Septembre 13, Delsberg – Jura (CMP) - Switzerland.
Quantum Paradigms of Psychopathology – delusions and psychons 2014 Mars Delsberg – Switzerland.
Le Chat de Schroedinger cantoné dans le cerveau – 2009 SPJBB – Bellelay, Berner Jura – Switzerland.
Explication des images psychédéliques par les éléments sous-quantiques de l'appareil psychique, les psychons – Septembre 2012, UHP Porrentruy – Switzerland.